AF634926

Kontaktadresse nach EU-Produktsicherheitsverordnung:
produktsicherheit@fischerverlage.de

Ruf deinen Dämon und folge ihm

Beim Atmen bildeten sich dampfende Kondenswolken vor ihrem Gesicht. Nur spärlich bekleidet, hockte Karina Sukowa in ihrem grauen Betonloch, mit dem Rücken zur Wand. So ließen sich Hunger und Kälte am besten ertragen. Und die Schmerzen. Warum gerade sie? Diese Frage hatte sie sich schon tausendmal gestellt. Wann würde er sie wieder zu sich holen? Tiefe Hoffnungslosigkeit legte sich über sie wie ein dunkles Tuch. Wie aus weiter Ferne drang Kindergeschrei zu ihr. Dann öffnete sich die Luke ...

Als Emilia Ness von einer litauischen Undercover-Agentin die Nachricht erhält, dass in ihrem Land ein gefährlicher Unterwelt-Boss mehrere Frauen in einem Versteck gefangen hält und sie bestialisch foltert und dann tötet, macht sie sich auf den Weg in die estnischen Länder. Doch auch Avram Kuyper ist an diesem Mann interessiert. Hat er ihn doch aus dem Gefängnis entführen lassen. Aber warum?

Hart und intensiv: Auch der fünfte Band der Post-Mortem-Serie mit Profikiller Avram Kuyper und Interpol-Agentin Emilia Ness von Spiegel-Online-Bestsellerautor Mark Roderick bietet nervenaufreibende Spannung.

»Hohes Tempo, spannender Plot und sympathische Hauptfiguren.« *Rhein-Neckar-Zeitung*

Mark Roderick ist ein Pseudonym. Seine extrem spannenden Thriller entstehen in den frühen Morgenstunden, wenn nichts und niemand ihn vom Schreiben ablenken kann. Mark Roderick lebt mit seiner Familie in der Nähe von Stuttgart.

Weitere Informationen finden Sie auf www.fischerverlage.de

MARK RODERICK

POST MORTEM

HERZEN AUS WUT

THRILLER

FISCHER Taschenbuch

3. Auflage

Originalausgabe

Die Publikation des Buches erfolgt durch die freundliche Vermittlung der Literarischen Agentur Thomas Schlück GmbH, 30161 Hannover

Printed in Germany
ISBN 978-3-596-70235-0

POST MORTEM
HERZEN AUS WUT

Für meine Familie,
die ich von ganzem Herzen liebe.

Prolog

Karina Sukowa zitterte am ganzen Körper. Es passierte einfach, sie konnte nichts dagegen tun. Das war jedes Mal so, wenn er mit ihr fertig war.

Beim Atmen bildeten sich vor ihrem Gesicht dampfende Kondenswolken. Nur in Unterwäsche hockte die junge Frau in ihrem grauen Betonloch, mit dem Rücken an der Wand, die angewinkelten Beine mit den Armen umschlossen. So ließen sich Hunger und Kälte am besten ertragen.

Und die Schmerzen.

Ihr ganzer Rücken war blutig. Diesmal hatte der *Herr der Finsternis* sie besonders hart bestraft.

Die Zelle, in der man sie gefangen hielt, maß etwa vier mal vier Meter. Möbel gab es hier keine, nur kahle, abweisende Wände. An einer davon befand sich ganz oben eine kleine, vergitterte Öffnung, durch die sie ein Stück vom Himmel sehen konnte – ihre einzige Verbindung zur Außenwelt. Bei schlechtem Wetter regnete es von dort herein.

Nebenan war ein weiterer Raum, winzig klein, mit einer alten Toilette und einem Waschbecken – immerhin etwas. Zweimal am Tag schob jemand durch eine Klappe in der Tür einen Teller mit Essen herein. Viel war es nicht, und es war auch nicht besonders gut. Es reichte gerade so zum Überleben.

Zum tausendsten Mal, seit sie hier unten gefangen gehalten wurde, fragte sie sich, wie das alles passiert war? Wie sie in diese ausweglose Situation hatte kommen können?

Über Schicksale wie ihres las man höchstens in der Zeitung, oder man sah Berichte darüber im Fernsehen. So etwas stieß *anderen* Leuten zu, Leuten, die nicht auf sich achtgaben, aber doch nicht ihr.

Zumindest hatte sie das geglaubt.

Bis es plötzlich zu spät gewesen war.

Wie lange hielt er sie nun schon gefangen? Mindestens vier oder fünf Monate, schätzte Karina. Irgendwann hatte sie aufgehört, die Tage zu zählen. Zeit spielte hier drinnen keine Rolle.

Wann wird er mich das nächste Mal zu sich holen?

Sie spürte, wie sie vor Angst verkrampfte. Ihre Finger tasteten über den Boden bis zu der Stelle, wo die Klinge lag – ein abgebrochenes Stück von einem Teppichmesser. Der Mann, der sie alle paar Tage besuchte, um sie zu missbrauchen, benötigte es, um die Kabelbinder und die Seile zu zerschneiden, die er zum Ausleben seiner kranken Phantasien benötigte. Vor ein paar Wochen hatte Karina die Klinge in einer Ecke seines dunklen Reichs gefunden. Seitdem behütete sie sie wie einen wertvollen Schatz.

Dass sie keine Chance haben würde, den Mann und seine Helfer damit zu bezwingen, war ihr klar. Aber sie dachte täglich daran, sich damit die Pulsadern aufzuschneiden. Die Versuchung war groß, wie eine verführerische Stimme aus einer besseren Zukunft.

Das Einzige, was sie davon abhielt, war ihr Baby. Aus irgendeinem Grund durfte sie es jeden Tag einmal sehen, für eine halbe Stunde, manchmal sogar länger. Am Anfang hatte Karina befürchtet, dass auch Elena missbraucht würde, aber das war nicht der Fall.

Gott sei Dank!

Eine Weile hockte sie reglos an der Wand, bemüht, die

Schmerzen an ihrem Rücken und in ihrem Unterleib zu ignorieren, aber sie schaffte es nicht. Es tat so weh! Wie lange konnte sie das hier noch aushalten? Im Grunde wusste sie, dass sie längst am Ende angelangt war.

Wieder einmal fragte sie sich, ob jemand sie vermisste? Ihre Eltern jedenfalls nicht, zu denen hatte sie jeglichen Kontakt abgebrochen, seit sie vor zwei Jahren von zu Hause ausgebüxt war. Gregor, ihr ehemaliger Freund, vermisste sie wohl auch nicht. Er hatte sie während der Schwangerschaft sitzengelassen und sich seitdem nicht mehr bei ihr gemeldet. Einzig und allein ihrer Freundin Natascha mochte etwas an ihr liegen. Sie bewohnte das Nebenzimmer im Mütterheim, in dem Karina nach der Geburt ihres Babys untergekommen war.

Ob Natascha die Polizei verständigt hatte? Bestimmt! Aber gefunden hatte sie bisher niemand. Karina war mittlerweile sicher, dass man die Suche nach ihr eingestellt hatte.

Tiefe Hoffnungslosigkeit legte sich über sie wie ein dunkles Tuch. Warum hatte das Schicksal ausgerechnet sie so hart getroffen? Nachdem Gregor sie verlassen hatte, war es nur noch bergab gegangen.

Gefangen im Sog der Verzweiflung, starrte sie minutenlang auf die gegenüberliegende Wand ihrer Zelle, während sie sich immer wieder dieselbe Frage stellte.

Warum ich?

Aber natürlich fand sie auch heute keine Antwort darauf.

Irgendwann – sie hatte die Zeit vergessen – wurde sie von Kindergeschrei aus ihren Gedanken gerissen. Wie aus weiter Ferne drang das zarte Gebrüll zu ihr.

Es klang wie Musik in ihren Ohren!

Endlich brachten sie Elena zu ihr. Das taten sie meistens,

wenn die Kleine schrie. Dann steckten sie sie zu ihr, bis sie sich wieder beruhigte.

Eine Welle tiefempfundener Dankbarkeit durchflutete Karina. Die Zeit mit ihrem Baby war in diesem Verlies zu ihrem kostbarsten Gut geworden.

Sogar noch wichtiger als die abgebrochene Klinge, die neben ihr auf dem Boden lag.

Das Schreien wurde lauter, gleichzeitig näherten sich draußen im Gang Schritte. Dann machte sich jemand an der Tür zu schaffen.

Auf allen vieren kroch Karina zum Eingang.

Die bodennahe Klappe, durch die man sie auch mit Essen versorgte, wurde mit einem metallischen Geräusch entriegelt. Gleich darauf schob jemand einen Wäschezuber durch die Luke. Eingehüllt in dicke weiße Laken lag Elena darin, aus vollem Halse brüllend, das Gesicht puterrot, die Augen zu schmalen Schlitzen zusammengepresst. Auch ein Milchfläschchen befand sich in der Plastikwanne.

Rasch nahm Karina das brüllende Bündel heraus, um es an sich zu drücken, es sanft zu schaukeln, seine Nähe zu spüren und das rote Köpfchen mit Küssen zu bedecken. Als das Krakeelen nicht aufhörte, hockte sie sich mit dem Baby an ihre Mauer und gab ihm das Fläschchen.

Es war ein eingespielter Ablauf. Später würde jemand dreimal gegen die Tür klopfen, woraufhin Karina das Kind und das leere Fläschchen wieder abgeben musste – hier unten hielt das Glück nicht lange an.

Einmal hatte sie sich widersetzt. Daraufhin hatte man ihr gedroht, das Baby mit Gewalt zu holen und ihm anschließend die Augen auszustechen. Seitdem akzeptierte sie die vorgegebenen Regeln widerspruchslos.

Nach dem Fläschchen tätschelte Karina ihrem Baby so

lange den Rücken, bis es aufgestoßen hatte. Danach schlief es friedlich in ihren Armen ein.

Während sie den Anblick ihres Kindes wie ein ausgetrockneter Schwamm in sich aufsog, schien die Zeit um sie herum stillzustehen. Elena war wunderhübsch, ein Baby wie aus dem Bilderbuch: kaum Haare auf dem Kopf, ein kleines, plattes Näschen, rote Pausbacken, samtweiche Haut. Liebevoll streichelte Karina die Wangen der Kleinen, bis sie den Mund im Schlaf zu einer zuckersüßen Fratze verzog, die wie ein Lächeln aussah.

Auch Karina lächelte, aber es war ein Lächeln voller Wehmut. Elena war ein Geschenk Gottes – der einzige Grund, weshalb sie sich noch nicht die Pulsadern aufgeschnitten hatte. Andererseits war genau das ihr Wunsch: endlich einen Schlussstrich unter das fortwährende Martyrium zu ziehen. Doch wie konnte sie das tun, wenn sie Elena in dieser grausamen Welt zurücklassen musste?

Für ihr Dilemma gab es nur eine Lösung.

Ihre zitternde Hand legte sich auf das Gesicht des friedlich schlafenden Säuglings.

Hielt ihm den Mund zu.

Und die Nase.

Es wird nicht lange dauern, mein Kind. Schon bald sehen wir uns wieder.

1

Justizvollzugsanstalt München

»Was ist mit dir passiert? Bist du von einem Güterzug angefahren worden?«

Avram Kuyper stand mit nacktem Oberkörper im Gemeinschaftswaschraum und warf dem einen Kopf kleineren Gustavo Sanchez einen kalten Blick durch den Spiegel zu. Der Kerl war neugierig wie ein Waschweib, aber im Gefängnis konnte man sich seine Gesellschaft nun einmal nicht aussuchen. »Ist eine lange Geschichte«, antwortete er.

»Ich hab die nächsten paar Jahre Zeit zum Zuhören«, sagte Gustavo mit einem Schulterzucken. »Und du auch, soweit ich weiß. Also was ist?«

Avram zögerte. Er hatte keine Lust, der kleinen Quasselstrippe seine Lebensgeschichte zu erzählen. Wenn er Gustavo etwas anvertraute, würde es morgen der ganze Nordblock wissen. Aber seine Vergangenheit ging außer ihm selbst niemanden etwas an.

»Kümmere dich um deine eigenen Angelegenheiten«, brummte Avram und griff zum Rasierer.

»Schon gut, ich wollte nur ein bisschen Smalltalk machen«, entgegnete Gustavo. »Dachte, du könntest einen Freund gebrauchen. Jemanden zum Reden. Hier drinnen kann die Zeit verdammt lang werden. Aber das wirst du schon noch merken. Wie lange sitzt du jetzt ein?«

»Kümmere dich um deinen eigenen Scheiß, hab ich gesagt.«

Gustavo schien ihn gar nicht zu hören. »Fünf Monate? Oder sechs? Jedenfalls noch nicht lange genug, um dich zu langweilen, hä? Aber das wird sich bald ändern, glaub mir. Dann wirst du froh sein, wenn du jemanden zum Plaudern hast.«

»Schon möglich. Jetzt will ich erst mal meine Ruhe.«

»Ja, ja, ich hab's kapiert, Opa. Was ist mit dir, Güler? Lust auf ein Schwätzchen?« Damit wandte Gustavo sich an sein nächstes Opfer, einen jungen Türken, der am Waschbecken rechts neben ihm stand.

Avram schüttelte innerlich den Kopf. Nach allem, was er wusste, war Sanchez ein hinterhältiges Schwein, das schon mindestens ein halbes Dutzend wohlhabende Witwen umgebracht hatte.

Wahrscheinlich hat er sie totgequatscht.

Aus irgendeinem Grund konnte Avram den kleinen Spanier nicht leiden. Zum Glück hatte er nicht besonders viel mit ihm zu tun. Gustavo arbeitete in der Kantine, er selbst in der Verwaltung. Außer im Waschraum und zu den Mahlzeiten hatten die beiden kaum Kontakt miteinander.

Würde mich nicht wundern, wenn der Bastard mir heute ins Essen spuckt.

Avram stellte den Langhaarschneider auf drei Millimeter ein und begann, sich zu rasieren. Als er das Ergebnis kritisch im Spiegel betrachtete, fiel ihm wieder einmal auf, wie abgehalftert er aussah. Das lag nicht nur an den zahlreichen Narben auf seinem Oberkörper, sondern vor allem an dem grauen Haar, den eingefallenen Wangen und den müden Augen, die hinter seiner dicken Hornbrille noch kleiner wirkten, als sie es tatsächlich waren.

Opa.

Sanchez' beiläufige Beleidigung hatte Avram einen Stich versetzt. Er konnte nicht leugnen, dass er mit Mitte fünfzig die besten Jahre bereits hinter sich hatte. Der permanente Stress und der Alkohol hatten zusätzlich an ihm gezehrt. Der Mann, der ihm aus dem Spiegel entgegenblickte, war ein Wrack.

Er fragte sich, ob er das Gefängnis jemals lebend verlassen würde. Zwölf Jahre hatte man ihm aufgebrummt – verdammt viel Zeit. Ein guter Anwalt hätte das Strafmaß bestimmt drücken können, aber aus Mangel an Geld hatte Avram mit dem gerichtlich bestellten Strafverteidiger vorliebnehmen müssen.

Zwölf Jahre.

Im Grunde war er damit sogar ganz gut bedient. Man hatte ihm vor Gericht nur Mord in zwei Fällen nachweisen können, in Wahrheit waren es weit über fünfzig.

Wäre die Welt gerecht, hätte man mir eine Giftspritze verpassen müssen.

Mittlerweile hatte Avram sich ganz gut an das Gefängnis gewöhnt. In gewissem Sinn genoss er den Aufenthalt sogar. Endlich musste er nicht mehr ständig auf der Hut sein, nicht mehr ständig darum fürchten, von der Polizei geschnappt zu werden oder von jemandem eine Kugel zwischen die Augen verpasst zu bekommen, dem er irgendwann einmal in die Quere gekommen war. Schon lange vor seiner Verhaftung hatte er sich müde gefühlt. Müde und alt – jedenfalls zu alt für ein Leben als Profikiller. Im Gefängnis fühlte er sich dagegen beschützt, beinahe geborgen.

Es war ein ganz anderes Leben als früher. Aber bestimmt nicht das schlechteste.

2

Dicke Tränen rannen Karina Sukowa über die Wangen, während sie auf das reglose Bündel in ihren Armen blickte. Schon seit einer halben Stunde schluchzte sie stumm vor sich hin, während sie vergeblich versuchte, sich wieder unter Kontrolle zu bringen. Angst und Verzweiflung nagten an ihr, die Hoffnungslosigkeit drohte sie aufzufressen. Immer wieder richtete sich ihr Blick auf die kleine vergitterte Öffnung, ganz oben an der gegenüberliegenden Betonwand, durch das sie ein Stück grauen Himmel erspähen konnte.

Sie würde nie wieder die Sonne sehen, nie wieder frische Luft atmen, nie wieder einen Spaziergang im Freien unternehmen können. Der Herr der Finsternis würde sie so lange hier unten gefangen halten, bis er ihrer überdrüssig wurde, und sie anschließend töten.

Daran gab es keinen Zweifel.

Deshalb musste sie ihm zuvorkommen. Die abgebrochene Klinge des Teppichmessers lag immer noch neben ihr auf dem Boden. Ein einziger Schnitt am Unterarm konnte sie von ihrem Schicksal erlösen.

Das Problem war nur, dass sie trotz aller Verzweiflung den Mut dazu nicht aufbrachte. Genauso wenig wie sie es schaffte, ihre Tochter zu erlösen. Elena lag friedlich schlafend an ihrer Brust, Karina bildete sich sogar ein, ihren Herzschlag zu spüren. Dieses kleine, putzige Wesen mit seinen roten Pausbäckchen – so zart und rein, so ganz ohne Schuld. Falls es einen Gott gab, wie konnte er es dann zulassen, dass so ein süßes Geschöpf in die Hände von Menschen fiel, die anderen die Freiheit raubten, sie missbrauchten, sie demütigten und ihnen weh taten?

Mit dem Handrücken wischte Karina sich die Wangen trocken. Einerseits war sie unendlich dankbar, dass Elena noch lebte. Andererseits schämte sie sich dafür, dass sie zu schwach gewesen war, ihre Tochter zu ersticken.

Wie lange würde es noch dauern, bis der Herr der Finsternis sich auch an diesem unschuldigen Wesen verging? War es nicht ihre verdammte Mutterpflicht, ihr Kind davor zu bewahren? Selbst wenn das hieß, ihm das Leben zu nehmen?

Du sollst nicht töten.

Das fünfte Gebot.

So hatte sie es im Religionsunterricht gelernt. Aber galt das auch für den Fall, dass man jemanden aus Liebe umbringen wollte, oder aus Barmherzigkeit, weil man ihm ein schlimmeres Schicksal ersparen wollte?

Wenn es nur eine andere Möglichkeit gäbe!

So viel sie auch darüber nachdachte, sie fand keine. Sie flehte den Herrn der Finsternis jedes Mal an, Elena freizulassen und sie in fürsorgliche Obhut zu geben. Er reagierte gar nicht darauf. Weshalb sollte er auch? Das Baby war für ihn das beste Druckmittel. Es war der Grund dafür, dass Karina sich noch nicht die Pulsadern aufgeschnitten hatte.

Er wird Elena niemals freiwillig hergeben. Erst durch sie hat er mich vollkommen unter Kontrolle.

Schritte im Gang, wie aus weiter Entfernung, rissen Karina aus ihren trübsinnigen Gedanken. Sie wurden lauter, kamen näher. Vor der Tür erstarb das Geräusch. Dann klopfte es, genau dreimal – das Zeichen dafür, dass Karina das Baby nun wieder abgeben musste.

Wie üblich zerriss es ihr beinahe das Herz, aber sie hatte keine andere Wahl. Die Schmerzen an ihrem blutigen Rücken ignorierend, stand sie auf und legte Elena zurück in den mit weißen Laken ausgelegten Wäschezuber. Wie ein Engel lag das Baby vor ihr, ein unschuldiges kleines Geschöpf, das nichts von dem Bösen ahnte, das ihre Welt beherrschte.

Nach einem letzten Kuss auf die Wange schob Karina den Zuber durch die Luke in der Tür. Gleich darauf wurde der Riegel wieder vorgeschoben, die Schritte entfernten sich, und Karina war wieder alleine mit sich und ihren Sorgen.

3

Nach dem Morgenappell frühstückte Avram in der Gefängniskantine, anschließend begann er pünktlich um 8.30 Uhr seinen Verwaltungsdienst. Papiere sortieren und Akten vernichten, darin sah er zwar nicht gerade seine Erfüllung – er war sich nicht einmal sicher, ob das, was er tat, wirklich Sinn ergab –, dennoch hatte die Arbeit auch etwas Gutes: Er war beschäftigt, und die tägliche Routine half ihm, sich in das soziale Netzwerk des Gefängnislebens einzufügen.

Um zwölf Uhr läutete eine Sirene die Mittagspause ein. Wie die anderen machte Avram sich auf den Weg zur Anwesenheitskontrolle, anschließend ging er in die Kantine. Alle Gefangenen trugen orangefarbene Overalls. An allen Zugängen standen bewaffnete Wärter in Uniform. Sankt Adelheim, wie der Münchener Volksmund die JVA nannte, bot über tausenddreihundert Insassen Platz – die mussten in Schach gehalten werden.

Avram reihte sich in die lange Schlange an der Essensausgabe ein. Der Duft von Gulasch mit Blaukraut ließ ihm das Wasser im Munde zusammenlaufen.

Er nahm sich einen Salat aus dem Frischeregal und bestellte als Getränk wie üblich ein Glas Milch gegen das Magengeschwür. Bei den Beilagen stand Gustavo Sanchez hinter der Edelstahltheke. Kommentarlos schöpfte er Avram eine ordentliche Portion auf den Teller und winkte ihn weiter. Vielleicht war er immer noch sauer, weil Avram sich beim Rasieren ihm gegenüber so wortkarg gezeigt hatte.

Wen interessiert's? Irgendwann wird er sich wieder einkriegen.

Mit dem vollen Tablett in der Hand setzte Avram sich an einen freien Platz etwas abseits des Trubels. Obwohl er sich mit vielen hier gut verstand, gehörte er keiner festen Gruppe an. Er war Einzelgänger, schon immer gewesen, das hatte sich hier nicht geändert.

Dennoch blieb er nicht lange allein. Eine Gruppe von Männern aus dem Westblock setzte sich zu ihm, in eine angeregte Diskussion über Fußball vertieft. Avrams Tischnachbarn - ein Sunnyboy namens Leo und ein Glatzkopf namens Wolfgang - versuchten, ihn in das Gespräch einzubinden, indem sie seine Prognose für das bevorstehende Spiel von 1860 München hören wollten. Ebensogut hätten die beiden ihn allerdings auch zum Waldsterben in Honduras befragen können. Avram kannte keinen einzigen Spieler beim Namen, geschweige denn, dass er etwas über die Qualität der Mannschaft hätte sagen können.

Aber er anerkannte die gute Absicht und bemühte sich redlich, aktiv an dem Gespräch teilzunehmen. Die beiden machten es ihm auch wirklich leicht. Von links und rechts bombardierten sie Avram mit Fragen, genauso penetrant wie Gustavo Sanchez am Morgen. Nur begingen sie dabei nicht den Fehler, Avram zu nahe zu treten. Das machte sie als Gesprächspartner angenehm.

Avram kam gar nicht richtig zum Essen, im Gegensatz zu den beiden anderen, die ihr Gulasch regelrecht verschlangen. Deshalb waren sie auch längst wieder weg, als bei Avram die Magenkrämpfe einsetzten.

Sein erster Gedanke galt seinem Geschwür - hatte die Milch heute nicht geholfen?

Dann wurden die Krämpfe jedoch derart intensiv, dass dafür nicht allein das Geschwür verantwortlich sein konnte. Jemand musste ihm etwas ins Essen gemischt haben!

Sanchez, du verfluchter Bastard!

Aber wie hätte der dämliche kleine Spanier das bewerkstelligen können, vor Dutzenden von Zeugen in der Warteschlange? War er ein so guter Taschenspieler, dass er Avrams Essen unbemerkt hatte kontaminieren können?

Nein, wahrscheinlich hatte Sanchez gar nichts damit zu tun! Aber die Art und Weise, wie Leo und Wolfgang ihn ins Gespräch verwickelt hatten, kam Avram plötzlich verdächtig vor. Das war keine Diskussion über Fußball gewesen, sondern ein Ablenkungsmanöver! Die beiden hatten sich links und rechts neben ihn gesetzt, so dass Avram bei der Unterhaltung ständig hin- und herschauen musste.

Auf jeden Fall hatte er nicht genug auf seinen Teller geachtet!

Der nächste Magenkrampf ließ ihn zusammenzucken.

Was hatten die zwei Arschlöcher ihm verabreicht? Nur ein Abführmittel, weil sie das aus irgendeinem Grund lustig fanden? Eine Droge, weil sie wollten, dass er bei der Gefängnisleitung in Ungnade fiel? Oder sogar Gift?

Es fühlte sich jedenfalls an, als würde ihm jemand ein glühendes Messer in den Leib rammen.

Keuchend stand Avram auf. Er wollte so schnell wie möglich nach draußen, um sich einen Finger in den Hals zu stecken, aber so weit kam er nicht mehr. Auf halber Strecke begann sich alles um ihn herum zu drehen. Mit einem Mal war ihm so schwindelig, dass er sich kaum noch auf den Beinen halten konnte. Die Knie knickten unter ihm weg, ihm wurde schwarz vor Augen. Er fühlte sich plötzlich, als habe ihm jemand den Saft abgedreht.

Ein anderer Gefangener fragte ihn, ob alles mit ihm in Ordnung sei. Als Avram antworten wollte, brachte er nur unverständliches Gebrabbel heraus. Seine Zunge fühlte sich an wie ein Fremdkörper.

Dann kippte er zur Seite wie ein gefällter Baum. Eine Tischkante raste auf ihn zu. Der Aufprall war so hart, dass Avram die Besinnung verlor.

4

Lyon

Von ihrem Büro in der vierten Etage des Interpol-Hauptquartiers hatte Emilia Ness einen wundervollen Blick über den Parc de la Tête d'or mit seinem alten Baumbestand und den weitläufigen Rasenanlagen. Gerade jetzt, im fortgeschrittenen Herbst, bot der Park mit seinen leuchtenden Gelb- und Rottönen ein wahres Postkartenmotiv. Das galt ganz besonders für die kalten, sonnigen Tage, wie es heute einer war.

Sie würde diesen Anblick vermissen, keine Frage. Ein Teil von ihr hasste den bevorstehenden Umzug schon jetzt. Aber sie hatte sich entschieden.

Überall standen Kartons mit ihren Unterlagen herum – an den Wänden stapelten sie sich mannshoch. Am Nachmittag würden die Packer kommen und die Sachen in ihr neues Büro bringen, einen Stock tiefer.

Ohne die schöne Aussicht auf den Park.

Dafür allerdings mit einem nagelneuen, polierten Messingschild an der Tür: Emilia Ness – Leitung SC&A.

SC&A stand für *Specialized Crime & Analysis.* Künftig würde sie für insgesamt sieben Abteilungen die Verantwortung tragen – ein erhebendes Gefühl, gleichzeitig aber auch ein bisschen beängstigend.

Den Aufstieg hatte sie der Verhaftung von Dr. Albert Rodtmann zu verdanken, der als Maulwurf in den eigenen

Reihen jahrelang ein korruptes Doppelleben in der zweiten Chefebene von Interpol geführt hatte. Durch ihren beherzten Einsatz und Rodtmanns Überführung war Emilia dem Generalsekretär aufgefallen, der das Lyoner Hauptquartier leitete. Der hatte ihr aus Respekt vor ihrem Mut den Posten des von Rodtmann ermordeten Jerome Varamont angeboten.

Die Entscheidung war Emilia nicht leichtgefallen. Zunächst hatte sie sogar abgelehnt, und der Job war vorübergehend einem anderen Kollegen übertragen worden. Doch nach dessen Kündigung war die Stelle wieder frei geworden.

Es grenzte an ein Wunder, dass der Generalsekretär noch einmal auf Emilia zugekommen war. Er hatte ihr keinen Druck gemacht, aber durchblicken lassen, dass er eine positive Antwort sehr begrüßen würde. Diesmal hatte Emilia zugesagt, nicht zuletzt, weil sie wusste, dass sie sonst für immer auf dem Abstellgleis landen würde.

Dritte Führungsebene bei Interpol – gar nicht schlecht für ein einfaches Mädchen aus Hamburg.

Es kam ihr vor, als wäre es erst gestern gewesen, dass sie die Polizeischule absolviert hatte und zur Kripo gegangen war. Dort war sie mit fünfundzwanzig Jahren zur Kommissarin ernannt worden, zwei Jahre später kam dann der Wechsel zu Interpol. Mit dreißig hatte man ihr die Leitung eines zehnköpfigen Teams zur Gewaltverbrechensbekämpfung übertragen.

Jetzt vollzog sie den nächsten Karrieresprung.

Abgesehen von ein paar wenigen Tiefschlägen war es in ihrem Berufsleben immer weiter bergauf gegangen. Rückblickend betrachtet, war dabei natürlich ein gewisses Maß an Glück im Spiel gewesen, aber sie hatte auch hart dafür gearbeitet. Um als Frau im Job ernst genommen zu werden, hatte sie sich oft doppelt so sehr anstrengen müssen wie ihre männlichen Kollegen.

Und der Erfolg gab ihr recht.

Das Problem war nur, dass ihr fürs Privatleben kaum noch Zeit blieb. Seit Jahren vernachlässigte sie ihre Tochter. Nach der Scheidung von ihrem ersten Mann hatte Emilia sie der Karriere zuliebe ins Internat stecken müssen – für Becky ein Schlag ins Gesicht, den sie ihrer Mutter bis heute nicht ganz verziehen hatte. Auch die Beziehung zu Mikka, dem neuen Mann an ihrer Seite, litt unter der permanenten Arbeitsbelastung. Die Hochzeit im vergangenen Jahr hatte daran nichts geändert.

Mit der Leitung des SC&A wird das bestimmt nicht besser.

Emilia seufzte und ließ ihren Blick wieder über den herbstlichen Park gleiten. Warum musste das Leben immer so kompliziert sein?

5

Was nach seinem Zusammenbruch geschah, bekam Avram nur bruchstückhaft mit.

Jemand tätschelte ihm die Wangen. Eine Stimme, düster wie aus einem Grab, fragte: »Können Sie mich hören?«

Als er die Augen aufschlug, starrten ihm haufenweise fragende Mienen entgegen.

»Macht Platz für den Arzt!«, rief jemand, und es kam Bewegung in die Menge.

Ein freundliches Gesicht mit randloser Brille und Schnurrbart schob sich in Avrams Sichtfeld: Dr. Riethammer aus der Krankenstation.

»Wie geht es Ihnen?«, fragte er.

Zuerst verstand Avram gar nicht, dass er ihn meinte. Als er es endlich begriff, setzten die Krämpfe wieder ein. Auf dem Boden liegend, wand und krümmte er sich mit angezogenen Beinen, die Hände in den Bauch gekrallt. Es fühlte sich an, als würden sich seine inneren Organe auflösen. Die Schusswunden, die er sich in Bolivien eingefangen hatte, waren nicht viel schmerzhafter gewesen.

»Haltet ihn fest, damit ich ihm eine Spritze geben kann«, rief Dr. Riethammer ein paar Helfern zu. Hände griffen nach Avram, zerrten an seinen Armen und Beinen, so dass er sich nicht mehr bewegen konnte. Sein Körper kämpfte dagegen an, versuchte, sich aufzubäumen und sich den eisernen Griffen zu entziehen, aber gegen die Übermacht der anderen war er machtlos.

Sein Blick fiel auf das kleine, braune Fläschchen in Dr. Riethammers Hand. Auf die Nadelspitze, die durch den Deckel stieß. Auf die fingergroße Spritze, die sich mit einer klaren Flüssigkeit füllte.

Jemand schob ihm den Hemdsärmel nach oben.

Ein alkoholgetränkter Wattebausch desinfizierte seine Armbeuge.

Dann spürte Avram den Einstich und wurde wieder ohnmächtig ...

Als er das nächste Mal aufwachte, lag er auf einem Bett in einem weißen Zimmer mit großen, vergitterten Fenstern, durch die die Sonne von draußen hereinflutete. Der Schmerz war erträglicher geworden, aber noch längst nicht verschwunden. Mühevoll drehte Avram den Kopf zur Seite.

Neben ihm stand auf einer Rollkonsole ein grauer Kasten mit diversen LED-Lichtern und digitalen Anzeigen. Mehrere Kabel verbanden ihn mit der sonderbaren Apparatur. Ein grüner Leuchtpunkt hüpfte auf einem kleinen Bildschirm von links nach rechts, begleitet von einem rhythmischen Piepsen.

Sie haben mich in die Krankenstation gebracht.

Der Gedanke war beruhigend. In der Kantine hatte er wirklich geglaubt, sein letztes Stündlein habe geschlagen.

Das muss Gift gewesen sein. Etwas mehr davon, und ich wäre jetzt tot.

Wer steckte hinter dem Mordversuch? Avram war im Gefängnis zwar nicht gerade ein Sympathieträger, aber so unbeliebt, dass jemand ihn ins Jenseits befördern wollte, war er nun auch wieder nicht – zumindest hatte er das bisher geglaubt. Das Schlimmste, was die anderen Häftlinge ihm vorwerfen konnten, war Gleichgültigkeit. Feinde hatte er sich hier drinnen bisher keine gemacht.

Warum also wollte ihn jemand umbringen?

Sein Kopf fühlte sich hohl an. Es fiel ihm unendlich schwer, einen klaren Gedanken zu fassen – vermutlich die Nachwirkung des Narkosemittels, das Dr. Riethammer ihm injiziert hatte. Noch dazu dieses nervtötende Piepsen bei jedem Herzschlag. Wie sollte man sich da konzentrieren?

Wieder überrollte ihn eine Welle der Müdigkeit, seine Lider senkten sich, schwer wie Blei. Und während die Frage nach dem, was heute vorgefallen war, wie ein dumpfes Echo in seinen Gedanken verhallte, versank Avram immer tiefer in eine traumlose Dunkelheit.

6

Lyon

»Ich möchte, dass Sie sich das hier bis morgen ansehen – Akten zu einer Reihe von Kindermorden, die in den letzten sechs Monaten von den Behörden in Nordfrankreich, Belgien, Holland und Südengland gemeldet wurden. Genauer gesagt aus Le Havre, Saint-Malo, Calais, Ostende, Rotterdam und Brighton.«

Der neue Leiter der EDPS – der *Executive Directorate Police Services* – hieß Louis Benoit und war im Amt, seit Emilia seinen Vorgänger hinter Gitter gebracht hatte. Benoit war ein untersetzter Mann mit Nickelbrille und schütterem Haar, der stets nur Zweireiher mit Seidenkrawatte und Einstecktuch trug. Auf den ersten Blick wirkte er damit wie ein altmodischer, gemütlicher Onkel, aber er stand im Ruf, ein knallharter Hund zu sein, der seine Mitarbeiter gern an der kurzen Leine hielt. Glücklicherweise mochte er Emilia, wohl weil er wusste, dass er ohne ihr Zutun niemals an Rodtmanns Stelle gelangt wäre.

Das hinderte ihn jedoch nicht daran, sie haufenweise mit Aufgaben einzudecken, obwohl sie den neuen Posten erst vor ein paar Tagen offiziell übertragen bekommen hatte. Schon jetzt drohte sie in Arbeit zu ersticken. Dennoch lächelte sie tapfer, als Benoit den zehn Zentimeter dicken Aktenstapel zu ihr über den Tisch schob.

»Der Fall ist brisant, weil es sich ausschließlich um Kinder im Alter zwischen ein und drei Jahren handelt«, sagte Benoit. »Die Presse wird jeden unserer Schritte mit Argusaugen verfolgen. Wir werden unter Beobachtung stehen. Jeder Ermittlungsfehler fällt unmittelbar auf uns zurück.«

Emilia spürte, wie ihr Magen sich zusammenzog. Der Fall bereitete ihr schon jetzt Unbehagen – nicht wegen der Presse, sondern weil tote Kinder ihr immer ganz besonders an die Nieren gingen. Sie erinnerte sich noch gut an die Zeit, als ihre Tochter Becky ein Baby gewesen war. Wie hätte sie sich gefühlt, wenn dieses unschuldige kleine Wesen entführt und ermordet worden wäre?

Eine absolute Horrorvorstellung.

Vor einigen Monaten war Becky tatsächlich aus dem Internat gekidnappt worden. Die Angst, die Emilia damals ausgestanden hatte, wünschte sie niemandem, nicht einmal ihrem ärgsten Feind. Und dennoch musste es noch viel unerträglicher sein, wenn das Opfer ein Kleinkind war.

»Studieren Sie die Unterlagen und lassen Sie uns morgen noch mal darüber sprechen«, sagte Benoit. »Ich will, dass wir schnellstmöglich alle erforderlichen Maßnahmen treffen, um eine *blue notice* herauszugeben.«

Damit meinte er die Anforderung von weiteren Informationen über das Vorgehen und die Identität des Mörders. Offenbar gab es in dieser Hinsicht noch Klärungsbedarf.

»Hat die Rechercheabteilung die Akte schon analysiert?«, fragte Emilia.

»Vor drei Wochen. Aber damals gab es erst fünf Kinderleichen, inzwischen ist eine dazugekommen. Vielleicht bringt eine weitere Analyse neue Erkenntnisse.«

»Dann werde ich Luc Dorffler darum bitten, einen Abgleich vorzunehmen.«

»Tun Sie das. Morgen früh um neun Uhr informieren Sie

mich dann über den aktuellen Stand, in Ordnung? Außerdem möchte ich, dass Sie bis dahin die Akten *Geldermann* und *Arghan* anschauen. Die Unterlagen dazu habe ich Ihnen bereits mit der Hauspost zukommen lassen.«

Emilia nickte, obwohl sie im Umzugschaos längst den Überblick verloren hatte. Heute stand ihr wohl noch ein verdammt langer Tag bevor.

7

Im Lauf des Nachmittags wachte Avram mehrmals auf, aber immer nur für ein paar kurze Momente. Später versuchte er zu rekonstruieren, wie sich alles abgespielt hatte, aber die Erinnerungen ergaben keinen klaren Sinn. Sie waren nur eine Folge von zusammenhanglosen Szenen – blitzlichtartige Fragmente wie in einem Experimentalfilm oder in einem Fiebertraum.

Der graue Apparat auf der Rollkonsole neben dem Bett ...

Der hüpfende Leuchtpunkt auf dem Display ...

Ein Pfleger, der das Bettzeug aufschüttelte ...

Auch Dr. Riethammer kam in einer Szene vor. Er zog Avram mit den Fingern die Lider auseinander und überprüfte seine Pupillenreflexe.

Als Avram das nächste Mal aus dem Sumpf der Bewusstlosigkeit erwachte, zerrte jemand an ihm. Träge öffnete er die Augen, aber es war so dunkel, dass er kaum etwas erkennen konnte – nur den Lichtkegel einer Taschenlampe, der durchs Zimmer tanzte, als besäße er ein Eigenleben.

Was soll das? Wollen die mich auf eine andere Station verlegen? Mitten in der Nacht?

»Scheiße, er wacht auf!«, raunte jemand.

»Dann müssen wir uns beeilen!«, zischte ein anderer.

Avrams umnebelter Verstand ließ keinen klaren Gedanken zu, aber was mit ihm geschah, fühlte sich aus irgendeinem Grund nicht richtig an. Immer wieder streifte der Lichtkegel ein paar weißgekleidete Gestalten, etwa vier oder fünf, aber sie trugen keine Arztkittel, sondern eine Art Arbeitsoverall wie die Leute von der Spurensicherung. Noch sonderbarer war, dass sie Schutzmasken über die Mundpartie gezogen hatten.

Habe ich mir ein ansteckendes Virus eingefangen?

Jedenfalls schien jeder von denen genau zu wissen, was er zu tun hatte. Gerade das wirkte irgendwie unheimlich.

Jemand machte sich an Avrams Hand- und Fußschellen zu schaffen, mit denen er ans Bettgestell gefesselt war. Ein anderer drückte ihm einen Ballknebel in den Mund und zog die Schnalle hinter dem Kopf zu. Avram musste würgen. Spätestens jetzt begriff er, dass die Kerle mit ihm nichts Gutes im Sinn hatten. Der Mundschutz diente nur der Maskierung.

Leise Stimmen raunten sich Befehle zu.

»Nehmt ihr den Oberkörper! Du die Beine.«

Jemand begann zu zählen: »Eins ... zwei ... drei.«

Avram wurde aus dem Bett gehoben. Im Schein der Taschenlampe begann sein Gesichtsfeld zu wackeln, einen Moment lang glaubte er, dass er zu Boden stürzen würde. Dann stabilisierte sich seine Lage, und die Männer trugen ihn zur Tür, wo ein großer Wäschecontainer auf Rollen stand, wie man ihn in der JVA auf jeder Station sah. Nicht gerade zimperlich wurde Avram dort hineingeworfen.

Obwohl er noch längst nicht bei klarem Verstand war, signalisierte sein Instinkt ihm nun eindeutig Gefahr. Er wollte schreien, aber der Knebel in seinem Mund verhinderte das. Mehr als ein gepresstes Kreischen kam ihm nicht über die Lippen.

Eine Stimme zischte: »Halt's Maul!«

Dann prasselten Handtücher und Bettlaken auf ihn ein – vermutlich als Tarnung und um ihn ruhigzustellen. Rasch wurde Avram unter einer dicken Stoffschicht begraben.

Unter normalen Umständen wäre das kein Problem gewesen – für niemanden. Doch Avram war immer noch so schwach, dass er befürchtete, unter der Last zu ersticken. Unter Aufbringung all seiner Kräfte schaffte er es, sich durch den Stoff nach oben zu wühlen, bis er wieder Luft bekam.

Was zum Teufel war hier los?

Ich muss auf mich aufmerksam machen! Ich muss verhindern, dass sie mich von hier wegbringen!

Keuchend gelang es ihm, sich durch die Stoffschicht noch weiter nach oben zu wühlen. Seine Hände bekamen den Rand des Wäschecontainers zu fassen. Zitternd vor Anstrengung zog er sich auf die Beine.

Er sah ein grünes Fluchtwegschild, das über der Milchglastür zum Treppenhaus hing ...

Er sah die maskierten Gestalten, die den Container in Rekordtempo durch den Gang zum Aufzug schoben ...

Er sah eine Tür mit der Aufschrift »Nachtwache« ...

Meine letzte Rettung!

Avram schrie in seinen Knebel.

In diesem Moment raste der Knauf einer Pistole auf ihn zu und traf ihn so hart am Schädel, dass die Welt um ihn herum abermals in Finsternis versank.

8

Auf dem Boden hockend, starrte Karina Sukowa auf die gegenüberliegende Wand ihres Verlieses, während sie gegen die Verzweiflung und die innere Leere ankämpfte, die sie wieder einmal heimsuchten.

Das alles nur wegen verfluchter vierhundert Euro!

Diesen Betrag hatte Karina für die Reise nach Kanada zusammenbringen wollen. Ihre Tante und ihr Onkel lebten in Vancouver, und sie hatte vorgehabt, sie dort mit dem Baby zu besuchen.

Vierhundert Euro – für manche Menschen mochte das nicht viel Geld sein, aber für eine arbeitslose Schulabbrecherin im Mütterheim war es eine schier unerreichbar hohe Summe. Deshalb hatte sie sich auf den Rat einer Freundin hin bei Oleg Bartosch gemeldet, der in Riga ein Fotostudio besaß und stets auf der Suche nach Mädchen war, die ihm Modell stehen wollten.

Das Studio lag in einer ruhigen Seitengasse im Hafenviertel und sah von außen ziemlich verwahrlost aus. Von den Wänden bröckelte der Putz, hinter der vergilbten Schaufensterscheibe im Erdgeschoss lagerten die Utensilien eines bankrottgegangenen Schusterladens.

Nichts daran sah einladend aus.

»Lass dich nicht davon abschrecken«, hatte ihre Freundin Natascha gesagt. »Drinnen ist es eigentlich ganz nett. Und warm. Außerdem ist Bartosch ein anständiger Kerl. Wirst schon sehen. Das ist leicht verdientes Geld.«

In Karinas Erinnerung nahm jener verhängnisvolle Tag nun genauere Gestalt an. Der Tag, der ihr Leben zerstört und sie hierher verschlagen hatte. Die Bilder formten sich so plastisch, so real vor ihrem geistigen Auge, als wäre das alles erst gestern geschehen.

Ich habe nicht an der Tür eines Fotografen geläutet, sondern an der Pforte zum Reich des Bösen.

Zunächst schien Bartosch wirklich sehr sympathisch zu sein. Er war groß und schlank, trug einen ausgewaschenen Pullover zu seinen Bluejeans und hatte schulterlanges Haar wie ein zu spät geborener Hippie.

Karina mochte nicht nur seine lockere Art, sondern vor allem seine Verlegenheit und seine spürbare Nervosität – so, als habe er vor dem bevorstehenden Shooting ebenso viel Angst wie sie. Das ließ den Gedanken erträglicher erscheinen, dass er – immerhin ein Wildfremder – sie gleich vollkommen nackt sehen würde.

Karina war so aufgeregt, dass sie kaum atmen konnte.

In ihrer Erinnerung folgte sie Oleg Bartosch über einen schmalen Korridor zu einer Treppe, die ins obere Stockwerk führte.

»Dort befindet sich mein Atelier«, sagte der junge Fotograf auf dem Weg nach oben. »Nichts Besonderes, aber mit allem ausgestattet, was wir für ein paar hübsche Bilder benötigen. Hast du schon mal professionelle Fotos von dir machen lassen?«

»Nein«, antwortete Karina wahrheitsgemäß – genau deshalb war sie ja so nervös.

»Keine Sorge, das wird schon. Wie alt bist du?«

»Achtzehn.«

»Gehst du noch zur Schule?«

»Hab ich abgebrochen.«

Das Atelier entpuppte sich als kleiner, muffiger Raum mit einer fadenscheinigen Couch und einer Fotowand. Davor standen eine Leuchte, ein Reflektor und zwei Stative. Auf dem einen war ein Fotoapparat aufgeschraubt, auf dem anderen eine Videokamera. Ein blickdichtes Tuch vor dem Fenster verhinderte, dass die Nachbarn von der gegenüberliegenden Straßenseite hereinschauen konnten. Die Glühbirne in der staubigen Blechlampe an der Decke verströmte fahles Licht.

Sie setzten sich an einen alten Holztisch mit einem Spiegel und einem Schminkkoffer. Vermutlich wurden die Modelle hier für das Shooting hergerichtet.

»Hat Natascha dir gesagt, was ich für die Fotos bezahle?«, fragte Bartosch mit einem schüchternen Lächeln.

»Dreihundert Euro«, sagte Karina.

Bartosch nickte. »Die Hälfte jetzt, die andere Hälfte, wenn wir fertig sind.« Er zog die Tischschublade auf und kramte zwei Scheine daraus hervor.

Karina schluckte.

Wenn ich das nehme, gibt es kein Zurück mehr.

Aber sie war gekommen, um das Geld für ihre Reise zu verdienen, nicht, um im letzten Moment zu kneifen. Schließlich hatte sie gewusst, worauf sie sich einließ. Ihre plötzlich aufkommenden Bedenken waren wirklich fehl am Platz!

Sie nahm das Geld und steckte es in ihre Handtasche.

»Du kannst dich dort drüben ausziehen«, sagte Bartosch und deutete mit dem Kinn auf eine Ecke mit einem Kleiderständer. Plötzlich wirkte er gar nicht mehr so schüchtern wie an der Tür.

Karina nickte, bemüht, sich ihre Unsicherheit nicht anmerken zu lassen.

Viele Mädchen lassen Aktaufnahmen von sich machen. Was ist schon dabei?

Mutig schlüpfte sie aus ihrer Bluse und ihrer Jeans. Der BH fiel ihr schon deutlich schwerer, und der Slip kostete sie echte Überwindung.

Denk an das Geld! In zwei Stunden ist alles vorbei.

»Keine Sorge, wir machen keine Schmuddelbilder«, sagte Bartosch, der wohl ihre Gedanken lesen konnte. »Nur schöne, ästhetische Fotos. Willst du ein Glas Wein oder einen Schluck Wodka zum Entspannen?«

Karina schüttelte den Kopf. Trotz ihrer Nervosität war es ihr lieber, einen klaren Kopf zu behalten.

»Setz dich auf die Couch, wenn du so weit bist«, sagte Bartosch. »Dann kann ich das Licht einstellen.«

Karina nahm ihren Mut zusammen und folgte der Aufforderung. Sie war froh, dass Bartosch noch nicht auf sie achtete, sondern mit seinen Geräten beschäftigt war – das verschaffte ihr ein paar letzte Sekunden, um sich besser an die Situation zu gewöhnen. Ihre Nacktheit schien sie sensibler zu machen. Der Couchstoff fühlte sich an ihrem Rücken und unter ihrem Po kühl und kratzig an. Sie schlug die Beine übereinander, unterließ es aber, auch noch die Arme vor der Brust zu verschränken, um nicht ganz so prüde zu wirken, wie sie sich im Moment fühlte.

Sie fragte sich, wie viele Mädchen schon vor ihr auf dieser Couch gesessen hatten. Ob sie alle diese Probleme gehabt hatten? Nein, wahrscheinlich gab es einige, denen es überhaupt nichts ausmachte, nackt vor einer Kamera zu posieren. Manchen gefiel es vielleicht sogar.

Aber ich bin nun mal keine von denen.

»Von mir aus können wir loslegen«, sagte Bartosch. »Am besten beginnen wir mit ein paar Fotos im Stehen.«

Zum ersten Mal hatte Karina das Gefühl, dass er sie bewusst ansah. Ein kalter Schauder lief ihr über den Rücken. Sie hoffte, dass Bartosch ihr das nicht anmerken konnte, und stand auf.

»Sehr schön«, kommentierte Bartosch. Er nahm die Kamera vom Stativ und schoss ein paar Bilder aus der freien Hand.

Karina hatte den Eindruck, dass er das Objektiv auf ihr Gesicht richtete. Sie entspannte sich ein wenig.

»Fahr dir mit den Händen durchs Haar«, forderte Bartosch. »Ganz langsam. So, als wolltest du deinen Freund anmachen.«

Sie verstand, was er meinte, auch wenn ihr Freund – besser gesagt, ihr verfluchter Exfreund – im Moment tausend Kilometer weit weg war, weil er meinte, sein Glück in Schweden bei seiner neuen Flamme suchen zu müssen.

»Du bist ein wahnsinnig hübsches Mädchen«, sagte Bartosch und drückte wieder ein paarmal auf den Auslöser.

In gewisser Weise freute Karina das Kompliment. Seit der Geburt ihres Kindes hatte sie ein paar Kilo zugelegt, und spätestens, nachdem Gregor sie wegen dieser Schwedin verlassen hatte, war sie sich bezüglich ihrer körperlichen Attraktivität nicht mehr ganz sicher. Auch die Schwangerschaftsstreifen am Bauch fand sie ziemlich unsexy. Aber Oleg Bartosch schienen sie nicht zu stören.

Er ging vor ihr auf die Knie. Der Sucher seiner Kamera wanderte mit ihm tiefer. Karina versuchte nicht daran zu denken.

»Dreh dich um«, sagte Bartosch.

Karina tat es, so wie sie alle seine Anweisungen befolgte.

»Sieh über die Schulter ... das Kinn tiefer ... die Augen etwas weiter auf ... ja, genau so ... jetzt knie dich auf die

Couch ... drück den Rücken durch ... das linke Bein etwas weiter nach vorne ... du musst versuchen, mit der Kamera zu flirten ... stell dir vor, die Kamera wäre dein Liebhaber ...«

Je weiter das Shooting voranschritt, desto mehr legte Bartosch seine Schüchternheit ab, und sogar Karina gelang es immer besser, sich auf seine Anweisungen einzulassen. Sie erlaubte ihm sogar ein paar Aufnahmen, die weit über das hinausgingen, was sie sich vorgenommen hatte. Hin und wieder kam die Kamera so nah an sie heran, dass sie Bartoschs Atem auf ihrer Haut spüren konnte.

Dann begann er auf einmal, sie zu berühren. Seine Hand legte sich auf ihren Oberschenkel, als sei es geradezu selbstverständlich, dass er als Fotograf ein Recht darauf hatte. Unwillkürlich zuckte sie zusammen.

»Nein ... bitte. Ich will das nicht«, murmelte sie.

Er machte einfach weiter.

9

Der Wäschecontainer wurde aus der Tür ins Freie geschoben und rollte auf einen großen Mercedes-Transporter zu, der neben dem Gebäude parkte. Beschienen vom fahlen Licht einer Laterne, erkannte Avram auf dem Wagen das Emblem der Firma *Alpenweiß*, die für die JVA München diverse Arten von Reinigungsarbeiten durchführte. Nur trugen die Angestellten von *Alpenweiß* normalerweise keinen Mundschutz.

Kräftige Hände zerrten Avram aus dem Container und verfrachteten ihn in den Laderaum des Transporters. Unsanft landete er auf dem Boden. Avram ächzte auf.

»Der will einfach nicht bewusstlos bleiben!«, zischte jemand.

»Dann benutz den Äther, verdammt nochmal!«, kam die Antwort. »Wenn er bei der Kontrolle auf sich aufmerksam macht, sind wir alle am Arsch!«

Der scharfe Geruch von Desinfektionsmittel stieg Avram in die Nase. In einer Ecke des Transporters standen ein paar Eimer mit Wischmobs und Putzlappen, daneben ein großer Wäschezuber. Einer der Männer schob einen Stapel Handtücher beiseite und legte dadurch ein paar Sandsäcke frei, die er gleich darauf auszuladen begann.

Noch während Avram sich fragte, was der Kerl damit bezweckte, wurde er plötzlich durch den Laderaum geschleift und mit Zurrgurten quer an der Trennwand zum Fahrerhaus befestigt. Wie eine Fliege im Spinnennetz klebte er mit dem Rücken an der Wand, er konnte sich kaum noch bewegen.

Jetzt begriff er auch, was es mit den Sandsäcken auf sich hatte: Jedes Fahrzeug, das aufs JVA-Gelände fuhr, wurde an der Einlassschranke von einer Kfz-Waage im Boden gewogen. Dasselbe galt beim Verlassen des Geländes. Sofern die Wachen keine auffälligen Gewichtsdifferenzen feststellten, begnügten sie sich bei der Ausfahrt mit Sichtkontrollen. Andernfalls durchsuchten sie das Fahrzeug bis ins Detail.

Die Sandsäcke stellten das Gegenstück zu Avrams Körpergewicht dar und dienten dazu, den Gewichtsunterschied auszugleichen.

Einer der Männer hielt plötzlich einen Akkuschrauber in der Hand, ein anderer eine Blechverkleidung. Es surrte vier Mal, dann war Avram von den Schuhen bis zur Taille hinter einer weißen Abdeckung verschwunden, die sich durch nichts von der Wand zum Fahrerhaus unterschied, an der man ihn fixiert hatte.

Schon machten die beiden Männer sich daran, auch das zweite Blech in Position zu bringen, diesmal vor seinem Oberkörper. Die Wache an der Schranke würde den Unterschied nicht bemerkten – nicht bei Laternen- und Taschenlampenlicht. Und da die Fahrzeugwaage keine Auffälligkeiten meldete, würde auch niemand genauer nachsehen.

Erst in ein paar Stunden wird man feststellen, dass ich nicht mehr im Gefängnis bin. Man wird rekonstruieren können, wie alles gelaufen ist, aber dann wird es zu spät sein.

Bevor das zweite Blech festgeschraubt wurde, drückte jemand Avram ein feuchtes Tuch aufs Gesicht. Dem ersten Impuls folgend, wollte er sich dagegen wehren, aber die Zurrgurte ließen ihm keinen Bewegungsspielraum. Die Luft anzuhalten hatte auch keinen Sinn – wie lange hätte er das durchhalten können?

Er fragte sich, zum wievielten Mal in den letzten vierundzwanzig Stunden er nun die Besinnung verlieren würde, und nahm einen tiefen Atemzug.

10

Lyon

Emilia Ness lag schon seit Stunden im Bett, aber obwohl sie hundemüde war, fand sie nicht zur Ruhe. Durch ihren Kopf spukte ein sonderbares Gedankengewirr, das sie zuerst auflösen musste, bevor sie ans Einschlafen denken konnte. Doch sosehr sie sich auch bemühte, es gelang ihr nicht.

Der Wecker auf ihrem Nachttisch zeigte mittlerweile zwei Uhr.

Wenn ich nicht bald schlafen kann, wird es morgen ein verdammt zäher Tag!

Sie griff zum Handy, das neben dem Wecker lag, und fragte Mikka per WhatsApp, ob er auch noch wach war.

Die Antwort kam prompt: *Schlafen im Dienst ist bei der Frankfurter Kripo nicht erlaubt:-)*

Erst jetzt fiel ihr wieder ein, dass er diese Woche Nachtschicht hatte. Durch den Stress im Büro hatte sie das komplett vergessen.

Tut mir leid, ich wollte nicht stören, tippte sie ins Display.

Kein Problem, schrieb Mikka zurück. *Bin zurzeit alleine im Büro. Wollen wir telefonieren?*

Sie lächelte und wählte seine Nummer.

»Alles klar bei dir?«, fragte er. Die Verbindung war nicht sonderlich gut, aber es wärmte Emilias Herz, seine Stimme zu hören.

»Ich liege schon seit einer Ewigkeit wach im Bett und wälze Probleme«, sagte sie. »Ich dachte, dass es mir vielleicht beim Einschlafen hilft, wenn ich auf andere Gedanken komme.«

»Wo genau drückt der Schuh?«

Sie zögerte, weil sie das Thema schon gefühlte hundert Mal durchgekaut hatten. Dennoch wollte sie mit Mikka darüber sprechen.

»Ich bin mir nicht sicher, ob ich die richtige Entscheidung getroffen habe«, sagte sie. »Mit der Übernahme der Leitung von SC&A, meine ich. Da kommt in den nächsten Monaten so viel Arbeit auf mich zu, dass ich schon jetzt gar nicht mehr weiß, wo mir der Kopf steht. Ich werde für Becky und dich noch weniger Zeit haben als bisher – das finde ich schrecklich.«

»Ich weiß«, sagte Mikka. »Und mir gefällt das auch nicht. Aber Becky ist in einem Alter, in dem die Eltern ihr nur noch peinlich sind. Wie oft besucht sie uns am Wochenende? Höchstens einmal im Monat. Die bleibt mittlerweile lieber im Internat bei ihren Freundinnen. Und ich bin ein erwachsener Mann. Natürlich hätte ich dich gerne in meiner Nähe. Aber ich weiß, dass du auch deine Arbeit liebst.«

Das stimmte. Für sie war es nicht nur ein Job, sonst hätte sie nicht so viel Energie investiert. Mit ihrer Arbeit konnte sie etwas bewirken, die Welt ein kleines bisschen sicherer machen. Deshalb versuchte sie immer, ihr Bestes zu geben – und das kostete Zeit, die sie vom Privatleben abzwacken musste.

»Vielleicht sollte ich doch lieber den Job an den Nagel hängen und zu dir nach Frankfurt ziehen«, seufzte sie. »Ich würde bestimmt eine geeignete Stelle bei der Kripo finden, so wie früher in Hamburg.«

»Das würde mich wahnsinnig freuen«, sagte Mikka. »Aber du könntest damit auf Dauer nicht glücklich werden. Du brauchst den Job bei Interpol mehr, als er dich braucht.«

Sie schwieg einen Augenblick und dachte darüber nach. Tatsächlich hatte Mikka recht. Im Grunde war sie sich dessen schon die ganze Zeit bewusst gewesen, sie hatten ja auch schon oft genug darüber diskutiert. Aber irgendwie fühlte es sich falsch an, eine Wochenendehe zu führen. Konnte das auf Dauer überhaupt gutgehen?

»Du musst auf deine innere Stimme hören«, sagte Mikka, der ihre Verunsicherung wohl immer noch spürte. »Und wenn die nun mal für Lyon ist, dann soll es so sein. Schließlich will ich auch nicht aus Frankfurt weg. Das Wichtigste ist doch, dass wir uns lieben. Außerdem haben wir WhatsApp und Skype. Wir führen eben eine moderne Art von Ehe. Beziehung 2.0 sozusagen. Wenn wir beide damit umgehen können – warum nicht?«

Emilia atmete erleichtert auf. Wieder einmal machte Mikka es ihr leicht. Er setzte sie nicht unter Druck und erwartete nichts von ihr, das er nicht selbst zu geben bereit war.

»Ich liebe dich«, flüsterte sie.

»Ich dich auch«, sagte er. »Geht es dir jetzt wieder etwas besser?«

»Ja. Bestimmt kann ich jetzt schlafen wie ein Baby. Gute Nacht.«

Aber nachdem sie das Gespräch beendet hatte, lag sie weiterhin wach in ihrem Bett und starrte zur Decke.

11

Den Blick starr auf die gegenüberliegende Betonwand gerichtet, spielten sich die Erinnerungen in Karina Sukowas Kopf ab wie in einem Film.

Ein Film, in dem sie unfreiwillig die Hauptrolle spielte.

»Bitte, Oleg, hör auf damit! Sofort!«

Die Schärfe in ihrer Stimme schien ihn nicht besonders zu erschrecken, aber wenigstens ließ er von ihr ab.

»Tut mir leid«, sagte er. »Ich weiß nicht, was in mich gefahren ist. Es ist nur ... du bist so wunderhübsch.«

Im ersten Moment wollte sie ihm für das Kompliment danken, dann ließ sie es aber doch lieber bleiben, um ihn nicht zu ermutigen.

»Ich wollte dich nicht verärgern«, fuhr er fort. »Bitte entschuldige!«

Er stand auf, ging aus dem Zimmer und kam kurz darauf mit zwei gefüllten Gläsern in der Hand zurück. Eines davon hielt er Karina hin.

»Was ist das?«, wollte sie wissen. »Sekt?«

»Krimskoye. Komm schon. Nimm einen Schluck, sonst fühle ich mich schrecklich!«

Sie gab sich einen Ruck und nippte an dem Glas.

»Ehrlich, ich weiß nicht, was in mich gefahren ist«, sagte Oleg Bartosch. »Sind wir wieder gut miteinander?« Dabei sah er sie mit seinen dunkelgrünen, scheuen Augen an, als könne er keiner Fliege je etwas zuleide tun. Karina konnte ihm einfach nicht böse sein.

»Schon vergessen«, murmelte sie.

Er hielt ihr sein Glas hin, und sie stießen miteinander an.

»Da bin ich aber froh. Ich verspreche, mich ab sofort besser zu benehmen«, sagte er.

Er leerte sein Glas in einem Zug, woraufhin auch sie einen ordentlichen Schluck nahm. Der Champagner prickelte in ihrer Nase, schmeckte nach ihrem Empfinden aber viel zu sauer. Sie hatte noch nie in ihrem Leben echten Krimskoye getrunken, und sie konnte auch nicht nachvollziehen, weshalb so viele Menschen Gefallen daran fanden. Ein süßer Caipirinha oder eine Piña Colada wären ihr hundertmal lieber gewesen.

Dass mit diesem Champagner etwas nicht stimmte, merkte sie erst, als das Schwindelgefühl einsetzte. Zuerst dachte sie, es sei nur das erste Anzeichen des Schwipses – sie hatte fast das ganze Glas ausgetrunken, und der Alkohol stieg ihr zu Kopf. Aber dann wurde ihr plötzlich schwarz vor Augen.

Er hat mir etwas ins Glas gegeben!

Das war die letzte Erinnerung, die Karina Sukowa an ihr altes Leben hatte. Als sie wieder zu sich gekommen war, hatte sie sich im Reich der Finsternis befunden. Seitdem hielt man sie in ihrer unwirtlichen, kleinen Betonzelle gefangen wie ein Tier.

Ihr Blick wanderte zu dem vergitterten Loch unter der Decke. Sie konnte ein Stück Himmel erkennen, es schien eine wunderschöne Nacht zu sein, kalt, aber sternenklar.

Ich werde hier unten sterben.

Davon war sie überzeugt. Vielleicht noch nicht heute, vielleicht noch nicht morgen. Aber schon ziemlich bald.

Nach ein paar Tagen hatte der *Wahnsinnige* sie zum ersten Mal besucht. Nicht Bartosch, sondern ein anderer Mann, älter und furchteinflößender. Er hatte sie in eine andere Zelle geführt, eine dunkle, fensterlose Kammer. Dort brannte, wie Karina mittlerweile wusste, immer nur eine Kerze. Die flackernde Flamme verwandelte den Raum jedes Mal in ein morbides Reich aus tanzenden Schatten. Die Wände waren mit stilisierten Zeichnungen übersät: menschliche, tierische und dämonische Figuren, die in den unterschiedlichsten Positionen miteinander kopulierten – Schreckensbilder, bei deren Anblick Karina das blanke Entsetzen überkam.

Noch mehr Angst bereitete ihr dieses *Ding* in der Mitte der Kammer, eine Art Opferaltar, auf den er sie fesselte, um sie anschließend zu misshandeln.

Dabei raunte er ihr immer wieder dieselben Dinge ins Ohr: »Hier unten kann ich mit dir tun, was ich will. Aber ich verspreche dir: Solange du es schaffst, nicht zu schreien, werde ich dein Baby am Leben lassen.«

Also biss sie jedes Mal die Zähne zusammen, wenn er über sie herfiel. Sie schluchzte, sie vergoss stumme Tränen. Manchmal, wenn der Schmerz übermächtig wurde, kam ihr ein kurzes, unterdrücktes Würgen über die Lippen.

Aber geschrien hatte sie noch nie.

So ging es nun schon seit Monaten. Jedes Mal, wenn er mit ihr fertig war, schnitt er sie los, und jemand anderes brachte sie zurück in ihre Zelle. Danach vergingen oft mehrere Tage, in denen sie in ihrem Kerker alleine war.

Wasser hatte sie genug. Morgens und abends brachte man ihr etwas zu essen, ab und zu auch ihre kleine Tochter, so dass sie sie trotz allen Elends wenigstens stundenweise in den Armen halten konnte.

Auf diese Weise kehrte selbst hier unten eine gewisse Form von Normalität ein – ein Rhythmus, der ihr half, all die Widerwärtigkeiten besser zu ertragen, die sie erdulden musste.

12

Das Dröhnen wurde lauter, steigerte sich bis zur Unerträglichkeit. War das nur in seinem Kopf? Oder ein Geräusch von außen?

Die Grenze zwischen Bewusstlosigkeit und Realität verschwamm. Um Avram herum war es stockdunkel, obwohl er beinahe sicher war, die Augen offen zu haben. Je wacher er wurde, desto stärker überkam ihn der Brechreiz. Er versuchte, die aufkommende Übelkeit zu ignorieren, schaffte es aber nicht, weil der Ballknebel im Mund seine Zunge gegen den Gaumen drückte und ihn permanent zum Schlucken zwang.

Wenn ich mich übergeben muss, werde ich womöglich ersticken.

Die sonderbare Position, in der er sich befand, weckte die Erinnerung an die Entführung: an den Mercedes-Transporter, mit dem man ihn aus dem Gefängnis verschleppt hatte. Avram war immer noch quer an der Wand zum Fahrerhaus festgezurrt wie ein Holzbrett oder ein Stück Frachtgut. Er konnte sich nicht rühren, bekam kaum noch Luft. Sein Körpergewicht drückte auf den unteren Arm – der war schon völlig taub.

Irgendwann wurde der Wagen langsamer, die Fahrt holpriger. Der bittere Geschmack von Magensäure stieg in Avram auf.

Lange stehe ich das nicht mehr durch.

Bei einem besonders großen Schlagloch knallte er mit der Stirn gegen etwas Hartes, das sich direkt vor seinem Gesicht befand. Einen Moment lang tanzten in der Dunkelheit Sterne vor seinen Augen, dann wurde ihm klar, dass er sich an der Blechverkleidung gestoßen hatte. Er war in diesem Versteck eingepfercht wie in einer verdammten Sardinenbüchse.

Endlich kam der Transporter zum Stehen. Avram hörte gedämpfte Stimmen, dann das Geräusch der Seitentür, die aufgeschoben wurde.

Jemand stieg in den Laderaum. Kurz darauf surrte der Akkuschrauber auf, und die Blechverkleidung wurde entfernt.

Endlich!

Im Dämmerlicht der Nacht erkannte Avram zwei Gestalten. Sie trugen jetzt nicht mehr Weiß, sondern Schwarz. Die Masken hatten sie abgezogen, was Avram als schlechtes Zeichen wertete. Offenbar gingen sie nicht davon aus, dass er jemals eine Chance haben würde, sie zu identifizieren.

Aber noch bin ich nicht tot.

Der Kleinere hatte ein Allerweltsgesicht, aber die Visage des anderen hätte einprägsamer nicht sein können: schwarzes, lockiges Haar, ausgemergelte Wangen, blutunterlaufene Augen wie bei einem Drogensüchtigen und eine auffällige Habichtsnase. Ein Italiener vielleicht, oder ein Grieche.

Wer sind diese Kerle?

Warum haben sie mich aus dem Gefängnis geholt?

Was haben sie mit mir vor?

Träge geisterten die Fragen durch seinen benebelten Verstand. Mit Griechenland hatte er schlechte Erfahrungen, seit er dort auf einer Privatinsel einen Ring von reichen Perversen ausgehoben hatte. Ob von damals jemand übrig war, der jetzt auf Rache sann? Avram hätte geschworen, alle Widersacher erfolgreich eliminiert zu haben, aber bei solchen Aktionen gab es immer gewisse Restrisiken.

Die Zurrgurte wurden gelöst, und Avram plumpste auf

den Ladeboden wie ein nasser Sack. Der Aufprall raubte ihm beinahe den Atem. Als er aufstehen wollte, gelang ihm das nicht – seine Beine waren durch die mangelnde Blutzirkulation wie gelähmt.

Das Habichtsgesicht packte Avram am Kragen, legte ihm Handschellen an und zerrte ihn aus dem Transporter, nur, um ihn in den Kofferraum eines bereitstehenden Pkw zu stoßen. Dann ging die Fahrt auch schon weiter.

Als der Kofferraum sich wieder öffnete, schlug Avram kühle Nachtluft entgegen. Durch die dunkelgraue Wolkenschicht am Himmel ahnte man den Vollmond mehr, als dass man ihn sehen konnte. Sterne suchte man in dieser Nacht vergeblich.

In weiter Ferne schrillte der Pfiff einer Lokomotive, irgendwo heulte ein Uhu.

Wieder wurde Avram aus dem Wagen gezogen, unsanft landete er auf den Knien.

»Bleib da unten, verstanden?«, zischte das Habichtsgesicht. »Und nimm die Hände hinter den Schädel, sonst puste ich ihn dir weg! Jetzt keine Bewegung mehr, bis ich es dir sage!«

Avram faltete wie befohlen die Hände hinter dem Nacken und blieb reglos auf den Knien, während der andere eine Stahlkette durch seine Handschellen zog und sie mit der am Heck des Autos angebrachten Abschleppöse verband. Als er damit fertig war, ging er vor Avram in die Hocke und tätschelte ihm mit einem höhnischen Grinsen die Wange.

»Du bist jemandem einen verdammt großen Batzen Geld wert, alter Mann: fünfzig Millionen Euro. Und wer immer so viel Kohle für dich bezahlt – es war ihm wichtig, dass dir keins deiner wertvollen Härchen gekrümmt wird. Keine Ahnung, warum. Vielleicht liebt er dich einfach, du verdammte Schwuchtel. Ist mir auch scheißegal. Aber eins verrate ich dir: Sollten du oder dein Wichser-Freund irgendwelche krummen Touren versuchen, wirst du das als Erster bereuen. Siehst du das Auto?«

Avram drehte den Kopf nach hinten. Das Fahrzeug, an das man ihn angekettet hatte, war ein 5er BMW.

»Zweihundertfünfundvierzig PS«, sagte der Habicht. »Beschleunigt in sechseinhalb Sekunden von Null auf Hundert. Wenn mein Freund auf dem Fahrersitz aufs Gas tritt, wird er dir die Armgelenke auskugeln und dich damit zwei Kilometer weit bis ans Ende des Feldwegs schleifen. Falls du dann immer noch am Leben sein solltest, wird er dir den Bauch aufschlitzen und dich am Straßenrand verbluten lassen, kapiert?«

Avram hatte keine Ahnung, was hier gerade ablief. Offenbar eine Art Übergabe. Aber wer war das Vogelgesicht? Und wer wollte fünfzig Millionen Euro für ihn bezahlen?

Eine absurd hohe Summe.

Entweder musste das jemand sein, dem er wahnsinnig viel bedeutete – davon gab es höchstens eine Handvoll Menschen auf der Welt, aber niemand mit einem so dicken Bankkonto. Oder es steckte jemand dahinter, der ihn abgrundtief hasste. Leider gab es davon eine ganze Menge, auch mit dem nötigen Kapital.

Ihm wurde klar, dass er schnell handeln musste, wenn er die Nacht überleben wollte. Das Habichtsgesicht und seine Leute wollten ihn nicht töten. Im Gegenteil: Solange sie auf ihre Belohnung hofften, befand Avram sich in relativer Sicherheit. Nach der Übergabe würden seine Überlebenschancen drastisch sinken.

Wer fünfzig Millionen Euro bezahlt, will etwas dafür geboten bekommen. Das wird ganz bestimmt kein leichter Tod.

Seine Beine begannen zu kribbeln, seine Arme ebenfalls, weil das Blut wieder zirkulierte – ein unangenehmes Gefühl, aber wenigstens war er noch am Leben.

Unauffällig ließ er den Blick schweifen. In der Dunkelheit konnte er nicht viel erkennen, nur, dass sie sich auf einem Feldweg befanden. Rechts von ihm verlor sich ein abgemähtes Weizenfeld in der Nacht, links ragten übermannshohe Maispflanzen in den Himmel.

Ein möglicher Fluchtweg.

Ohne sich etwas anmerken zu lassen, spannte er seine Beinmuskulatur an, um den Blutfluss weiter zu fördern. Dasselbe tat er mit den hinter dem Kopf verschränkten Armen. Wenn es darauf ankam, musste sein Körper funktionieren.

Das Habichtsgesicht war sichtlich nervös. Immer wieder hielt er sich ein Nachtsichtgerät an die Augen, um den Feldweg vor sich zu beobachten. Von hinten schien er keine Gefahr zu vermuten, wahrscheinlich, weil dort seine Leute lauerten – im Gefängnis waren es mindestens vier Männer gewesen, die Avram entführt hatten, im Moment sah er nur zwei. Bestimmt hatten die anderen irgendwo Position bezogen.

Das Habichtsgesicht ließ das Nachtsichtgerät sinken und steckte sich eine Zigarette an.

Was für ein Idiot!

Vermutlich war ihm nicht klar, dass man die Glut einer glimmenden Zigarette bei klarer Nacht über einen Kilometer weit sehen konnte. Ein geübter Schütze wäre durchaus in der Lage, ihm einen gezielten Kopfschuss zu verpassen.

Ein häufiger Fehler.

Auch das viele unaufgeforderte Gequatsche war ein Fehler. Avram wusste dadurch, dass er besser jetzt als später die Flucht ergreifen musste.

Genau das hatte er vor. Zum Glück war die Kette, mit der man ihn an den BMW gekettet hatte, locker genug, um sich bewegen zu können.

Als der Mann das nächste Mal durchs Nachtsichtgerät blickte, sprang Avram auf und trat ihm mit voller Wucht in die Kniekehle, so dass er einknickte und das Gleichgewicht verlor. Mit einem heiseren Aufschrei ließ er das Nachtsichtgerät fallen und wollte seine Pistole ziehen, doch schon riss Avram ihm mit einem gezielten Griff die Waffe aus dem Hosenbund und drückte ab. Ein Schuss gellte durch die Dunkelheit. Noch bevor der Mann auf dem Boden aufschlug, war er tot.

Jemand schrie: »Wir werden angegriffen!«

Dann heulte auch schon der Motor auf.

Avram zielte und schoss, schien den Fahrer aber zu verfehlen, denn der BMW machte einen Satz nach vorne. Rasend schnell spannte sich die Kette an seinen Handschellen.

Instinktiv rannte Avram dem Wagen hinterher, um die Kräfte abzumildern, die beinahe im selben Moment an seinen Gelenken rissen. Mit einem kräftigen Ruck wurde er von den Beinen geschleudert und über den holprigen Feldweg geschleift.

Der Schmerz in den Armen war so intensiv, dass Avram einen Augenblick befürchtete, er habe sich die Schultern ausgekugelt. Durch den Ballknebel im Mund bekam er kaum Luft.

Irgendwie schaffte er es jedoch, die Pistole in der Hand zu behalten. Als er sich dessen bewusst wurde, feuerte er in Richtung des Fahrers, bis sich das Tempo verringerte. Außerdem kam der Wagen seitlich vom Weg ab – in einer weiten Kurve steuerte er mitten ins Feld. Die gegen die Motorhaube donnernden Maiskolben verursachten einen irrwitzigen

Trommelwirbel. Die umgemähten Holme schlugen Avram hart ins Gesicht.

Endlich kam der Wagen zum Stehen. Ächzend wälzte Avram sich auf die Seite. Ihm tat zwar jeder Knochen im Leib weh, aber wie durch ein Wunder schien nichts gebrochen zu sein. Benommen kam er auf die Beine.

Das Auto hatte eine saubere Schneise ins Feld gefräst, wie eine langgezogene Sichel, wenigstens zweihundert Meter lang. Am Ende der Schneise tauchten zwei Gestalten auf, mit Gewehren bewaffnet, das war trotz Dunkelheit klar zu erkennen.

Avram schoss sich von seiner Kette frei, dann feuerte er auf die beiden bewaffneten Silhouetten, bis das Magazin leer war, während er sich gleichzeitig zur Fahrertür zurückzog. Der Kerl hinter dem Lenkrad hockte zusammengekrümmt auf seinem Sitz. Die Armaturenanzeige und Teile der Windschutzscheibe waren mit Blut besudelt. Mindestens eine seiner Kugeln hatte ihr Ziel getroffen.

Avram riss die Tür auf und zerrte den leblosen Körper aus dem Wagen. Als er sich auf den Fahrersitz schob, durchlöcherte eine Kugel die Scheiben des BMW. Glassplitter trafen Avram wie Schrapnelle, die Kugel selbst pfiff nur ein paar Zentimeter neben seinem Ohr vorbei. Als er sich mit einer Hand übers Gesicht wischte, war sie blutig.

Nichts wie weg!

Er startete den Motor und trat aufs Gas. Gleichzeitig riss er das Steuer herum und fuhr eine Kurve, um den Angreifern kein klares Ziel mehr zu bieten.

Im Schutz des Maisfelds preschte er davon.

13

Lyon

Trotz des Telefonats mit Mikka kam Emilia nicht zur Ruhe. Sie *wollte* schlafen, aber sie *konnte* es nicht. Die Fälle, die sich auf ihrem Büroschreibtisch häuften, kreisten wie Dämonen in ihrem Kopf: Sechs Kinderleichen entlang der europäischen Atlantikküste, vier erwürgte Senioren in den Pyrenäen, eine Reihe von verstümmelten jungen Männern in den Benelux-Staaten, dazu noch zwei Dutzend weitere, dicke Akten, mit denen Emilia sich bisher nur oberflächlich beschäftigt hatte.

Natürlich war sie damit nicht allein. Sie hatte Mitarbeiter, die sich im Detail mit den Fällen befassten. Aber die Gesamtverantwortung lag ganz klar bei ihr.

Dabei war das nur das Pensum aus den drei Abteilungen für Gewaltverbrechensbekämpfung. Darüber hinaus gab es noch vier weitere Abteilungen, deren Leitung sie übernommen hatte. Was von denen zu erwarten war, wusste sie noch gar nicht. Im Moment fühlte sich ihr Job an wie ein riesiger, unbezwingbarer Berg voller Arbeit.

Sieben Abteilungen – wie soll ich das nur schaffen?

Andererseits hätte der Generalsekretär ihr diesen Posten wohl kaum zweimal angeboten, wenn er nicht davon überzeugt gewesen wäre, dass sie ihn auch meistern konnte. Emilia erinnerte sich noch genau an das Gespräch, das sie vor ein paar Wochen geführt hatten.

»Sie haben Kompetenz und großen Mut bewiesen«, hatte er ihr mit einem kräftigen Händedruck gesagt. »Eigenschaften, die ich sehr an Ihnen schätze. Außerdem verfügen Sie über das nötige Maß an Führungserfahrung. Ich weiß, dass Sie ihre neue Aufgabe mit Bravour meistern werden.«

Auch Mikka war davon überzeugt, das hatte er ihr mehr als einmal versichert. Und ihre ehemaligen Mitarbeiter behaupteten einhellig, sie könnten sich keine geeignetere Person auf dem Posten der SC&A-Leitung vorstellen.

Jeder, mit dem sie sprach, ermutigte sie, niemand schien auch nur eine Sekunde an ihrer Kompetenz zu zweifeln.

Niemand – außer Emilia selbst.

14

Beschienen vom Xenon-Licht der Scheinwerfer wand sich die Landstraße zwischen weitläufigen Feldern und Weiden hangabwärts auf ein Dorf zu. Da durch den Schusswechsel auf den Feldern auch das Navi etwas abbekommen hatte, wusste Avram nicht genau, wo er sich befand. Er vermutete, ein Stück nördlich von München. Südlich davon war er aufgewachsen, dort kannte er sich aus, aber die Namen der Ortschaften, durch die er bisher gefahren war, sagten ihm nichts.

Im Radio liefen die Nachrichten. Dass aus der Münchener Justizvollzugsanstalt ein Häftling entkommen war, wurde nicht erwähnt.

Entweder ist noch niemandem aufgefallen, dass ich fehle, oder es ist nur noch keine offizielle Meldung rausgegangen, obwohl die Fahndung längst läuft.

Vermutlich Letzteres.

Avram warf einen Blick auf das Armaturenbrett. Kurz nach drei Uhr morgens. Zum Glück waren die Straßen zu so früher Stunde noch nahezu menschenleer, denn er musste dringend das Auto wechseln. Die Motorhaube sah wegen der Flucht durchs Maisfeld aus wie nach einem massiven Hagelschaden, und die Einschusslöcher in den Scheiben waren auch nicht gerade unauffällig. Deshalb ließ er den BMW im nächsten Ort in einer Seitenstraße stehen.

Als Ersatzfahrzeug knackte er einen alten Volvo auf. Nach der Optik zu urteilen, war der bestimmt schon fünfzehn Jahre alt und für eine rasante Flucht völlig ungeeignet, aber er verfügte über einen entscheidenden Vorteil: Er besaß keine Alarmanlage. Außerdem sollte der Volvo ohnehin nur zur Überbrückung dienen, bis Avram irgendwo anders geeigneteren Ersatz fand.

Zuerst brauchte er jedoch andere Klamotten – in seiner Gefängniskleidung würde er nicht weit kommen. *Ursels Modeladen* kam ihm da gerade recht. Zusammen mit der Kirche, einer Metzgerei, einem Bäckerladen und einer Apotheke bildete die Dorfboutique gewissermaßen den Ortskern.

Über den Nebeneingang in einer Seitengasse brach Avram ein. Wenige Minuten später trug er einen schwarzen Rollkragenpullover, eine dunkelbraune Hose und ein dazu passendes Sakko mit Wildlederapplikationen an den Ellbogen. In der Sakkotasche befand sich das Bargeld aus der Registrierkasse – hundertzweiunddreißig Euro und ein paar Cent. Nicht gerade üppig, aber genug, um sich an einer Tankstelle etwas zu essen zu kaufen, den Wagen vollzutanken und ein paar Telefonate zu führen.

15

Emilia lag in einer kleinen, karibischen Bucht am Strand und ließ sich von Mikka den Körper mit Sonnenmilch eincremen. Weit und breit war kein anderer Mensch zu sehen, vom Meer her wehte eine sanfte Brise, ein paar Möwen waren die Einzigen, die beobachten konnten, wie Mikkas Hand sich langsam über ihren Rücken bewegte.

»Tiefer«, murmelte sie, benommen von seinen Berührungen. Er wusste ganz genau, wie er sie in Stimmung bringen konnte. Tatsächlich überlegte sie, ob sie sich zu einem Schäferstündchen am Strand hinreißen lassen solle, doch dann lag wie aus heiterem Himmel die plärrende Stimme von Axl Rose in der Luft.

Knock, knock, knockin' on heaven's door ...

»Stell das Radio ab, Schatz«, murmelte Emilia. »Du verdirbst sonst noch alles.«

Doch Guns N' Roses spielten unerbittlich weiter.

Mit einem Anflug von Ärger drehte sie sich um, um die Musik selbst abzuschalten, aber da war gar kein Radio, und auch von Mikka fehlte auf einmal jede Spur. Selbst der Strand war nicht mehr da, alles schien vor ihren Augen plötzlich zu Asche zu zerfallen ...

Knock, knock, knockin' on heaven's do-oo-oor.

Emilia begriff, dass der Song gar nicht im Radio gespielt wurde, sondern dass er aus ihrem Handy kam. Nicht an einem Strand in der Karibik, sondern zu Hause, bei ihr im Schlafzimmer. Sie hatte nur geträumt.

Wieder bohrte sich der nasale Refrain in ihren Kopf.

Erst jetzt wurde ihr klar, dass jemand versuchte, bei ihr anzurufen.

Ja, ja, ich komme ja schon.

Träge tasteten ihre Finger über den Nachttisch, bis sie das Handy zu fassen bekam. 05:03 Uhr. Sie war erst vor einer Stunde eingeschlafen. Großer Gott, wer rief so früh am Morgen schon bei ihr an? Mikka? Oder Becky? War womöglich etwas passiert?

Nein, sie kannte die Nummer im Display nicht.

Einen Moment lang überlegte sie, ob sie das Gespräch einfach wegdrücken solle. Vielleicht hatte sich jemand verwählt. Aber da sie nun schon einmal wach war – oder zumindest fast –, beschloss sie, auch ranzugehen.

»Herbert Lohfink«, meldete sich eine raue Männerstimme.

Emilia glaubte, den Namen schon einmal gehört zu haben, wusste im Moment aber nicht, woher.

»Spreche ich mit Frau Ness?«

»Ja.«

»Ich bin Leiter der Justizvollzugsanstalt München-Stadelheim. Ihre Nummer steht auf unserer Alarmkettenliste für den Gefangenen Avram Kuyper.«

Zu ihm hatte Emilia eine ganz besondere Verbindung. Ohne ihn wäre ihre Tochter längst nicht mehr am Leben gewesen, und auch die Verhaftung von Interpol-Spion Dr. Albert Rodtmann hätte ohne sein Zutun nicht geklappt.

»Was ist mit ihm?«, fragte sie.

»Gestern Mittag gab es einen Zwischenfall in der Kantine. Es hatte den Anschein, als sei Kuyper einer Art Giftanschlag zum Opfer gefallen – deshalb wurde er ins Krankenquartier verlegt«, erläuterte Lohfink. »Heute Nacht verschwand er von dort, gegen ein Uhr dreißig. Nach unserem derzeitigen Kenntnisstand wurde er von einem Lieferwagen ins Freie geschmuggelt, der als Fahrzeug unserer Reinigungsfirma getarnt war.«

»Wissen Sie, wer seine Komplizen sind?«

»Bis jetzt nicht, aber die wussten ganz genau, wo auf unserem Gelände die Kameras installiert sind. Der Lieferwagen hat im toten Winkel geparkt. Im Gebäude trugen die Kerle einen Mundschutz. Die Überwachungsaufnahmen zeigen keine erkennbaren Gesichter.«

»Wie konnten sie Kuyper durch die Kontrolle schmuggeln?«

»Sie haben Sandsäcke benutzt, die ziemlich genau seinem Körpergewicht entsprechen. Auf diese Weise konnten sie die Kfz-Waage überlisten.«

Emilia verstand. Avrams Team hatte ganze Arbeit geleistet. Sie seufzte.

Verdammter Idiot!

Sie hatte von Anfang an damit gerechnet, dass Avram eines Tages ausbrechen und sich dadurch in umso größere Schwierigkeiten bringen würde. Deshalb hatte sie im Gefängnis ihre Nummer hinterlegt. Sie verdankte ihm wirklich viel. Das gute Wort, das sie vor Gericht für ihn eingelegt hatte, war bei der Urteilsfindung dagegen kaum beachtet worden. Deshalb hatte sie den Vorsatz gefasst, ihm zu helfen, falls es einmal nötig sein sollte

Wie es schien, war dieser Zeitpunkt jetzt gekommen.

Natürlich konnte sie ihn nicht vor einer neuen Festnahme bewahren – er war ein gesuchter Mörder und gehörte von Rechts wegen hinter Gitter. Aber vielleicht konnte sie wenigstens verhindern, dass er auf der Flucht erschossen wurde.

Mit der Hand wischte sie sich über das müde Gesicht. Als ob der Stress im neuen Job nicht schon genug gewesen wäre! Avram hatte sich für seinen Ausbruch wirklich den denkbar schlechtesten Zeitpunkt ausgesucht.

»Ich danke Ihnen für den Anruf«, sagte sie. »Bitte halten Sie mich weiterhin auf dem Laufenden, sobald sich etwas Neues ergibt. Unter dieser Nummer bin ich rund um die Uhr erreichbar.«

Sie hoffte nur, dass Avram sich bis dahin nicht in unlösbare Schwierigkeiten verstricken würde.

16

München

Die Übelkeit war inzwischen verflogen, fit fühlte Avram sich deshalb aber noch lange nicht. Sein Blick fiel auf die Armaturenanzeige des gestohlenen Volvos.

Kurz nach fünf Uhr morgens.

Obwohl er den Großteil des gestrigen Tages bewusstlos gewesen war, fielen ihm beinahe die Augen zu. Dabei wusste er ganz genau, dass er sich keine Unaufmerksamkeit leisten durfte. Er war nach München zurückgefahren – hier fahndete die Polizei am intensivsten nach ihm.

Aber nach den jüngsten Ereignissen brauchte er dringend Hilfe von jemandem, dem er vertrauen konnte und der in der Lage war, alles zu besorgen, was er benötigte. Schnell, unauffällig und vor allem auf Kredit, denn im Moment besaß Avram nur das, was von dem geklauten Geld aus *Ursels Modeladen* noch übrig war.

Er parkte den Volvo in einer unbelebten Seitenstraße am Stadtring und nahm von dort aus die Straßenbahn nach Trudering. Den Rest des Wegs lief er zu Fuß, bis er an dem wohlbekannten gusseisernen Tor ankam, vor dem er bei Schwierigkeiten schon oft gestanden hatte.

Avram hatte seinen Besuch bereits telefonisch angekündigt, um keine Verwunderung auszulösen, wenn er so früh am Morgen hier aufkreuzte. Als er die Klingel betätigte, wusste er, dass jetzt alles gut würde.

Müde richtete er sein Gesicht auf die alte Eiche neben der Einfahrt. Von außen so gut wie unsichtbar, hing dort die Überwachungskamera, versteckt hinter herbstlichem Laub.

Prompt öffnete sich auch schon das Tor. Mit einem leisen Surren schwenkten die beiden Flügel auseinander und gaben den Blick auf die von riesigen Kiefern umsäumte Zufahrt zum Haus frei – einer prächtigen Villa aus der Gründerzeit.

Auch Clara Winterfeld, die Eigentümerin des Anwesens, wirkte wie ein Relikt aus jener Zeit. Als sie Avram die Tür öffnete, hatte sie ihr schlohweißes Haar wie üblich zu einer voluminösen Hochsteckfrisur drapiert, was ihr das Aussehen einer Grande Dame verlieh. Trotz der frühen Stunde saß ihr Haar perfekt. Dazu trug sie eine weiße Rüschenbluse zu einem bodenlangen Rock in Altrosa. Auf ihren Schultern lag ein filigranes Strickcape in derselben Farbe. Auch Ohrringe und Goldkette fehlten nicht. Als strenge Verfechterin der alten Schule war Clara Winterfeld niemals nachlässig gekleidet.

Beim Anblick Avrams zeichnete sich in ihrem faltigen Pergamentgesicht ein freudiges Lächeln ab. Die beiden kannten sich schon seit vielen Jahren. Immer, wenn Avram sich im süddeutschen Raum aufhielt und Ausrüstung benötigte, wandte er sich an Clara.

Oder wenn er in Schwierigkeiten steckte.

Offiziell hatte sie sich zwar längst aus dem Geschäft zurückgezogen, aber aus irgendeinem Grund kam sie nicht ganz davon los. Ihr Keller war besser ausgestattet als mancher Waffenladen.

»Ich bin froh, dich zu sehen«, sagte sie mit einem leichten Zittern in der Stimme. »Komm rein und erzähl mir genau, was passiert ist.«

Am Telefon hatte Avram nur ein paar Andeutungen gemacht. Im Salon erstattete er Clara detailliert Bericht.

»Hast du schon etwas davon mitbekommen?«, fragte er, als er damit fertig war.

Clara verfügte über hervorragende Kontakte zu allen möglichen Kreisen – sie hatte ihre Augen und Ohren überall.

»Im Radio kam bis jetzt noch nichts«, antwortete sie. »Aber nach unserem Telefonat habe ich mich ein bisschen umgehört. Vor einer Stunde wurde die Fahndungsmeldung ausgegeben. Die Polizei sucht dich im Umkreis von dreihundert Kilometern. In der Stadt und auf den großen Zufahrtsstraßen sind überall Streifen unterwegs, die nach einem Lieferwagen der Firma *Alpenweiß* Ausschau halten.«

Bald werden sie einen alten Volvo suchen, dachte Avram. Er fragte sich, ob es nicht doch besser gewesen wäre, so schnell wie möglich das Weite zu suchen. Aber wenn ihm überhaupt jemand helfen konnte, dann Clara.

»Willst du einen Kaffee?«, fragte sie.

Avram schüttelte den Kopf. Kaffee schlug ihm immer auf den Magen.

»Etwas zu essen?«

»Ich habe mir unterwegs einen Happen an einer Tankstelle gekauft«, sagte er. »Was ich brauche, sind neue Papiere und eine Waffe.«

»Etwas Bestimmtes?«

»Eine Glock 22. Mit Holster und Munition, wenn's geht. Allerdings kann ich dich im Moment nicht bezahlen.«

»Mach dir darüber keine Gedanken.«

Avram war froh, dass sie es ihm so leicht machte. »Hast du auch ein Handy für mich?«, fragte er. »Am besten mit einer Prepaid-Karte. Die Marke ist mir egal.«

»Kein Problem. Sonst noch was?«

»Eine Sache noch: Die hier würde ich gerne loskriegen.« Er schob seine Ärmel nach oben, so dass die Metallmanschetten der zerschossenen Handschellen sichtbar wurden.

Clara nickte und klingelte mit einem Silberglöckchen, das auf dem Beistelltisch stand. Gleich darauf erschien ihr Bodyguard in der Tür, ein muskelbepackter Zwei-Meter-Hüne im schwarzen Anzug, der den Charme eines russischen Gulag-Aufsehers verströmte. Unter normalen Umständen hätte Avram ihm keine fünf Cent anvertraut, aber er stand schon seit einer halben Ewigkeit in Claras Dienst und war ihr loyal ergeben.

»Rogoff wird sich um die Handschellen und deine Papiere kümmern«, flötete sie und warf dem Russen ein bittendes Lächeln zu. Sie nannte ihn stets nur beim Nachnamen. Avram war nicht einmal sicher, ob Rogoff überhaupt einen Vornamen hatte.

»Meine Augen sind nicht mehr so gut wie früher«, fuhr sie fort. »Irgendwann muss man das Alter akzeptieren, nicht wahr? Aber Rogoff ist ein hervorragender Fälscher – du wirst mit seiner Arbeit sehr zufrieden sein. Ich werde in der Zwischenzeit nach der Waffe sehen.«

Sie tätschelte Avram die Schulter. Dann stand sie auf und machte sich auf den Weg in den Keller, während Rogoff Avram in den hinteren Bereich der Villa führte, wo in einem Seitenzimmer ein kleines Fotostudio eingerichtet war.

»Warten Sie hier«, sagte der Russe und verschwand aus der Tür. Kurz darauf kam er mit einem Bolzenschneider zurück und befreite Avram damit von seinen Handschellen.

»Schon wesentlich besser«, kommentierte Avram und rieb sich die wunden Gelenke. »Vielen Dank.«

Rogoff nickte knapp und legte den Bolzenschneider beiseite.

»Setzen Sie sich dorthin«, sagte er. Mit dem Kinn wies er auf einen Hocker, der vor einer weißen Hintergrundleinwand stand. Während Avram Platz nahm, schaltete der Russe zwei Fotoleuchten an und startete den PC am Wandtisch. Zuletzt montierte er eine Spiegelreflexkamera auf ein altmodisches Dreibeinstativ und positionierte sich hinter dem Sucher.

»Schauen Sie in die Kamera«, sagte er mit rollendem R. »Das Gesicht frontal zu mir. Und bitte nicht lächeln.«

Er schoss ein paar Bilder in schneller Folge, sah sie sich am Monitor an und nickte zufrieden.

»Irgendwelche Namenswünsche?«

Avram zuckte mit den Schultern. Die Namen, die er in der Vergangenheit benutzt hatte, kamen nicht in Frage, weil er nicht wusste, inwieweit die Polizei sie mittlerweile kannte. »Irgendetwas, das nicht auffällt«, sagte er. »Einen Namen, den die Leute schnell wieder vergessen, wenn sie ihn hören.«

Ohne die Miene zu verziehen, erklärte Rogoff, dass die Papiere gegen Mittag fertig sein würden – Personalausweis, Reisepass, Führerschein, Krankenkassenkarte.

»Kann ich sonst noch etwas für Sie tun?«, fragte er.

Avram überlegte. »Eine Sache gäbe es da tatsächlich noch«, sagte er. »Haben Sie eine Rasierklinge für mich?«

In Clara Winterfelds Küche brach Avram die Rasierklinge der Länge nach in zwei Hälften. Anschließend glättete er die Bruchkante mit einem Schleifstein, den Rogoff ihm gab, und machte sie damit stumpf. Nur die Schneide blieb scharf.

»In Sibirien erschrecken Sie damit nicht einmal die Eichhörnchen«, sagte der Russe.

Avram lächelte. »In Deutschland funktioniert das zum Glück besser.«

Abgesehen von der Zeit im Knast hatte er in den letzten

zwanzig Jahren immer eine halbe Rasierklinge bei sich getragen – nur für den Notfall. Sie war so klein, dass sie beim Abtasten fast nie bemerkt wurde, aber sie konnte Leben retten. Schon mehrmals hatte Avram sich damit von lästigen Fesseln befreit, er hatte Gesichter damit zerschnitten und einmal sogar eine Halsschlagader erwischt. Richtig angewandt, war so ein winziges Stück Stahl eine mächtige Waffe.

Im Flur klackerten Schritte, gleich darauf kam Clara herein. Sie legte eine Glock 22 auf die Kücheninsel, dazu ein Schulterholster und zwei Packungen Munition. Auch einen passenden Schalldämpfer und das Handy hatte sie dabei. Außerdem klemmte unter ihrem Arm eine schwarze Lederjacke.

»Dein Sakko ist zu eng für das Holster«, sagte sie. »Damit würdest du auffallen. Die Jacke ist von meinem verstorbenen Mann. Hängt schon seit Jahren im Schrank, ist aber noch einwandfrei. Ich denke, die müsste passen.«

Avram zog sein Sakko aus, streifte sich das Holster über und steckte die Pistole hinein, nachdem er das Magazin befüllt hatte. Dann zog er die Jacke an, ein klassisches Modell ohne unnötige Verzierungen, zeitlos, elegant und bequem.

»Sitzt perfekt«, sagte er. »Du bist ein Schatz.«

Mit wenigen Griffen verstaute er die restliche Munition und den Schalldämpfer in den Taschen. Anschließend ließ er sich von Clara das Handy erklären.

»Soll ich uns jetzt Frühstück machen?«, fragte sie, als sie damit fertig waren.

Doch Avram schüttelte den Kopf. »Ich habe um neun Uhr einen Termin in Starnberg ausgemacht. Mit öffentlichen Verkehrsmitteln wird das ohnehin schon sportlich genug.« Ein Auto konnte er sich erst kaufen, wenn seine Papiere fertig waren.

»Wenn du willst, kannst du meinen Jeep haben«, bot Clara an. »Der steht sowieso nur in der Garage. Wenn ich etwas aus der Stadt brauche, fährt Rogoff mich mit dem Mercedes.«

Avram nahm das Angebot gerne an, nicht nur, weil es ihm Zeit sparte, sondern vor allem, weil die Fahrt mit öffentlichen Verkehrsmitteln gewisse Risiken barg. Wenn die Polizei sein Foto zur Fahndung ausgegeben hatte, stellte jeder Schaffner und jeder Fahrkartenkontrolleur eine potentielle Gefahr für ihn dar. Auf der Straße musste er dagegen nur auf Streifenpolizisten achten – das war weitaus sicherer.

Vorausgesetzt, er blieb wachsam.

17

Lyon

Emilia fühlte sich wie gerädert, ihr fielen beinahe die Augen zu.

»Soll ich dir einen Kaffee holen?« Luc Dorffler, ihr Lieblingskollege aus der Analyseabteilung, hob fragend die buschigen Augenbrauen. »Ehrlich gesagt könnte ich auch einen gebrauchen.«

»Ein Kaffee wäre jetzt wunderbar«, sagte Emilia. »Aber einer, in dem der Löffel stecken bleibt. Etwas anderes hilft mir heute nicht.«

Dorffler verschwand aus dem Zimmer, einem fensterlosen Kellerbüro im Ostflügel, das wie eine kleine Version der Schaltzentrale von Cape Canaveral aussah. Auf dem drei Meter langen Schreibtisch befanden sich eine ergonomisch geformte Computertastatur, eine kabellose Maus, ein Touchpad und zwei große Bildschirme. Zwei weitere Flachbildschirme hingen darüber an der Wand. Neben dem Tisch zog sich eine lange Reihe von Serverschränken bis in die Nachbarräume, wo die anderen Mitarbeiter der Recherche- und Analyseabteilung arbeiteten. Aber wenn Emilia die Wahl hatte, wandte sie sich immer an Luc. Er war zwar ein bisschen spleenig und sensibel wie eine Primel, aber sein Herz saß am rechten Fleck, und Emilia konnte sich immer auf ihn verlassen.

Kurz darauf kehrte Dorffler zurück, zwei dampfende Tassen in der Hand. Mit seinem wirren Schopf und dem knallroten Strickpullover erinnerte er Emilia entfernt an Albert Einstein. Am Computer war er auch tatsächlich so eine Art Genie.

Emilia nahm ihre Tasse dankend entgegen.

»Der erweckt Tote zum Leben«, kommentierte Dorffler.

»Genau das, was ich jetzt brauche«, sagte Emilia. »Aber ich habe leider nicht viel Zeit. In einer halben Stunde bin ich bei Benoit, der mit mir über den Fall sprechen will. Deshalb brauche ich von dir das Wichtigste in Kürze, verstehst du? Ich will mich nicht blamieren.«

»Schon klar, Schätzchen. Onkel Luc soll mal wieder den Retter in der Not spielen. Aber du weißt ja: Für dich tue ich beinahe alles.«

Er stellte seine eigene Tasse auf dem Tisch ab, setzte sich neben Emilia und entsperrte den Bildschirmschoner. Seine Finger begannen, über die Tastatur zu fliegen, ganz offensichtlich war er voll in seinem Element.

»Ich schlage vor, du lehnst dich zurück und genießt den Kaffee, während ich dir erzähle, was ich herausgefunden habe«, sagte er.

Emilia nickte und pustete über ihre Tasse. »Dann leg mal los, ich bin ganz Ohr.«

Mit wenigen Klicks öffnete Dorffler ein paar Dateien und zog sie mit dem Mauszeiger auf die vier Bildschirme, so dass Emilia alles gut sehen konnte.

»Wir haben sechs Leichen im Alter zwischen elf und siebenunddreißig Monaten«, begann er und zoomte eine Übersicht über die Namen und Geburtsdaten der ermordeten Kinder heran. »Sie alle wurden im Lauf des letzten halben Jahres entlang der Ärmelkanalküste gefunden: drei in Frankreich und je eine in Belgien, Holland und England.«

Er klickte die nächste Übersicht an und wiederholte noch einmal die genauen Fundorte sowie ein paar andere Eckdaten, die Emilia schon kannte – vor der Weitergabe der Akte an Dorffler hatte sie selbst schon einen Blick hineingeworfen.

Schließlich kam er jedoch auf einen Punkt zu sprechen, der ihr neu war.

»Die Leiche in Belgien konnte bisher noch nicht identifiziert werden, weil es keine dazu passende Vermisstenanzeige gibt. Alle anderen Kinder waren kurz nach ihrem Verschwinden bei den jeweiligen Behörden gemeldet worden.«

Dafür konnte es viele Gründe geben. Vielleicht waren die Eltern froh darüber, ihr Kind verloren zu haben, und meldeten es deshalb nicht. Oder vielleicht hatten sie ihr Kind für Geld hergegeben. Es gab Menschenhändlerringe, die sich auf solche Geschäfte spezialisiert hatten. Sie kauften Kinder von Eltern, die sie loswerden wollten, und verhökerten sie mit Profit an irgendwelche Pädophilen. In ihrer langjährigen Berufslaufbahn war Emilia schon mit allen möglichen Grausamkeiten konfrontiert worden.

Mit Dingen, die man sich kaum vorstellen konnte.

»Jedenfalls wurden alle sechs Kinder auf dieselbe Weise erdrosselt«, fuhr Dorffler fort. »Mit einem handelsüblichen Schnürsenkel, der zu einer Schlinge umfunktioniert wurde. Jedem der Opfer hat der Mörder ein kleines Schmuckstück in den Mund gelegt und ihn danach mit Wachs beträufelt, als wolle er ihn damit versiegeln.«

Emilia nippte an ihrer Tasse und nickte. Darüber hatte sie bereits in den Akten gelesen. Über die Bedeutung dieses Rituals gab es bislang aber nur Spekulationen.

»Im Mund des vierten toten Kindes fand sich neben einem Manschettenknopf auch eine Wimper, die nicht zu dem Opfer gehörte«, sagte Dorffler. »Eine DNA-Analyse der Wimper führte zu diesem Mann: Pierre Barhadi aus Ardres bei Calais.«

Er zoomte ein Porträtfoto heran, das einen etwa vierzigjährigen Schwarzen mit Schnauzbart und bulligem Gesicht zeigte.

»Wenige Tage nach dem Polizeiverhör brachte Barhadi sich um. Das war vor etwa sechs Wochen. Seitdem gibt es aber zwei weitere Kinder, die auf dieselbe Weise getötet wurden.«

»Das heißt, entweder war Barhadi unschuldig, und der wahre Mörder befindet sich noch auf freiem Fuß, oder Barhadi hatte einen Komplizen, der jetzt alleine weitermacht«, sagte Emilia. »Oder es gibt einen Trittbrettfahrer. Wie man die Sache auch dreht und wendet, wir haben im Moment keine Ahnung, wen wir suchen müssen. Stimmt das ungefähr?«

Dorffler machte eine beschwichtigende Handbewegung. »Nicht so voreilig, Herzchen«, sagte er. »Das Beste habe ich mir natürlich für den Schluss aufgehoben. Die sechste Kinderleiche – die erst vor wenigen Tagen in Brighton gefunden wurde – hatte nämlich einen goldenen Ring im Mund, auf dem ein partieller Fingerabdruck sichergestellt werden konnte. Die Datenbanken der englischen Behörden haben keine Treffer ergeben, aber der ASF-Abgleich hat ein paar Ergebnisse ausgespuckt.«

ASF bedeutete *Automated Search Facility*. Hinter dem Begriff verbargen sich bei Interpol eine Reihe von Auswertungsdatenbanken, unter anderem auch eine für Fingerabdruckerkennung.

»Anhand des ASF-Screenings habe ich eine Liste von achtundsiebzig verdächtigen Personen generiert, die ich dir kurz vor deinem Besuch zugemailt habe.«

»Hast du auch schon die Vorstrafenregister überprüft?«

»Willst du mich beleidigen? *Selbstverständlich* habe ich das getan! Die Vorstrafen findest du ebenfalls in meiner E-Mail. Vier Verdächtige waren schon mal wegen Mordes angeklagt, zwei wegen Gewalt gegenüber Kleinkindern. Bin ich gut, oder bin ich gut?«

»Manchmal wüsste ich wirklich nicht, was ich ohne dich anfangen würde, Luc.«

Er grinste über das ganze Gesicht. Das Kompliment tat ihm sichtlich gut. »Das nächste Mittagessen geht auf dich.«

»Versprochen. Aber jetzt muss ich mich beeilen.«

Mit der halbvollen Kaffeetasse in der Hand verließ sie die Analyseabteilung.

18

Um kurz nach neun Uhr parkte Avram den geliehenen Jeep von Clara Winterfeld vor einem verwahrlosten Haus am Rand von Starnberg. Im Glaswintergarten stand ein schmales Männlein mit weißem Hut völlig vertieft vor einer Staffelei und arbeitete an einem Ölgemälde, eine freie Interpretation von Munchs »Der Schrei« – kein Bild, das Avram sich freiwillig ins Wohnzimmer hängen wollte. Aber er war nicht gekommen, um sich ein Kunstwerk zu kaufen.

Er klopfte gegen die Wintergartenscheibe, um auf sich aufmerksam zu machen, und ging zum Eingang.

»Luca Braghi?«, fragte er, als der Mann ihm öffnete.

»Der bin ich. Und Sie müssen Herr Hindrich sein.«

Unter diesem Namen hatte Avrams langjähriger Freund und Informant, Rutger Bjorndahl, den Termin für ihn ausgemacht.

»Kommen Sie mit in mein Büro, dort können wir reden.«

Avram folgte ihm durch einen zugerümpelten Flur, der eines Künstlers wahrhaft würdig war. Überall standen bemalte Figürchen herum, Menschengestalten, Tiere und antike Gottheiten. Die Wände waren zugepflastert mit Bildern der unterschiedlichsten Größe und Machart. Hier sah es aus, als sei schon seit Jahren nicht mehr ausgemistet worden.

Als sie über die Treppe in den oberen Stock kamen, änderte sich der Anblick abrupt. Mimte Braghi im Erdgeschoss den unordentlichen Künstler, zeigte er sich hier von seiner gutorganisierten, geschäftsmännischen Seite.

Sein Büro war nüchtern, beinahe sogar karg eingerichtet. Ein Tisch, ein paar Stühle, eine Computerausstattung und ein Schrank – mehr gab es hier nicht. Allein die wundervolle Aussicht durch das dreiflügelige Fenster verlieh dem Raum eine angenehme Atmosphäre: die von der orangeroten Morgensonne beschienenen Dächer der Stadt, dahinter die glitzernde Oberfläche des Starnberger Sees und am Horizont die noch nebelverhangene Silhouette der Alpen. Von einem solchen Bilderbuchpanorama hatte Avram in seiner Zelle nur träumen können.

»Was kann ich für Sie tun, Herr Hindrich?«, fragte Braghi. »Wie ich höre, wollen Sie eine Art Phantombild erstellen lassen, weil Sie jemanden suchen. Ist das richtig?«

Avram nickte. »Ich habe ein Gesicht gesehen, und ich brauche den Namen dazu. Deshalb benötige ich ein möglichst detailgenaues Bild, so, wie ich es in Erinnerung habe, um herauszufinden, um wen es sich handelt.«

Braghi war Profi genug, um keine weiteren Angaben zu Avrams Beweggründen einzufordern. »Wie wollen Sie bezahlen?«, fragte er stattdessen.

»In bar. Sind zweihundert genug?«

»Zweihundertfünfzig«, antwortete Braghi mit einem entschuldigenden Lächeln. »Das Leben in Starnberg ist kostspielig.«

Avram reichte ihm das Geld. Einen Teil hatte er vom Einbruch in Uschis Modeladen übrig, außerdem hatte Clara Winterfeld ihm noch einiges aus ihrer Haushaltskasse dazugegeben. Sie wusste, dass Avram seine Schulden stets zurückzahlte, und vertraute ihm, genau wie er ihr vertraute. Hätte sie es gewollt, hätte sie ihn schon lange an die Polizei verraten können.

»Rutschen Sie mit dem Stuhl zu mir herüber«, sagte Braghi. »Auf meine Seite des Tischs. Von da können Sie besser sehen.«

Avram tat es, und Braghi gab das Passwort für den PC-Bildschirmschoner ein.

»Ich habe ein Programm, das nahezu identisch ist mit den Programmen, die die Polizei verwendet«, erklärte der Italiener und klickte mit der Maus ein Icon auf dem Monitor an, woraufhin sich ein leeres Fenster mit einem Menüband und einer Bearbeitungsleiste öffnete. »Wir werden zuerst die grobe Gesichtsform der gesuchten Person festlegen, dann Haare, Nase, Ohren und Lippen dazumodellieren. Wenn die Rohstruktur steht, gehen wir in die Details – Form und Farbe der Augen, die Art des Kinns, die Höhe der Wangenknochen und so weiter. Am Ende fügen wir noch die besonderen Merkmale ein, sofern die Person welche hat. Narben, Muttermale, Hautveränderungen – solche Dinge.«

Er sagte das, als würde er seit Jahren nichts anderes tun. Avrams Zuversicht stieg, ein brauchbares Ergebnis zu erzielen.

Eine halbe Stunde lang erzählte er Braghi alles, woran er sich bei dem Habichtsgesicht erinnerte, und allmählich entstand auf dem Computermonitor tatsächlich ein ziemlich genaues Abbild von ihm. Als Braghi ihm den Ausdruck in die Hand drückte, war Avram sehr zufrieden.

»Kann ich sonst noch etwas für Sie tun?«, fragte der Italiener.

Avram überlegte, ob er auch noch ein Phantombild des Mannes anfertigen lassen sollte, der den BMW gefahren hatte, aber an den konnte er sich beim besten Willen nicht richtig erinnern. Außerdem war er blutverschmiert gewesen, als Avram ihn aus dem Auto gezerrt hatte. Mit so einem Phantombild würde niemand etwas anfangen können.

»Nein danke, das ist alles«, sagte er.

Als er Braghis Haus verließ, war er sicher, dass er mit dem Ausdruck in seiner Tasche schon bald ein gutes Stück weiterkommen würde.

Im Auto fotografierte er das Phantombild mit dem Handy ab und schickte es als E-Mail-Anhang an Rutger Bjorndahl. Anschließend rief er ihn an.

»Du bist also noch nicht von der Polizei geschnappt worden?« Wie immer klang Bjorndahls Stimme so heiser, dass er kaum einen Ton herausbrachte – das Ergebnis einer verschleppten Kehlkopfentzündung.

»Bis jetzt hatte ich Glück«, sagte Avram. »Aber soweit ich weiß, läuft schon die Großfahndung an.«

»Dann solltest du zusehen, dass du aus München verschwindest.«

»Ich muss nur noch meine Papiere bei Clara abholen, dann haue ich ab. Hast du meine Nachricht schon bekommen?«

»Ging gerade bei mir ein. Ist das der Kerl, von dem du mir heute Nacht erzählt hast?«

»Ja. Einer der Männer, die mich aus dem Knast geholt haben. Ich muss wissen, wie er hieß und für wen er gearbeitet hat. Das ist die einzige Möglichkeit herauszufinden, wem mein Kopf so viel Geld wert ist.«

Fünfzig Millionen Euro – das war eine derart hohe Summe, dass es ihn gruselte. Falls das ein Kopfgeld darstellte, würde bald jeder Profikiller auf der Welt hinter ihm her sein. Im Vergleich dazu war das Problem mit der Münchener Polizei zu vernachlässigen.

In was für eine Scheiße bin ich da hineingeraten?

Rückblickend wäre es wohl besser gewesen, wenn er in

der Nacht auf dem Feld gewartet hätte, bis die Leute aufgetaucht wären, die ihn in Empfang nehmen wollten. Dann hätte er aus allererster Hand erfahren, wem er so viel Geld wert war.

Allerdings wäre ihm dann vielleicht die Flucht nicht geglückt. Nein, im Grunde konnte er sich nicht beschweren.

Gedankenversunken schüttelte Avram den Kopf. Sonderbar, wie sich alles entwickelt hatte! Bis gestern war sein Leben halbwegs in Ordnung gewesen. Nicht, dass ihm das Gefängnis besonders gut gefiel, aber er hatte sich damit arrangiert und den Gedanken akzeptiert, dort seinen Lebensabend zu verbringen. Er hatte seinen Frieden damit gemacht. Mit etwas Glück wäre er in acht bis zehn Jahren vorzeitig entlassen worden, dann wäre er Mitte sechzig gewesen und hätte vielleicht noch eine Zeitlang in Freiheit leben können. Als ordentlicher Bürger, der für seine Verbrechen gesühnt hatte.

Sonderbare Vorstellung – ein rechtschaffenes Leben zu führen. Ungewohnt und irgendwie befremdlich. Aber nicht schlecht.

Im Moment sah es allerdings nicht so aus, als würde es irgendwann einmal dazu kommen.

»Ich will, dass du deine Kontakte spielen lässt, Rutger«, sagte er. »Nicht nur in Deutschland, auch darüber hinaus. Der Typ auf dem Phantombild ist Südländer gewesen. Vielleicht hatte er Kontakte zur Mafia, zur Cosa Nostra, zur Camorra oder zur 'Ndrangheta. Sieh zu, dass du alles über ihn herausbekommst, was mir weiterhilft, seinen Auftraggeber zu finden.«

Als er sein Handy wegsteckte, fragte er sich, ob er morgen um diese Uhrzeit noch am Leben sein würde.

19

Durch die kleine, vergitterte Öffnung ganz oben an der Wand ihres Verlieses konnte Karina Sukowa heute einen strahlend blauen Himmel erkennen. Sogar ein paar Sonnenstrahlen fielen durch das Loch in ihren Kerker. In der staubigen Luft funkelte das Lichtbündel wie aus Sternenfunken gemacht und zeichnete ein leuchtendes Rechteck auf den Betonboden.

Viel Wärme brachte das freilich nicht. Selbst, als Karina den Arm ausstreckte und ihn in den Lichtkegel hielt, war der Unterschied auf der Haut kaum zu spüren. Nach ihrer Einschätzung musste es schon längst Oktober sein. Aber hier unten, in ihrer immerwährenden Schattenwelt, war die Temperatur selbst in den Sommermonaten unerträglich kühl gewesen.

Karina fragte sich, wie spät es war. Nach dem Stand der Sonne zu urteilen, etwa zehn Uhr vormittags. Nicht, dass das wirklich wichtig gewesen wäre, es spielte nur insofern eine Rolle, als man Elena meistens am frühen Nachmittag zu ihr brachte. Also noch etwa drei Stunden. Die Vorfreude ließ Karinas Herz höherschlagen, auch wenn sie sich in den letzten Tagen zunehmend um die Gesundheit ihrer Tochter sorgte. Sie hatte Fieber, die Nase war verstopft, und sie hustete. Deshalb wollte sie auch kaum etwas von ihrem Fläschchen trinken.

Karina seufzte. Sie hoffte inständig, dass Elena rasch genesen würde. Die Leute, die sie gefangen hielten, schienen an der Gesundheit der Kleinen nicht sonderlich interessiert zu sein.

Heilige Maria, Mutter Gottes, ich flehe dich an: Beschütze mein Kind …

Das leise Klackern von Schritten draußen auf dem Gang riss sie aus ihren Gedanken. Brachten sie Elena jetzt schon zu ihr? Das kam vor, war aber unüblich.

Stimmte womöglich etwas nicht mit Elena? Hatte ihr Zustand sich weiter verschlechtert? Oder war sie womöglich am Fieber gestorben?

Während Karina in Gedanken gegen die schlimmste aller Vorstellungen ankämpfte, wurde von draußen der Riegel beiseitegeschoben – nicht der kleine Riegel für die Türklappe, durch die das Essen und der Babyzuber geschoben wurden, sondern der große Riegel mit dem Vorhängeschloss.

Sie kommen nicht wegen Elena. Sie wollen mich holen!

Augenblicklich begann sie vor Angst zu zittern.

Mit einem gedehnten Quietschen schwang die schwere Metalltür auf. Zwei bewaffnete Männer flankierten eine etwa sechzigjährige Frau mit aschgrauem Haar, das am Hinterkopf zu einem strengen Dutt zusammengebunden war. Wie immer trug sie einen weißen Kittel, der ihr das Aussehen einer Ärztin verlieh. Aber um die Wunden, die der Herr der Finsternis Karina regelmäßig beibrachte, hatte die Hexe in Weiß sich noch nie gekümmert. Ihre einzige Aufgabe schien darin zu bestehen, sie aus ihrem Kerker zu holen und sie hübsch herzurichten, bevor sie sie später ins Reich der Schmerzen und der Erniedrigungen entließ.

Mit emotionsloser Miene betrat die Alte den Kerker.

»Hoch mit dir«, befahl sie.

Karina gehorchte, weil sie wusste, dass sie ohnehin keine andere Wahl hatte. Mühevoll stand sie auf. Durch den Mangel an Bewegung und das schlechte Essen hatte sie kaum noch Kraft in den Knochen.

Die Frau verband ihr mit einem kratzigen Tuch die Augen, wie jedes Mal. Erst im Sanitärraum durfte Karina wieder etwas sehen.

»Komm mit!«

Karina wurde am Handgelenk gepackt und tippelte mit ihren nackten Füßen widerstandslos in die Richtung, in die die Frau sie dirigierte.

Bitte lass es heute nicht so schlimm werden wie beim letzten Mal, flehte sie in Gedanken. Aber tief im Inneren glaubte sie nicht daran.

20

München

Avram unterhielt sich gerade mit Clara Winterfeld im Salon ihrer Villa, als Rogoff die neuen Papiere auf einem kleinen Silbertablett hereinbrachte. Ohne auf die beiden anderen zu achten, stellte er das Tablett neben der Teekanne auf dem Beistelltisch ab und verschwand wieder aus dem Zimmer.

»Der gute Rogoff!«, flötete Clara. »Immer so unauffällig und bescheiden. Dabei bin ich sicher, dass er hervorragende Arbeit geleistet hat.«

Sie nahm den Ausweis vom Silbertablett, warf einen Blick darauf und unterdrückte ein Lächeln.

»Was?«, fragte Avram. Er griff nach dem Führerschein und betrachtete ihn kritisch von allen Seiten. Tatsächlich handelte es sich um eine perfekte Nachbildung inklusive aller Sicherheitsmerkmale – Lasergravur, irisierender Druck, Positiv- und Negativ-Guillochendruck … Vielleicht konnte eine Maschine die Karte als Fälschung identifizieren, aber durch eine Polizei- oder Zollkontrolle würde er damit problemlos kommen.

Nur der Name hätte nach seinem Geschmack etwas weniger trivial sein dürfen.

Hans Maier.

Wenigstens würde er damit nirgends auffallen.

Er nahm den Ausweis von Clara entgegen, stellte fest, dass er genauso perfekt gefälscht war wie der Führerschein, und kontrollierte auch noch den Reisepass und die Krankenversicherungskarte. Zufrieden steckte er die Unterlagen in seine Tasche.

Bei einer zweiten Tasse Tee ließen sie ihre gemeinsame Vergangenheit wiederaufleben. Wie oft hatte Clara ihm aus der Klemme geholfen? Nicht nur mit Waffen und anderer Ausrüstung, sondern auch durch ihr offenes Ohr und ihre hundertprozentige Loyalität ihm gegenüber? Einmal hatte sie sogar Avrams Nichte bei sich aufgenommen, in der vielleicht härtesten Phase seines Lebens, kurz nachdem sein Bruder gestorben und der Rest der Familie entführt worden war. Aber daran wollte er nicht mehr denken.

Nie wieder.

Ihm fiel auf, dass Claras Hand zitterte, wenn sie die Teetasse wegstellte – ein Anzeichen von Parkinson, das er zum ersten Mal an ihr entdeckte. Heute Morgen war er so in seinen eigenen Problemen gefangen gewesen, dass er das gar nicht bemerkt hatte.

Wo war nur die Zeit geblieben?

Das Handy klingelte. Auf dem Display erschien Rutger Bjorndahls Nummer.

»Da muss ich kurz ran«, sagte Avram und nahm das Gespräch entgegen. »Hast du etwas herausbekommen, Rutger?«

»Der Kerl auf dem Phantombild heißt Diego Espinosa. Er war eine Weile für den Ortega-Clan als Drogenkurier tätig, vor allem in Spanien, aber auch in Südamerika. Dann ist er in Ungnade gefallen, weil er auf der Flucht vor der Polizei eine große Lieferung hat sausen lassen. Das war vor etwa fünf Jahren. Seitdem arbeitet er für Ricardo Costa.«

Irgendwo hatte Avram den Namen schon gehört. »War der nicht für einen Bombenanschlag in Madrid verantwortlich?«

»In Barcelona«, korrigierte Bjorndahl. »Hat einen Koffer mit C4 in der Villa seines schärfsten Konkurrenten deponiert und ihn in die Luft gesprengt. Seitdem kontrolliert er den Drogenhandel im Osten Spaniens und in Südfrankreich. In Mitteleuropa ist er inzwischen auch schon ganz gut im Geschäft. Costa hat sein Einflussgebiet in den letzten Jahren rigoros ausgedehnt. Seine Organisation ist im Vergleich zu den Kartellen relativ klein, dafür allerdings ungemein effektiv. Man darf ihn auf keinen Fall unterschätzen. Nach dem zu urteilen, was ich über ihn herausgefunden habe, ist Costa intelligent, reich, skrupellos und krankhaft ehrgeizig. Sei vorsichtig, wenn du ihn zur Rede stellst.«

»Danke für den Tipp. Wo kann ich ihn finden?«

»Den größten Teil des Jahres hält er sich in seinem Anwesen in den Pyrenäen auf, aber zurzeit ist er in Monaco auf seiner Yacht.«

Monaco – das gefiel Avram. Ein kleiner Klimawechsel würde ihm bestimmt guttun, auch wenn er wusste, dass ihm keine Urlaubsreise bevorstand.

»Ich muss so schnell wie möglich dorthin«, sagte er. »Kennst du in Monaco jemanden, dem ich vertrauen kann?«

21

Lyon

Das Gespräch mit Louis Benoit, Emilias neuem Chef, war besser verlaufen als erhofft. Er hatte sich Zeit genommen, sich alles in Ruhe angehört und zwischendurch immer wieder Fragen gestellt, die bewiesen, dass er sich nicht nur oberflächlich mit den Fällen befasste, sondern wirklich darin lebte. Die schnellen Ergebnisse, die Emilia insbesondere in Bezug auf die Kindermorde am Ärmelkanal präsentieren konnte, beeindruckten ihn sichtlich, obwohl natürlich auch er wusste, dass eine baldige Verhaftung längst nicht sicher war. Aber Emilia konnte ihm damit zumindest demonstrieren, dass es voranging. Dass es etwas gab, mit dem sie weiterarbeiten konnte. Etwas, das zeigte, dass die Einbindung von Interpol der richtige Schritt gewesen war. Das ließ sich in der Presseabteilung gut verwerten. In Zeiten, in denen auch bei der Polizei immer mehr Wert auf öffentliche Darstellung gelegt wurde, war das ein wichtiger Aspekt.

Als Emilia nach dem Gespräch mit einem Becher Cappuccino aus der Cafeteria an ihren Arbeitsplatz zurückkehrte, hatte sie endlich wieder den Eindruck, ihren Job halbwegs ordentlich im Griff zu haben.

Ihr neues Büro fühlte sich noch ungewohnt an. Sie hatte jetzt freie Sicht über die Dächer von Lyon – ein Ausblick, auf den so mancher Kollege bestimmt neidisch war. Der Park hatte ihr dennoch besser gefallen.

Gestern hatte sie die Schränke schon komplett eingeräumt, jetzt lehnten nur noch die zusammengeklappten, leeren Kartons an der Wand, die die Packer im Lauf des Tages abholen sollten. Dann würde es endlich wieder sauber aussehen.

Emilia setzte sich an ihren Schreibtisch und begann mit den Vorbereitungen für die Befragung der Personen, die auf Luc Dorfflers Trefferliste standen: achtundsiebzig Verdächtige in zwölf europäischen Ländern. So etwas musste über die jeweiligen Landesbehörden organisiert werden und erforderte ein ganzes Stück Arbeit. Emilias Hoffnung war, dass sich durch die Befragungen schon bald ein Hauptverdächtiger herauskristallisieren würde, auf den man sich bei den weiteren Ermittlungen fokussieren konnte.

Zunächst widmete Emilia sich jenen sechs Personen, die schon einmal wegen Mordes oder wegen eines Gewaltverbrechens an einem Kleinkind angeklagt gewesen waren. Danach kamen die Fälle mit vorsätzlicher schwerer Körperverletzung oder Entführung dran – das waren weitere zweiundzwanzig. Um den Rest würde sie sich später kümmern, falls die Befragung der Hauptverdächtigengruppe erfolglos blieb.

Sie war gerade dabei, die Unterlagen für die belgischen Behörden zusammenzustellen, als ihr Handy klingelte, das neben dem Computermonitor lag. Es war eine deutsche Vorwahl, ein Anruf aus München, aber sie kannte die Nummer nicht.

Emilia nahm das Gespräch an.

»Mein Name ist Wennert von der Münchener Staatsanwaltschaft«, meldete sich eine Frauenstimme am anderen Ende. »Ich habe Ihre Nummer von der Direktion der Justizvollzugsanstalt Stadelheim erhalten. Es geht um die Flucht des Häftlings Avram Kuyper.«

Emilias Magen begann zu kribbeln. War Avram wieder festgenommen worden? Einerseits wünschte sie sich das – er war ein gesuchter Schwerverbrecher, der hinter Gitter gehörte. Andererseits wusste sie jedoch, dass sie Avram nicht nur ihren letzten Karriereschritt, sondern vor allem das Leben ihrer Tochter verdankte, und gönnte ihm deshalb tatsächlich die Freiheit.

Aber allein der Gedanke war für eine Polizistin ungeheuerlich!

»Was ist mit Kuyper?«, fragte sie.

»Von ihm fehlt nach wie vor jede Spur«, sagte die Staatsanwältin. »Ich wollte Sie nur auf den neuesten Stand bringen. Heute Morgen wurden auf einem Feld bei Poing im Münchener Osten ein BMW und zwei Leichen entdeckt. Zwei männliche Weiße. Einer davon hat den gestohlenen Lieferwagen der Firma *Alpenweiß* gefahren, der heute Nacht auf dem Gelände der JVA war und der vermutlich als Fluchtfahrzeug für Kuyper gedient hat. Beide Männer wurden erschossen.«

»Konnten Sie sie schon identifizieren?«

»Der Fahrer des BMW heißt Juan Ramirez. Vor fünf Jahren wurde er wegen eines bewaffneten Raubüberfalls in Köln zu einer Gefängnisstrafe verurteilt, aber er kam wegen guter Führung vorzeitig wieder raus. Seitdem hat er sich nichts mehr zuschulden kommen lassen.«

»Was ist mit dem anderen Mann?«

»Seine Fingerabdrücke sind im deutschen Polizeisystem nicht hinterlegt. Wenn Sie einverstanden sind, würde ich Ihnen die Scans gerne als Datei schicken, vielleicht können Sie etwas darüber herausfinden.«

»Selbstverständlich.« Emilia nannte der Staatsanwältin ihre E-Mail-Adresse. »Am besten, Sie schicken mir auch die

Abdrücke von Ramirez. Dann kann ich alles mit unserer Referenzdatei abgleichen lassen. Sobald mir die Ergebnisse vorliegen, gebe ich Ihnen Bescheid.«

Tatsächlich ging schon wenige Minuten später die versprochene E-Mail bei Emilia ein, die sie auch umgehend mit dem Vermerk »Eilt!« an die Analyseabteilung weiterleitete.

Während sie auf die Auswertung wartete, erledigte sie ein paar Anrufe und die hausinterne Post. Eine halbe Stunde später gingen ihr die Auswertungsergebnisse zu, in denen alle wesentlichen Informationen zu den in der Interpol-Datenbank gespeicherten Verdächtigen als eine Art Steckbrief zusammengefasst waren.

- Juan Ramirez, geboren am 04.07.1979 in Calatayud, Spanien. 1,73 m groß, nach Deutschland ausgewandert im Jahr 1988 mit seinen Eltern.
- Letzter bekannter Wohnsitz: Binger Straße 28 in 67549 Worms / Deutschland.
- Vorstrafen: bewaffneter Raubüberfall mit Körperverletzung. Dreijährige Haftstrafe in der JVA Frankenthal / Deutschland. Seitdem kein hinreichender Verdacht auf weitere Straftaten. Mutmaßlicher Kontakt zu den spanischen Quintos nachgesagt, die seit ca. 2005 im Drogen- und Waffengeschäft mitmischen.

Der zweite Steckbrief lautete:

- Diego Espinosa, geboren am 15.10.1982 in Ulm / Deutschland. 1,81 m groß
- Vater: Carlos Espinosa (Elektromechaniker), Mutter: Maria Espinosa, geb. Ludowik (Hausfrau)

- War als Jugendlicher mehrmals kriminell auffällig und saß im Alter zwischen vierzehn und sechzehn Jahren insgesamt mehrere Monate in Jugendhaft
- Wanderte im Alter von achtzehn Jahren nach Barcelona aus; arbeitete dort zunächst als Hafenarbeiter
- Ab 2002 arbeitete er nachweislich für den Ortega-Clan als Drogenkurier, nicht nur in Spanien, sondern auch in Südamerika
- Nach Auskunft der spanischen Behörden ist Espinosa seit ca. 2 Jahren für den Costa-Clan tätig

Emilia las auch noch die daran anschließenden, weiterführenden Steckbriefdetails zu Ramirez und Espinosa, konnte darin aber keine Spur entdecken, die zu Avram führte.

Woher kannte er die beiden Kerle? War er ihnen im Rahmen ihrer Drogengeschäfte begegnet? Emilia konnte seine Akte beinahe auswendig herunterleiern, weil sie in der Vergangenheit viel Zeit mit der Jagd auf Avram verwendet hatte. Aber die Namen Ramirez und Espinosa tauchten darin nicht auf.

Noch etwas anderes beschäftigte Emilia: Wie hatte Avram seinen Ausbruch organisiert? Ausgehende Telefonate und Briefe wurden von den Behörden streng kontrolliert. Hatte er mit verschlüsselten Botschaften gearbeitet? Oder hatte ihm jemand dabei geholfen, Nachrichten nach draußen zu schmuggeln?

Und schließlich stand da noch die Frage im Raum, wer Ramirez und Espinosa getötet hatte? War Avram tatsächlich so skrupellos, seine Fluchthelfer umzubringen, um keine potentiellen Zeugen für den Ausbruch zurückzulassen? Oder war er womöglich ebenfalls ermordet und nur noch nicht gefunden worden?

Im Moment fiel Emilia nur eine Person ein, die ihr vielleicht weiterhelfen konnte: Lina Sattler. Sie war Avrams letzte Auftraggeberin vor seiner Verhaftung gewesen, möglicherweise sogar eine Art Vertraute.

Ob sie etwas über Avrams Flucht wusste?

22

Um für Avram die Reise nach Monaco zu organisieren, benötigte Clara Winterfeld nur ein paar Telefonate. Anschließend fuhr Rogoff ihn auf ein privates Rollfeld bei Landsberg, wo es keine Kontrollen gab, weil niemand mit einem Flug ins Ausland rechnete. Von dort ging es mit dem Hubschrauber weiter bis nach Luzern und nach einem Zwischenstopp zum Auftanken ins Hinterland von Nizza, wo schon ein Wagen bereitstand. Den Schlüssel dafür erhielt Avram von einem jungen, namenlosen Burschen, der direkt nach der Übergabe auf seinem Motorrad davonfuhr. Von da an war er auf sich allein gestellt.

Obwohl bis dahin alles wie am Schnürchen geklappt hatte, untersuchte er den Wagen – einen knallgelben Astra – ganz genau. Seiner Freundin Clara Winterfeld vertraute er zwar hundertprozentig, aber Nizza lag achthundert Kilometer von München entfernt, und Clara hatte sich schon lange aus dem aktiven Geschäft zurückgezogen. Wie loyal mochten ihre Kontaktleute im Ausland noch sein, zumal wenn ein Kopfgeld von fünfzig Millionen Euro im Spiel war?

Avram inspizierte den Wagen jedenfalls genauestens auf etwaige Sprengsätze oder Peilsender, aber er fand nichts. Sogar die Nähte der Sitze begutachtete er, für den Fall, dass jemand etwas in der Polsterung versteckt hatte – ebenfalls Fehlanzeige. Einigermaßen beruhigt setzte er sich hinters Steuer.

Werde ich allmählich paranoid?

Die Frage stellte er sich in den letzten Jahren immer häufiger, aber die Antwort darauf war stets dieselbe.

Besser paranoid als tot.

Er steckte den Zündschlüssel ins Schloss und ließ den Motor an. Von Nizza aus waren es nur noch rund zwanzig Kilometer bis nach Monaco. Die schmale Straße führte am Cap Ferrat vorbei und folgte der karg bewachsenen Küste in Richtung Osten. Die glühende Abendsonne tauchte den schroffen Fels in leuchtendes Orange, der Ozean glitzerte wie ein Sternenmeer. Hier und da kreuzten kleine Segelyachten, Motorboote und Fischkutter im Wasser, am Horizont zeichneten sich die Silhouetten diverser Hochseefrachter gegen den wolkenlosen Abendhimmel ab.

Immer wieder prüfte Avram im Rückspiegel, ob er verfolgt wurde, aber auf der dichtbefahrenen Straße war das nicht zu erkennen.

Als er in Monaco ankam, war es schon beinahe dunkel. Er fuhr ins Hotel Ambassador, wo ein Zimmer für ihn reserviert war, dort aß er eine Kleinigkeit und ging dann zu Bett. Er hatte eine lange Reise hinter sich. Am Tag davor war er vergiftet oder zumindest betäubt worden. In der Nacht hatte man ihn aus dem Gefängnis verschleppt.

Er spürte die Müdigkeit in jeder Faser seines Körpers. Kaum, dass er sich hingelegt hatte, schlief er ein.

23

Hamburg

»Sagen Sie Tashkov, dass ich ihm sein Geld nächste Woche geben werde.«

Lina Sattler stand in Gregor Dobinskys kleinem Büro im Hinterzimmer seines schlechtlaufenden Elektrofachgeschäfts am Hamburger Hafen. Er hatte den Laden erst vor sechs Monaten eröffnet, seitdem ging es damit rapide bergab.

Lina seufzte. Es war immer dasselbe. Unfähige Geschäftsleute, denen die Banken längst den Geldhahn abgedreht hatten, gerieten an Kredithaie wie Dmitrij Tashkov und akzeptierten für eine kleine Finanzspritze Wucherzinsen – womit sie sich nur noch mehr in Schwierigkeiten hineinritten, vor allem, wenn sie ihre Raten nicht rechtzeitig beglichen. Das war das Problem: Die Zahlungsmoral hatte in den letzten Jahren spürbar nachgelassen. Das rief Geldeintreiber wie Lina auf den Plan.

»Sie kennen Tashkov nicht besonders gut, oder?«, fragte sie. »Er gehört nämlich nicht zu der Sorte von Menschen, die gerne auf ihr Geld warten. Geben Sie mir wenigstens etwas, womit ich ihn beschwichtigen kann.«

Gregor Dobinsky stand einen Meter vor ihr am Schreibtisch und zuckte entschuldigend mit den Schultern. Da er gut einen Kopf größer als Lina war, musste sie zu ihm hinaufschauen. Außerdem schien er unter seinem schwarzen Rollkragenpullover nur aus Muskeln zu bestehen.

»Das würde ich, wenn ich könnte«, sagte er. »Aber es geht nicht, beim besten Willen.«

Lina glaubte nicht, dass er sie für voll nahm. Er schien den Ernst der Lage noch nicht wirklich begriffen zu haben.

»Ich bin blank, verstehen Sie«, fuhr er fort. »Sagen Sie das Ihrem Boss. Nur noch ein paar Tage, dann habe ich das Geld zusammen, ich verspreche es.«

Lina nickte gelangweilt. »Das Problem ist, dass das alle behaupten«, sagte sie. »Alle wollen meinen Boss immer nur vertrösten. Deshalb wird er inzwischen ziemlich sauer, wenn man ihn hinhalten will – so richtig sauer, meine ich.«

Wobei er einen Teil des Ärgers durchaus auch selbst zu verschulden hatte, denn Tashkov verlieh sein Geld leichtfertig an jeden, der ihn darum bat, unabhängig von dessen finanzieller Situation. Aus seiner Sicht spielte Kreditwürdigkeit auch keine große Rolle, denn zur Durchsetzung seiner Ansprüche beschäftigte er Lina und noch eine ganze Reihe weiterer Geldeintreiber.

»Geben Sie mir wenigstens eine Anzahlung«, forderte Lina. »Dann verschwinde ich wieder, und Sie können den Rest in den nächsten Tagen auftreiben.«

»Hören Sie mir überhaupt zu? Ich habe das Geld nicht. Auch nicht einen Teil davon.«

»Jeder hat etwas Geld bei sich im Büro.«

»Wollen Sie behaupten, dass ich ein Lügner bin?« Dobinsky baute sich wie ein Berg vor Lina auf. Wäre sie imstande gewesen, Angst zu empfinden, hätte sie bei diesem Anblick womöglich welche bekommen. Aber ein genetischer Defekt machte ihr das unmöglich. Genau deshalb genoss sie trotz ihrer zierlichen Gestalt bei Dmitrij Tashkov ein hohes Ansehen.

»Mein Boss verlässt sich auf mich«, sagte sie betont ruhig.

»Wenn ich es nicht schaffe, ihm sein Geld zu besorgen, bin ich für ihn unnütz, das sehen Sie doch ein, nicht wahr?«

»Und was genau wollen Sie jetzt unternehmen? Meinen Laden anzünden? Oder mir ein ...«

Weiter kam er nicht, denn in diesem Moment zog Lina blitzschnell ihre Pistole und schlug ihm mit dem Knauf mitten ins Gesicht.

Dobinsky brüllte auf, verlor vor lauter Schreck das Gleichgewicht und landete unsanft auf dem Hosenboden. Mit beiden Händen befühlte er die Stelle, an der Lina ihn getroffen hatte.

»Verdammte Scheiße, du hast mir die Nase gebrochen!«, zischte er.

Also ging Lina auch zum Du über. »Sei froh, dass es nur die Nase war! Und jetzt gib mir endlich eine Anzahlung, damit mein Boss deinen guten Willen erkennt. Sonst schickt er in einer Stunde jemanden vorbei, der nicht so freundlich ist wie ich.«

Anstatt darauf einzugehen, tastete Dobinsky jammernd seine Nase ab. Blut lief ihm über die Lippen bis zum Kinn.

Allmählich verlor Lina die Geduld. »Hast du immer noch nicht begriffen, was passiert, wenn ich mit leeren Händen hier rausgehe?«, fragte sie. »Der Nächste, der kommt, schießt dir vielleicht einen Finger weg. Oder er vergreift sich an deinen Kindern. Also mach endlich dein Maul auf und sag mir, wo du deinen Notgroschen versteckt hast!«

Dobinsky, noch immer auf dem Boden hockend, zog ein Taschentuch aus seiner Hosentasche und tupfte sich damit das Blut aus dem Gesicht. »Dort drüben«, sagte er und deutete mit einer Kopfbewegung auf den Schrank hinter Lina.

Als sie ihn öffnete, erkannte sie eine verschließbare Geldkassette.

»Wo ist der Schlüssel?«

»In der Schublade darunter. In der leeren Kaffeedose.«

Lina fand ihn sofort und öffnete die Kassette. Es lagen knapp zweitausend Euro darin. Dobinsky schuldete Tashkov zwar das Fünffache, aber immerhin war es ein Anfang.

»Damit werde ich meinen Boss ein paar Tage hinhalten können«, sagte sie. »Aber wenn ich das nächste Mal komme, lasse ich mich nicht mehr mit Kleinkram abspeisen, verstanden?«

Sie verließ das Büro, ging zu ihrem Wagen, einem tadellos gepflegten Ford Mustang, und verstaute die Scheine in einer Tasche im Kofferraum. Dort bewahrte sie das eingetriebene Geld des ganzen Tages auf – insgesamt knapp vierzigtausend Euro. Anschließend fuhr sie nach Altona in den Club Sauvage, wo Dmitrij Tashkov nachts residierte. Zum Glück war er gerade mit seiner neuen Flamme im Spa-Bereich, sonst hätte es womöglich ein Donnerwetter gegeben, wie so oft, wenn säumige Schuldner überfällig waren. So aber meldete Lina die eingegangenen Zahlungen nur bei Tashkovs Buchhalter, Leonid Schuhmann, und ließ das Geld in den Tresor einschließen.

Anschließend machte sie sich auf den Weg nach Hause.

Als sie um kurz nach elf Uhr dort ankam, standen zwei Polizisten vor ihrer Tür.

»Sind Sie Frau Sattler?«, fragte der Größere der beiden.

Lina nickte.

»Ich bin Kommissar Scholl von der Hamburger Kripo. Das ist mein Kollege Lorenz. Können wir uns unter vier Augen mit Ihnen unterhalten?«

Lina war müde und hatte überhaupt keine Lust auf diese Art von Gespräch. Sie fragte sich, ob Gregor Dobinsky womöglich schon Anzeige wegen Körperverletzung gegen sie erstattet hatte.

»Worum geht es?«, fragte sie.

»Kennen Sie einen gewissen Avram Kuyper?«

Im ersten Moment wollte Lina leugnen, aber dann wurde ihr klar, dass die Polizisten nicht hier aufgetaucht wären, wenn sie nicht die Wahrheit gewusst hätten.

»Ich habe ihn schon lange nicht mehr gesehen«, sagte sie. Das war nicht einmal gelogen. »Soweit ich weiß, sitzt er in München im Gefängnis.«

»Genau darüber wollen wir mit Ihnen sprechen.«

Lina nickte lustlos, schloss die Tür auf und fuhr mit den beiden Beamten in den dritten Stock, wo sich ihre kleine Wohnung befand. Wie üblich sah es dort ziemlich wild aus. Sie lebte alleine und hatte nur selten Besuch – aufräumen lohnte sich nicht für sie. Sie kam sowieso nur zum Schlafen hierher.

»Setzen Sie sich.« Mit einer Handbewegung wies sie auf die abgewetzte Stoffcouch. »Ich bin gleich wieder da.«

Im Schlafzimmer zog sie ihre Jacke aus, anschließend versteckte sie ihre Ruger samt Schulterhalfter unter der Bettdecke. Sie besaß zwar einen gültigen Waffenschein, wollte aber keine lästigen Fragen provozieren. Mit der Polizei stand sie sowieso auf Kriegsfuß.

Zurück im Wohnzimmer, nahm sie auf einem leeren Sessel Platz. Um die Unterhaltung so kurz wie möglich zu halten, bot sie den Polizisten lieber nichts zu trinken an.

»Was kann ich für Sie tun?«

»Herr Kuyper ist in der vergangenen Nacht aus der Justizvollzugsanstalt München ausgebrochen«, sagte Kommissar Scholl. »Hat er Kontakt mit Ihnen aufgenommen oder es zumindest versucht?«

Lina schüttelte den Kopf. Sie war ehrlich überrascht.

»Wann haben Sie zum letzten Mal mit ihm gesprochen?«

Sie zuckte mit den Schultern, dachte nach. »Ein paar Tage vor seiner Verhaftung, denke ich. Genau weiß ich es nicht mehr, das ist schon zu lange her.«

»Hat Herr Kuyper auf andere Weise versucht, sich mit Ihnen in Verbindung zu setzen?«, fragte der Polizist. »Zum Beispiel per Brief oder über einen Mittelsmann?«

Wieder schüttelte Lina den Kopf. »Ich kenne Herrn Kuyper nicht besonders gut«, sagte sie. »Ich hatte nur kurz vor seiner Verhaftung mit ihm zu tun. Damals wusste ich nicht, dass er polizeilich gesucht wird. Ich hatte ihn gebeten, mir bei der Suche nach meinen leiblichen Eltern zu helfen.«

Das war nur die halbe Wahrheit. Tatsächlich hatte sie nicht nur ihre Eltern gesucht, sondern ihre vergessene Kindheit, denn die war bis dahin für sie nur ein großes schwarzes Loch gewesen. Gemeinsam mit Avram hatte sie die Wahrheit aufgedeckt, die so schrecklich war, dass sie auch jetzt noch nur ungern daran zurückdachte. Am Ende waren sie von der Polizei verfolgt worden, und Avram hatte sich in höchster Not als Lockvogel für sie geopfert. Er war gefangen genommen worden, sie hatte fliehen können.

Plötzlich überkam Lina ein schlechtes Gewissen. Sie hatte ihn in all den Monaten nicht ein einziges Mal besucht, sich noch nicht einmal bei ihm gemeldet. Das Versäumnis war nur dadurch zu entschuldigen, dass mit ihrem genetischen Defekt auch ein gewisser Mangel an Sozialkompetenz einherging.

»Haben Sie eine Ahnung, wo Herr Kuyper sich nach seiner Flucht versteckt haben könnte?«, fragte der Polizist.

Lina wusste, dass er eine Schwägerin hatte. Und in der kurzen Zeit ihrer Zusammenarbeit hatte sie auch den Namen der einen oder anderen Kontaktperson mitbekommen. Rutger Bjorndahl zum Beispiel, ohne den sie gar nicht an Avram herangekommen wäre. Aber sie hatte keinen Grund, diese Namen der Polizei zu nennen.

»Tut mir leid, ich habe keine Ahnung, wo er sich aufhalten könnte«, sagte sie mit einer Unschuldsmiene.

Kommissar Scholl nickte, machte aber nicht den Eindruck, als würde er ihr glauben.

»Falls Herr Kuyper versucht, mit Ihnen in Kontakt zu treten, geben Sie uns bitte umgehend Bescheid«, sagte er.

Der andere, dessen Namen Lina schon wieder vergessen hatte, nickte.

»Selbstverständlich«, versprach Lina. »Wo soll ich anrufen?«

Aber während sie sich die Nummer notierte, dachte sie nur: *Ihr beide könnt mich mal kreuzweise …*

24

Monaco

Am nächsten Morgen fuhr Avram vom Hotel aus in die Rue de la Turbie, wo Rutger Bjorndahl für zehn Uhr ein Treffen mit einer Kontaktperson namens Danilo ausgemacht hatte. Avram klingelte an der angegebenen Adresse und fuhr mit dem Lift in die siebte Etage. An der Eingangstür zu Apartment 711 erwartete ihn eine dralle Blondine, etwa Anfang vierzig, in einem eleganten, marineblauen Kleid. Avram nannte den Grund seines Besuchs und wurde von ihr ins Wohnzimmer geführt. Dabei bemühte er sich redlich, ihre körperlichen Reize zu ignorieren, aber er war sich bewusst, dass ihm das nicht sonderlich gut gelang. Das Kleid betonte ihre Rundungen mehr, als dass es sie kaschierte, und das Dekolleté war so geschnitten, dass ein Mann schon hätte blind sein müssen, um darauf nicht anzuspringen.

Avram schluckte. Sein Gaumen war plötzlich trocken geworden. Was *das* betraf, war die Zeit im Gefängnis eine verdammte Durststrecke gewesen.

»Nehmen Sie bitte Platz«, sagte die Blondine. »Darf ich Ihnen etwas zu trinken bringen?«

»Ein Glas Wasser bitte.«

Ein Scotch wäre ihm noch lieber gewesen wäre. Aber er war weder hier, um sich zu betrinken, noch, um eine Frau herumzukriegen. Bei dem, was er vorhatte, benötigte er einen klaren Kopf.

Die Blondine verschwand in der Küche und kam kurz darauf mit dem Getränk wieder.

»Kann ich sonst noch etwas für Sie tun?«, fragte sie.

»Sagen Sie Danilo, dass ich hier bin. Wir haben einiges zu besprechen.«

Die Frau schmunzelte. »Ich *bin* Danilo«, sagte sie. »Francesca Danilo. Offiziell leite ich eine Agentur für Escortdienste und organisiere Partys in Monaco. Aber für gute Freunde organisiere ich auch andere Dinge.«

Avram war sich nicht sicher, wie sie das meinte – offenbar gefielen ihr Zweideutigkeiten. War das nur ein Angebot gewesen, ihn bei der Befragung Ricardo Costas zu unterstützen? Oder hatte sie ihm gerade offeriert, ihm eine Frau zu besorgen?

Schon wieder wanderten seine Augen zu ihrem Dekolleté. Es geschah ganz automatisch, und sie wusste auch ganz genau, wie sie sich bewegen musste, um ihre körperlichen Vorzüge zur Geltung zu bringen – unaufdringlich, aber effektvoll. Wie zum Teufel sollte ein Mann sich da konzentrieren, vor allem nach einem monatelangen Gefängnisaufenthalt?

Hör auf, sie anzuglotzen, schalt er sich. *Du bist verdammt nochmal ein Profi!*

Dennoch ließ er es bereitwillig geschehen, als sie ihr Kleid vor ihm abstreifte und sich nur in Unterwäsche und Lackpumps auf ihn setzte.

Übermannt von dem Verlangen, ihren Körper zu spüren, ließ er es zu, dass sie ihn küsste, langsam, intensiv und so sinnlich, dass es kein Zurück mehr gab. Er ließ sich in seinen Sessel sinken, schloss die Augen und genoss ihre Berührungen.

Denn in dem, was Francesca tat, war sie ebenfalls ein Profi.

Später lagen sie im Bett, nur mit einem dünnen Laken bedeckt. Francesca rauchte eine Zigarette, Avram ließ den Blick durchs Balkonfenster hinaus in den azurblauen Mittagshimmel schweifen. Er fühlte sich körperlich vollkommen erschöpft, aber in seinem Kopf arbeitete es schon wieder. Trotz Francescas kurvenreichem Körper hatte er das Ziel seiner Reise nicht vergessen.

Und jetzt konnte er sich auch wieder darauf konzentrieren.

»Rutger hat mir erzählt, dass du hinter Ricardo Costa her bist«, sagte sie. »Was willst du von ihm?«

»Er hat mich aus dem Gefängnis entführen lassen, weil jemand auf meinen Kopf ein beachtliches Preisgeld ausgesetzt hat. Ich will von Costa wissen, wer dahintersteckt.«

»Wie hoch ist dieses Kopfgeld?«

»Spielt das eine Rolle?«

Sie nahm einen Zug von ihrer Zigarette und blies den Rauch zur Decke. »Wenn es sich lohnt, würde ich dich dafür vielleicht verraten«, sagte sie in gespieltem Ernst. »Also wie viel?«

Avram lächelte. »Fünfzig Millionen Euro. Muss ich jetzt Angst haben?«

Sie hob die Augenbrauen und pfiff durch die Zähne. »Fünfzig Millionen – vielleicht sollte ich dich ausliefern und mich zur Ruhe setzen.«

»Aber du müsstest die Belohnung mit Costa teilen. Wie weit würdest du in Monaco mit fünfundzwanzig Millionen schon kommen?«

»Du hast recht, das lohnt sich nicht.« Sie machte eine wegwerfende Handbewegung und lachte. »Weißt du schon, wie du an Costa rankommen willst?«

»Dazu muss ich erst mal in Erfahrung bringen, wie er hier lebt. Was weißt du über ihn?«

»Rutger hat mich gebeten, ein paar Erkundigungen über ihn einzuholen, deswegen habe ich mich ein bisschen umgehört. Costa verbringt jedes Jahr ein paar Wochen hier in Monaco und lässt einen sechsstelligen Betrag in der Spielbank liegen.«

»Kein Wunder, dass er auf das Kopfgeld scharf ist«, sagte Avram. »Was noch?«

»Wenn er nicht im Casino ist oder sich mit Geschäftspartnern trifft, hält er sich auf seiner Yacht auf. Er hat einen festen Liegeplatz am Port de Fontvielle, das ist der Hafen am Fuß des Felsens mit der Fürstenresidenz. Seine Yacht heißt Alhambra. Fünfundzwanzig Meter lang, vier Mann Besatzung.«

»Wie viele Bodyguards hat er dabei?«

»Neun, zusätzlich zur Crew. Aber die Bodyguards arbeiten in Schichten. Es sind immer nur zwei bis drei auf dem Boot, die anderen halten sich im Hotel oder in der Stadt auf. Zumindest ist es das, was ich auf die Schnelle herausgefunden habe, beschwören würde ich es nicht. Die Zeit war zu knapp für gesicherte Informationen. Wenn du es ganz genau wissen willst, müssen wir die Alhambra ein paar Tage lang beobachten.«

»In ein paar Tagen bin ich vielleicht schon tot«, sagte Avram.

»Wie willst du jetzt vorgehen?«

Er überlegte. Da so viel davon abhing, dass alles klappte, brauchte er einen gut durchdachten Plan.

»Ich könnte ihn verführen«, bot Francesca an. »Vielleicht kann ich ihn zu einer Bootstour überreden. Dann müssten wir dich nur noch irgendwie an Bord schmuggeln. Auf hoher See hätten wir die anderen Bodyguards nicht am Hals.«

Die Vorstellung gefiel Avram nicht. »Costa wird auf der

Hut sein, weil er weiß, dass meine Entführung missglückt ist«, sagte er. »Er wird erwarten, dass ich ihm auf den Fersen bin. Wenn du versuchen würdest, ihn aufs offene Wasser zu locken, würde er den Braten riechen.«

Außerdem fand Avram den Gedanken widerwärtig, dass Francesca sich einem anderen Mann anbiedern wollte, obwohl das natürlich zu ihrem Beruf gehörte.

»Wenn er weiß, dass du hinter ihm her bist – warum ist Costa dann noch nicht von hier verschwunden?«, überlegte sie.

Die Frage hatte auch Avram sich schon gestellt. »Vielleicht will er mir eine Falle stellen.«

»Dann müssen wir schlauer sein als er.«

Avram nickte. »Ja, das müssen wir.«

25

Lyon

Beim Mittagessen in der Interpol-Kantine saß Emilia mit Philippe Ruiz, der die Abteilungsleiterstelle in ihrem alten Team übernommen hatte, am Tisch. Normalerweise hatte er sein schulterlanges Haar zu einem Pferdeschwanz zusammengebunden, heute trug er es offen. Im einfallenden Sonnenlicht glänzte sein dichter Schopf, als wäre er gerade frisch vom Friseur gekommen. Bestimmt beneideten ihn viele Frauen um diese natürliche Lockenpracht.

Im Lauf des gestrigen Tages hatte Emilia ihm den Fall mit den sechs Kinderleichen übertragen, weil sie vor lauter Arbeit kaum noch Luft bekam. Benoit deckte sie ständig mit neuen Aufgaben ein, es gab unendlich viel zu tun. Sie musste dringend lernen, noch mehr zu delegieren, sonst würde sie schon sehr bald in Arbeit ertrinken.

Bei Ratatouille mit Reis führten Emilia und Ruiz nun ihre erste Lagebesprechung durch. Zu Emilias Freude ging es mit dem Fall weiterhin schnell voran: Die Behörden der betroffenen Länder hatten begonnen, die Personen auf Dorfflers Trefferliste zu befragen. Dabei hatte die Polizei von Calais einen Mann namens Jaques Vallorac verhört, der in derselben Straße wohnte wie Pierre Barhadi – der Schwarze, dessen Wimper im Mund des vierten Opfers gefunden worden war und der nach seiner Vernehmung Selbstmord begangen hatte.

»Steht fest, ob die beiden sich kannten?«, wollte Emilia wissen.

»Ich lasse das gerade überprüfen«, sagte Ruiz. »Falls Vallorac und Barhadi Komplizen waren, finden wir das heraus.«

Die Erfahrung zeigte leider, dass die Aufklärung von grenzüberschreitenden Schwerverbrechen meistens Monate, oft sogar Jahre dauerte. Viele Akten wanderten auch ungelöst in den Keller, wenn die Aussichten auf Erfolg gegen null tendierten.

Umso angenehmer war es, wenn ein Fall einmal schnell aufgeklärt werden konnte, so wie es sich hier abzeichnete. Aber natürlich war es noch zu früh, um sich wirklich freuen zu können.

Nach dem Ratatouille tranken sie noch einen Kaffee im Stehen.

»Ich habe gehört, dass Kuyper wieder auf freiem Fuß ist«, sagte Ruiz und nippte an seinem Becher. Vor einiger Zeit hatte er mit Emilia einen Fall bearbeitet, in dem Avram Kuyper auf der Jagd nach dem Mörder seines Sohnes gewesen war. Dass Emilia damals heimlich mit ihm kooperiert hatte, wusste Ruiz nicht.

»Woher hast du diese Information?«, fragte sie.

»Die Spatzen pfeifen es von den Dächern.« Ruiz schob sich eine Haarsträhne hinters Ohr und lächelte verschmitzt. »Weißt du schon etwas Genaueres über den Ausbruch?«

Emilia zuckte mit den Schultern. »Ich hatte die Hoffnung, dass er sich bei einer Frau meldet, die in Hamburg als Geldeintreiberin arbeitet. Die beiden hatten kurz vor seiner Verhaftung miteinander zu tun.«

Mehr noch: Sie waren auf irgendeine Art miteinander verbunden gewesen. Emilia erinnerte sich noch genau daran, wie die beiden sie in Frankfurt besucht hatten, um ihre Hilfe zu erbitten. Als Gegenleistung hatten sie ihr einen Beweis in die Hände gespielt, durch den Dr. Albert Rodtmann – der Vorgänger ihres jetzigen Chefs Louis Benoit – als Hintermann einer kriminellen Organisation entlarvt worden war.

Natürlich wusste bei Interpol niemand davon. Wie hätte Emilia diese heimliche Kooperation mit einem Profikiller auch erklären können? Sie verstieß damit gegen sämtliche Vorschriften. Insofern war sie froh darüber, dass zwei Kollegen aus der Drogenabteilung sich zu ihr und Ruiz gesellten und sie in ein unverfängliches Gespräch über Politik verwickelten.

Wenig später saß Emilia wieder in ihrem Büro. Eine Zeitlang widmete sie sich der aufgelaufenen Post, den Rest des Nachmittags verbrachte sie mit Teambesprechungen. Kaum dass sie wieder alleine an ihrem Platz war, meldete Luc Dorffler sich per Telefon bei ihr.

»Die zwei Fingerabdrücke, die du aus München zugemailt bekommen hast, von Ramirez und Espinosa – ich habe noch mal ein bisschen damit herumgespielt«, sagte er.

»Und?«

»Ich dachte, es könnte dich interessieren, dass sie für denselben Mann gearbeitet haben: Ricardo Costa, den Gründer der sogenannten *Quintos*. Das ist eine aufstrebende Drogen- und Waffenschieberbande, die sich von Spanien aus langsam nach Mitteleuropa ausdehnt.«

»Nie gehört.«

»Quinto – das ist Costas Heimatstadt, ein paar Kilometer von Saragossa entfernt. Als Jugendlicher hat er dort Haschisch verhökert, später auch härtere Sachen. Irgendwann ist er nach Madrid gegangen und hat angefangen, mit Heroin zu handeln. Von dort aus hat er in den letzten zehn

Jahren konsequent seine Macht ausgebaut. Er gehört noch nicht zu den ganz großen Fischen, aber er ist auf dem besten Weg dorthin. Ich wette, von dem werden wir noch einiges hören.«

Emilia überlegte. Welches Interesse hatte dieser Mann gehabt, Avram zur Flucht zu verhelfen? Und was war dabei schiefgelaufen, wenn zwei seiner Handlanger dabei getötet worden waren?

Ricardo Costa.

Emilia war ziemlich sicher, dass auch dieser Name nicht in Avrams Kriminalakte auftrat, genauso wenig wie der von Ramirez oder Espinosa. Allerdings wusste sie auch, dass seine Akte nicht besonders viel hergab, denn die war – gemessen an der Anzahl seiner Jahre als Profikiller – auffallend dünn. In seiner Vergangenheit musste es noch unzählige dunkle Punkte geben, von denen die Polizei keine Ahnung hatte.

Auch sie nicht.

Vielleicht war es besser so.

»Finde heraus, wo Costa sich aufhält«, bat sie Dorffler. »Wenn überhaupt jemand weiß, wo Kuyper steckt, dann ist er es.«

26

Um drei Uhr morgens legte sogar in Monte-Carlo das gesellschaftliche Leben eine Pause ein. Zwar gab es hier und da noch ein paar hartnäckige Nachtschwärmer, aber im Vergleich zu dem turbulenten Treiben am Tag herrschte eine geradezu paradiesische Ruhe. Die Stadt tankte Kraft, bevor in wenigen Stunden alles wieder von vorne losging.

Aus sicherer Entfernung beobachtete Avram die Alhambra, eine moderne, weiße Motoryacht mit diversen Antennen und Aufbauten auf dem Dach. Inmitten der vielen Luxusyachten, die am Quai Jean-Charles Rey festgemacht hatten, fiel sie gar nicht auf. Beinahe jede Yacht in diesem Hafen maß wenigstens zwanzig Meter, viele davon mehr. Wer hier seinen Liegeplatz hatte, kannte keine finanziellen Sorgen.

Der Geruch von Salzwasser stieg Avram in die Nase, irgendwo krähten ein paar Möwen. Beschienen von den Straßenlaternen am Kai hoben sich die eleganten, weißen Yachten von der dunklen Meeresoberfläche und dem dahinterliegenden großen Fürstenfelsen wie Edelsteine auf einem schwarzen Samttuch ab.

Avram hatte am Mittag einen Plan ausgearbeitet, wie er Costa in seine Gewalt bringen wollte. Dazu musste er ihn von seinem Boot locken. Alles, was er dafür benötigen würde, befand sich in seinem Opel Astra, der zehn Meter hinter ihm am Straßenrand parkte. Vor allem die beiden Flaschen mit dem Gemisch aus Benzin und Seifenwasser. Die Herausforderung bestand nun darin, nahe genug an die Alhambra heranzukommen, um die selbstgebastelten Molotow-Cocktails platzieren zu können, denn beim ersten Anzeichen von Gefahr würden die Bodyguards, die auf der Yacht Wache schoben, auf ihn schießen.

Avram stieg ins Auto und setzte sich auf den Beifahrersitz. Hinter dem Steuer saß Francesca, die nicht nur im Bett ihre Qualitäten hatte, sondern auch ein echtes Organisationstalent war. Im Lauf des Nachmittags hatte sie alle Besorgungen erledigt, um die Avram sie gebeten hatte. Jetzt wartete sie darauf, dass es endlich losging.

Im Geist ging er noch einmal seinen Plan durch. Hatte er an alles gedacht? Oft waren es die Kleinigkeiten, die einem zum Verhängnis wurden, aber ihm fiel nichts ein, was er noch hätte korrigieren müssen. Der Kofferraum war mit dicker Plastikfolie ausgelegt, damit in der Teppichverkleidung keine Spuren hängen blieben, die später auf eine Entführung von Ricardo Costa schließen ließen, Kleidungsfasern etwa, oder Blut. Für den Fall, dass sie verfolgt wurden, stand ein Stück außerhalb der Stadt Francescas Wagen als alternatives Fluchtfahrzeug bereit. Und der Schlüssel zu dem Häuschen, in das sie Costa verschleppen wollten, befand sich in seiner Hosentasche.

Natürlich gab es bei einer solchen Aktion immer bestimmte Unwägbarkeiten, die einen zwingen konnten zu improvisieren. Aber im Moment hatte Avram ein gutes Gefühl.

Er griff hinter den Beifahrersitz und holte seinen Rucksack nach vorne. Ein letztes Mal überprüfte er den Inhalt. Dann schraubte er einen Schalldämpfer auf die Pistole und steckte sie zusammen mit einem zusätzlichen Munitionsmagazin, einem Päckchen Streichhölzer und einem zerschnittenen T-Shirt, das als Lunte dienen sollte, in eine Plastiktüte, die er fest mit einem Gummiring verschloss. Die beiden Molotow-

Cocktails ließ er lose im Rucksack – denen schadete Wasser nicht, solange die Flaschen verschlossen blieben.

Ein paar Teenager liefen am Auto vorbei. Sie lachten und unterhielten sich laut, offenbar hatten sie schon reichlich Alkohol getrunken. Erst, als sie um die nächste Ecke gebogen waren, stieg Avram mit dem Rucksack aus.

»Gib mir eine Viertelstunde Vorsprung«, sagte er. »Sobald du siehst, dass jemand von der Yacht auf den Kai läuft, fährst du los und holst mich ab. Das Ganze muss schnell gehen. Die Wachen und die Crew auf dem Schiff schalte ich aus, aber wenn erst die Bodyguards im Hotel alarmiert sind, schwinden unsere Chancen rapide.«

Francesca nickte.

»Alles in Ordnung?«, fragte Avram.

»Ich bin ein bisschen nervös«, antwortete sie.

»Geht mir genauso.«

Obwohl er diesen Job schon seit Jahrzehnten ausübte, war immer noch ein gewisses Maß an Anspannung dabei – diesmal sogar mehr als üblich. Früher war er das ständige Adrenalin gewohnt gewesen, doch die Auszeit im Gefängnis hatte ihn anfälliger gemacht.

»Aufregung ist gut«, sagte er. »Sie hält dich wach und fördert die Konzentration. Du darfst dich nur nicht davon auffressen lassen. Denkst du, du schaffst das?«

»Keine Sorge, ich werde nicht die Nerven verlieren.«

Avram lächelte Francesca ein letztes Mal aufmunternd zu, dann eilte er mit dem geschulterten Rucksack über die Straße zur Hafenbucht. Dort wartete er einen Moment und sah sich um. Als er sicher war, dass er nicht von einem ungewollten Zeugen beobachtet wurde, ließ er sich zwischen zwei Segelyachten ins Wasser ab.

Im ersten Moment war das Meer unangenehm kalt, aber

es dauerte nur ein paar Sekunden, bis Avram sich daran gewöhnt hatte. Der Salzgeruch mischte sich mit einer Prise von Fisch und Brackwasser – typisch für jede Hafenanlage. Sanfte Wellen plätscherten gegen die Kaimauer und gegen die Rümpfe der Yachten – ideale Bedingungen, um eigene Geräusche zu überdecken.

Avram schwamm zwischen den beiden Segelbooten bis zu deren Ende, von wo aus er freie Sicht auf den Fürstenberg hatte – und auf die lange Reihe der im Hafen liegenden Yachten. Bis zur Alhambra waren es etwa zweihundert Meter.

Beim Schwimmen hielt Avram sich dicht an den Schiffsrümpfen, um nicht entdeckt zu werden. Die nasse Kleidung und der Rucksack auf seinem Rücken zogen an seinem Körper, doch er kam zügig voran. Kurz vor dem Ziel bog er vor einer Sportyacht namens Calmira ein. Sie hatte eine tiefe Heckplattform, über die man zum Baden ins Wasser springen konnte.

Ebensogut eignete sie sich natürlich für den Weg aufs Boot.

Leise zog Avram sich an Bord. Von dort nahm er die vier Stufen zum Oberdeck, wo er sich hinter dem Aufbau verschanzte, so dass man ihn von der Alhambra aus nicht entdecken konnte.

Wieder wartete er einen Moment und lauschte in die Dunkelheit. Als alles ruhig blieb, holte er aus dem Rucksack die Plastiktüte und rüstete sich mit ihrem Inhalt aus. Die Pistole mit dem Schalldämpfer behielt er in der Hand, das Ersatzmagazin steckte er in die Hosentasche. Der Rest blieb vorläufig im Rucksack.

In geduckter Haltung schlich Avram hinter dem Aufbau bis zum Bug. Von dort hatte er gute Sicht auf die Alhambra, die nächste Yacht in der Reihe, wo zwei Bodyguards ihre

Kreise drehten: einer auf dem Achterdeck, einer auf dem Vorderdeck. Keiner der beiden hielt eine Waffe in der Hand, aber Avram zweifelte nicht daran, dass sie unter ihren dunklen Sakkos Pistolenholster trugen.

Trotz der fortgeschrittenen Stunde schienen sie weder müde noch unkonzentriert zu sein. Der Kerl am Heck behielt den Pier im Auge, der am Bug die Hafenbucht. Wie Scanner wanderten ihre Blicke rund um die Alhambra. Von der Nachbaryacht erwarteten sie aber offenbar keine Gefahr – sie schienen gar nicht mit der Möglichkeit zu rechnen, dass jemand ihnen unbemerkt so nahe kommen konnte.

Avram wartete, bis beide Wachen sich gleichzeitig in einer günstigen Position für ihn befanden. Dann brachte er blitzschnell seine Pistole in Anschlag, und zwei Schüsse ploppten durch die Nacht. Der Kerl am Heck wurde von der Wucht der Kugel über Bord geschleudert und klatschte ins Wasser, die Wache am Bug fiel mit einer halben Pirouette gegen die Reling und rührte sich nicht mehr.

Über die Kaimauer kletterte Avram auf die Alhambra. Durch die Glasscheiben erkannte er, dass drinnen alles dunkel geblieben war. Als er versuchte, die Tür zum Salon zu öffnen, musste er feststellen, dass sie verschlossen war.

Verdammt!

Ihm blieb nichts anderes übrig, als das Schloss aufzuschießen, aber trotz des Schalldämpfers war das Geräusch auffallend laut.

Wieder musste er ein paar bange Sekunden warten.

Wieder blieb alles ruhig.

Glück gehabt!

Oder war Ricardo Costa längst gewarnt? Zumindest musste Avram die Möglichkeit in Betracht ziehen.

Auf leisen Sohlen schlich er durch den Salon bis zum Treppengang. Einen Moment lang spielte er mit dem Gedanken, seine Molotow-Cocktails mit den Lunten zu versehen und sie nach unten zu werfen, aber er entschied sich doch lieber dagegen. Die Yacht würde innerhalb kürzester Zeit lichterloh in Flammen stehen – was, wenn Costa darin umkam? Avram brauchte ihn lebend, um Antworten von ihm zu bekommen. Außerdem wäre ein so großes Feuer ziemlich auffällig. Selbst wenn Costa sich ins Freie retten konnte, würde sofort ein Menschenauflauf am Pier entstehen.

Nein, Avram wollte ihn lieber ausräuchern. Deshalb schlich er die Stufen hinunter in den Rumpf der Alhambra. Ein Notlicht im Treppenhaus verströmte einen Hauch von Helligkeit, so dass er wenigstens Umrisse erkennen konnte. Zum Bug hin schienen sich die Kajüten zu befinden, hinten lagen die Kombüse und die Dusche. Dort schüttete er die beiden improvisierten Molotow-Cocktails in seinen nassen Rucksack und zündete ihn an. Sofort quoll dichter Qualm daraus hervor. Avram hielt die Luft an, um nicht loszuhusten. Jetzt musste er nur noch sicherstellen, dass Costa nicht im Schlaf erstickte.

Zurück im Salon warf er ein Tablett mit Gläsern die Treppe hinunter. Der Krach würde die Schlafenden wecken, und wer sich an den Scherben verletzte, wäre für einen etwaigen Kampf gehandicapt – umso besser.

Tatsächlich brach unten sofort Tumult los, während Avram sich auf dem Oberdeck verschanzte. Er hörte, wie Menschen die Treppe hinaufstürmten, hustend und verwirrt. Dabei riefen sie sich irgendetwas auf Spanisch zu. Für Avram klang es, als würden sie sich für einen Angriff wappnen.

Über das Achterdeck kamen sie an die frische Luft. Keuchend und japsend ließen sie die Brücke zum Pier herunter und taumelten aufs Festland. Trotz ihrer offensichtlichen

Verwirrung hatten sie Waffen in den Händen – sie ahnten die Falle. Deshalb schoss Avram sie nieder, noch bevor sie begriffen, woher die Kugeln kamen. Der Reihe nach fielen die Männer zu Boden, fünf an der Zahl. Am Ende stand nur noch Ricardo Costa auf seinen Beinen, barfuß, ebenfalls mit einer Pistole in der Faust. Damit fuchtelte er wie wild um sich, ohne jedoch ein klares Ziel erkennen zu können. Der Rauch hatte ihn offenbar benommen gemacht und brannte in seinen Augen. In seinem seidenen Streifenpyjama tat er Avram beinahe leid.

Ein Motor heulte auf, und Francesca preschte in dem Astra heran. Instinktiv zielte Costa in die Richtung, aus der das Geräusch kam.

»Weg mit der Pistole!«, brüllte Avram.

Costa reagierte nicht, vielleicht weil der Motor seine Stimme überlagerte.

Avram schoss ihm ins Bein. Costa ließ die Pistole fallen und brach zusammen, schreiend hielt er sich die blutende Stelle. Während der Astra mit quietschenden Reifen neben ihm zum Stehen kam, eilte Avram auf den Pier und verpasste Costa einen kräftigen Kinnhaken, so dass dieser das Bewusstsein verlor und endlich verstummte.

Mit den Kabelbindern, die Francesca ihm reichte, fesselte Avram ihm die Hände auf den Rücken. Anschließend warf er ihn in den Kofferraum und knebelte ihn für den Fall, dass er während der Fahrt wieder aufwachte.

Im Hotel gegenüber dem Pier ging ein Licht an. Vielleicht war es Zufall, vielleicht hatte einer von Costas schichtfreien Bodyguards Geräusche gehört und Verdacht geschöpft.

»Lass uns von hier verschwinden«, raunte Avram.

Noch bevor das Fenster geöffnet wurde, waren Francesca und er im Schutz der Nacht verschwunden.

27

Im Hinterland von Monaco gab es auf der französischen Seite der Grenze bei Peillon ein kleines, uraltes Steinhaus, gut versteckt zwischen knorrigen Olivenbäumen und hochgewachsenen Zypressen. Es war nur über einen holprigen Feldweg erreichbar und lag auf einer felsigen Anhöhe. Avram hielt den Wagen auf dem staubigen Fleckchen Erde vor dem Eingang, stieg aus und ließ seinen Blick durch die Nacht schweifen.

Der Duft von Lavendel stieg ihm in die Nase, die laue Nachtluft wurde getragen vom Zirpen der Grillen. Bis zum nächsten Dorf waren es mindestens zwei Kilometer, weit und breit gab es keine anderen Häuser.

Perfekt!

Hier oben würde ihn niemand stören. Vor allem würde niemand die Schreie hören, falls Costa nicht kooperieren wollte.

Avram holte die Reisetasche mit seinem Gepäck vom Rücksitz, anschließend montierte er die Originalnummernschilder wieder an den Wagen – vor der Entführung hatte er sicherheitshalber ein paar fremde Kennzeichen angebracht. Aber er glaubte nicht, dass jemand sich die Nummer gemerkt hatte. Dafür war alles viel zu schnell gegangen.

Genau das machte ihn skeptisch.

»Was ist los mit dir?«, fragte Francesca, die ihm beim Schilderwechsel über die Schulter sah.

»Ich weiß nicht«, sagte Avram. »Diese Entführung war beinahe ein bisschen zu einfach, findest du nicht?«

Sie schüttelte den Kopf. »Ich denke, dein Plan hat nur wunderbar funktioniert.«

Vielleicht hatte sie recht. In den letzten Jahren neigte er immer mehr zum Pessimismus.

Er lächelte. »Vielen Dank«, sagte er. »Für alles.«

In ihren Augen glaubte er, Zuneigung zu erkennen. *Echte* Zuneigung, keine professionelle. Auch er mochte sie. Aber im Moment gab es Wichtigeres zu tun, als zu flirten. Darin war er ohnehin noch nie besonders gut gewesen.

Er öffnete den Kofferraum des Astra und zerrte Costa heraus, der mittlerweile wieder wach war, aber noch ziemlich benommen wirkte, entweder wegen der Schussverletzung am Oberschenkel oder wegen des Kinnhakens am Yachthafen. Als Avram ihn in Richtung des Hauses schubste, verlor er das Gleichgewicht und brach zusammen. In seinen Knebel winselnd, blieb er im Staub liegen.

»Ab hier komme ich allein zurecht«, sagte Avram zu Francesca.

Sie nickte. »Werden wir uns wiedersehen?«

Statt einer Antwort küsste er sie auf die Wange. Zuerst musste er lebend aus dieser Angelegenheit herauskommen. Alles andere würde sich finden.

Francesca nickte – sie verstand auch ohne lange Erklärungen.

»Hinter dem Haus steht ein alter Fiat«, sagte sie. »Der Schlüssel liegt auf der Eingangskommode im Haus, die Papiere sind im Wagen. Pass auf dich auf.«

Sie schenkte Avram ein letztes, knappes Lächeln, dann stieg sie in den Astra und fuhr davon. Sie würde die Plastikfolie aus dem Kofferraum entsorgen, ihre Fingerabdrücke abwischen und den Wagen irgendwo in Monaco am Straßenrand abstellen.

Bis die Polizei Verdacht schöpft, bin ich längst über alle Berge.

Als Avram die Rücklichter des Autos hinter der nächsten Kurve verschwinden sah, hatte er zum ersten Mal seit langer Zeit das Gefühl, etwas Wertvolles zu verlieren.

Wieder stieg ihm der Duft von Lavendel in die Nase. Am wolkenlosen Himmel funkelte ein Meer von Sternen.

Ein herrliches Fleckchen Erde.

Hätte er früher eine Frau wie Francesca getroffen, hätte er es vielleicht geschafft, rechtzeitig die Reißleine zu ziehen – bevor es zu spät geworden war, um in ein geregeltes Leben zurückzufinden.

Er seufzte und wandte sich wieder Ricardo Costa zu, der immer noch auf dem Boden lag. Seine Pyjamahose war blutgetränkt. Mit zusammengebissenen Zähnen zischte er unverständliches Zeug, vermutlich spanische Flüche.

Avram zog ihn auf die Beine und zerrte ihn ins Haus, wo er ihn auf einen Holzstuhl fesselte, ihm den Knebel abnahm und ihm ein Glas Wasser hinhielt.

»Trink das«, sagte er. »Das wird dir guttun.«

Costa spuckte ihn an.

Um ihn daran zu erinnern, wer hier am längeren Hebel saß, trat Avram ihm gegen das angeschossene Bein, so dass Costa laut aufjaulte.

»Ich weiß, dass du es warst, der mich aus dem Gefängnis hat holen lassen«, sagte Avram. »Und ich weiß auch, dass du das im Auftrag für jemand anderen getan hast. Ich bin hier, weil ich den Namen deines Auftraggebers erfahren will.«

Costa sah ihn von unten herauf an. In seinem verkniffenen Blick lag eine Mischung aus Stolz, Trotz und Angst. Er wusste, dass Avram nicht zum Spaßen aufgelegt war, wollte aber offenbar auch nicht sofort klein beigeben.

»Keinen Schimmer, wovon du sprichst«, knirschte er mit spanischem Akzent.

Avram seufzte. »Deine Männer haben mich aus dem Knast befreit. Zwei davon liegen tot in einem Maisfeld bei München. Einer der beiden hat mir verraten, welche Belohnung auf mich ausgesetzt ist – ein großer Kerl mit Habichtsnase.«

»Espinosa, der Idiot! Gut, dass du ihn umgebracht hast, sonst hätte ich es selbst irgendwann tun müssen. Der konnte noch nie sein verdammtes Maul halten.«

»Die Arbeit habe ich dir dann ja wohl abgenommen. Aber du wirst Espinosa bald folgen, wenn du mir nicht sagst, was ich wissen will. Fünfzig Millionen Euro – wer hat so viel Geld für meinen Kopf geboten?«

Costa verzog seine Lippen zu einem freudlosen Lächeln. »Warum sollte ich dir das verraten? Du wirst mich so oder so umbringen.«

»Aber du entscheidest, auf welche Weise. Wenn du mir alles sagst, was du weißt, jage ich dir eine Kugel in den Kopf, schnell und schmerzlos. Aber solange ich den Eindruck habe, dass du mir etwas verheimlichst, schieße ich dir jeden einzelnen Knochen im Leib kaputt. Also überlege es dir. Ich habe nämlich eine ganze Menge Munition dabei.«

28

Hamburg

Lina Sattler begann allmählich, sich Sorgen zu machen – soweit ihre Gefühlskälte es zuließ.

Nach dem Besuch der Polizisten hatte sie eine Weile gewartet, bis die Luft wieder rein war. Danach war sie noch einmal in den Club Sauvage gefahren, um sich von einem Türsteher das Handy auszuleihen und Avram damit eine E-Mail zukommen zu lassen:

> Ich weiß nicht, ob die Polizei meine Nachrichten abfängt, deshalb melde ich mich auf diesem Weg: Wenn ich irgendetwas für Dich tun kann, lass es mich wissen. Ich verdanke Dir viel, diese Schuld will ich gerne begleichen. Falls ich Dir etwas besorgen soll oder Du Dich mit mir treffen willst, melde Dich unter dem Namen Franka Rieck bei mir. Ich habe dafür die E-Mail-Adresse f-t-rieck@web.de angelegt. Passwort: rieck9812. Gib wenigstens ein kurzes Zeichen, ob es Dir gutgeht.

Seitdem hatte sie schon zwei Dutzend Mal ihren E-Maileingang überprüft, aber bisher hatte Avram nicht darauf reagiert.

Es ist Nacht. Vielleicht schläft er.

Das wäre die naheliegendste Erklärung gewesen, aber aus irgendeinem Grund glaubte sie das nicht.

Eine Weile versuchte sie, im Internet etwas über den Ausbruch aus der Münchener Justizvollzugsanstalt herauszufinden – vergeblich. Obwohl sie alle möglichen Suchmaschinen benutzte, war sie zwei Stunden später nicht schlauer als vorher.

Die Nervosität, die mit der Ungewissheit einherging, war für Lina ungewohnt. Es gab dafür auch keinen einleuchtenden Grund. Sie hatte nur wenige Tage mit Avram zusammengearbeitet, und das war schon ein Jahr her. Bis zum Besuch der beiden Polizisten hatte sie kaum mehr an Avram gedacht.

Jetzt ging er ihr dafür nicht mehr aus dem Kopf.

Sie überprüfte noch einmal ihren E-Mail-Eingang – nichts. Warum zum Teufel meldete er sich nicht bei ihr? Auch ohne ihre Nachricht hätte er es ja zumindest versuchen können!

Ob er sauer war, weil sie ihn nicht im Gefängnis besucht hatte? Oder tat er es gar, um sie zu schützen? Weil er wusste, dass die Polizei ihn bei ihr suchen würde, und er nicht wollte, dass sie mit ihm in Verbindung gebracht wurde?

Oder bin ich ihm einfach gleichgültig?

Sie wunderte sich selbst über diese Frage. Noch mehr wunderte sie sich darüber, als sie feststellte, dass es ihr tatsächlich etwas bedeutete, wie Avram über sie dachte.

Mit Gefühlen hatte sie normalerweise ihre Probleme. Angst war ihr gänzlich fremd, aber sie tat sich auch ganz allgemein schwer mit Emotionen.

Wegen dieses Gendefekts.

Normalerweise empfand sie diesen Umstand nicht als Mangel. Nur wenn sie versuchte, die Gefühlswelt anderer Menschen nachzuvollziehen, stieß sie an gewisse Grenzen. Das galt doppelt, wenn sie jemanden nicht gut kannte – so wie Avram. Sie hatten zwar ein paar Tage lang eng zusammengearbeitet, aber was in ihm vorgegangen war, als er sich dazu entschieden hatte, für sie ins Gefängnis zu gehen, blieb ihr bis heute ein Rätsel.

Was jetzt?

Da er ihr immer noch keine E-Mail geschrieben hatte, beschloss sie, Rutger Bjorndahl um Hilfe zu bitten, dessen Nummer sie auf einem Zettel in der Schublade unter dem Telefon fand. Bjorndahl hatte Lina damals an Avram weitervermittelt, er war für ihn eine Art Kontaktmann und Informant.

Kurzentschlossen streifte sie ihre Jacke über und steckte den Zettel ein. Sie wollte von einem öffentlichen Apparat aus bei Bjorndahl anrufen – nur für den Fall, dass die Polizei ihren Anschluss angezapft hatte.

29

Ricardo Costa sah erbärmlich aus. Sein Gesicht war blutverschmiert, sein Pyjama ebenfalls. Über dem linken Auge klaffte eine hässliche Platzwunde, die Lippen waren an mehreren Stellen aufgerissen. Seine Wangen schillerten bläulich-violett, und die Nase war zu einem dicken Ei geschwollen. Wären seine Hände nicht hinter der Holzlehne festgebunden gewesen, hätte er sich wohl kaum noch auf dem Stuhl halten können.

Es bereitete Avram kein Vergnügen, Costa zu schlagen. Es war eine Notwendigkeit: Wenn er ihn nicht zum Reden brachte, wäre er selbst in wenigen Tagen tot.

Leider schwieg Costa bisher beharrlich, wahrscheinlich, weil er Zeit schinden wollte, bis er gerettet wurde.

»Deine Leute sind tot«, sagte Avram. »Die Übrigen haben nicht mitbekommen, wohin ich dich verschleppt habe. Wir beide sind hier allein, und wir können noch die ganze Nacht so weitermachen.«

Wieder schlug er zu, diesmal nicht ins Gesicht, sondern in die Magengrube. Falls Costa seine Meinung noch änderte, brauchte er seine Zähne zum Reden.

Der Spanier stöhnte auf und japste nach Luft. Ein Blutfaden tropfte ihm aus dem Mundwinkel, aber er wollte immer noch nicht mit der Sprache herausrücken.

Avram beschloss, die Taktik zu wechseln. Die sanfte Tour zog bei Costa offenbar nicht.

»Fünfzig Millionen Euro – das ist so viel Geld, dass nicht

nur ich in Gefahr schwebe, sondern alle, die mich kennen«, sagte er. »Jeder Kopfgeldjäger wird versuchen, meine Freunde und meine Familie aufzuspüren, um über sie an mich heranzukommen. Sie werden versuchen, Informationen über mich aus ihnen herauszupressen, oder sie werden sie als Druckmittel gegen mich einsetzen.«

Avram hatte zwar keine eigene Familie, aber seine Schwägerin und seine Nichte waren ihm seit dem Tod seines Bruders sehr ans Herz gewachsen. Er wollte sich nicht vorstellen, was man ihnen alles antun würde, um sie zum Reden zu bringen, obwohl sie gar nichts wussten.

»Kopfgeldjäger sind erfinderisch, wenn sie Informationen aus jemandem herauspressen wollen«, fuhr Avram fort. »Die gehen nicht so liebevoll mit ihren Opfern um, wie ich bis jetzt mit dir. Aber damit ist jetzt Schluss. Ich muss wissen, wer diese Prämie auf mich ausgesetzt hat. Mach endlich dein verdammtes Maul auf!«

Er zog seine Pistole aus dem Holster. Der Schalldämpfer war immer noch aufgeschraubt. Der Lauf der Waffe richtete sich auf Ricardo Costas Knie.

»Wenn ich bis drei keinen Namen höre, drücke ich ab«, sagte er. »Eins ... zwei ... drei ...«

Ein Schuss ploppte auf. Costa brüllte, obwohl Avram in letzter Sekunde vorbeigeschossen und nur den Fußboden getroffen hatte.

Zitternd begann der Spanier zu weinen.

»Schluss damit, *hijo de puta*!«, raunte er. »Ich sage dir, was ich weiß, damit dieses beschissene Spiel endlich aufhört.«

Avram rückte sich einen Stuhl zurecht und nahm Platz. »Ich bin ganz Ohr.«

Costa richtete mühevoll seinen Oberkörper auf und dachte einen Moment nach.

»Ich kenne keinen Namen«, sagte er schließlich. Als Avram mit der Pistole zuckte, fügte er schnell hinzu: »Ich schwöre, das ist die Wahrheit. Was habe ich zu verlieren?«

Avram beschloss, ihn vorläufig nicht noch mehr unter Druck zu setzen. »Weiter«, drängte er.

Costa sammelte sich noch einmal, dann begann er zu erzählen. »Ich komme aus einer kleinen Stadt bei Saragossa. Meine Eltern starben bei einer Schießerei, als ich zehn war. Ich wuchs in Heimen auf, arbeitete mich in einer Konservenfabrik hoch. Aber mir wurde schnell klar, dass damit kein Geld zu verdienen war – nicht so viel, wie ich es mir als kleiner Junge immer erträumt hatte.«

Komm endlich zum Punkt, dachte Avram ungeduldig. Aber er wollte ihn nicht unterbrechen, wo er gerade so schön Fahrt aufnahm.

»Ich hab auf der Straße Koks verkauft, später kamen Heroin und Waffen dazu«, fuhr Costa fort. »So fing alles an. Ich hab mich hochgearbeitet, zu einem einflussreichen Clanführer – ich bin sicher, du weißt das.«

Offenbar wollte er durchsickern lassen, dass er sowohl die Macht als auch das Geld besaß, um Avram einige Vorteile zu verschaffen – vorausgesetzt, er würde ihn am Leben lassen.

»Jedenfalls habe ich meine Aktivitäten in den letzten Jahren immer mehr in Richtung Osteuropa ausgedehnt. Im Moment versuche ich, im Baltikum Fuß zu fassen. Deshalb habe ich mich nach geeigneten Geschäftspartnern umgesehen – die in der Lage sind, meine Lieferungen an den Mann zu bringen. In Lettland bin ich dabei auf jemanden gestoßen. Er hat angeblich hervorragende Kontakte bis nach Moskau und leitet eine Organisation, die auch die Logistik für Großlieferungen bewältigen kann. Allerdings hat er eine Art Lizenzforderung gestellt. Um mit ihm ins

Geschäft zu kommen, verlangt er hundert Millionen Euro – oder nur fünfzig, wenn ich dich bei unserem ersten gemeinsamen Deal mitliefere. Ich nehme an, du verstehst, dass ich mir diesen Rabatt nicht entgehen lassen wollte.«

In gewisser Weise war Avram erleichtert. Immerhin handelte es sich nicht um ein öffentlich ausgesetztes Kopfgeld. Das entspannte die Situation, denn er musste nicht mehr hinter jeder Straßenecke mit einem Feind rechnen. Vor allem waren seine Nichte und seine Schwägerin damit außer Gefahr, zumindest fürs Erste.

Gleichzeitig wusste er aber auch, dass jemand, der einen Fünfzig-Millionen-Euro-Rabatt für seinen Kopf gewährte, sich nicht durch Worte – »Tut mir leid, aber Kuyper ist uns entwischt« – von der weiteren Suche abhalten lassen würde. Fraglich war nur, weshalb derjenige ihn nicht einfach im Gefängnis hatte umbringen lassen.

»Ich will den Namen deines lettischen Geschäftspartners«, sagte er.

»Und wenn du mich erschießt – ich kenne ihn nicht. Alles, was ich über ihn weiß, ist, dass er sich Leviathan nennt. Falls du denkst, du kannst ihn googeln, dann irrst du dich. Du wirst nichts über ihn herausfinden, das habe ich schon versucht. Er ist wie ein Schatten.«

»Wie trittst du mit ihm in Kontakt?«

»Über einen Mittelsmann.«

»Und wie heißt der?«

Costa zuckte mit den Schultern, wobei er zunehmend verzweifelt wirkte. »Keine Ahnung.«

Allmählich verlor Avram die Geduld. »Willst du mich verarschen? Irgendwie musst du ja mit ihm in Kontakt treten!«

Costa schüttelte den Kopf. »Bis jetzt ist er es immer gewesen, der sich bei mir gemeldet hat. Er ist extrem vorsichtig!

Aber es gibt vielleicht eine Möglichkeit, an ihn heranzukommen.«

Avram ahnte, worauf das hinauslaufen würde. Aus irgendeinem Grund machte ihn das nicht besonders glücklich.

»Lass mich laufen, damit ich meine erste Lieferung durchführen kann«, sagte Costa. »Die soll in wenigen Tagen stattfinden. Dabei schleuse ich dich bei meinem Geschäftspartner ein, und du lässt mich dafür am Leben. Wie klingt das?«

Mit seinem blutverschmierten Gesicht sah er dabei aus wie ein hinterlistiger Teufel.

»Ich traue dir nicht«, sagte Avram. »Du würdest mich nur ins Messer laufen lassen. Deshalb werde ich mich lieber alleine auf die Suche nach Leviathan machen. Tut mir leid, aber hier trennen sich unsere Wege.«

30

Lina Sattler stand mit dem Hörer am Ohr an einer öffentlichen Telefonsäule im Hamburger Hauptbahnhof und ließ unauffällig den Blick durch die Halle schweifen. Hier und da streiften Passanten umher, vereinzelt warteten auch schon die ersten Bahnreisenden auf ihre Zugverbindung. Im hinteren Teil des Gebäudes war eine Putzkolonne bei der Arbeit. Alles schien seinen gewohnten Gang zu gehen.

Vor allem waren nirgends Polizisten zu sehen.

Aus der Tasche ihrer Lederjacke zog sie den Zettel mit Rutger Bjorndahls Nummer und tippte sie in den Apparat. Sie musste es eine Weile klingeln lassen, bis jemand abnahm.

»Wer ist da?«

Die Stimme am anderen Ende klang beinahe tonlos.

»Herr Bjorndahl?«

»Wer spricht da?«

»Mein Name ist Lina Sattler. Vielleicht erinnern Sie sich an mich – Sie haben letztes Jahr ein Treffen für mich arrangiert. Mit Avram Kuyper.«

Einen Moment lang herrschte Stille. »Die Frau, die auf der Suche nach ihrer verlorenen Kindheit war?«

»Genau die.«

»Was kann ich für Sie tun?«

»Ich hatte gestern Nacht Besuch von zwei Bullen, die mir erzählt haben, dass Avram aus dem Gefängnis ausgebrochen ist«, sagte sie. »Ich würde ihm gerne helfen, wenn ich etwas für ihn tun kann. Wissen Sie, wie ich ihn erreichen kann? Auf meine E-Mail hat er bisher nicht reagiert.«

»Wenn Sie wollen, geben Sie mir Ihre Kontaktdaten. Ich richte Avram aus, dass er sich bei Ihnen melden soll.«

Was im Grunde hieß, dass er sie als nicht vertrauenswürdig einstufte. Mit einem Seufzen nannte Lina ihm ihre Telefonnummer und ihre E-Mail-Adresse.

31

Mit dem Fiat 500, der hinter dem Haus parkte, fuhr Avram im hügeligen Hinterland von Monaco der aufgehenden Sonne entgegen. Der Himmel war schon jetzt azurblau und wolkenlos, es versprach, ein wundervoller Tag zu werden. Nur die Luft war noch unangenehm kalt, aber vielleicht kam es Avram aufgrund des Schlafmangels auch nur so vor.

Er drehte die Heizung auf Hochtouren und schaltete das Radio an. Sein Ziel war Grenoble, etwa vier Autostunden entfernt. Nicht, dass er schon jemals dort gewesen wäre, er hatte die Stadt rein zufällig in Google Maps entdeckt. Genau deshalb steuerte er sie an – weil sie rein gar nichts mit ihm zu tun hatte. Selbst wenn man die Entführung Ricardo Costas durch irgendeinen unglückseligen Zufall mit ihm in Verbindung bringen konnte – in Grenoble würde man ihn ganz bestimmt nicht suchen.

Er fragte sich, wie die polizeilichen Ermittlungen in Monaco voranschritten. Eine brennende Yacht und sechs Leichen gab es auch dort nicht alle Tage. Vermutlich war im Fürstentum heute die Hölle los.

Er wäre liebend gerne dort gewesen, um alles zu beobachten, aber natürlich war er erfahren genug, um keinen solchen Fehler zu begehen. Nur Anfänger kamen an den Ort des Verbrechens zurück, weil sie der Versuchung nicht widerstehen konnten. Die meisten dieser Idioten wurden geschnappt.

Als um acht Uhr die Nachrichten kamen, stellte Avram

das Radio lauter. Sein Französisch reichte zwar längst nicht aus, um Details zu verstehen, aber ein paar einzelne Wörter genügten, um den Zusammenhang zu begreifen. Mehrmals wurde der Name Ricardo Costa erwähnt, auch die Wörter »yacht«, »kidnapping«, »mort« und »inconnu« – das hieß »unbekannt«. Avram nahm an, dass sich das auf die Identität des Entführers bezog.

Er versuchte auch herauszuhören, ob die Begriffe »Opel Astra« oder »jaune« – die Farbe des Überfallwagens – genannt wurden, aber im schnellen Geplapper des französischen Sprechers fiel ihm das zumindest nicht auf.

Nach den Nachrichten schaltete Avram das Radio wieder ab. Er brauchte Stille, um ungestört nachdenken zu können.

In gemütlichem Tempo fuhr er weiter. Sein nächstes Zwischenziel lautete Castellane, bis dorthin waren es noch zwanzig Kilometer.

Der zunehmende Berufsverkehr war für ihn die beste Tarnung – in der rollenden Blechlawine fiel sein Fiat nicht auf. Für den Fall, dass er in eine Polizeikontrolle geriet, hatte er seine Pistole unter dem Fahrersitz versteckt. Im Moment fühlte er sich aber viel zu erschöpft, um Widerstand leisten zu können. Am liebsten hätte er sich jetzt irgendwo eine Tasse starken Kaffee gegönnt, aber dann würde sich nur wieder sein Magengeschwür melden – keine gute Idee.

Um dennoch nicht am Steuer einzuschlafen, kaufte er sich in einem Supermarkt bei Valderoure zwei Dosen Red Bull, zum ersten Mal in seinem Leben. Das Zeug schmeckte wie flüssige Gummibärchen, aber schon nach kurzer Zeit half es tatsächlich gegen die Müdigkeit.

Da er seit gestern Abend nichts mehr gegessen hatte, begann nun auch sein Magen zu knurren. Also hielt Avram wenig später noch einmal an einer Tankstelle, um sich ein

Sandwich zu kaufen. Es schmeckte nach gar nichts, vertrieb aber immerhin den Hunger.

Nach dem Essen telefonierte er mit Rutger Bjorndahl.

»Ich brauche Informationen über jemanden, der sich Leviathan nennt«, sagte er. »Ein Untergrundboss in Lettland. Ricardo Costa hatte vor, ihn in großem Stil mit Drogen zu beliefern, deshalb muss Leviathan eine Organisation leiten, die in der Lage ist, das zu stemmen. Außerdem spielen fünfzig Millionen Euro für ihn keine allzu große Rolle – das ist der Rabatt, den er Costa für meinen Kopf gewähren wollte. Im Internet findet man aber nichts über ihn heraus.«

Dort gab es zwar unzählige Treffer zum Stichwort »Leviathan«, aber keinen, der in Verbindung mit einem lettischen Untergrundboss stand. Das hatte Avram in der Nacht schon überprüft.

»Leviathan«, röchelte Bjorndahl am anderen Apparat. »Nie gehört, aber ich werde mich mal umhorchen. Übrigens hatte ich heute Nacht einen Anruf, der dich vielleicht interessieren könnte. Erinnerst du dich an Lina Sattler?«

32

Karina Sukowa tat vom Scheitel bis in die Fußspitzen alles weh. Bei seinem letzten Besuch hatte der Herr der Finsternis sie so hart bestraft, dass sie sich selbst jetzt, zwei Tage später, kaum noch rühren konnte. Gestern war sie zum ersten Mal seit Beginn ihrer Gefangenschaft nicht in der Lage gewesen, Elena in die Arme zu nehmen. Sie hatte das Baby während des Fütterns in seinem Zuber lassen müssen und die ganze Zeit nur geweint.

Auch jetzt noch war der Schmerz bestimmend. Er beherrschte ihr Denken, jede noch so kleine Bewegung war eine Qual. Karina fühlte sich, als habe man sie bei lebendigem Leib in siedendes Wasser getaucht. Sie bezweifelte, dass die Wunden je wieder heilen würden.

Beinahe noch schlimmer als der Schmerz waren die Erinnerungen an das, was *der Dunkelfürst* mit ihr angestellt hatte. Besser gesagt das, was ihre Phantasie daraus machte, denn so ganz genau wusste sie es gar nicht. In seiner Folterkammer brannte ja immer nur eine einzige Kerze, so dass man kaum etwas erkennen konnte. Außerdem war sie diesmal bäuchlings auf den Opferaltar gefesselt worden, was ihr Sichtfeld zusätzlich eingeschränkt hatte. Aus dem wenigen, das sie im Augenwinkel und als Schattenriss an der Wand hatte sehen können, konnte sie seine Untaten nur erahnen. Angefühlt hatte es sich jedenfalls, als würde er ihr die Haut vom Rücken abziehen, während er sie gleichzeitig von hinten nahm.

Mit aller Gewalt hatte sie die Lippen zusammengekniffen, um nicht zu schreien.

Solange du es schaffst, nicht zu schreien, werde ich dein Baby am Leben lassen.

Nur deshalb hatte sie durchgehalten.

Karina zuckte zusammen, als der Türriegel mit einem schabenden Geräusch beiseitegeschoben wurde. Sie hatte im Flur gar keine Schritte gehört.

Als die Tür sich öffnete, stand im Eingang wieder die Hexe in Weiß.

»Komm mit, der Herr möchte dich sehen«, sagte sie.

Schon wieder? Ich war doch erst vorgestern bei ihm!

Bisher hatte er ihr immer ein paar Tage Erholung gegönnt. Dass er sie schon so bald wieder zu sich holte, war neu.

Ohne sich von der Stelle zu rühren, brach Karina in Tränen aus. Sie war einer neuen Zeremonie noch nicht gewachsen, das wusste sie genau. Die Schmerzen waren auch so schon unerträglich. Wie sollte sie eine weitere Stunde im Folterkeller überstehen?

Mit einer knappen Kopfbewegung schickte die Hexe ihre zwei Helfer ins Verlies, ebenfalls ganz in Weiß gekleidet, mit emotionslosen Gesichtern, als habe jemand ihnen das Gewissen geraubt. Ohne Rücksicht auf ihre Wunden zerrten sie Karina auf die Beine und brachten sie in den Sanitärraum. Dort musste sie es mit zusammengebissenen Zähnen über sich ergehen lassen, dass die Hexe sie auszog, sie unter die Dusche stellte und sie wusch. Blut tropfte aus den frischen, aufgeweichten Narben auf den Kachelboden und floss, vermischt mit dem Seifenwasser, in den Abguss.

Karina schluchzte.

Nach der Dusche führte die Hexe sie, nackt wie sie war,

durch einen Gang zu der Schreckenskammer. Die eingemeißelte Inschrift über der Tür ließ sie schaudern: *Rufe deinen Dämon und folge ihm* – der Leitspruch des Herrn der Finsternis, der drinnen bereits auf sie wartete. Diesmal musste Karina sich mit dem Rücken auf den Altar legen. Der kühle Stein linderte die Schmerzen ein wenig, dennoch zitterte sie unkontrolliert, wie jedes Mal, wenn er sie vorbereitete. Er steckte ihre Hand- und Fußgelenke in eiserne Schellen an den vier Ecken des Altars, spannte die Ketten, bis ihr Körper kaum noch Spiel hatte, sprach dabei rätselhafte Formeln in einer Sprache, die Karina nicht verstand. Seine Blicke wanderten gierig über ihre nackte Haut, sie konnte sie spüren wie echte Berührungen.

Widerlich!

Die Fesseln steigerten dabei die Demütigung ihrer Nacktheit, selbst nach so vielen Vergewaltigungen hatte sie sich noch nicht daran gewöhnt. Dicke Tränen rannen ihr aus den Augenwinkeln.

Im Gegensatz zu ihr war der Herr der Finsternis vollständig bekleidet. Er trug wie immer eine schwarze, mit Nieten und Ösen versehene Mönchskutte. Die satanischen Symbole darauf schimmerten im Kerzenlicht wie flüssiges Gold. Außerdem hatte er seine Latexmaske übergezogen, die das Gesicht vom Kinn bis dicht unter die Augen verdeckte. Nur für die Nasenlöcher und den Mund gab es Aussparungen. Die Aussparung am Mund hatte drei Verbindungsstellen, die sich beim Sprechen dehnten – das sah aus, als wären seine Lippen an manchen Stellen miteinander verwachsen. Es war wie in einem Horrorfilm. Karina überkam eine Gänsehaut, wenn sie nur daran dachte.

Es pochte an der Tür, drei Mal.

Warum das? Eine Unterbrechung der Zeremonie? Aus

irgendeinem Grund lief es heute anders ab als sonst. Die Unsicherheit schürte Karinas Angst noch mehr.

Sie versuchte, einen Blick in Richtung der Tür zu werfen, schaffte es aber nicht, den Kopf so weit zu drehen, dass sie etwas sehen konnte. Aber sie hörte eine Stimme.

»Hier, Herr, wie befohlen. Ein reines Geschöpf für Euer Opfer.«

Die Hexe.

Karina hörte ein Rascheln, dann das Türschloss. Schließlich trat der schwarze Dämon wieder in ihr Gesichtsfeld – mit einem weißen Bündel in der Hand.

Ihrem Baby.

Augenblicklich gefror Karina das Blut in den Adern. Was hatte der Mann mit Elena vor? Wollte er sich heute an ihr vergehen? Wollte er ihr etwas antun? Sie womöglich töten?

Ohne ein Wort zu sagen, hielt der Herr der Finsternis Karina den Säugling vors Gesicht. Elena schlief tief und fest, mit einem Daumen im Mund als Schnullerersatz. Friedlich sah sie aus, wie ein kleiner Engel. Eine Welle tiefempfundener Liebe durchflutete Karina beim Anblick ihrer kleinen Tochter. Sie war das Einzige auf der Welt, das sie nicht verloren hatte – ihr wertvollster Besitz.

Möge Gott dich beschützen, mein Kind …

Der Mann legte das schlafende Bündel in eine große Opferschale, die aussah wie ein gotischer Brunnen. Im flackernden Licht der Kerze sahen die in den Stein gemeißelten Schimären aus, als besäßen sie ein Eigenleben, ebenso wie die Bilder der kopulierenden Figuren an der Wand. Einen Moment lang sah es so aus, als würden die Schattengestalten sich auf Elena zubewegen, aber dann machte Karina sich klar, dass sie sich das nur einbildete. Gespeist von Abscheu und Angst, spielte ihre Phantasie ihr einen Streich.

Der Herr ließ von dem Baby ab und ging hinüber zu seinem Wandschrein, um sich für die Zeremonie vorzubereiten. Er wählte seine Musik – heute ein sakrales Orgelstück –, anschließend suchte er sich aus einem großen Eichenholzschrank seine Utensilien aus. Diese variierten, je nach Stimmung. Heute entschied er sich zu den düsteren Klängen der Orgelfuge für seine Vogelklaue. Mit einem leisen Scheppern stülpte er sich die übergroße Metallkonstruktion über die linke Hand und fixierte den Klettverschluss am Gelenk. Beschienen vom unruhigen Kerzenlicht, glänzte das Blech, als würde es von innen heraus glühen. Die metallenen Krallen blitzten wie frisch geschärfte Dolche auf.

Karina fröstelte.

Der Fürst trat neben sie, beugte sich über sie, legte die Klaue auf ihren nackten Bauch und ihre Brüste. Ein paar Minuten lang kratzte das Metall über Karinas Haut, nicht mit Druck, sondern gerade so fest, dass die aufgeweichten Wunden weiter aufrissen.

Wieder biss Karina die Zähne zusammen.

Für das Leben ihres Kindes.

Endlich ließ der Fürst von ihr ab. Begleitet von den düsteren Klängen der Musik, schritt er zu einer Steintreppe am Fußende des Altars. Stufe um Stufe kam er zu ihr herauf, bis er schließlich vor ihr stand – der Meister des Schmerzes vor seinem wehrlosen Opfer. Wie ein Priester, der um göttlichen Segen bittet, hob er die Hände, während er unverständliche Worte vor sich hinbrabbelte, gerade so, als spräche er mit einer höheren Macht. Als er damit fertig war, kniete er sich zwischen Karinas festgebundene Beine, nestelte mit der freien Hand seine Hose auf und zwängte sich in sie, während er ihr gleichzeitig die Metallklaue in die Brust drückte.

Schmerz durchzuckte Karinas Körper wie ein Stromschlag, so intensiv, dass sie das Gefühl hatte, jeden Moment die Besinnung zu verlieren. Die Latexmaske näherte sich ihrem Gesicht. Die Luftöffnungen am Mund dehnten sich wie bei einem Dämonenmaul. In den zu schmalen Schlitzen verengten Augen schimmerte das Kerzenlicht, als würde in ihnen der Wahnsinn glühen.

Karina weinte: unkontrolliert, hemmungslos, aber mit zusammengepressten Lippen. Trotz Schmerz, Ekel und Angst war sie wild entschlossen, auch diesmal alles stumm zu ertragen. Selbst als die Krallenklaue sich in ihr Fleisch bohrte, gab sie nur ein unterdrücktes Wimmern von sich, mehr nicht.

Seine Beckenstöße wurden härter, dabei keuchte er wie ein wildes Tier. Als er endlich fertig war, blieb er einen Moment auf ihr liegen, erschöpft, mit pochendem Herzen. Aber schon nach wenigen Augenblicken kehrte neues Leben in seinen psychopathischen Verstand.

»Heute ist es so weit«, raunte der Herr ihr ins Ohr, während er mit widerwärtiger Langsamkeit aus ihrem Unterleib glitt. »Heute breche ich deinen Widerstand.«

Er stand auf, zog sich mit der freien Hand die Hose nach oben und stieg wieder von dem Altar hinunter.

»Du bist wunderschön, meine kleine Hure«, raunte er. Trotz der *Hure* klang es wie ein Kompliment. »Wunderschön und unschuldig. Und so tapfer! Erstaunlich, was Menschen auszuhalten imstande sind, um ihr Liebstes zu beschützen. Ich werde dich in guter Erinnerung behalten, ganz bestimmt ...«

Mit diesen Worten ging er zur Opferschale und nahm die friedlich schlafende Elena an sich. Vorsichtig wickelte er sie aus ihren Tüchern, bis sie nackt in seinem freien Arm lag.

»Sieh dir dieses Baby an«, sagte er. »Diese Reinheit. Diese

Unschuld. Diese Vollkommenheit. Doch Satan fordert Blut. Heute werden wir diesen Engel opfern, um seinen Durst zu stillen.«

Die Metallklaue näherte sich Elena. Im Kerzenschein erkannte Karina, dass an den scharfen Scheiden noch ihr Blut klebte.

»Bitte nicht«, flüsterte sie mit zitternden Lippen.

Aber er ging gar nicht darauf ein.

»Hören Sie auf damit!« Es war ein Flehen, ein verzweifelter Versuch, dieses Monster von seinem irrsinnigen Vorhaben abzubringen. »BITTE TUN SIE MEINEM KIND NICHTS AN!«

Falls er sie wahrnahm, reagierte er nicht darauf. Unerbittlich näherten sich die Metallschneiden dem schlafenden Säugling. Nur noch wenige Millimeter trennten dieses wunderhübsche, kleine Wonnepaket von der Welt des Schmerzes und des Leids. Schon berührte die Klaue Elenas samtweiche Haut ...

Karina schrie.

Sie schrie um ihr Leben und um das ihres Kindes. Und wusste im selben Moment, dass sie beides verloren hatte.

33

Lyon

Als Emilia an diesem Morgen ihren Büro-Computer hochfuhr, hatte sie eine als DRINGEND gekennzeichnete E-Mail von Luc Dorffler in ihrem Posteingang.

Bitte melde dich bei mir!

Sie griff zum Telefon und wählte seine Nummer.

»Ich dachte, das interessiert dich«, begann er ohne Begrüßung. »Ich habe herausbekommen, wo Ricardo Costa zu finden ist. Mehr oder weniger.«

Da er nicht von sich aus weitererzählte, hakte sie nach – offenbar wollte er heute gerne gefragt werden. »Mehr oder weniger – was heißt das?«

»Costa verbringt diese Zeit des Jahres immer in Monaco«, sagte Dorffler. »Er besitzt eine Yacht namens Alhambra, die dort im Hafen liegt. Die wurde allerdings heute Nacht überfallen. Aus bisher ungeklärtem Grund brach an Bord ein Feuer aus, vermutlich Brandstiftung. Zwei von Costas Bodyguards und alle Crewmitglieder wurden erschossen.«

Emilia schluckte. Das klang nach einem gutorganisierten Überfall.

»Was ist mit Costa?«, fragte sie.

»Von dem fehlt bislang jede Spur. Die monegassischen Behörden gehen von einer Entführung aus und bearbeiten den Fall mit Hochdruck, schon allein, weil ihnen die Presse im Genick sitzt. Aber im Augenblick gibt es noch keine

Zeugen, weder für die Brandstiftung noch für den Überfall, noch für die Entführung. Das Ganze muss unheimlich schnell gegangen sein, etwa um drei Uhr heute Nacht.«

»Gibt es im Hafen von Monaco keine Überwachungskameras?«, hakte Emilia nach.

»Keine, die uns weiterhelfen würde«, antwortete Dorffler. »Costa hat seinen Liegeplatz an einer Stelle, die gewissermaßen im toten Winkel liegt – wahrscheinlich absichtlich, damit seine Geschäftspartner auf der Yacht aus- und eingehen können, ohne gefilmt zu werden. Dass ihm das einmal zum Verhängnis werden könnte, hat er wohl nicht bedacht.«

Emilia überlegte. Wenn geschossen worden war, musste es auch Kugeln geben.

»Wann können wir mit dem Ergebnis der ballistischen Untersuchung rechnen?«, fragte sie.

»Der vorläufige Bericht liegt schon vor. Die Opfer wurden mit 9mm-Kugeln erschossen. Mit hoher Wahrscheinlichkeit stammen alle Kugeln aus derselben Waffe. Endgültig werden wir es erst im Lauf des Tages wissen, aber wenn du mich fragst, sieht es ganz so aus, als würde Avram Kuyper einen Rachefeldzug durchführen.«

Emilia ließ sich die Worte durch den Kopf gehen. »Das verstehe ich nicht«, sagte sie. »Ricardo Costa schickt einen Trupp Männer nach München, um Avram aus dem Gefängnis zu holen, und als Dank dafür erschießt Avram einen nach dem anderen? Anschließend entführt er Costa von seiner Yacht und bringt auch noch den Rest seiner Leute um? Das ergibt keinen Sinn!«

»Zumindest keinen, den wir im Moment verstehen«, gab Dorffler zu. »Aber ich bin der festen Überzeugung, dass Kuyper heute Nacht am Hafen von Monaco war.«

34

Er hatte sie getötet.

Wie immer erfüllte ihn das mit einer gewissen Trauer. Über die Monate hinweg hatte er zu Karina Sukowa eine gewisse Bindung entwickelt, auch wenn sie nur der Befriedigung seiner pervertierten Phantasien gedient hatte.

Das Baby wegzugeben war ihm sogar noch schwerer gefallen als der Mord. Manchmal brachte er die Kinder auch um – wenn sie hässlich waren zum Beispiel, oder wenn sie ihm durch ihr ständiges Gebrüll auf die Nerven gingen. Elena Sukowa war jedoch so zuckersüß und putzig, dass er sich dafür entschieden hatte, sie leben zu lassen.

Vorausgesetzt, dass ihr eine bessere Kindheit bevorstand als seine eigene. Er war als Waise aufgewachsen, zuerst in einem Heim, später bei seinen Adoptiveltern. Der Vater war ein anständiger Kerl gewesen, aber die Mutter, eine schwere Alkoholikerin, hatte ihn regelmäßig mit einem Ledergürtel misshandelt oder, wenn der nicht greifbar gewesen war, mit allem anderen, das ihr in die Finger geriet. Manche Narben von damals verunstalteten noch heute seinen Körper.

Diese Gedanken gingen ihm durch den Kopf, während er im Fond seines Maybachs saß und sich von seinem Chauffeur nach Riga fahren ließ. Die herbstliche Landschaft zog an ihm vorbei wie in einem Film: weite Grasebenen, abgeerntete Felder, Bäume mit buntem Laub – das alles vor einem wolkenverhangenen, grauen Himmel, der die Sonne heute vollkommen verschluckt hatte.

Bei diesem Anblick überkam ihn schon jetzt das Gefühl einer tiefen, inneren Leere, wie nach jedem Blutopfer. Außerdem war er wieder einmal zutiefst bestürzt über die Grausamkeit seiner Tat.

Nach Karina Sukowas Schrei hatte er ihr die Halsschlagader aufgeschnitten und ihr Blut getrunken wie ein Vampir. Tatsächlich verlieh Menschenblut ihm auf unerklärbare Weise neue Energie. Nur leider hielt das Sättigungsgefühl nie besonders lang.

Während die triste Herbstlandschaft wie ein endloses Gemälde an ihm vorüberzog, begann es ihn schon wieder nach neuem Blut zu dürsten.

35

Vor Müdigkeit fielen Avram beinahe die Augen zu. Mehr als einmal war ihm bereits der Kopf hinter dem Steuer weggenickt. Nach der kurzen Nacht brauchte er jetzt dringend Schlaf.

Deshalb verließ er die Nationalstraße 85 und quartierte sich in einem billigen Hotel bei Grenoble ein. Während er den Anmeldezettel ausfüllte, bedachte ihn die Rezeptionistin mit aufmerksamen Blicken. Ob ihr die falschen Papiere aufgefallen waren? Aber selbst die Polizeikontrolle bei Saint Jaques, in die er hineingeraten war, hatte nichts bemerkt.

Nein, an den Papieren konnte es nicht liegen. Vielleicht war sie einfach ein neugieriger Mensch.

Avram beschloss, der Sache keine Bedeutung beizumessen. Nach seinem Kenntnisstand hatten weder die deutschen noch die französischen Behörden sein Fahndungsfoto veröffentlicht. Somit bestand für ihn wohl keine große Gefahr.

Im Moment war er auch viel zu müde, um sich darüber zu sorgen. Er schaffte es gerade noch, seine Reisetasche aus dem Auto aufs Zimmer zu bringen. Dann legte er sich aufs Bett und schlief sofort ein.

Als er wieder aufwachte, kam er sich kein bisschen frischer vor. Zudem pulsierten seine Schläfen, und sein Kopf fühlte sich wie ein Hohlkörper an.

Müde rieb er sich übers Gesicht, während von irgendwoher ein nervtötender Klingelton an sein Ohr drang.

Das Handy.

Es steckte noch in seiner Hosentasche, so dass es einen Augenblick dauerte, bis er es griffbereit hatte. Das Display zeigte 13:25 Uhr an, darunter die Nummer von Rutger Bjorndahl. Noch ganz benommen von dem unsanften Weckruf, nahm Avram das Gespräch an.

»Ich habe mich wie versprochen ein bisschen zu *Leviathan* umgehört«, begann Bjorndahl.

»Hast du etwas über ihn herausgefunden?«

»Wie man es nimmt. In Osteuropa bin ich nicht so gut vernetzt wie im Westen. Aber ich habe zwei Personen ausfindig gemacht, die dir eventuell weiterhelfen können. Einer wohnt in Kiel, ein gewisser Ole Frietjoff. Gebürtiger Schwede. Betreibt offiziell einen Handel für Innendekoration, ist aber auch Informant für die Polizei, vor allem bei Verbrechen, die in den ehemaligen Ostblock führen. Er ist Spezialist für Tschechien, Polen und Weißrussland, aber er kennt sich angeblich auch sehr gut im Baltikum aus. Leider konnte ich ihn bisher nicht erreichen.«

»Wer ist der Zweite?«

»Seinen Namen kenne ich nicht. Er wohnt in Straßburg oder hält sich zumindest häufig dort auf. Wenn du mit ihm in Kontakt treten willst, musst du in einer Kneipe namens *Druschba* nach dem *Ukrainer* fragen. Er wird sich dann bei dir melden, wenn er dich für vertrauenswürdig hält.«

»Das ist alles?«

»Zumindest für den Moment. Wenn du willst, kann ich weiterhin versuchen, Ole Frietjoff in Kiel zu erreichen.«

»Lass gut sein, Rutger, darum kümmere ich mich selbst. Schick mir nur seine Kontaktdaten. Ich denke, meine nächste Anlaufstation wird Straßburg sein. Mal sehen, was dieser Ukrainer über Leviathan weiß.«

36

Lyon

»Hast du einen Moment Zeit?«

Philippe Ruiz stand in Emilias Bürotür und strahlte über das ganze Gesicht. Offensichtlich war er bester Laune.

»Gibt es Neuigkeiten bei den Kindermorden?«, fragte Emilia.

»Jaques Vallorac wurde verhaftet.«

Er setzte sich ihr gegenüber an den Schreibtisch. Seine Augen leuchteten – der erste eigene Fall. Er sprühte vor Stolz.

»Wie du weißt, wurde im Mund eines der ermordeten Kinder eine Wimper gefunden, die zu einem Schwarzen namens Pierre Barhadi führte.«

»Der Kerl, der dann Selbstmord begangen hat?«

Ruiz nickte. »Bei einem anderen Opfer wurde ein Ring mit einem partiellen Fingerabdruck sichergestellt, der unter anderem auf Jaques Vallorac passte – deshalb stand er auf Dorfflers Trefferliste. Und beide – Barhadi und Vallorac – wohnen in derselben Kleinstadt, in Ardes, nicht weit von Calais entfernt. Gestern haben die dortigen Kollegen herausgefunden, dass Barhadi und Vallorac eine Zeitlang im selben Verein tätig waren, bis vor etwa zwei Jahren. Eine Art Wohltätigkeitsorganisation, deren Mitglieder im ortsansässigen Kinderheim aushelfen. Die organisieren Ausflüge, Feste, Tombolas – solche Sachen.«

»Das reicht aber noch nicht für einen hinreichenden Verdacht«, sagte Emilia.

Ruiz grinste. »Barhadi und Vallorac waren im Februar zusammen im Urlaub auf den Malediven«, sagte er. »Sie sind zwar getrennt gereist, teilten sich aber ein Apartment.«

»Sind die beiden schwul?«

»Vallorac bestreitet das, aber ich halte es für wahrscheinlich. Auf jeden Fall beweist der gemeinsame Urlaub, dass sie sich besser kannten, als es nach außen den Eindruck erweckte. Und kurz nach ihrer Rückkehr geschah dann der erste Mord.«

Das Telefon klingelte. Im Display erschien die Durchwahl von Luc Dorffler.

»Da muss ich kurz ran«, sagte Emilia und nahm ab. Luc rief nie ohne guten Grund bei ihr an.

Ruiz stand auf und gab mit einer wedelnden Handbewegung zu verstehen, dass er zum nächsten Termin musste.

Emilia nickte und sprach gleichzeitig in den Hörer. »Was gibt's?«

»Neuigkeiten aus Monaco«, sagte Dorffler. »Besser gesagt aus einem Dorf, das zwischen Monaco und Nizza liegt. Ein Bauer wollte heute Morgen zu seinen Olivenbäumen und kam dabei an einem Haus in den Bergen vorbei, das seit Monaten verlassen ist. Vor dem Eingang hat er Blutspuren entdeckt und daraufhin die Polizei verständigt. Rate mal, wen die dort entdeckt hat?«

»Ricardo Costa.«

»Mit zwei Kugeln im Kopf und einer im Bein. Wie es aussieht, wurde er mit Gewalt zum Reden gebracht und anschließend umgebracht.«

»Stammen die Kugeln aus derselben Waffe wie beim Überfall am Hafen von Monaco?«

»Das steht noch nicht fest, aber es handelt sich um dasselbe Kaliber.«

»Irgendwelche Fingerabdrücke?«

»Jede Menge. Das Haus wird in der Sommersaison an Feriengäste vermietet, und mit der Reinigung nimmt der Vermieter es offenbar nicht besonders ernst.«

»Hast du dir die Abdrücke schicken lassen? Ich will wissen, ob Costa von Kuyper ermordet wurde.«

»Das habe ich schon überprüft. Von ihm waren keine Abdrücke dabei.«

Emilia war darüber beinahe erleichtert, aber sie wusste natürlich, dass das nichts zu bedeuten haben musste. Avram war ein gerissener Kerl mit einer jahrzehntelangen Erfahrung als Profikiller. Er hätte Ricardo Costa mühelos umbringen können, ohne die geringste Spur zu hinterlassen.

Die Frage war nur: Warum hätte er das tun sollen?

37

Nach dem Telefonat mit Rutger Bjorndahl legte Avram sich noch einmal aufs Ohr. Müdigkeit führte zu Unkonzentriertheit, Unkonzentriertheit wiederum zu Fehlern. Und Fehler konnte er sich im Moment keine erlauben.

Als er wieder aufwachte, duschte er heiß, anschließend nahm er in einem sauberen, kleinen Restaurant ein spätes Mittagessen zu sich.

Zurück im Hotel, checkte er aus, weil er schnellstmöglich nach Straßburg wollte. Der Dame hinter der Theke sagte er, dass er einen dringenden geschäftlichen Termin hereinbekommen habe – in gewisser Weise stimmte das ja sogar. Er musste so schnell wie möglich Kontakt mit dem *Ukrainer* aufnehmen.

Außerdem wollte er natürlich herausfinden, ob seine zweite Spur etwas taugte – Ole Frietjoff, der Typ in Kiel, den Bjorndahl nicht hatte erreichen können. Auf der A36 in Richtung Mühlhausen probierte er mehrmals, Frietjoff mit dem Handy anzurufen, aber auch er hatte kein Glück.

Ihm kam eine Idee.

An der nächsten Raststation legte er einen Zwischenstop ein und öffnete noch einmal die E-Mail von Lina Sattler. Sie hatte ihm geschrieben, sie befürchte, dass die Polizei ihren Anschluss überwachen ließ, also schied ein Telefonat aus. Aber er konnte die E-Mail-Adresse benutzen, die sie für ihn eingerichtet hatte: *f-t-rieck@web.de.*

Mit dem mitgeschickten Passwort loggte er sich ein. Statt umständlicher Erklärungen schrieb er nur:

Liebe Lina,
lange nichts mehr voneinander gehört. Wir müssen unbedingt telefonieren! Es gibt tolle Neuigkeiten, und ich würde Dich gerne um einen riesigen Gefallen bitten: Willst Du meine Trauzeugin werden? Du musst unbedingt ja sagen! Bitte ruf mich so bald wie möglich an.
Kuss
Franka
PS: Ich habe eine neue Nummer: 0162-37 94 40 32

Avram las den Text noch einmal kritisch durch, fand ihn aber ziemlich gelungen. Nach seiner Meinung klang er so unverfänglich, dass die Polizei, sollte sie Zugriff auf Linas E-Mail-Postfach haben, nicht skeptisch würde. Für Lina, die ja wusste, von wem die Nachricht stammte, kam die Dringlichkeit des Rückrufs jedoch deutlich zum Ausdruck.

Das hoffte Avram wenigstens.

Und er irrte sich nicht. Nur wenige Minuten, nachdem er den Rastplatz verlassen hatte, klingelte sein Handy.

»Ich bin froh, dass du dich gemeldet hast«, fing Lina an. »Wie geht es dir?«

Er überlegte, wie viel er ihr verraten solle, beschloss aber, sich bedeckt zu halten, bis er einschätzen konnte, wie eng die Polizei sie überwachte.

»Die letzten zwei Tage waren ziemlich aufregend«, sagte er. »Ich bin viel unterwegs gewesen.«

»Kann ich mir vorstellen. Warum bist du ausgebrochen?«

Er seufzte. »Das erzähle ich dir ein andermal. Unter vier Augen, okay? Im Moment brauche ich deine Hilfe.«

»Sag mir, was ich für dich tun kann.«

»Es gibt jemanden in Kiel, der vielleicht Informationen für mich hat oder sie zumindest für mich besorgen kann. Würdest du für mich dorthin fahren und herausfinden, was dieser Informant weiß? Telefonisch kann ich ihn nicht erreichen.«

»Klingt spannend. Worum geht es?«

»Um einen lettischen Untergrundboss, der sich Leviathan nennt.«

38

Riga

Früher war Shopping so schön gewesen. Klamotten, Parfüm, Schuhe – Tatjana Golinska hatte das Einkaufen in vollen Zügen genossen. In ihrem Job als Projektleiterin bei LATVENERGO, dem größten Energielieferanten in Lettland, verdiente sie auch genug, um sich hin und wieder etwas Schönes zu gönnen. Dafür nahm sie es sogar in Kauf, dass ihr Chef, ein schmerbäuchiger Kerl mit Halbglatze und Doppelkinn, sie jedes Mal mit Blicken auszog, wenn sie bei ihm im Büro war.

Nun, seit ihrer Schwangerschaft war das mit den Blicken deutlich zurückgegangen. Inzwischen befand sie sich im achten Monat, und ihr Bauch hatte bereits einen beachtlichen Umfang angenommen. Deshalb machte auch das Shoppen nicht mehr so viel Spaß. Alles war beschwerlich geworden, und die Kleider, die sie zwangsläufig neu kaufen musste, weil ihr die alten nicht mehr passten, hingen entweder wie übergroße Säcke an ihr herunter, oder sie waren so eng, dass sie darin aussah wie eine Presswurst.

Auch das, das sie gerade anhatte, gehörte zu dieser Kategorie. Von der Brust bis zu den Hüften saß es viel zu eng. Tatjana Golinska gehörte nämlich nicht zu den Frauen, die ihren Schwangerschaftsbauch attraktiv fanden.

Kritisch betrachtete sie sich im Spiegel des Bonita-Stores im eleganten Elkor-Plaza-Kaufhaus. Während die Verkäuferin ihr wortreich versicherte, wie toll ihr das Kleid stand, fühlte Tatjana sich wie ein in bunten Stoff eingewickeltes Nilpferd.

Was ist nur aus mir geworden?

Mit siebzehn hatte sie einen Schönheitswettbewerb in Jelgava gewonnen. In der Zeitung war damals ein Artikel über sie erschienen, auf der dritten Seite, sogar mit Bild. Dann hatte sie eine Ausbildung gemacht, Wodan kennengelernt und geheiratet. Wie hübsch sie sich damals gefühlt hatte!

Heute sah sie nur noch fett aus, und von Wodan hatte sie sich längst wieder getrennt.

Trotz allem liebte sie dieses kleine, noch unbekannte Wesen, das da in ihrem Bauch heranwuchs. Sie liebte die Vorstellung, Mutter zu werden. Sie liebte es, den Herzschlag des Kleinen – sie würden ihn Jevgenij nennen – im Ultraschallbild zu beobachten. Sie liebte es, seine Tritte zu spüren.

Nur ihren dicken Bauch liebte sie nicht. Der sah wirklich nicht gerade sexy aus!

Es wird eine Ewigkeit dauern, bis ein Mann mich wieder attraktiv finden kann.

Sie zog sich in ihrer Kabine um und kaufte das unförmige, aber bequeme Teil, das sie zuerst anprobiert hatte. Mit der Tragetasche in der Hand verließ sie das Geschäft.

Was jetzt?

Sie wollte noch ihre Freundin Elisbeta besuchen, ein Paket auf der Post abholen und Lebensmittel fürs Abendessen einkaufen. In dieser Reihenfolge. Elisbeta wohnte allerdings ein gutes Stück außerhalb des Stadtzentrums, und Tatjana taten schon die Füße weh. Kurzentschlossen nahm sie das nächste Taxi, das an ihr vorbeifuhr.

Der Fahrer war ein freundlicher älterer Herr, der sogar ausstieg, um ihr die Tür aufzuhalten – ganz die klassische

Schule. Nachdem Tatjana ihm die Zieladresse genannt hatte, verwickelte er sie auch sofort in ein nettes Gespräch über Gott und die Welt – der übliche Smalltalk, um den Fahrgästen die Zeit zu verkürzen.

Dass mit ihm etwas nicht stimmte, fiel ihr erst viel zu spät auf. Nicht einmal, als er von der erwarteten Strecke abwich und einen anderen Weg einschlug, wurde Tatjana skeptisch. Er fädelte das auch sehr geschickt ein.

»Bitte entschuldigen Sie«, sagte er. »Ich würde gerne einen Abstecher zu meiner Schwester machen. Die sitzt im Rollstuhl und braucht dringend die Medikamente, die ihr ausgegangen sind. Das ist kein großer Umweg. Die Mehrkosten werde ich Ihnen natürlich nicht berechnen. Wäre das für Sie in Ordnung?«

Tatjana nickte. »Klar, wenn's nicht allzu lange dauert.«

»Das wird es nicht. Vielen Dank.«

Schon hielt er das Taxameter an.

»Nur fünf Minuten – versprochen!«

Er zog sein Handy aus der Tasche, drückte eine Taste und wartete offenbar, bis seine Schwester sich meldete.

»Ich bin's, Arpad. Ich komme jetzt auf einen Sprung vorbei. Passt es gerade? ... Alles klar, dann bis gleich.«

An der nächsten Ampel bog Arpad in ein Industriegebiet ab, das sich ans Bahnhofsviertel anschloss. Die Gegend, in die er sie führte, war ziemlich verwahrlost und einsam. Je näher sie den Gleisen kamen, desto mehr Gebäude standen leer, das erkannte Tatjana an den eingeworfenen Scheiben. Wer hier sein Gewerbe betrieb, kämpfte entweder ums Überleben, oder er hatte den Kampf bereits aufgegeben.

»Da vorne ist es«, sagte der Fahrer.

Er hielt an einem Tor mit der Aufschrift RYVAL und betätigte eine Klingel. Obwohl das Gelände aussah, als sei es schon seit Jahren stillgelegt worden, öffnete sich das Gatter wie von Geisterhand. Von dort fuhr er zu einem Flachdachgebäude und nahm die Rampe zur Tiefgarage.

Licht gab es dort keines, durch eine Reihe von Öffnungen im Mauerwerk fiel aber genügend Licht, um Umrisse erkennen zu können: nackte Wände, Betonpfeiler, abgewetzte, weiße Parkstreifen auf dem Boden – mehr gab es hier nicht.

Der Fahrer hielt den Wagen in einer Seitennische. »Ich bin gleich wieder zurück«, sagte er und stieg aus.

Tatjana sah ihm hinterher, wie er mit eiligen Schritten in Richtung Treppenaufgang verschwand. Sie fragte sich, ob die Medikamente für seine Schwester die ganze Zeit schon in seiner Tasche gewesen waren, denn er hatte weder aus dem Handschuhfach noch aus dem Kofferraum etwas geholt.

Sonderbar, aber noch dachte Tatjana sich nichts dabei. Er war höflich und nett – jemand, der sich um seine invalide Schwester kümmerte, konnte schließlich kein schlechter Kerl sein.

Dass Arpad nicht ganz so nett war, ging ihr erst auf, als er kurz darauf wieder aus dem Treppenhaus kam – in Begleitung dreier anderer Männer, die im Zwielicht der Tiefgarage wie unheimliche Schattenwesen wirkten.

Mach dich nicht verrückt! Die werden sich schon nicht an einer schwangeren Frau vergehen wollen!

Dennoch zog sich Tatjanas Magen zusammen, als die Gruppe sich aufspaltete. Arpad und einer seiner Begleiter kamen zu ihr an die Tür, die beiden anderen positionierten sich auf der gegenüberliegenden Seite des Taxis.

Als wollten sie mir den Weg abschneiden, falls ich flüchten will.

Arpad öffnete den Wagen. Sein Gesicht wirkte jetzt überhaupt nicht mehr freundlich.

»Ende der Fahrt«, raunte er und schnappte Tatjana am Handgelenk.

»Was fällt Ihnen ein …?«

Mit einem brutalen Ruck zerrte er sie aus dem Wagen.

39

Avram erreichte Straßburg gegen halb sechs Uhr abends. Es dämmerte bereits, als er seinen Fiat 500 unweit der Place du Foin abstellte. Im Gegensatz zu Monaco war die Luft hier empfindlich frisch. Nachdem er sich vergewissert hatte, dass niemand ihn beobachtete, streifte er sein Holster über, verstaute die Pistole darin und zog seine Jacke an. Dann ließ er sich von Google Maps anzeigen, wo die Rue des Orphelins lag, und machte sich zu Fuß auf den Weg dorthin.

Die Kneipe, die er suchte, hieß »Druschba« - auf Russisch »Freundschaft« -, was ihn hoffen ließ, mit einem gewissen Wohlwollen aufgenommen zu werden. Dennoch kam er sich beim Betreten des Lokals völlig deplatziert vor. Dicker Zigarettenrauch schlug ihm entgegen, getragen von melancholischer Ukulelenmusik. An den Wänden hingen so viele Bilder mit russischen Motiven, dass man kaum mehr etwas von dem rotgoldenen Farbanstrich darunter erkennen konnte: Ikonengemälde, Porträts von Lenin, Fotos mit Motiven vom Kreml, vom Roten Platz und von der Basiliuskathedrale mit ihren bunten Zwiebeltürmen.

Trotz der frühen Abendstunde war es hier brechend voll. An einigen Tischen wurde Domino oder Karten gespielt, an anderen unterhielten sich die Gäste nur lautstark. Dabei fiel auf, dass es so gut wie keine Frauen gab. Die wenigen, die hergekommen waren, saßen unbeteiligt neben ihren männlichen Begleitern, als hätten sie sich verirrt.

Auch Avram kam sich vor wie ein Fremdkörper, aber er brauchte Antworten auf seine Fragen. Deshalb steuerte er auf den Bartresen in der hinteren Ecke zu.

»Dobrej vetscher«, begrüßte ihn der Wirt, ein stämmiger Kerl mit hochgekrempeltem Pluderhemd und haarigen Unterarmen.

»Guten Abend«, sagte Avram.

Sofort schwenkte der Wirt auf Deutsch um. »Was darf ich Ihnen anbieten? Pivo? Wodka? Ein Teller Borschtsch?«

Avram schüttelte den Kopf. »Ich suche jemanden«, sagte er. Dabei musste er beinahe schreien, um die Ukulelen aus dem Lautsprecher zu übertöten. »Mir wurde gesagt, dass ich ihn hier finden kann.«

»Wer soll das sein?«, fragte der Wirt.

»Der Ukrainer.«

Der Wirt ließ seinen Blick durch den Raum wandern. »Welchen meinst du? Ich kenne mindestens fünf, die von dort stammen. In meiner kleinen Kneipe sind alle fröhlich vereint – Russen, Weißrussen, Ukrainer –, sogar ein paar Tschetschenen kommen ab und zu hierher. Im Druschba sind wir eine einzige, große Familie. Viel besser als in der Weltpolitik.«

»Der Mann, den ich suche, hat Informationen für mich«, sagte Avram, obwohl das noch gar nicht feststand.

»Besser wäre es, wenn er erst mal einen Namen hätte«, entgegnete der Wirt. »Das würde die Suche ziemlich erleichtern.«

Avram konnte nicht einschätzen, ob er tatsächlich nichts wusste oder ob er nur so tat. Wäre die Kneipe leer gewesen, hätte er nicht gezögert, die Dringlichkeit seines Anliegens mit der Pistole zu unterstreichen, aber im Moment schien ihm das keine gute Idee zu sein. Er hätte nicht nur den Wirt, sondern darüber hinaus fünfzig angetrunkene Gäste gegen sich gehabt – ein zu hohes Risiko.

»Wie sieht's jetzt aus mit einem Pivo?«, fragte der Wirt. »Kannst dich beim Trinken ein bisschen umhören, wenn du willst.«

Avram nickte. Was blieb ihm im Moment anderes übrig?

Die nächste halbe Stunde verbrachte er damit, mit seinem Bierglas in der Hand von Tisch zu Tisch zu gehen und zu versuchen, mit den Besuchern des *Druschba* ins Gespräch zu kommen. Aber das war gar nicht so einfach, weil die meisten kaum Deutsch sprachen. Avram war schon nahe dran aufzugeben, als jemand ihm von hinten auf die Schulter tippte.

Er drehte sich um. Vor ihm stand ein etwa fünfzigjähriger Kerl mit Glatze und Vollbart, dessen brauner Wollpullover hauteng an seinem muskulösen Oberkörper anlag. Er sah aus wie eine kleinere Ausgabe von Rogoff, Clara Winterfelds Bodyguard.

»Sind Sie der Ukrainer?«, fragte Avram.

Der andere schüttelte seinen massiven Schädel. »Kommen Sie mit, ich bringe Sie zu ihm«, sagte er.

Er drehte sich um und verließ das Lokal ohne ein weiteres Wort. Avram folgte ihm nach draußen.

In der nächsten Seitenstraße bogen sie in einen Hinterhof ein, von dort ging es über eine Treppe zu einer kleinen Tiefgarage mit einer C-Klasse-Limousine.

»Hände an die Wand und Beine auseinander«, sagte der Vollbart und tastete ihn von oben bis unten ab. Die Pistole nahm er an sich.

»Kofferraum oder K.-o.-Tropfen?«

Avram hatte weder auf das eine noch auf das andere Lust, aber er wusste, dass es keine Alternative gab.

»Ich nehme den Kofferraum«, sagte er.

Als die Klappe sich vor ihm öffnete, legte er sich widerstandslos hinein. Das war zwar unbequem, aber nachdem er diese Woche schon einmal mit Äther und – in der Gefängniskantine – mit einer unbekannten Substanz außer Gefecht gesetzt worden war, wollte er seinem Körper nicht auch noch eine Rape-Droge zumuten.

Die Fahrt dauerte nur wenige Minuten und endete in einer Garage, von der aus ein fensterloser Gang in einen Raum mit heruntergelassenen Jalousien führte. Dort saß ein spindeldürrer Mann mit eingefallenen Wangen und Sonnenbrille an einem Holztisch. Seine Finger glitten über ein DIN-A3-großes Heft, das aufgeschlagen vor ihm lag.

»Der Besuch ist hier«, sagte der Vollbart.

Die dünnen Finger hielten inne und schoben das Heft beiseite. »Weshalb wollen Sie mit mir sprechen?«

»Ich brauche Informationen über jemanden, der sich Leviathan nennt«, sagte Avram. »Jemand, der im Baltikum eine große Nummer sein soll, vor allem in Lettland.«

»Was willst du von ihm?«

»Er will etwas von mir, vermutlich meinen Kopf. Genau weiß ich es nicht, das will ich ja gerade herausfinden. Können Sie mir helfen?«

Der Mann mit der Sonnenbrille blieb reglos sitzen.

Sonderbarer Kerl, dachte Avram.

»Bevor ich mich entscheide, ob ich Ihnen helfe, will ich Sie zuerst sehen«, sagte der Ukrainer.

Er stand auf, kam mit langsamen Schritten näher, nahm die Sonnenbrille ab. Dort, wo früher die Augäpfel gewesen waren, befanden sich jetzt nur noch leere Höhlen. Nie zuvor hatte Avram so etwas gesehen.

»Sind Sie schockiert?«, fragte der Ukrainer, als ahnte er die Reaktion. »Das hat ein Auftraggeber mir angetan, ein

Mann namens Aronow, weil ich ihm Informationen besorgt habe, die ihm nicht gefielen. Seine Frau ging fremd, mit seinem ärgsten Konkurrenten. Aber Aronow hat weder ihn noch seine untreue Hure bestraft, sondern mich, weil ich für ihn die Wahrheit herausgefunden habe. Der Überbringer der schlechten Nachrichten ... Er hat mir von seinen Männern die Augen ausstechen lassen. Ich hoffe, Sie verstehen, dass ich seitdem vorsichtig geworden bin.«

Wie aufs Stichwort zog der Vollbart neben Avram eine Waffe und zielte damit auf seinen Kopf.

»Bleiben Sie einfach so stehen, dann geschieht Ihnen nichts«, sagte der Ukrainer und steckte die Sonnenbrille in die Hemdtasche. Dann streckte er seine Hände aus und kam einen weiteren Schritt auf Avram zu, bis er sein Gesicht zu spüren bekam. Beginnend mit der Stirn, tasteten die dürren Finger wie Spinnenbeine über die Ohren, die Schläfen, die Nase, die Lippen, die bärtigen Wangen und das Kinn, während die leeren Augenhöhlen Avram entgegenstarrten, als könnten sie tief in seine Seele blicken.

Schließlich ließ der Ukrainer von ihm ab, ohne eine Miene zu verziehen.

»Sie haben ein starkes Gesicht«, sagte er. »Aber es erinnert mich an Aronow. Dieselbe Nase, derselbe Bart ... Ich fürchte, ich kann Ihnen nicht helfen.«

40

Kiel

Der Stadtteil Mettenhof im Kieler Westen schien nur aus Hochhäusern zu bestehen. Zu beiden Seiten der Straße ragten die weißen Betonklötze weit hinauf in den grauen Abendhimmel – ein Anblick, so trist, dass er aus einem Endzeitfilm hätte stammen können.

Nicht gerade die ideale Gegend, um einen tadellosen Ford Mustang unbeaufsichtigt an der Straße stehen zu lassen. Aber Lina war hergekommen, um Avram zu helfen – die Sorgen um ihren Prachtwagen mussten hintanstehen.

Sie parkte auf dem öffentlichen Platz am Heidenberger Teich und ging den Rest der Strecke zu Fuß bis zum Rand des Wohngebiets, wo sich im Erdgeschoss der Betonbunker kleine Läden befanden – eine Bäckerei, eine Apotheke, ein Zeitschriftenkiosk und so weiter. Etwas abseits folgten ein Elektrofachgeschäft und ein Geschäft für Tierzubehör, wenige Schritte weiter erreichte Lina schließlich die gesuchte Adresse.

Das Mini-Schaufenster war mit halbdurchsichtiger Milchglasfolie beklebt. Drinnen brannte kein Licht, so dass man außer ein paar dunklen Schemen nichts erkennen konnte. Überhaupt war der Laden von außen so unscheinbar, dass Lina beinahe daran vorbeigelaufen wäre.

Sicherheitshalber überprüfte sie noch einmal die Anschrift, die Avram ihr gegeben hatte, aber sie stimmte.

Eine Einfahrt führte in einen Innenhof. Dort fand sie eine Tür mit der Aufschrift *Frietjoff – Skandimport.* Auch hier konnte man nicht ins Innere sehen.

Als Lina klingelte, reagierte niemand. Allerdings hatte der Laden gemäß den Angaben auf dem Türschild schon seit über einer Stunde geschlossen. Wenigstens stand unter den Öffnungszeiten auch ein Telefonanschluss für den Notfall. Lina zog ihr Handy aus der Tasche und tippte die Nummer ein, aber es sprang nur ein Anrufbeantworter an.

Sie seufzte. Zur Not musste sie morgen Vormittag noch einmal kommen, denn sie hatte nicht vor, Kiel zu verlassen, ohne für Avram die nötigen Informationen beschafft zu haben.

Sie wollte sich gerade auf den Rückweg zu ihrem Auto machen, als ihr in der Einfahrt ein Mann entgegenkam, Mitte zwanzig, mit schwankendem Gang, glasigem Blick und blutunterlaufenen Augen. Entweder hatte er getrunken, oder er stand unter Drogen, aber vielleicht konnte er ihr weiterhelfen.

»Ich suche Herrn Frietjoff«, sagte Lina. »Wissen Sie, wo ich ihn finden kann?«

Der junge Mann sah sich geheimnisvoll um, als befürchte er, beobachtet zu werden.

»Sie haben ihn gerade gefunden«, raunte er verschwörerisch. Dann verzog sich seine Miene zu einem breiten Grinsen. »Ich bin Ole Frietjoff. Kannst mich ruhig duzen. Komm rein.«

Er schien umgänglich zu sein, und sein Humor gefiel Lina. Sie folgte ihm zur Eingangstür.

»Was kann ich für dich tun?«, fragte Frietjoff, während er umständlich aufschloss. »Lass mich raten: Du hast eine Reise mit Hurtigruten hinter dir und willst dir jetzt ein paar norwegische Dekogegenstände in die Wohnung stellen?«

Norwegische Dekogegenstände waren so ziemlich das Letzte, was Lina sich in die Wohnung stellen wollte. Das hätte sie nur an Nils Rentwijk erinnert, diesen kranken Psychopathen, der sie gefangen genommen und eine ganze Nacht lang vergewaltigt hatte. Noch heute überkam sie der pure Ekel, wenn sie nur daran dachte. Ihre einzige Genugtuung bestand darin, dass sie ihn bitter für seine Tat hatte bezahlen lassen.

Ole Frietjoff ging durch die Tür und schaltete das Licht an. Drinnen sah es aus wie in einer Rumpelkammer.

»Mach es dir bequem, ich bin gleich wieder da«, sagte er und verschwand in einem Hinterzimmer. Kurz darauf kam er mit zwei Bierflaschen zurück.

»Auch eins?«

Er reichte Lina eine Flasche, und sie prosteten sich zu.

»Mack Gull. Kommt aus Tromsø. Das beste Bier der Welt.«

Für Linas Geschmack war es viel zu bitter, aber das behielt sie lieber für sich.

Frietjoff rückte zwei Sessel zurecht, setzte sich und bedeutete Lina mit einer Kopfbewegung, ebenfalls Platz zu nehmen.

»Jetzt erzähl mir erst mal, was genau du suchst«, sagte er. »Schiffsmodelle, Einrichtungsgegenstände, Trollfiguren? Bei mir gibt's fast alles. Was ich nicht im Sortiment habe, kann ich dir besorgen.«

Lina nickte und nahm der Höflichkeit halber noch einen Schluck. »Was ich brauche, sind Informationen«, sagte sie.

41

Vilnius

»Was ist mit meiner Lieferung?«

Kyril Owalischenko war im Lauf des Tages nach Vilnius geflogen, weil er dort geschäftlich zu tun gehabt hatte. Jetzt saß er mit Lew Bashin, seinem Stellvertreter in Litauen, im D'eco, einem der besten Restaurants in der Altstadt, und genoss zu seinem in Wildheu gedämpften Lachs einen vorzüglichen Chardonnay. In wenigen Tagen würde eine halbe Tonne Kokain aus Spanien in Riga angeliefert werden. Bashin hatte als Mittelsmann alle Vertragsverhandlungen geführt und war für die Anbahnung des Deals verantwortlich.

Die Aussicht auf das bevorstehende Geschäft wärmte Kyril Owalischenko das Herz. Immerhin würde es ihm einen zweistelligen Millionenbetrag in die Kasse spülen. Und mit etwas Glück stellte das erst den Anfang einer wunderbaren, iberisch-baltischen Handelsbeziehung dar. In den nächsten Jahren hatte Owalischenko große Pläne.

»Genau darüber wollte ich mit dir sprechen«, sagte Lew Bashin. Obwohl er einen Kopf größer war als Owalischenko, fühlte er sich offenbar unbehaglich, denn er zupfte die ganze Zeit nervös an seinem Daumen. »Costa ist aus dem Rennen.«

»Was meinst du damit?«

»In Monaco wurde gestern Nacht seine Yacht überfallen. Von ihm fehlt jede Spur. Ich habe versucht, ihn telefonisch zu erreichen und ihm auch schon mehrere Mails geschrieben. Er reagiert nicht darauf.«

Owalischenko nippte an seinem Wein. Die Schwierigkeiten kamen unerwartet.

»Costa betreibt seine Organisation nicht allein«, raunte er. »Wenn er verhindert ist, egal aus welchem Grund, muss es einen Stellvertreter geben.«

»Das ist Tiego Guzmán. Ich habe heute mit ihm gesprochen, aber ohne Costa kommt unser Deal nicht zustande.«

Kyril Owalischenko versuchte, seinen aufkommenden Zorn im Zaum zu halten. Ein Lieferengpass würde ihn nicht nur eine beachtliche Summe Geld kosten, sondern ihn darüber hinaus bei seinen Abnehmern in Misskredit bringen. So etwas sprach sich in der Branche schnell herum.

»Was ist mit Kuyper?«

Bashin zuckte mit den Schultern. »Ist wie vom Erdboden verschwunden. Costas Männer haben ihn aus dem Gefängnis entführt und verloren.«

Owalischenkos Kiefer mahlten. Costa kannte weder ihn noch Bashin, somit stellte Kuyper kein Problem dar, selbst, wenn er ein paar Nachforschungen über ihn anstellen würde. Das fehlende Kokain belastete ihn im Moment wesentlich mehr. Eine halbe Tonne – selbst wenn es ihm gelänge, kurzfristig eine so große Menge aufzutreiben, würde ihn der Einkauf ein Mehrfaches dessen kosten, was er Costa bezahlt hätte.

Er stieß einen stillen Seufzer aus. Das Geschäft mit Drogen und Schmuggelware hatte sich in den letzten Jahren zunehmend verschärft. Pelze, Kaviar, Alkohol, Koks, Waffen – überall gingen die Gewinnspannen zurück, weil der Markt von allen Seiten mit Billigprodukten überschwemmt wurde, meistens aus China und Indien. Dabei hätte Kyril Owalischenko es längst nicht mehr nötig gehabt, in dem Geschäft mitzumischen. Er hatte seine Millionen in den lukrativen 1980er und 1990er Jahren gemacht und sie nach der Jahrtausendwende durch geschickte Investitionen in Ostimmobilien vervielfacht. Er gehörte zu den reichsten Männern des Baltikums und besaß überall auf der Welt Konten – so viele, dass ihm schon lange der Überblick verlorengegangen war. Hätte er es gewollt, hätte er sich zur Ruhe setzen und den Rest seines Lebens in angenehmem Luxus verbringen können. Aber das lag ihm nicht.

Er brauchte Beschäftigung.

Eine Aufgabe, die ihn beanspruchte.

Etwas, das ihn von seinen widerwärtigen Begierden ablenkte, die ihn heimsuchten, wenn er zu viel Zeit hatte. Er kämpfte jeden Tag dagegen an, versuchte, sich zu beherrschen. Aber der Herr der Finsternis kam mittlerweile immer öfter in ihm durch. Er schlich sich in seine Gedanken wie ein körperloses Tier, ergriff Besitz von ihm, lenkte ihn wie eine Marionette.

Und zwang ihn zu Taten, die ihn später oft genug selbst schockierten.

Dennoch war ein Teil von ihm auch ein williges Instrument dieser dunklen Macht. Schon immer gewesen. Gut und Böse verschmolzen in ihm auf schauerlich-schöne Weise. Immer waren es junge Frauen, die sein lasterhaftes Begehren weckten. Haut- und Haarfarbe spielten keine Rolle, auch nicht die Größe oder das Gewicht, solange die Grenzen des Ästhetischen nicht überschritten wurden.

Nur eines war ihm wichtig: Es mussten Mütter sein. Oder noch besser: werdende Mütter.

Das nächste Opfer befand sich schon in seiner Gewalt.

42

Avram hatte die Nacht in einer kleinen Pension etwas außerhalb von Straßburg verbracht und geschlafen wie ein Stein. Als er an diesem Morgen aufwachte, fühlte er sich ausgeruht wie lange nicht mehr.

Um sieben Uhr schaltete er das Zimmerradio ein, um zu erfahren, ob es in den Nachrichten etwas über seine Flucht gab. Parallel dazu ließ er den Fernseher laufen. Aber es wurden keine neuen Suchmeldungen durchgegeben.

Nur um sicherzugehen, kaufte er sich an einem nahe gelegenen Kiosk drei überregionale Tageszeitungen, die er, zurück im Hotelzimmer, Seite für Seite durchblätterte – ebenfalls ohne eine Meldung über ihn.

Der Tag schien gut zu beginnen.

Allerdings wurde Avrams Erleichterung von der Tatsache überschattet, dass der blinde Ukrainer ihm seine Kooperation verweigerte. Damit schied einer von zwei potentiellen Informanten aus, die Rutger Bjorndahl für ihn hatte auftreiben können. Jetzt blieb nur noch die Hoffnung, dass Lina in Kiel mehr Erfolg hatte.

Nach dem Frühstück rief er sie auf dem Handy an.

»Hm?« Mehr als ein verschlafenes Knurren brachte sie noch nicht zustande.

»Hast du schon mit Frietjoff sprechen können?«

»Mhm.«

»Heißt das ja?«

»Mhm.«

»Lina, bitte reiß dich zusammen. Erzähl mir, was du herausgefunden hast. Das ist wichtig für mich.«

Am anderen Apparat raschelte es, vermutlich ihr Bettzeug.

»Ich habe mir die ganze Nacht für dich um die Ohren geschlagen. Also versuche nicht, mir ein schlechtes Gewissen einzureden, okay?«

Avram schluckte. »Tut mir leid. Hat Frietjoff etwas ausgespuckt?«

»Er hat es versucht – bis heute Morgen um fünf. Er hat im Internet recherchiert, sogar im Darknet, hat Telefonate geführt, E-Mails verschickt ... Nichts. Im ganzen Baltikum gibt es keinen Bandenboss, der sich Leviathan nennt.«

»Keine einzige Spur?«

»Frietjoff will sich bei mir melden, wenn er noch etwas herausfindet. Aber an deiner Stelle würde ich nicht damit rechnen. Der Mann, den du suchst, weiß, wie man seine Identität geheim hält.«

43

Kyril Owalischenko erwachte aus einem wundervollen Traum, in dem er seiner kleinen Tochter das Haar gebürstet und sie für den Kindergarten fertig gemacht hatte. Sie war sein ganzer Stolz gewesen, von Anfang an. Er erinnerte sich noch, als wäre es erst gestern gewesen, als sie ihn zum ersten Mal Papa genannt hatte – ein Moment vollkommenen Glücks.

Damals war er ein ganz anderer Mensch gewesen, zwar ein erfolgreicher Geschäftsmann, so wie heute, aber noch auf dem Pfad der Tugend.

Den hatte er erst nach Taminas Tod verlassen. Das war jetzt zweiundzwanzig Jahre her.

Ein Geräusch an der Tür holte ihn aus seinen Gedanken. Er zog die Augenmaske ab, die er immer in Hotels benutzte, weil er nur bei absoluter Dunkelheit in den Schlaf fand. Einen Moment lang schweifte sein Blick über die pompöse Einrichtung – die samtbezogenen Stühle, die schweren Ölgemälde an den Wänden, die dicken, roten Vorhänge mit den goldenen Troddeln vor den raumhohen Fenstern. Dann fiel es ihm wieder ein. Er residierte im Ritz-Carlton, einem der besten Hotels in Vilnius.

An der Zimmertür stand eine junge Frau, höchstens dreißig Jahre alt. Lew Bashin hatte sie für ihn organisiert, gewissermaßen als Ersatz dafür, dass der Deal mit Ricardo Costa ins Wasser gefallen war.

Owalischenkos Mundwinkel verzogen sich zu einem

schmalen Lächeln. Die Kleine – er hatte ihren Namen schon wieder vergessen – war im Bett unheimlich begabt. Sie wusste genau, was Männern gefiel, und ließ Dinge mit sich machen, die normale Frauen anwiderten. Aber natürlich konnte sie nicht eine halbe Tonne Kokain wettmachen. Und im Vergleich zu dem, was Owalischenko mit seinen gefangenen Schönheiten anstellte, war die letzte Nacht geradezu bieder gewesen.

»Ich dachte, du willst lieber allein sein, wenn du aufwachst«, sagte sie mit einem schüchternen Lächeln.

Wenigstens wusste sie, wann es Zeit war zu gehen.

Er wartete, bis sie im Gang verschwunden war, dann stand er auf, nahm eine heiße Dusche und gönnte sich ein ausgiebiges Frühstück mit Kaviar und Foie gras im Hotelrestaurant.

Zurück im Zimmer, packte er seinen Reisekoffer und führte vom Handy aus ein paar Telefonate mit potentiellen Kokainlieferanten. Die Preise, die sie aufriefen, grenzten allerdings an Wucher.

Gott im Himmel, wie er solche Schwierigkeiten hasste! Er war nicht der Mann, der schnell klein beigab, und er hatte Herausforderungen nie gescheut, aber mit jedem Anruf sank seine Stimmung tiefer in Richtung Nullpunkt. Diese Blutsauger wollten ihn ausnehmen. Seine Situation ausnutzen. Weil sie ahnten, dass er im Zugzwang war.

Dafür hatten sie allesamt ein feines Gespür!

Schweren Herzens nahm er schließlich das günstigste Angebot an, um wenigstens nicht noch mehr Zeit zu verlieren. Besser fühlte er sich danach nicht.

Mit einem Fläschchen Wodka aus der Mini-Bar versuchte er, seine schlechte Laune wegzuspülen – erfolglos. Aus der Not heraus hatte er sich über den Tisch ziehen lassen müssen. Das schmälerte nicht nur seinen Gewinn, es kratzte auch an seiner Ehre. In seinem Leben gab es nicht viele Deals, die derart schiefgelaufen waren.

Ein Blick auf seine Breitling-Uhr verriet ihm, dass sein Rückflug in zwei Stunden ging. Das Taxi würde ihn in dreißig Minuten abholen. Er lag gut in der Zeit.

Um sich auf andere Gedanken zu bringen, beschloss er, noch einmal den Link zu aktivieren, den Levi Tusk, einer seiner Männer in Riga, ihm gestern zugemailt hatte. Seine Vorfreude stieg, als er die E-Mail öffnete und den Link anklickte.

Einen Moment lang wurde der Bildschirm schwarz, dann schälte sich eine menschliche Gestalt aus dem Dunkel. Eine junge Frau, Mitte zwanzig, schwanger.

Sie hieß Tatjana Golinska, geboren in Jelgava am 28.04.1995. Das stand in ihrem Pass. Einen Scan davon hatte Tusk ihm ebenfalls mitgeschickt, so wie immer.

Sie kauerte in einem kleinen Kellerverlies auf dem Boden, auf einem stillgelegten Glasereigelände etwas außerhalb von Kirchholm, unweit von Riga. Zitternd vor Angst, weinte sie stumme Tränen.

Die Vorstellung, wie er sie in wenigen Tagen missbrauchen würde, ließ Kyril Owalischenko allen Ärger vergessen. Dieses Geschöpf war eine Schönheit: das ebenmäßige Gesicht, das schulterlange, blonde Haar, die schmale Nase, die vollen Lippen, die üppige Oberweite, noch dazu der straff gewölbte Bauch, der sich unter ihrem Strickpullover abzeichnete ...

Der Anblick versetzte ihn in Erregung.

Mit einem kalten Schmunzeln steckte er sein Handy wieder weg. Auf dem Rückflug würde er genug Zeit haben, sich ganz genau auszumalen, was er mit ihr anstellen würde. Wo er sie hinbringen lassen würde. Auf welche Weise er ihr Schmerzen zufügen und wie genau er sie missbrauchen würde.

Er konnte sich eine Menge Dinge mit ihr vorstellen.

Dinge, für die den meisten Menschen die Phantasie fehlte – oder wenn schon nicht die Phantasie, so doch der Mut, ihre Vorstellungen in die Tat umzusetzen.

44

Lyon

Emilia war seit dem Frühstück übel – vielleicht war das Rührei nicht mehr gut gewesen. Aber pflichtbewusst, wie sie war, quälte sie sich tapfer durch den Vormittag. Um neun Uhr stand ein Gespräch bei ihrem Vorgesetzten an, der sich über den schnellen Fortschritt der Ermittlungen zu den Kindermorden am Ärmelkanal sehr erfreut zeigte. Gleichzeitig erinnerte er Emilia aber auch an all die anderen Fälle, die er für dringlich erachtete.

Typisch Benoit. Ein uneingeschränktes Lob aus seinem Mund würde sie wohl nie zu hören bekommen. Dafür war er nicht der Typ.

Bei der anschließenden Besprechung in der Abteilung für Drogenkriminalität machte Emilia noch einmal die Prioritäten deutlich. Aber sie hatte das Gefühl, dass jedem im Raum klar war, wo in den kommenden Wochen die Schwerpunkte liegen sollten.

Als sie gegen halb zwölf an ihren Schreibtisch zurückkehrte, fand sie dort einen Zettel vor. Darauf stand:

Überraschung! Um 13.00 Uhr im Valleo? Bitte lass mich nicht alleine in dieser schrecklichen Stadt zu Mittag essen, ich kann, wie Du weißt, kaum ein Wort Französisch. Kuss und bis nachher, Mikka

PS: Leider habe ich mein Handy in Frankfurt vergessen. Wenn Du es nicht schaffst, sehen wir uns heute Abend bei Dir zu Hause.

Emilias Herz machte vor Freude einen Sprung, gleichzeitig war sie aber auch ein bisschen enttäuscht. Hätte sie gewusst, dass er sie besuchen wollte, hätte sie den Rest des Tages freigenommen.

Aber der Nachmittag war bereits vollgepackt mit Terminen, und das Essen im Valleo straffte ihren Zeitplan zusätzlich, denn das Restaurant lag ein gutes Stück von der Interpol-Zentrale entfernt.

Was hat Mikka sich nur dabei gedacht?

Wahrscheinlich wollte er sie mit einem romantischen Mittagessen überraschen, nur sie beide in einer lauschigen Nische, ohne einen Pulk von Interpol-Kollegen.

Verrückter Spinner, dachte sie amüsiert.

Um Punkt dreizehn Uhr erreichte sie das für seine ausgezeichnete italienische Küche bekannte Restaurant an der Rue de Repos. Es war ein kühler, aber sonniger Tag. Draußen waren fast alle Plätze belegt, nur von Mikka fehlte jede Spur.

Emilia beschloss, drinnen nach ihm zu suchen – ebenfalls Fehlanzeige. Hoffentlich steckte er nicht im Großstadtverkehr fest. Um die Mittagszeit herrschte in Lyon beinahe dasselbe Straßenchaos wie morgens und am Feierabend. Deshalb hatte sie auf dem Herweg die Métro benutzt.

An der Theke fragte sie nach einer Reservierung auf den Namen Kessler, woraufhin sie an einen kleinen Tisch neben der Garderobe geführt wurde. Ein Platz am Fenster wäre ihr an diesem wundervollen Tag zwar lieber gewesen, aber wenn Mikka sich schon solche Mühe gab und extra wegen ihr von

Frankfurt hierherfuhr, um sie zu überraschen, wollte sie sich nicht beklagen.

Die Überraschung fiel allerdings anders aus als erwartet, denn wenige Minuten später setzte sich nicht Mikka zu ihr an den Tisch, sondern ein älterer Herr mit ausladendem, weißem Bart, faltiger Stirn und Glatze.

»Tut mir leid, dass Sie so weit fahren mussten«, sagte der Alte, als habe sie auf niemand anderen als auf ihn gewartet. »Ich musste sichergehen, dass wir ungestört miteinander reden können. Und ich denke, Ihnen ist es auch lieber, wenn wir nicht zusammen gesehen werden.«

Die Stimme kam ihr vertraut vor, das Gesicht auch irgendwie. »Avram Kuyper!«

»Sie haben mich also nicht vergessen.«

»Natürlich nicht. Allerdings hätte ich Sie in dieser Aufmachung kaum erkannt.«

Er lächelte. »In der Heimatstadt von Interpol hielt ich es für eine gute Idee, vorsichtig sein.«

»Die Glatze steht Ihnen. Den Rauschebart sollten Sie überdenken. Zu auffällig.«

»Immerhin konnte ich mich bisher ungehindert durch Lyon bewegen. Aber vielleicht werde ich die Bartattrappe ein bisschen stutzen.«

Es entstand eine Pause, in der Emilia nicht wusste, ob sie sich freuen oder ärgern sollte.

»Sie haben sich als mein Mann ausgegeben, um mich hierherzulocken«, sagte sie. »Warum wollten Sie mich treffen?«

»Weil ich Ihre Hilfe brauche.«

»Schon wieder?«

»Sie schulden mir etwas, finden Sie nicht?«

Emilia biss die Zähne zusammen. Er hatte natürlich recht, aber sie wollte nicht von ihm daran erinnert werden.

»Dass ich Ihnen etwas schuldig bin, heißt nicht, dass Sie jederzeit bei mir vorbeischneien und mich um einen Gefallen bitten können.«

»Das weiß ich. Ich wäre nicht hier, wenn ich einen anderen Weg wüsste.«

Es klang ehrlich, was sie versöhnlich stimmte. Dennoch blieben auch einige Bedenken.

»Haben Sie Ricardo Costa erschossen?«, fragte sie. »Er wurde gestern Morgen in einem Landhaus bei Monaco tot aufgefunden.«

Avram zuckte mit den Schultern. »Keine Ahnung, wovon Sie sprechen«, sagte er.

»Sie lügen.«

»Weil ich Ihnen die Wahrheit nicht sagen kann, das wissen Sie genau. Im Grunde dürften wir gar nicht hier zusammensitzen. Sie müssten Ihre Kollegen verständigen und mich verhaften lassen. Das gilt doppelt, wenn ich Ihnen gestehen würde, dass ich schon wieder einen Mord begangen habe.«

»Vielleicht wäre es wirklich am besten, wenn ich Sie festnehmen ließe. Sie bringen mich in Gefahr. Wenn herauskommt, dass ich mich mit Ihnen unterhalte, ist meine Karriere beendet. Dann kann ich bei Interpol nicht mal mehr in der Kantine arbeiten. Ich müsste sogar froh sein, wenn ich nicht als Ihre Komplizin hinter Gitter komme.«

»Im Moment sprechen Sie einfach nur mit einem bärtigen alten Mann. Niemand außer Ihnen kennt mich.«

Emilia seufzte. »Was erwarten Sie von mir?«

»Ich brauche Informationen über jemanden, der den Decknamen Leviathan benutzt. Soweit ich weiß, ein lettischer Bandenboss. Keine kleine Nummer, sondern jemand mit Geld und Macht. Er sitzt mir im Genick, aber ich habe keine Ahnung, warum. Ich muss wissen, wer er ist.«

»Um ihn dann ebenfalls umzubringen?«

»Wäre es Ihnen lieber, wenn er mich umbringt?«

Emilia erwiderte nichts. Sie hatte kein gutes Gefühl bei der Sache. Ja, sie stand in Avrams Schuld und wollte ihm helfen – aber nicht auf diese Weise. Sie hatte verhindern wollen, dass er auf der Flucht erschossen wurde. Was er von ihr forderte, war jedoch sehr viel mehr als das: Sie sollte bewusst Vorschriften umgehen, um ihn, einen gesuchten Schwerverbrecher, mit Insiderinformationen zu versorgen!

Streng genommen hatte sie das zwar schon einmal gemacht, allerdings war es damals darum gegangen, einen Spion in den eigenen Reihen zu überführen. Heute erwartete Avram von ihr die Missachtung sämtlicher Vorschriften ohne jegliche Gegenleistung.

Nein – dafür, dass das gute Wort, das ich vor Gericht für ihn eingelegt habe, sein Strafmaß nicht verringern konnte ...

Und dafür, dass er Becky in Griechenland gerettet hat.

»Ich werde sehen, was ich für Sie tun kann«, sagte Emilia unentschlossen. Sie steckte in einer verdammten Zwickmühle.

»Wollen Sie etwas essen?«

»Mir ist der Appetit vergangen.«

»Ich lade Sie ein.«

Sie schüttelte den Kopf. Obwohl ihre Übelkeit sich inzwischen gelegt hatte, verspürte sie keinen Hunger.

Avram zog einen Zettel aus seiner Tasche und schob ihn Emilia über den Tisch. Darauf stand nichts als eine E-Mail-Adresse.

»Schreiben Sie mir, wenn Sie etwas herausfinden«, sagte er mit beschwörendem Blick. *»Bitte.«*

Sie steckte das Papierstück ein und stand auf. »Dieses Treffen hat nie stattgefunden«, raunte sie.

45

Avram blieb am Tisch sitzen und sah Emilia hinterher, als sie mit ihrer geschulterten Handtasche das Valleo verließ. Durch die großen Panoramafenster konnte er beobachten, wie sie sich unter die Passanten mischte und in Richtung der nächsten Metro-Station davoneilte.

Als wollte sie ihrem Gewissen entfliehen.

Im Grunde war das Gespräch besser verlaufen, als er gehofft hatte. Dennoch konnte er Emilias Reaktion nicht einschätzen. Sie fühlte sich ihm gegenüber zweifellos verpflichtet, aber sie war auch mit Leib und Seele Polizistin – unbestechlich und mit einem Sinn für Berufsehre.

Das konnte ein Problem werden.

Als der Kellner kam, bestellte Avram eine Flasche Evian und die hausgemachten Linguini, die zehn Minuten später dampfend auf seinem Tisch standen und wirklich vorzüglich schmeckten. Im Vergleich zum Gefängnisessen war das hier die reinste Sterneküche. Nicht einmal Monaco konnte da mithalten.

Während er die Nudeln voller Genuss verspeiste, prüfte er seine E-Mails. Er hoffte, dass Rutger Bjorndahl vielleicht einen dritten Informanten aufgetrieben hatte oder dass er eine Nachricht von Lina vorfinden würde, weil Ole Frietjoff wider Erwarten doch noch auf eine heiße Spur in Bezug auf Leviathan gestoßen war.

Aber das war nicht der Fall.

Beim Nachtisch, einem zuckersüßen Stück Kirschkuchen,

begannen die Gedanken wieder zu kreisen. Würde Emilia ihm helfen – ja oder nein? Obwohl sie auf unterschiedlichen Seiten des Gesetzes standen, gab es zwischen ihnen eine ganz besondere Verbindung. Allerdings verlangte er diesmal viel von ihr, das war ihm bewusst. Sie übertrieb nicht, wenn sie sagte, dass sie dabei ein hohes Risiko einging, vielleicht sogar ihren Job verlor oder gar ins Gefängnis musste.

Aber in diesem Fall ging es um nicht weniger als um sein Leben.

46

Zurück im Büro, musste Emilia erst einmal in ein Meeting zum Thema Datenschutz, zu dem alle Führungskräfte von Interpol zwangsverpflichtet worden waren. Der Referent gestaltete seinen Vortrag kurzweilig und informativ, dennoch konnte Emilia sich nicht besonders gut darauf konzentrieren. Erstens dachte sie andauernd an den Berg Arbeit, der sich auf ihrem Tisch türmte und trotz aller Bemühungen einfach nicht kleiner wurde. Und zweitens ärgerte sie sich immer mehr über Avram Kuyper, je öfter sie an ihr Treffen dachte. Was fiel ihm eigentlich ein, sich als Mikka auszugeben? Sie zu täuschen und sie von der Interpol-Zentrale wegzulocken, noch dazu so weit, dass sie an diesem ohnehin schon hektischen Tag zusätzlich Zeit verlor, die sie eigentlich gar nicht hatte? Das alles, um etwas von ihr zu verlangen, das illegal war! Sie fühlte sich unter Druck gesetzt und wusste nicht, was sie tun sollte.

Nach dem Meeting beschloss sie, Luc Dorffler anzurufen - vielleicht konnte der etwas über Leviathan herausfinden. Was sie mit dem Ergebnis anstellen würde, wollte sie aber erst entscheiden, wenn es ihr vorlag. Doch der Kollege aus der Rechercheabteilung, der das Telefon abnahm, sagte, dass Dorffler heute schon gegangen war.

Also musste die Sache eben warten.

Zwei Stunden später hatte Emilia die eiligsten Dinge auf ihrem Tisch abgearbeitet und zum ersten Mal an diesem Tag das Gefühl, dass sie durchatmen konnte. Ihr fiel ein, dass sie vor dem Datenschutzvortrag ihr Handy auf lautlos gestellt hatte. Als sie den Klingelton wieder aktivierte, stach ihr auf dem Display ins Auge, dass sie eine neue WhatsApp-Nachricht erhalten hatte. Kurzerhand sah sie nach.

Die Nachricht stammte von Mikka – diesmal vom richtigen. Er hatte ihr ein Video geschickt, in dem er ihr ein Ständchen sang: *Love me tender* von Elvis Presley. Sogar eine Tolle hatte er sich hingekämmt.

Das Video amüsierte sie, nicht nur wegen der Frisur, sondern auch, weil Mikka kaum einen Ton richtig traf. Er hatte viele wunderbare Vorzüge – Singen gehörte nicht dazu.

Mit einem breiten Lächeln im Gesicht schickte sie ihm einen Kuss-Emoji zurück. Dazu schrieb sie, dass sie sich später bei ihm melden würde, wenn sie zu Hause war.

Kaum hatte sie das Handy weggelegt, wanderten ihre Gedanken wieder zum falschen Mikka. Zu dem Treffen am Mittag.

Zu Leviathan.

Und während sie so darüber nachdachte, ging ihr auf, dass sie gar nicht auf Luc Dorffler warten musste. Sie konnte das Osteuropa-Team mit den Nachforschungen beauftragen, das seit ihrem Karrieresprung ebenfalls zu ihrem Ressort gehörte. Bisher war sie nur noch nicht auf die Idee gekommen, weil sie sich erst noch an ihren neuen Verantwortungsbereich gewöhnen musste.

Kurzerhand holte sie sich aus der Cafeteria einen Tee und schaute mit dem dampfenden Becher bei Abel Gupka vorbei, dem für Osteuropa zuständigen Abteilungsleiter. Den kannte sie so gut wie gar nicht, ganz einfach, weil ihr bisher die Zeit für ein vertiefendes Gespräch mit ihm gefehlt hatte und die Prioritäten ihres Chefs im Augenblick auf Mitteleuropa lagen.

Abel Gupka war Anfang vierzig, schlank und einen Kopf größer als Emilia. Im Gegensatz zu den meisten seiner männlichen Kollegen trug er weder Anzug noch Krawatte, sondern Sneakers, Jeans und ein Polohemd. Das tiefschwarze Stoppelhaar passte zu seinem dunklen Bartansatz. Als sie sich die Hände schüttelten, fielen Emilia die großen Tattoos an seinen Unterarmen auf.

Zwei Frauenfiguren.

»Das hier ist Aphrodite, die Göttin der Liebe«, erklärte er. Offenbar war ihm Emilias interessierter Blick aufgefallen. »Und das ist Nemesis, die Göttin der Rache.«

»Haben Sie einen besonderen Bezug zu Griechenland?«

Er schüttelte den Kopf. »Das waren die beiden schönsten Motive im Musterbuch meines Tätowierers. Ich wollte etwas, das nicht alle haben. Deshalb habe ich sie ausgewählt.«

Seine lockere Art gefiel Emilia. In gewisser Weise erinnerte er sie an Mikka, der hatte auch immer einen flapsigen Spruch auf den Lippen.

»Was kann ich für Sie tun?«, fragte Gupka. »Sie sind bestimmt nicht nur wegen meiner Tattoos vorbeigekommen.«

»Ich wollte Sie um einen Gefallen bitten.« Sie erzählte ihm, worum es ging.

»Handelt es sich dabei um einen konkreten Fall?«

»Nein, ich gehe nur einem anonymen Hinweis nach, der bei mir eingegangen ist.« Emilia hatte sich die Ausrede bereits zurechtgelegt. Anonyme Hinweise kamen immer wieder vor und erregten keinen Verdacht.

»Bis wann brauchen Sie das Ergebnis?«

»Was schätzen Sie, bis wann Sie es liefern können?«

Gupka zog abwägend die Mundwinkel nach unten. »Ich stecke gerade mitten in den Vorbereitungen für einen Polizeieinsatz in Łódź. Danach kann ich mich an die Arbeit machen. Ich habe heute Spätschicht.«

»Geben Sie mir Bescheid, wenn Sie damit anfangen«, bat Emilia. Das würde ihr die Gelegenheit geben, ihren neuen Mitarbeiter besser kennenzulernen, was auf lange Sicht nur von Vorteil sein konnte. Heute hatte sie ohnehin nichts mehr vor, außer mit Mikka zu telefonieren, und der würde vor neun Uhr ganz bestimmt nicht zu Hause sein.

Eine Stunde später rief Abel Gupka bei ihr an, und sie trafen sich erneut in seinem Büro. Er zog für sie einen Stuhl von der Besprechungsecke hinter den Schreibtisch, damit sie zu zweit auf den Monitor sehen konnten. Als Emilia neben ihm Platz nahm, fiel ihr der angenehm herbe Männerduft auf, den er verströmte. Beinahe kam es ihr vor, als habe er nur ihretwegen noch einmal sein Parfum nachgelegt.

Aus irgendeinem Grund schmeichelte ihr das, obwohl es natürlich ebenso gut auch ein Zufall sein konnte.

Und sie eine glücklich verheiratete Frau war!

Gupka loggte sich in die ASF-Datenbank ein und rief die Suchmaske auf, wo er die Begriffe *Leviathan* und *Baltikum* eingab.

Die Ausgabeliste umfasste mehr als dreitausend Einträge.

Bei der ersten Sichtung stellte sich jedoch schnell heraus, dass viele Einträge sich auf ein lettisches U-Boot bezogen, das im Zusammenhang mit einer Spionageaffäre im Jahr 2004 erwähnt wurde.

Gupka verfeinerte die Suche, indem er alle Treffer mit dem Begriff *U-Boot* ausschloss. Das grenzte die Ausgabeliste auf zweitausend Ergebnisse ein.

Die nächste Sichtung zeigte, dass sich hinter dem Namen *Leviathan* auch ein Nervengift verbarg, das für diverse Morde in den Jahren 2001 bis 2010 eingesetzt worden war. Das brachte sie auch nicht weiter. Eine erneute Verfeinerung der Suchabfrage reduzierte die Trefferliste auf rund fünfhundert Vermerke.

Danach wurde die Analyse diffiziler, denn die Begriffskombination *Leviathan* und *Baltikum* tauchte in den Interpol-Daten in vielfältiger Weise auf: als Prototyp für einen Geländewagen in einem Fall von Industriesabotage, als Name einer militärischen Operation im Jahr 1982, als Name einer Datenbank für Meeresforschung, die Anfang der 1990er Jahre einem Hackerangriff zum Opfer gefallen war, und vieles mehr.

Nichts davon stand im Zusammenhang mit einem lettischen Bandenchef.

47

Kyril Owalischenkos Büro in Riga befand sich in einem wunderschön restaurierten Klinkersteingebäude aus dem neunzehnten Jahrhundert, direkt am Hafen. Hier fällte er die schwierigsten Entscheidungen, hier traf er sich mit wichtigen Geschäftspartnern, von hier aus regierte er sein baltisches Imperium – das legale und das illegale.

Owalischenko liebte dieses Büro. Es atmete den Geist alter Tage. Hier hatte er in den letzten zehn Jahren schon allerlei Höhen und Tiefen durchlebt.

Deshalb hatte er auch kaum etwas verändert – weil jedes Detail Erinnerungen weckte. Manche erfüllten ihn selbst heute noch mit unsäglichem Stolz, andere schmerzten wie alte Wunden, die nicht heilen wollten. Aber gerade diese schmerzhaften Erinnerungen waren wertvoll. Sie führten ihm jeden Tag vor Augen, wie wichtig es war, im Geschäftsleben aufmerksam zu bleiben. Sie rüttelten ihn wach. Gaben ihm Kraft.

Und sie ließen ihn nicht vergessen, wer seine Feinde waren.

Im Moment genoss Kyril Owalischenko jedoch nur die Aussicht, die sich ihm von seinem Schreibtisch aus bot, wenn er durchs Fenster sah. Sein Blick schweifte über die unruhige, graugrüne See und den sternenlosen Nachthimmel. Kräftiger Wind wühlte das Wasser auf, selbst durchs geschlossene Fenster konnte man das Rauschen der Brandung hören wie ein kämpfendes Tier. Irgendwo am Horizont schimmerte die Silhouette des Mondes fahl durch die Wolkendecke. Es versprach, eine ungemütliche Nacht zu werden.

Doch Kyril Owalischenko genoss den Anblick. Den Schaum auf den Wellen. Gischt, die über die Kaimauern spritzte. Das hatte etwas Kraftvolles. Etwas Gewalttätiges.

Etwas Zerstörerisches.

Das entsprach genau seiner Stimmung.

Den ganzen Tag hatte er telefoniert und zähe Verhandlungen geführt, um den bevorstehenden Drogendeal zu organisieren. Da Ricardo Costa erschossen worden war und niemand wusste, wie viele Details über den Kokaintransfer er vor seinem Tod verraten hatte, wollte Owalischenko kein Risiko eingehen. Deshalb hatte er in aller Eile einen neuen Ort für die Übergabe finden und geeignete Sicherheitsmaßnahmen treffen müssen. Wenn es um eine halbe Tonne Drogen ging, waren die Nerven aller Beteiligten ziemlich angespannt.

Er selbst bildete da keine Ausnahme, obwohl er bei Gott schon eine halbe Ewigkeit im Geschäft war. Aber er arbeitete zum ersten Mal mit neuen Abnehmern zusammen, von denen er sich für die Zukunft noch viel versprach. Diese Leute waren in der Lage, verdammt große Mengen an Drogen jedweder Art nach Russland und nach Fernost zu vertickern, nicht nur Kokain, sondern auch Heroin, Crack, Ecstasy, Crystal und alle Arten von Amphetaminen. Mit denen wollte Kyril Owalischenko sich unbedingt gutstellen, weil sie für ihn in den nächsten Jahren eine wichtige Basis für sein finanzielles Wohlergehen darstellten.

Jetzt wartete er nur noch auf ein abschließendes Telefonat mit Jenko Talis, dem Chef der Rigaer Drogenfahndung, der ganz oben auf seiner Bestechungsliste stand. Talis kostete ihn zwar bei jeder Lieferung ein kleines Vermögen, im Gegenzug sorgte er jedoch zuverlässig dafür, dass seine Mitarbeiter nicht am Ort der Übergabe auftauchten.

Nur die Streifenpolizisten ließen sich nicht in den Griff kriegen. Es waren zu viele, um sie alle mit Geld ködern zu können. Außerdem hatten einige Owalischenkos Bestechungsversuche kategorisch abgelehnt. Sie waren kleine, unbeugsame Straßenköter, die ihrem Herrchen namens Staat ewige Treue geschworen hatten und für eine mickrige Pension täglich ihr Leben riskierten.

Verfluchte Idioten!

Um sie bei der Drogenübergabe in Schach zu halten, hatte Owalischenko einen Trupp von fünfzehn bewaffneten Männern zusammengestellt, die im Zweifel keine Sekunde zögern würden, auch auf Polizisten zu schießen. Natürlich nur, wenn das nötig werden sollte.

Das Klingeln des Telefons holte ihn aus seinen Gedanken. Mit einem stummen Seufzen riss er sich von dem Anblick des aufgewühlten, schwarzen Ozeans los und nahm ab.

»Ja, bitte?«

Wie erwartet, war es Jenko Talis vom Drogendezernat.

Endlich!

»In der Nacht von Freitag auf Samstag zwischen null und drei Uhr wird keiner meiner Leute an Pier sieben sein«, sagte er.

»Dann erhalten Sie am Sonntag Ihr Geld«, antwortete Owalischenko.

Die Übergabe fand immer in bar statt, in einem Aktenkoffer, den Owalischenko in einem bestimmten Schließfach am Bahnhof deponierte. Das war unauffällig und funktionierte seit Jahren ohne Probleme.

Owalischenko beendete das Gespräch und warf einen

Blick auf das Telefondisplay. 22:18 Uhr. Er war froh, dass nun alle Vorbereitungen für den bevorstehenden Deal getroffen waren. Mit etwas Glück würde er schon sehr bald um rund zwanzig Millionen Euro reicher sein.

Eine Weile schwelgte er in dem Gefühl des bevorstehenden Erfolgs. Ein dünnes Lächeln legte sich auf seine Lippen. Um sein Glück vollkommen zu machen, fehlte ihm nur noch eines.

Er zog sein Handy aus der Tasche, öffnete die Bildergalerie und sah sich die Fotos an, die er im Lauf des Tages von seinem Gutsverwalter in Beljukij zugemailt bekommen hatte: Aufnahmen von Tatjana Golinska – dem letzten Entführungsopfer.

Die Fotos waren schwarzweiß, grobkörnig und teilweise ziemlich unscharf, aber gerade ihre Unvollkommenheit machte sie vollkommen. Sie unterstrich in perfekter Weise die Hilflosigkeit und Verzweiflung, die sich im Gesicht der jungen Frau und in ihrer ganzen Körperhaltung widerspiegelte.

Man hatte sie mittlerweile bis auf die Unterwäsche ausgezogen. Sie trug einen weißen Slip. Das Unterhemd – ein weißes Stretchmodell mit breiten Schulterträgern – spannte sich straff über ihren gewölbten Schwangerschaftsbauch. Sie hockte mit dem Rücken zur Wand auf dem kalten Boden wie ein Häufchen Elend.

Der Anblick erregte ihn.

Heute war es zwar zu spät, um nach Beljukij hinauszufahren, aber morgen würde er dieses neue, wundervolle Geschöpf persönlich in Augenschein nehmen.

48

Lyon

Als Emilia am nächsten Tag ins Büro kam, fand sie auf ihrem Schreibtisch einen Zettel vor. Darauf stand:

Rufen Sie mich an. Bin ab 9 Uhr erreichbar. A. Gupka

Sie war an diesem Morgen zeitig dran, es war noch nicht einmal acht. Also bearbeitete sie erst einmal ihren E-Mail-Eingang.

Um neun griff sie zum Hörer und wählte Abel Gupkas Nummer.

»Ich denke, ich habe da etwas entdeckt, das Sie interessieren könnte«, sagte er. »Wollen Sie es sich abholen, oder soll ich es nach der Mittagspause vorbeibringen? Ich habe jetzt eine Telefonkonferenz.«

»Ich komme gleich bei Ihnen vorbei«, sagte Emilia.

Eine Minute später stand sie bei ihm in der Tür.

»Nachdem Sie gestern gegangen waren, habe ich die ASF-Suche noch ein bisschen geändert«, erzählte er. »Zuerst habe ich den Suchradius erweitert und die Länder Polen, Finnland, Weißrussland und die Ukraine mit aufgenommen, aber das hat nichts gebracht. Danach habe ich versucht, etwaige Schreibfehler in den Akten zu berücksichtigen. Es kommt immer wieder vor, dass Dateien nicht gefunden werden, weil der Suchbegriff nicht exakt übereinstimmt.

Also habe ich *Leviathan* in unterschiedlichen Schreibweisen ausprobiert. Bei Leviatan ohne H gab es einen interessanten Treffer.«

Er kam um den Tisch herum und reichte Emilia eine Arbeitsmappe.

»Sehen Sie sich das in Ruhe an«, sagte er. »Ich habe es schon für Sie übersetzen lassen. Wenn Sie wollen, können wir nach der Mittagspause darüber reden.«

Emilia nahm die Mappe mit in ihr Büro und begann, sie zu lesen.

Es handelte sich um ein Protokoll der Kripo in Riga aus dem Jahr 2018. Eine neunzehnjährige Frau namens Mariana Jaschy, zuletzt wohnhaft in Saldus, Litauen, war schwer verletzt und traumatisiert in einem Waldstück an einem Bahngleis bei Griki, westlich von Riga, gefunden worden. Sie war dehydriert und stark unterkühlt, außerdem hatte sie viel Blut verloren. Ein Streckenarbeiter hatte Mariana am Morgen des 5. März entdeckt, als er seine Notdurft verrichten wollte. Die junge Frau war nackt im Gebüsch gelegen, sie hatte sich nicht geregt und war nicht ansprechbar gewesen. Der Bahnarbeiter hatte sie zunächst für tot gehalten, dann aber bemerkt, dass sie noch atmete. Daraufhin hatte er einen Krankenwagen gerufen.

Gegen zehn Uhr war Mariana Jaschy von der Ambulanz abtransportiert worden. Man hatte ihre lebenswichtigen Körperfunktionen stabilisiert und sie in den Krankenwagen verladen. Während der Fahrt war sie laut Aussage des betreuenden Sanitäters mehrmals aufgewacht. Sie habe desorientiert gewirkt und geschrien, woraufhin man ihr ein Beruhigungsmittel verabreicht hatte.

Gegen zehn Uhr dreißig war sie ins Universitätsklinikum Ost eingeliefert worden. Auf dem Weg in den OP sagte sie nach einstimmiger Aussage zweier Krankenschwestern und der Ermittlungsbeamtin nur ein Wort: Leviatan.

Im Lauf der eilig vorgenommenen Notoperation war Mariana Jaschy schließlich ins Koma gefallen und nicht wieder daraus erwacht. Drei Tage später war sie an den Folgen ihrer schweren Verletzungen gestorben.

Emilia blätterte weiter.

Im Anschluss an den Bericht folgten einige Fotos der Toten, die zur Beweismittelsicherung in der Kriminalakte archiviert worden waren, denn der Fall war zweifelsfrei als Gewaltverbrechen eingestuft worden.

Alle Bilder zeigten das Opfer auf dem Obduktionstisch der pathologischen Abteilung des Universitätsklinikums Ost. Auf der ersten Aufnahme sah man das Gesicht von Mariana im Großformat, Mund und Lider geschlossen, die Haut blass, beinahe durchsichtig. Spuren von Gewalteinwirkung gab es keine. Die junge Frau sah aus wie ein schlafendes Dornröschen aus Wachs.

Das nächste Foto zeigte sie in voller Größe auf dem Chromtisch liegend. Sie war nackt, ihr Kopf wurde durch eine Nackenstütze stabilisiert, damit er nicht zur Seite fiel. Der Oberkörper war vom Pathologen noch nicht geöffnet worden.

Das Bild sah nicht so schlimm aus, wie Emilia es befürchtet hatte. Eine Großaufnahme des Torsos gab allerdings einen Eindruck davon, was die junge Frau vor ihrem Tod erlitten hatte. Obwohl sie im Krankenhaus gewaschen und ärztlich versorgt worden war, erkannte man zahlreiche Narben, manche längst verheilt, andere noch ganz frisch, darunter zwei lange Schnitte quer über die Bauchdecke, die bei der Notoperation genäht worden waren.

Nur die Brüste zeigten keine Spuren von Gewalteinwirkung.

Auch die Aufnahmen der Beine waren harmlos. Ein paar Kratzer, ein paar Hämatome – mehr war darauf nicht zu sehen.

Beim Anblick der nächsten Bilder wurde Emilia jedoch klar, woran Mariana gestorben war. Sie lag auf dem Bauch, an mehreren Stellen am Rücken fehlten handflächengroße Hautpartien – dort war nur noch rohes Fleisch zu erkennen. Außerdem war sie übersät mit münzgroßen, schwarzroten Flecken: Verbrennungen dritten und vierten Grades, wie ein Beiblatt erläuterte.

Wegen ihres instabilen Gesundheitszustands hatten die Ärzte die fehlenden Hautpartien bei der Notoperation nicht abschließend behandelt, sondern die Wunden nur gesäubert, medizinisch versorgt und verbunden. Für die Obduktion waren die Verbände wieder abgenommen worden.

Insgesamt waren Mariana Jaschy fünfzig Quadratzentimeter Haut entfernt worden. Die Verbrennungen stammten laut pathologischem Befund von Zigarettenstummeln und Glüheisen. Emilia hatte im Lauf ihrer Karriere schon viele Obduktionsfotos gesehen, aber sie musste sich eingestehen, dass die Grausamkeit der Tat sie bedrückte.

Leviathan gefiel es, andere Menschen zu quälen.

War das der Mann, der es auf Avram abgesehen hatte?

49

Avram hatte die Nacht in einer kleinen Pension im Lyoner Westen verbracht und miserabel geschlafen. Das lag nicht nur an der für seinen Geschmack viel zu weichen Matratze, sondern vor allem an seinen angespannten Nerven.

Er fühlte sich gestresst.

Ständig wälzte er Gedanken.

Er kam gar nicht mehr richtig zur Ruhe.

In den vergangenen Jahren war er oft in brenzligen Situationen gewesen – stets hatte er sie gemeistert. Nie hatte er den Überblick verloren oder gar die Nerven, zumindest kam es ihm aus heutiger Sicht so vor.

Aber in diesem Fall fühlte er sich zunehmend überfordert.

Ob die deutsche Polizei inzwischen mit einer internationalen Suchmeldung nach ihm fahndete? Bei seiner Vorgeschichte wäre das nicht verwunderlich gewesen. Und vielleicht hatten die monegassischen Behörden den Tod Ricardo Costas auch schon mit ihm in Verbindung gebracht?

Im Geiste sah Avram sein Fahndungsfoto auf jedem Polizeirevier in Europa hängen.

Dabei war das noch seine geringste Sorge. Was ihm wirklich zu schaffen machte, war der große Unbekannte, der ihn in die Finger bekommen wollte.

Leviathan.

Die unerwarteten Schwierigkeiten bei der Suche nach seiner Identität beunruhigten ihn. Es kam nicht oft vor, dass Rutger Bjorndahl mit seinem gutverzweigten Netzwerk keine Informationen auftreiben konnte. Aber in diesem Fall hatten die beiden von ihm aufgespürten Kontaktpersonen rein gar nichts gebracht. Der eine wollte nicht mit Avram kooperieren, der andere wusste nichts.

Avram fragte sich, ob die Interpol-Datenbanken ein Ergebnis ausspucken würden. Aber selbst wenn – würde Emilia ihm diese Information dann zur Verfügung stellen? Gestern schien sie unentschlossen gewesen zu sein, daher beschloss Avram, ihr noch einmal ins Gewissen zu reden.

Nach dem Auschecken rief er sie von einem öffentlichen Telefon aus an. Das erschien ihm sicherer als mit dem Handy, weil er trotz aller Sympathie, die er ihr entgegenbrachte, nicht wusste, wie sie sich ihm gegenüber verhalten würde. Falls in der Nacht ihr Pflichtgefühl als Polizistin gesiegt hatte, würde sie womöglich versuchen, ihn über eine Fangschaltung zu lokalisieren, um ihn wieder hinter Gitter zu bringen. Jedenfalls konnte Avram das nicht hundertprozentig ausschließen.

Also warf er ein paar Münzen in den Apparat am Parc Louis-Dupic und wählte ihre Nummer – die hatte er schon am Vorabend in Erfahrung gebracht. Nach dem dritten Klingeln nahm sie ab.

»Hier spricht René Marissault«, sagte Avram – ein frei erfundener Name. »Glatze, weißer Vollbart, siebzig Jahre alt. Wir haben uns gestern beim Mittagessen kennengelernt.«

Bei Interpol wurden eingehende Anrufe routinemäßig aufgezeichnet.

»Erinnern Sie sich an mich?«

»Monsieur Marrisault ... natürlich«, antwortete Emilia nach kurzem Zögern. »Was für eine Überraschung! Wie kann ich Ihnen helfen?«

»Ich habe mich gefragt, ob ich Sie noch einmal wiedersehen kann«, sagte Avram. »Ich lade Sie zum Essen ein. Was halten Sie davon?«

Was so viel heißen sollte wie: Haben Sie Informationen für mich? Und wo können wir uns für die Übergabe treffen?

»Tut mir leid, Monsieur«, sagte Emilia. »Aber ich halte das für keine gute Idee. Ich bin verheiratet – bitte seien Sie mir nicht böse.«

Offenbar hatte ihr Ehrgefühl als Polizistin Oberhand gewonnen.

»Ich möchte nur ein bisschen mit Ihnen reden«, drängte Avram. »*Bitte!* Sie würden einem alten Mann damit eine große Freude machen.«

Sie zögerte wieder, haderte offenbar mit sich. »Es geht nicht, bitte haben Sie dafür Verständnis«, sagte sie. »Ich würde bei Ihnen nur falsche Hoffnungen wecken. So leid es mir tut, aber ich muss Sie bitten, nicht mehr bei mir anzurufen. Es gibt nichts, das ich für Sie tun könnte.«

Mit diesen Worten beendete sie das Gespräch. Avram blieb ratlos an seiner Telefonsäule zurück.

Mit einem Seufzen hängte er den Hörer wieder ein. Emilia hatte sich entschieden – sie würde ihm nicht helfen.

Wie zum Teufel sollte es jetzt weitergehen?

50

Irgendwie fühlte Emilia sich Avram gegenüber schuldig. Aber was erwartete er von ihr? Dachte er ernsthaft, dass sie für ihn sämtliche Regeln über Bord werfen würde?

Je länger sie darüber nachdachte, desto mehr ärgerte sie sich wieder. Sie hatte nichts Falsches getan, sondern er manövrierte sie in eine Zwickmühle! Mit welchem Recht? Es stand ja noch nicht einmal fest, ob die Spur, die sie gefunden hatte, überhaupt etwas taugte.

Allerdings hatte der Fall Mariana Jaschy sie berührt. Seit der Sichtung der Akte ließ der Tod der jungen Frau sie nicht mehr los. Diese menschenverachtende Brutalität, mit der der Täter vorgegangen war ... Was hatte Avram mit ihm zu tun?

Die Mappe von Abel Gupka lag zusammengeklappt neben dem Telefon. Emilia griff danach und blätterte sie noch einmal durch, bis sie auf die Kontaktdaten der Kripobeamtin in Riga stieß, die den Fall damals betreut hatte: Kommissarin Daria Amasowa.

Emilia nahm den Telefonhörer und wählte die Nummer. Am anderen Ende der Leitung meldete sich eine Frau. Von dem, was sie sagte, verstand Emilia rein gar nichts, nur den Namen hörte sie heraus.

»Mein Name ist Emilia Ness von Interpol in Lyon«, begann sie. »Können wir uns auf Englisch, Französisch oder Deutsch unterhalten?«

»Englisch ist in Ordnung«, sagte Daria Amasowa nahezu akzentfrei. »Ich habe ein paar Jahre lang in London studiert. Was kann ich für Sie tun?«

»Sie haben im Frühjahr 2018 einen Fall betreut, bei dem eine Frau namens Mariana Jaschy schwerverletzt von einem Bahnarbeiter gefunden wurde. Erinnern Sie sich daran?«

»Wie könnte ich das jemals vergessen?«

»Ich habe mir die Unterlagen aus der Interpol-Datenbank ausgedruckt. Sie war bei uns als *black notice* markiert, weil das Opfer zunächst nicht identifiziert werden konnte. Aber die Akte ist nicht vollständig. Können wir am Telefon darüber reden?«

»Natürlich. Jetzt gleich?«

»Wenn es bei Ihnen passt.«

»Okay, warten Sie einen Moment, ich mache nur kurz die Tür zu. Im Gang ist es so laut, heute ist hier der Teufel los.«

Es klackerte, als sie den Hörer hinlegte. Gleich darauf meldete sie sich zurück.

»Jetzt können wir sprechen.«

Emilia zog den Block heran, auf dem sie ihre Fragen notiert hatte.

»Ich bin auf den Fall aufmerksam geworden, weil das Opfer kurz vor seinem Tod einen Namen erwähnte: Leviathan.«

»Das stimmt. Auf dem Weg in den OP-Saal.«

»Denken Sie, dass Mariana Jaschy damit ihren Mörder meinte?«

»Davon bin ich überzeugt. Als sie den Namen sagte, hat sie mein Handgelenk gepackt – so fest, als wolle sie ihre ganze Kraft in dieses eine Wort legen. Ich glaube, sie wusste, dass sie sterben würde. Und sie wollte, dass ich den Täter schnappe, um sie und ihren Sohn zu rächen.«

»Wie meinen Sie das?«

»Mariana Jaschy hatte einen achtzehn Monate alten Sohn. Arjan. Die beiden waren im Januar 2018 entführt worden und danach wie vom Erdboden verschwunden – bis zu dem Tag, an dem Mariana an den Bahngleisen entdeckt wurde. Haben Sie die Obduktionsbilder gesehen?«

»Ja.«

»Dann wissen Sie, was der Täter ihr angetan hat. Und vermutlich auch ihrem Kind, denn wäre es nicht tot gewesen, hätte sie sich bestimmt nach ihm erkundigt. Sie hätte wissen wollen, wie es ihm geht. Ob es ebenfalls gerettet worden ist. Ob es noch lebt. Aber anstatt *Arjan* zu sagen, sagte sie *Leviathan.* Ich kann mir nicht vorstellen, dass das etwas anderes gewesen sein soll als ein Hinweis auf den, der ihr das angetan hat.«

»Haben Sie etwas über den Täter herausbekommen können?«

»Nicht viel mehr als das, was offensichtlich ist: Er ist jemand mit extrem sadistischen Neigungen, sehr wahrscheinlich ein Mann. Er foltert und verstümmelt andere Menschen systematisch über längere Zeiträume hinweg – darauf lassen die Narben auf Mariana Jaschys Körper schließen, die sich in unterschiedlichen Heilungszuständen befanden. Jemandem Schmerz zuzufügen macht ihn an.«

»Sie gehen von einem sexuellen Motiv aus?«

»Mariana Jaschy wurde vergewaltigt. Vaginal, anal und oral. Das hat die Obduktion ergeben.«

In Emilias Unterlagen stand davon kein Wort. Sie brauchte dringend die vollständige Akte.

»Konnten Spermaspuren sichergestellt werden?«

»Leider nicht. Der Täter hat Kondome benutzt, zumindest zum Ende hin. Vermutlich auch Handschuhe und einen Haarschutz, denn weder am Tatort noch an Mariana Jaschy waren irgendwelche Spuren zu entdecken, die ihn überführt hätten. Kein Sperma, keine Hautpartikel, kein Blut, keine Haare, kein Speichel – nichts, mit dem man einen genetischen Fingerabdruck hätte erstellen können.«

Emilia überlegte. »Mariana war so schwerverletzt, dass sie zu Fuß nicht weit kommen konnte. Ist es denkbar, dass der Täter in der Nähe des Fundorts ein Versteck hatte, wo er Mariana und ihren Sohn gefangen hielt?«

»Wir haben alles durchsucht. Hunderte von Polizisten haben die Gegend durchkämmt – nicht nur den Wald, auch die angrenzenden Felder. Jeden einzelnen Quadratzentimeter haben sie abgesucht. Nichts. Leviathan muss die Tat woanders begangen haben. Er ist nur in den Wald gefahren, um sein Opfer dort loszuwerden.«

Emilia lehnte sich in ihren Bürostuhl zurück und schob sich eine Haarsträhne hinters Ohr, die ihr ins Gesicht gerutscht war. »Warum sollte er eine Leiche an einem Ort loswerden, an dem er damit rechnen musste, dass sie von Bahnarbeitern gefunden wird?«

»Er hat sie nicht dort abgesetzt, wo sie gefunden wurde, sondern rund vierhundert Meter weiter weg von den Gleisen«, erklärte Kommissarin Amasowa. »Entweder hielt er sie für tot oder für bewegungsunfähig, denn einen Fehler wie diesen leistet er sich normalerweise nicht mehr.«

Mit einem Mal begann Emilias Herz höher zu schlagen. »Sie meinen, er ist ein Wiederholungstäter?«

»Ganz sicher, denn es gibt noch mehr Entführungsfälle dieser Art. Immer sind es junge Mütter oder schwangere Frauen, die wie vom Erdboden verschwinden.«

Emilia schluckte. Schon wieder ein Fall mit Kindern. Ihr Brustkorb fühlte sich plötzlich viel zu eng an.

»Können Sie mir die Unterlagen per E-Mail zukommen lassen?«, bat sie.

»Kein Problem. Wie weit soll ich zurückgehen?«

»Sagen wir fünf Jahre, ist das in Ordnung?«

»Sie bekommen die Akten im Laufe des Vormittags«, versprach Kommissarin Amasowa. »Wie lautet Ihre E-Mail-Adresse?«

51

Sommer 2001, bei Jeisk am Asowschen Meer

Es war ein brütend heißer Tag. Am Himmel war keine Wolke zu sehen, die Sonne brannte unerbittlich vom Himmel herab. So ging es schon die ganze Woche.

Aber obwohl die Eltern nicht müde wurden, sich über die unerträgliche Hitze zu beklagen, störte das Wetter Aurelio nicht. Mit seinen sieben Jahren liebte er es, draußen auf der Wiese hinter dem Haus zu spielen, Heuschrecken und Zirpen zu fangen und den Vögeln dabei zuzusehen, wie sie sich an den dicht über dem Boden tanzenden Mückenschwärmen satt fraßen. Letztes Jahr hatte es meistens geregnet, weshalb er die Ferien zum größten Teil in seinem winzigen Zimmer verbracht hatte – das war schrecklich gewesen. Wie eingesperrt. In einem Gefängnis hätte Aurelio sich nicht schlimmer fühlen können.

Aber diesmal war es hier wunderschön.

Die Familie verbrachte den Sommerurlaub nun schon zum dritten Mal in dem hübschen, weißgestrichenen Landhaus. Die riesige Wiese, die sich vom Haus bis zum Waldrand zog, war für Aurelio der reinste Abenteuerspielplatz. Wenn er keine Insekten fing, baute er sich kleine Flöße, die er im nahe gelegenen Bach schwimmen ließ, oder er schnitzte mit seinem Taschenmesser hübsche Figuren aus Holz. Darin war er ziemlich geschickt.

Ja, so konnte man das Leben genießen! Die Schule in

Moskau mochte er nicht besonders. Die meisten Fächer langweilten ihn, da war es in Jeisk tausendmal interessanter. Von der Wiese aus konnte man sogar das Meer sehen, ein Stück tiefer gelegen und zu weit entfernt, als dass er alleine dorthin hätte gehen dürfen.

Das war das Einzige, was ihm hier nicht gefiel – die Entfernung zum Meer. Ein Urlaub direkt am Strand – das wäre mal etwas gewesen! Aber dorthin durfte er nur in Begleitung seiner Eltern. Aurelios Blick wanderte hinüber zu seiner Mutter, die auf der hölzernen Veranda in ihrem Schaukelstuhl saß. Sie war zu weit weg, als dass er Details hätte erkennen können, aber ihr Kopf ruhte an der Rückenlehne, und sie hatte die Hände über dem immer größer werdenden Bauch zusammengefaltet. Aurelio vermutete, dass sie ein Nickerchen machte. Das tat sie gerne um diese Uhrzeit.

Der Junge lächelte. Schon bald würde er ein Geschwisterchen bekommen. Einen Bruder. Kurz vor Weihnachten würde er auf die Welt kommen. Ilja sollte er heißen, aber bei der Namensgebung änderten seine Eltern alle paar Tage ihre Meinung. Vor Ilja war es Pjotr gewesen, davor Alexandr. Aurelio war der Name ziemlich gleichgültig.

Mama freute sich sehr auf den Nachwuchs, Papa ebenfalls, vielleicht sogar noch mehr als sie. Wenn die beiden sich unbeobachtet fühlten, streichelte er Mama oft liebevoll über den Bauch.

Aurelio freute sich auch. Er hoffte nur, dass seine Eltern ihn wegen des Brüderchens nicht vernachlässigen würden.

Ein paar Möwen erregten seine Aufmerksamkeit. Wild kreischend jagten sie sich in der Luft. Weitere Möwen gesellten sich dazu, es war ein regelrechtes Scharmützel. Offenbar stritten sie sich um ein Stück Beute, einen Fisch aus dem Bach vielleicht. Einen Moment lang sah Aurelio ihnen aufmerksam zu.

Als sein Blick wieder hinüber zum Haus wanderte, war seine Mutter nicht mehr auf der Veranda. Nur der Schaukelstuhl wippte noch sachte hin und her. Wahrscheinlich war sie reingegangen, um etwas zu trinken.

Aurelio machte sich darüber keine weiteren Gedanken. Erst, als er durchs Fenster eine Männergestalt im Haus sah, verstand er, dass etwas nicht stimmte. Sogar ganz und gar nicht, denn der Schattenriss – mehr konnte er auf die Entfernung nicht erkennen – hatte seine Mutter an den Haaren gepackt und zerrte sie hinter sich her.

Was sollte er tun?

Sein erster Impuls war: davonlaufen. Davonlaufen so schnell es ging. Aber was würde dann aus seiner Mutter werden? Nein, er musste ihr helfen!

Unbedingt!

Also rannte er los, aber nicht weg vom Haus, sondern darauf zu. Dabei schrie er aus vollem Halse, brüllte so laut er konnte.

»Maaaama!«

Das hüfthohe Gras schlug ihm gegen die Beine, einmal knickte er auf dem unebenen Untergrund um und verlor das Gleichgewicht. Unsanft landete er auf dem Boden. Als er wieder aufstand, tat ihm der Knöchel weh.

Verflucht nochmal!

Mit zusammengebissenen Zähnen rannte er weiter, ein bisschen hinkend zwar, aber immer noch verdammt schnell, wie er fand.

Wieder ertönte ein Schrei. Diesmal kam er nicht von ihm, sondern vom Haus.

Das war die Stimme seiner Mutter! Die Schmerzen im Bein ignorierend, hastete Aurelio weiter.

Er war nur noch einen Steinwurf vom Haus entfernt, als ein ohrenbetäubender Knall die Luft erzittern ließ.

52

Avram hatte Lyon verlassen und fuhr ohne festes Ziel in Richtung Norden. Während er dem trägen Verkehr folgte, ohne wirklich darauf zu achten, kreisten seine Gedanken um die Ereignisse der letzten Tage.

Er machte sich inzwischen Vorwürfe, weil er Ricardo Costa getötet hatte. Im Nachhinein war das voreilig gewesen, weil die Suche nach Leviathan sich so schwierig gestaltete. Andererseits war damit nun wirklich nicht zu rechnen gewesen. Bisher hatte Rutger Bjorndahl ihm noch jedes Mal weiterhelfen können.

Er seufzte, überholte einen Laster und scherte wieder auf die rechte Spur ein. Mit Daumen und Zeigefinger massierte er sein stoppeliges Kinn.

Zum ersten Mal seit ewigen Zeiten hatte er keine Ahnung, wie es nun weitergehen sollte. Er hatte seine letzte Hoffnung auf Emilia gesetzt, aber die war offenbar nicht gewillt, ihn mit Interpol-Interna zu versorgen.

Einen Moment lang spielte er mit dem Gedanken, sie dazu zu zwingen.

Ich könnte ihre Tochter oder ihren Mann als Druckmittel benutzen.

Aber aus irgendeinem Grund kam ihm das nicht richtig vor. Beinahe unmoralisch, nach allem, was sie erlebt hatten.

Seine Bedenken ärgerten ihn. Ein Profikiller mit Skrupel – wo gab es denn das? Vielleicht war es eine Frage des Alters.

Andererseits hatte er schon immer seine Prinzipien gehabt. Irgendwo, tief in seinem Herzen, gab es ein Wertesystem, nach dem er für sich Richtig und Falsch definierte. Beispielsweise nahm er nie Aufträge an, bei denen Kinder getötet werden sollten. Er folterte auch nicht für Geld. Seine Opfer waren ihm zwar oft gleichgültig, und er tötete sie ohne Reue, aber er überschritt dabei nie seine inneren Grenzen.

Heute würde er nicht damit anfangen.

Ein Autobahnschild zeigte an, dass er sich etwa dreißig Kilometer vor Dijon befand. Er überlegte, ob er dort ein paar Tage bleiben und in aller Ruhe seine nächsten Schritte überdenken sollte.

Vielleicht wäre es am besten, wenn ich mich aufs Land zurückziehe. Ein kleines Häuschen kaufen, irgendwo weit außerhalb, wo mich niemand kennt und niemand nach mir sucht.

Alles, was Avram wollte, war, ein friedliches Leben zu führen und nicht ständig das Gefühl haben zu müssen, von der Polizei verfolgt zu werden.

Oder von jemanden, der ihn umbringen wollte.

Allerdings gab es da ein Problem: Er besaß so gut wie kein Geld mehr, um ein solches Leben zu finanzieren. Einen Großteil seiner Konten hatte die Polizei eingefroren, den Rest hatte er ausgegeben. Er konnte sich weder ein Haus kaufen noch seinen Lebensunterhalt bestreiten. Wie sollte er über die Runden kommen – auf *ehrliche* Weise? Seine Ausbildung lag über dreißig Jahre zurück, gearbeitet hatte er in dem Beruf nie. Beinahe schien es ihm, als sei er dazu verurteilt, so weiterzumachen wie bisher. Er war ein Sünder, der seine Taten zu spät bereute. Im Moment sah er für sich keine Zukunft.

Das Handy klingelte. Es war Lina.

»Ich habe gute Neuigkeiten«, sagte sie.

»Das wäre eine willkommene Abwechslung«, entgegnete er. »Schieß los.«

»Ich bin immer noch in Kiel. Bei Ole Frietjoff, dem Mann, den ich für dich befragen sollte.«

»Hat der nicht gesagt, dass er keine Informationen für mich hat?«

»Zuerst sah es so aus, ja. Aber jetzt kann er dir vielleicht doch helfen. Warte, ich gebe ihn dir.«

Es knackte, als sie den Apparat weiterreichte, danach meldete sich ein Mann.

»Lina hat mir gesagt, Sie suchen nach einem Bandenboss, der im Baltikum lebt und sich Leviathan nennt.«

»Das ist richtig. Was haben Sie über ihn herausbekommen?«

»Es gibt einen Spediteur in Tartu – das liegt in Estland –, der behauptet, schon einmal geschäftlich mit ihm zu tun gehabt zu haben.«

»Wie heißt dieser Spediteur?«

»Igor Saizev.«

»Können Sie mir seine Kontaktdaten zukommen lassen?«

»Natürlich. Aber Saizev spricht weder Deutsch noch Englisch. Nur Estnisch und ein paar Brocken Russisch.«

»Das ist ein Problem. Ich kann weder das eine noch das andere.«

»Ich glaube, ich wüsste jemanden, der für Sie dolmetschen kann«, sagte Frietjoff. »Er ist ein bisschen eigenbrötlerisch, aber absolut zuverlässig. Ich arbeite schon seit Jahren mit ihm zusammen.«

Endlich ein Lichtblick, dachte Avram. Neue Hoffnung keimte in ihm auf.

53

Jeisk am Asowschen Meer

Der Knall rollte wie ein Güterzug über die Wiese und ließ Aurelio vor Schreck zusammenzucken. Die Vögel auf dem Dach stoben flatternd auseinander, weiter hinten kreischten die Möwen.

Aurelio wusste, dass etwas Schreckliches passiert sein musste.

Etwas unvorstellbar Schreckliches.

Dennoch nahm er all seinen Mut zusammen und rannte ungeachtet der Schmerzen in seinem Knöchel weiter. Ein einziger Gedanke trieb ihn dazu an, ließ ihn alles andere vergessen: *Ich muss Mama helfen!*

Wie ein Mantra wiederholte er diesen Satz immer wieder im Geist.

Ich muss Mama helfen … ich muss Mama helfen!

Er hatte fürchterliche Angst, fühlte sich gleichzeitig aber auch unglaublich stark, wie alle Kinder in seinem Alter. Das Taschenmesser in seiner Hosentasche gab ihm zusätzlichen Mut. Er würde den Mann im Haus überraschen. Außerdem war ja auch noch Papa da. Gemeinsam würden sie den Eindringling bestimmt überwältigen!

Endlich erreichte er die Veranda. Beide Stufen auf einmal nehmend, rannte er zum Eingang. Er riss die Tür auf, hetzte weiter durch den Flur zum Wohnzimmer, dorthin, wo er seine Mutter zuletzt am Fenster gesehen hatte. Jetzt lag sie reglos am Boden. Unter ihrem Kopf befand sich eine Blutlache, die sich langsam auf dem Parkett ausbreitete. Ein Meer aus Rot.

Aurelio war wie versteinert.

Kyril Owalischenko schreckte aus seinem Traum auf. Er hatte nur kurz die Augen schließen und sich ein wenig ausruhen wollen. Dabei musste er eingenickt sein.

Sein Herz raste. Er zitterte und schwitzte am ganzen Körper – das war jedes Mal so, wenn er von Jeisk träumte.

Dabei gab es Phasen, in denen er gar nicht mehr daran dachte, auch nicht im Schlaf. Phasen, in denen er glaubte, den Horror von damals endlich verarbeitet zu haben. Aber in letzter Zeit träumte er jede Nacht davon.

Es war wie ein Film, der sich in seinem Kopf abspielte – in verschiedenen Varianten und aus unterschiedlichen Perspektiven, manchmal sogar aus der des Hundes, der diesmal gar keine Rolle gespielt hatte. Aber es war immer der gleiche Traum.

Die Katastrophe von Jeisk.

Kyril Owalischenko beschloss, eine heiße Dusche zu nehmen. Neben seinem Büro in Riga hatte er sich einen kleinen Wellnessbereich einrichten lassen. Er nahm sich Zeit, ließ das heiße Wasser an seinem durchtrainierten Körper herunterlaufen, schloss die Augen, versuchte, an andere Dinge zu denken. Tatsächlich fühlte er sich nach der Dusche etwas besser.

Er saß gerade wieder am Schreibtisch, als seine Sekretärin sich übers Telefon meldete.

»Herr Boudán ist hier und möchte mit Ihnen sprechen«, flötete sie.

»Lassen Sie ihn rein.«

Gregor Boudán war Kyril Owalischenkos Mann fürs dreckige Geschäft, ein ehemaliger russischer Geheimdienstmitarbeiter, den man wegen eines Streits mit einem Vorgesetzten unehrenhaft entlassen hatte. Genau genommen hatte er seinem Vorgesetzten dabei das Gesicht zu Brei geschlagen, aber Owalischenko konnte sich nicht über ihn beklagen. Im Gegenteil: Gregor Boudán war diskret, zuverlässig, loyal – und er stellte keine Fragen. Im Lauf der Jahre hatte er es daher zu einem seiner engsten Vertrauten gebracht.

Boudán trat ein, und sie schüttelten sich die Hände. Er trug einen dünnen, schwarzen Rollkragenpullover, eine graue Stoffhose und schwarze Lackschuhe.

»Ich habe nicht mit Ihrem Besuch gerechnet«, sagte Owalischenko.

Wieder einmal stellte er fest, dass sein bester Killer eigentlich gar nicht gefährlich aussah. Er war Mitte dreißig, wirkte aber wegen seiner weichen Gesichtszüge jünger. Auf seinen Lippen lag wie immer ein freundliches Lächeln, und seine Augen verströmten eine fatale Wärme, die leicht darüber hinwegtäuschen konnte, wie kaltherzig er Befehle ausführen konnte.

»Darf ich Ihnen einen Tee anbieten? Oder einen Kaffee?«, fragte Owalischenko. Alkohol trank Gregor Boudán nie.

»Nein, danke. Wenn Sie einverstanden sind, möchte ich gleich zur Sache kommen.«

Gemeinsam ließen sie sich auf den bequemen Ledersesseln in der Besprechungsecke nieder.

»Also bitte, was führt Sie zu mir?«

Owalischenko ließ sich in seinen Sessel zurücksinken, während Boudán eine aufrechte Haltung bevorzugte.

»Es gibt da jemanden in Ihrer Organisation, der mir Sorgen bereitet. Er will aussteigen, weil ihm die Nerven durchgehen. Er spielt sogar mit dem Gedanken, sich freiwillig der Polizei zu stellen.«

»Um wen geht es?«

»Oleg Bartosch.«

»Den Fotografen?«

»Ja, genau.«

Kyril Owalischenko seufzte auf. Aussteiger stellten immer ein Risiko dar. Bartosch wusste zwar nicht viel, weil er nur ein unbedeutendes, kleines Rädchen im Getriebe eines gewaltigen kriminellen Netzwerks war, dennoch konnte er Schwierigkeiten verursachen, wenn er bei der Polizei auspackte – je nachdem, wer seine Aussage aufnahm. Falls er an jemanden geriet, der auf Owalischenkos Schmiergeldliste stand, würde es keine Probleme geben. Aber falls nicht ...

Daran wollte er lieber nicht denken.

Es hatte Zeiten gegeben, in denen Kyril Owalischenko sich nahezu alles erlauben konnte, weil seine Macht schier grenzenlos gewesen war. Er hatte fast schon diplomatischen Status genossen – ein ungeheures Privileg.

Aber die Situation war in den letzten Jahren schwieriger geworden. Der zunehmende Wohlstand, der nach dem Zerfall der Sowjetunion in den einzelnen Staaten eingekehrt war, hatte Korruption teuer werden lassen.

»Bartosch könnte ein Problem werden«, sagte Boudán und rieb sich dabei sein glattrasiertes Kinn. »Soll ich ihn aus dem Verkehr ziehen?«

Owalischenko dachte einen Moment darüber nach, schüttelte dann aber den Kopf. Normalerweise überließ er Gregor gerne die blutige Arbeit, aber manchmal verspürte er unerwartet den Drang, diese Arbeit selbst zu übernehmen – vor allem, wenn neue Beute auf ihn wartete. Dann vermischten sich Wollust und Sadismus zu einem eigenartigen

Hochgefühl, einer Art Blutrausch, besser als jede Droge, die er im Lauf seines Lebens ausprobiert hatte.

»Wir werden Oleg Bartosch einen Besuch abstatten«, sagte er. »Noch heute. Ich will diese Angelegenheit erledigt haben, bevor ich nach Beljukij fahre.«

Vor seinem geistigen Auge formte sich bereits eine Idee, was er mit Bartosch anstellen würde.

54

Lyon

Emilia aß mit ihrer neuen Sekretärin, Camille Fleuron, zu Mittag um sie etwas besser kennenzulernen. Sie mussten ein gutes Team werden und Hand in Hand arbeiten, wenn ihre Zusammenarbeit erfolgreich sein sollte.

Bei Camille hatte Emilia ein gutes Gefühl. Sie war Mitte vierzig, trug ihr blondes, glattes Haar exakt gescheitelt und war die Zuverlässigkeit in Person. Sie hatte schon Emilias Vorgänger fünf Jahre lang treue Dienste geleistet und war seit 2012 bei Interpol im Amt. Camille kannte alle Geschäftsprozesse in- und auswendig. Sie würde Emilia eine wertvolle Hilfe sein.

Nach dem Essen tranken die beiden Frauen noch einen Kaffee, dann kehrten sie ins Büro zurück. Emilia hatte gerade ihr Bildschirmpasswort eingegeben, als Camille im Eingang auftauchte.

»Das hier ist vom Textbüro für Sie vorbeigebracht worden«, sagte sie und legte eine Aktenmappe mit dem Vermerk *Diverses / Riga* auf Emilias Schreibtisch.

»Darauf habe ich schon gewartet. Vielen Dank.«

Camille verschwand wieder im Vorzimmer, und Emilia begann, sich durch die Unterlagen zu arbeiten. Da die Akten, die Daria Amasowa ihr geschickt hatte, auf Lettisch verfasst waren, hatte Emilia sie direkt ans Übersetzungsbüro weitergeleitet.

Jetzt war ihre Neugier groß.

Es handelte sich um fünf Fälle, die sie sich in chronologischer Reihenfolge ansah. Im Lauf der nächsten halben Stunde formte sich vor Emilias geistigem Auge ein klares Bild der Ereignisse.

Das erste Opfer hieß Nikita Kurtcz und verschwand am Vorweihnachtsabend des Jahres 2017 aus Patkule, einem Vorort von Madona in Lettland. Nikita war mit ihrem Mann und ihrem zwei Monate alten Baby zu Besuch bei ihren Schwiegereltern. Am Nachmittag des 23. Dezembers ging sie mit dem Kinderwagen am Stadtrand spazieren, weil das Baby dauernd geschrien hatte. Ihr Mann und ihr Schwiegervater wollten in der Zwischenzeit das Haus schmücken, die Schwiegermutter das Festessen für den kommenden Tag vorbereiten. Die Kurtczs waren eine gläubige, christliche Familie, denen Weihnachten sehr am Herzen lag.

Nikita verließ das Haus gegen fünfzehn Uhr und wollte ein Stück am Waldrand entlanggehen, nur so lange, bis das Baby einschlief. Danach wollte sie im Haus mithelfen. Als sie um achtzehn Uhr immer noch nicht zurück war, beschloss ihr Mann, die Gegend nach ihr abzusuchen. Etwa eine Stunde später fand er den leeren Kinderwagen neben einer hölzernen Sitzbank. Von Nikita und dem Baby fehlte jede Spur – das hatte sich bis heute nicht geändert. Die Polizei in Lettland ging von Menschenraub aus.

Dem weiteren Protokollverlauf war zu entnehmen, dass die Gegend, in der sich das Unglück ereignet hatte, trotz der räumlichen Nähe zur angrenzenden Stadt ziemlich entlegen war. Nikita hatte einen unbelebten Seitenweg eingeschlagen, vielleicht weil das Kind so geschrien hatte und sie niemandem auf die Nerven fallen wollte. Trotz intensiver

Bemühungen der örtlichen Polizei war nicht ein einziger Zeuge für die Tat gefunden worden.

Emilia goss sich ein Glas Wasser ein und nippte daran, während sie sich das Leid von Vadim Kurtcz vorzustellen versuchte, der an diesem Tag Frau und Kind verloren hatte. Am 23. Dezember. Sie konnte nur ahnen, wie für ihn die Feiertage ausgesehen hatten, hin- und hergerissen zwischen Hoffnung und schierer Verzweiflung.

Der nächste Fall ereignete sich etwa vier Monate später. Eine alleinerziehende Mutter verschwand irgendwann zwischen dem 15. und dem 17. April 2018 – genauer ließ sich das nicht feststellen, weil sie in einem anonymen Wohnblock am Stadtrand von Bauska gewohnt und nur wenig Kontakt mit ihren Nachbarn gehabt hatte. Sie hieß Ulla Redemski, war zum Zeitpunkt ihres Verschwindens Mitte zwanzig gewesen und hatte auf dem Foto in der Akte, das wahrscheinlich aus dem Familienalbum stammte, rotes, lockiges Haar. Von ihr und ihrem kleinen Sohn Karel fehlte bis heute ebenfalls jede Spur.

So ging es weiter. Auch in den nächsten drei Fällen waren junge Mütter mit ihren Säuglingen verschwunden, alle am helllichten Tag. Nirgends hatte die Polizei Zeugen gefunden, nirgends irgendwelche konkreten Spuren sicherstellen können. Keine der vermissten Personen war je wieder aufgetaucht. Ob sie tot waren oder noch lebten, war ungewiss, aber Emilia hatte in dieser Hinsicht wenig Hoffnung. Kaum jemand, der so lange verschwunden blieb, konnte lebend gerettet werden.

Sie warf einen Blick auf die Uhr – schon Viertel nach drei. Ihr Schreibtisch quoll über, zumal Benoit ihr am Vormittag noch ein paar Aufgaben übertragen hatte, von denen er erwartete, dass sie sie bis zum nächsten Jour fixe erledigte.

Sie klappte die Unterlagen zusammen und fragte sich, wie sie damit weitermachen solle. Diese Entführungen im Baltikum waren schockierend, keine Frage. Nur hatte sie im Moment leider eine ganze Reihe von Fällen auf dem Tisch, die noch schlimmer waren. Auf die musste sie sich zuerst konzentrieren.

Aber vielleicht sollte sie Avram wenigstens einen Hinweis geben, was für ein gefährlicher Bursche Leviathan war – falls es sich um denselben Mann handelte. Zumindest konnte eine Warnung nicht schaden. Interna plauderte sie damit nicht aus, insofern verstieß sie nicht einmal gegen ihre Vorschriften. Sie musste ja keine Details verraten.

Mit ihrem Privathandy schrieb sie ihm eine E-Mail.

Kaum damit fertig, meldete Camille über das Telefon, dass Monsieur Jahnke bei ihr im Vorzimmer stehe. Jahnke war ein deutscher Praktikant, den Emilia schon ein paarmal beim Mittagessen gesehen hatte. Gesprochen hatte sie mit ihm nie. Viel mehr, als dass er für die hausinterne Postverteilung arbeitete, wusste sie nicht über ihn.

Was will der denn von mir?

Sie stand auf und ging zur Tür. Der schüchterne junge Mann stand vor Camilles Edelholztheke, mit einem dicken Stapel Papier unter dem Arm.

»Ich habe Ihnen vorhin versehentlich nur einen Teil der Unterlagen aus dem Übersetzungsbüro gebracht«, sagte er verlegen. »Das hier ist der Rest.«

Emilia bedankte sich, nahm den Stapel entgegen und ging damit zurück ins Büro, wo sie die Unterlagen rasch durchblätterte, um einen ersten Überblick zu bekommen. Es waren siebzehn weitere Entführungsfälle. Zusammen mit den fünf, die sie vorhin durchgegangen war, und der Akte »Mariana Jaschy«, die das alles erst ausgelöst hatte, handelte es sich damit um dreiundzwanzig Entführungsfälle in den letzten fünf Jahren.

Diese Mordserie nahm plötzlich ganz andere Dimensionen an, als bisher vermutet.

55

Avrams Magen knurrte schon seit einer Stunde. Außerdem begann sein Geschwür zu stechen. Er brauchte dringend etwas zwischen die Zähne, kein Fastfood und kein Weißbrotsandwich im Stehen, sondern eine handfeste Mahlzeit. Deshalb fuhr er bei Auxerre von der Autobahn ab und kehrte in ein uriges, kleines Gasthaus mit wenig Publikumsverkehr ein. Hier würde er gemütlich essen und in aller Ruhe nachdenken können.

Ole Frietjoff hatte ihm bereits die versprochenen Kontaktdaten zugemailt, aber Avram war unschlüssig, ob es sich lohnte, die Sache weiterzuverfolgen. Genau genommen, klang der Hinweis aus Estland nämlich verdammt vage: Frietjoff hatte von einem Spediteur gesprochen, der behauptete, schon einmal mit Leviathan Geschäfte gemacht zu haben. Ob es sich dabei um denselben Mann handelte, den Avram suchte, stand in den Sternen.

Andererseits war das im Moment die einzige Spur, die er hatte.

Der Kellner kam und nahm die Bestellung auf. Während des Essens checkte Avram seine E-Mails. Erstaunlicherweise hatte Emilia ihm eine Nachricht geschrieben. Er öffnete sie und begann zu lesen.

Ich bin auf eine Mordserie gestoßen, die möglicherweise auf Leviathan zurückzuführen ist. Über seine Identität ist nichts bekannt, aber wenn das die Person ist, die

Sie suchen, handelt es sich um einen Psychopathen der schlimmsten Sorte. Der beste Rat, den ich Ihnen geben kann, ist: Versuchen Sie unterzutauchen, damit er Sie nie in die Finger bekommt. Mehr kann ich leider nicht für Sie tun.

Avram legte das Handy beiseite und nahm einen Bissen von seinem Teller.

Leviathan.

Ein Psychopath.

Er dachte eine Weile darüber nach, fand aber keine Verbindung, die eine Erinnerung auslöste, auch nicht, als er längst mit dem Essen fertig war. Er hatte nach wie vor keine Ahnung, wer sich hinter dem Decknamen Leviathan verbarg.

Dennoch bewirkte die E-Mail etwas in ihm. Je länger er darüber nachdachte, desto klarer wurden ihm seine nächsten Schritte. Er wollte nicht sein Leben lang vor einem Phantom davonlaufen. Lieber würde er diesem Phantom entgegentreten und sich ihm stellen, wohl wissend, dass am Ende nur einer von ihnen überleben konnte.

Avram nippte an seinem Mineralwasser, griff zum Handy und schrieb Emilia zurück:

Vielen Dank für die Warnung.

Dann rief er beim Flughafen Paris-Charles-de-Gaulle an und orderte ein Ticket für einen Flug nach Tallinn.

56

Oleg Bartosch stand in seiner Dunkelkammer und entwickelte die Abzüge der Fotoserie, die er vor einer Stunde geschossen hatte. Die Bilder waren perfekt, eins besser als das andere. Das Model, das ihm diesmal Modell gestanden hatte, hieß Mira. Sie war siebzehn, ging noch zur Schule und wollte später Architektur studieren. Gestern hatte sie auf seine Annonce reagiert, die am Samstag in der Zeitung erschienen war.

Model für Erotikfotografie gesucht.

Als sie ihn angerufen hatte, um einen Probetermin zu vereinbaren, war ihm noch nicht klar gewesen, was ihn da für eine Granate erwartete. Ihr Gesicht war an Schönheit kaum zu überbieten, und sie besaß einen Körper zum Niederknien.

Oleg spürte ein Ziehen in den Lenden, während er das nächste Blatt Fotopapier in die Entwicklerwanne tauchte und im fahlen Rotlicht der Kammer zusah, wie Miras schlanke Konturen Form annahmen.

Sie war fast so groß wie er, bestimmt einsachtzig, bei einem Gewicht von höchstens fünfzig Kilogramm. Auf einigen der Bilder hatte Oleg sie auf allen vieren abgelichtet. Unter ihrer straffen Haut konnte man jede Rippe erkennen, aber das sah bei ihr keineswegs unästhetisch aus, sondern ganz im Gegenteil höchst anregend. In dieser Pose ähnelte sie einer Raubkatze – nur Sehnen und Muskeln, kein einziges Gramm Fett.

Vielleicht sollte ich sie beim nächsten Shooting mit einem Fleckenmuster bemalen. Oder ich projiziere ihr ein Gepardenfell auf den Körper.

Eine erregende Idee.

Nach dem Entwickeln tauchte Oleg Bartosch das Bild in Fixierflüssigkeit, anschließend kam es ins Wasserbad. Zuletzt hängte er es zum Trocknen an der Leine auf, die im hinteren Teil der Dunkelkammer zwischen den Wänden gespannt war.

Sein Blick fiel auf das Foto daneben. Es zeigte Mira auf seinem alten Ateliersofa sitzend, mit offenen Schenkeln, zwischen denen nichts als ein Bund Trauben lag. Mira lehnte lässig an der Rückenlehne, die Hände ins Haar gekrallt, die Augen halbgeschlossen, mit einem lasziven Lächeln auf den Lippen. Oleg war sicher, dass sie das Shooting genauso erregend gefunden hatte wie er.

Er fragte sich, was wohl passiert wäre, wenn er einfach damit begonnen hätte, die Trauben zu essen, eine nach der anderen. Ob Mira ihn hätte gewähren lassen?

Vielleicht würde er sein Glück beim nächsten Mal versuchen.

Er liebte die Art, wie sie mit der Kamera spielte, und damit in gewissem Sinn auch mit ihm. Sie wusste genau, wie sie auf Männer wirkte. Selten hatte er ein so selbstbewusstes Aktmodel bei sich im Atelier gehabt …

Ein Geräusch außerhalb der Dunkelkammer ließ ihn aufhorchen.

Was war das?

Außer ihm befand sich niemand im Studio. Mira war vor einer Stunde gegangen, und Oleg hatte die Tür hinter ihr abgesperrt, um ungestört seine Bilder entwickeln zu können.

Oder hatte er das etwa vergessen?

»Hallo?«, rief er. »Ist da jemand? Ich bin in der Dunkelkammer. Einen Moment bitte!«

Niemand antwortete.

Vielleicht habe ich mich getäuscht.

Oder es war Sammy, sein Kater, der wieder einmal den Schminkkasten ausschleckte. Beim letzten Mal hatte er im Studio ein kunterbuntes Chaos hinterlassen.

Oleg beschloss, lieber nach dem Rechten zu sehen. Er wollte nicht wieder das ganze Atelier wegen Sammy putzen müssen. Deshalb ging er in die Schleuse, einen kleinen Zwischenraum, der gewährleistete, dass es in der Kammer dunkel blieb, wenn er raus- oder reinging.

Als er ins Studio trat, musste er die Augen zusammenkneifen. Es dauerte immer eine Sekunde, bis er sich wieder an die Helligkeit gewöhnt hatte. Sein erster Blick fiel zum Schminktisch, aber dort war Sammy nicht zu sehen.

Zum Glück!

Dann registrierte er im Augenwinkel eine Bewegung. Jemand musste hinter der Tür zur Dunkelkammer auf ihn gewartet haben. Instinktiv drehte Oleg Bartosch sich in die Richtung, aus der er die Bewegung wahrgenommen hatte.

Vor ihm stand ein Mann, den er noch nie zuvor gesehen hatte, groß, mit sanften Augen und weichen, fast weiblichen Gesichtszügen. Nur sein kühles Lächeln bildete einen sonderbaren Kontrast zu seinem ansonsten freundlich wirkenden Äußeren. Nein, keinen *sonderbaren* Kontrast – einen *interessanten.*

Der wäre bestimmt ein gutes Model, dachte Oleg Bartosch und überlegte, wie er ihn zu einem spontanen Probeshooting überreden solle. Etwas an der Erscheinung dieses Mannes faszinierte ihn.

Und noch während er überlegte, was genau das war, sah er plötzlich die Faust auf sich zufliegen.

Wie ein Vorschlaghammer traf sie ihn mitten ins Gesicht. Sterne explodierten in seinem Kopf, ein dröhnendes Klingeln wie bei einem Glockenschlag hallte in seinen Ohren. Urplötzlich wurde ihm schwarz vor Augen und gleichzeitig so schwindlig, dass er das Gleichgewicht verlor. Er sah nichts mehr, hörte nichts mehr. Er wusste nur noch, dass er fiel.

Was danach geschah, war wie in einem Traum. An ihm wurde gerüttelt und gezogen, aber er konnte sich nicht dagegen wehren. Es war, als wäre er in einem schwarzen Kokon eingeschlossen, sein Körper fühlte sich an, als habe er nur ganz weit entfernt etwas mit ihm zu tun. Der Schmerz, den der Schlag ins Gesicht verursacht hatte, wurde dadurch so stark abgemildert, dass er ihn kaum wahrnahm. Alles, was er spürte, war ein dumpfes, sehr erträgliches Pochen in der Nase.

Dann zerrte ihn ein eisiger Schock zurück in die Realität. Einen Moment lang hatte er keine Ahnung, was los war. Erst, als er den Fremden mit einem Eimer vor sich stehen sah, begriff er, dass er auf seinem Ateliersofa saß und mit Wasser übergossen worden war.

Er versuchte, sich zu schütteln, konnte sich aber kaum bewegen. Irgendetwas hielt ihn in seiner Position. Als er nachsah, erkannte er die Schnüre, die seine Handgelenke an die beiden Ecken der Sofalehne zwangen – keine Chance, sich davon zu lösen. Auch seine Beine waren gefesselt, links und rechts an die Massivholzfüße des Sofas. Das allein war schon beängstigend genug, doch zu seinem grenzenlosen Entsetzen stellte er fest, dass er nackt war. Wie Mira und unzählige andere Mädchen vor ihr saß er auf diesem kratzigen, alten Ateliersofa, splitterfasernackt, mit weit geöffneten

Beinen – nur, dass er das hier nicht freiwillig tat. Es befand sich auch keine Traubendolde zwischen seinen Schenkeln, nichts, was ihm auch nur entfernt ein Gefühl der Sicherheit vermittelte.

Was hat dieser Scheißkerl mit mir vor? Will mich die verdammte Schwuchtel etwa vergewaltigen?

Der Mann stellte den Eimer ab und ging mit einem knappen Nicken in Richtung der Requisitenecke zur Tür.

»Ich warte unten auf Sie«, sagte er und verließ das Zimmer.

Erst jetzt bemerkte Oleg den anderen Mann. Er lehnte reglos an einer alten Kommode, stand einfach nur da, bemühte sich noch nicht einmal, freundlich zu wirken. Jetzt kam er mit langsamen Schritten auf Oleg Bartosch zu.

»Wissen Sie, wer ich bin?«, fragte er. In seiner Stimme schwang ein scharfer Unterton mit.

Oleg schüttelte den Kopf. »Tut mir leid ... ich ... nein«, stammelte er. »Ich weiß nicht, wer Sie sind. Aber ...«

»Wir sind uns noch nie begegnet, aber Sie arbeiten gelegentlich für mich«, unterbrach ihn der Mann. »Sie vermitteln mir hin und wieder Mädchen. Junge Frauen mit kleinen Kindern.«

Oleg Bartosch schluckte. Er bekam seine Anweisungen immer von irgendwelchen Zwischenmännern, wusste aber, dass es einen zentralen Auftraggeber gab.

Und dass die Frauen, die er mit K.-o.-Tropfen betäubte, nie wieder auftauchten.

»Sie sind Charon?«

»Ich habe viele Namen.« Der Mann zog die Mundwinkel nach unten, ging aber nicht weiter darauf ein. »Mir ist zu Ohren gekommen, dass Sie aussteigen wollen. Dass Sie sich eventuell der Polizei stellen wollen. Je nachdem, wie viel Sie tatsächlich über mich wissen, könnte das unangenehm für mich werden.«

Olegs Gedanken rasten. Woher zum Teufel wusste dieser Kerl von seinen Plänen? Er hatte nur mit seinen allerengsten Freunden darüber gesprochen. Mit Natascha natürlich, und mit Jasir. Aber keiner der beiden hätte ihn verraten. Sie kannten Charon ja noch nicht einmal.

Oder etwa doch?

Seine Zunge begann, trocken am Gaumen zu kleben, als ihm einfiel, dass Natascha ihm diesen kleinen, illegalen Nebenerwerb vermittelt hatte. Sie wohnte in einem Heim für alleinstehende Mütter und schickte alle paar Monate ein williges Opfer zu ihm, das auf der Suche nach schnellem Geld unvorsichtig genug war, sich seiner Kamera anzuvertrauen. *Sie* musste es gewesen sein. Vor ein paar Tagen hatte sie ihm erzählt, dass im Heim wieder ein neues Mädchen eingetroffen sei, gerade mal achtzehn, perfekt geeignet als nächstes Opfer. Da hatte Oleg ihr in einer Bierlaune gesagt, dass er das nicht mehr machen wolle, weil das schlechte Gewissen an ihm nagte. Er wusste zwar nicht, was mit den Mädchen geschah, aber es war klar, dass Charon sie missbrauchte – wozu sonst hätte er sie mit K.-o.-Tropfen betäuben lassen? Und wahrscheinlich brachte er sie anschließend um, weil die Opfer nie wieder auftauchten. Drei der Mädchen, die Oleg fotografiert und betäubt hatte, waren in der Zeitung als vermisst gemeldet worden. Charon war ein Vergewaltiger und Mörder.

Der jetzt vor ihm stand, hier, im Atelier.

»Ich werde nicht ... zur Polizei gehen«, stammelte Oleg, überrascht darüber, wie panisch seine Stimme klang. »Ich will nur damit aufhören, Mädchen für Sie zu organisieren.«

Charons Lippen verzogen sich zu einem schmalen Lächeln. »Du *wirst* damit aufhören«, säuselte er. »Und du wirst auch nicht zur Polizei gehen. Weil ich das nicht zulassen kann.«

Mit diesen Worten zog er ein Klappmesser aus seiner Hosentasche. Mit einem metallischen Schnappen schoss die Klinge aus der Feder.

Die Gedanken rasten durch Oleg Bartoschs Kopf.

Das ist nicht wahr! Das hier passiert nicht wirklich!

Und doch kam Charon immer näher. Sah auf ihn herab wie eine Schlange auf ein wehrloses Kaninchen. Oleg wollte um Hilfe rufen, aber er brachte keinen Laut über die Lippen. Seine Kehle war vor Angst wie zugeschnürt.

Schließlich war Charon ganz dicht vor ihm. Kniete sich auf das Sofa, genau zwischen seine nackten Beine. Beugte sich nach vorne. Stützte sich mit der freien Hand gegen die Rückenlehne ab, damit er nicht auf Oleg kippte.

Dennoch war er viel zu nah.

Selbst angezogen und ungefesselt wäre Oleg diese Nähe viel zu intim gewesen. Nackt noch viel mehr. Er roch Charons Rasierwasser und seinen Atem, sah die kleine Goldkette, die von seinem Hals auf ihn herabbaumelte, hörte das Rascheln des gestärkten, weißen Hemds und des schwarzen Anzugs bei jeder Bewegung.

»Bitte …«, flüsterte Oleg tonlos. Seine Lippen zitterten. »Von mir wird niemand etwas erfahren.«

Charon musterte ihn aus fiebrig-leuchtenden Augen.

Er freut sich auf das, was jetzt kommt. Es erregt ihn!

Langsam senkte sich die Faust mit der Klinge, bis sie Oleg Bartoschs Brust berührte. Dort ruhte sie einen Moment, wanderte schließlich weiter bis zu der Stelle, wo die Rippen aufhörten und sein Brusthaar sich lichtete.

Dann stieß sie zu, tief hinein ins weiche Fleisch. Schnitt

ihm den Bauch auf, vom Solarplexus bis zum Schambein, in einer einzigen, ruckartigen Bewegung. Voller Entsetzen sah Oleg Bartosch das viele Blut, das aus seinem Körper herausquoll, das rosafarbene, klaffende Fleisch und die widerliche, undefinierbare Masse seiner Eingeweide, die daraus hervorquoll.

Trotz seiner trockenen Kehle brüllte Oleg jetzt auf.

Und verstummte im selben Moment, als die blutige Klinge ihm den Hals aufschlitzte.

57

Lyon

Die Entführungsserie im Baltikum zog Emilia zunehmend in ihren Bann - trotz der vielen Arbeit, die sich auf ihrem Schreibtisch häufte. Im Lauf der letzten Stunde hatte sie alle neuen Fälle durchgesehen, die aus dem Übersetzungsbüro gekommen waren, nicht im Detail, dazu fehlte ihr die Zeit, aber immerhin so, dass sie einen soliden Überblick bekam. Dazu hatte sie während des Lesens eine Matrix auf ihrem Notizblock erstellt. Chronologisch, mit den wichtigsten Eckdaten. Das half ihr, die Gedanken zu strukturieren. Dreiundzwanzig Fälle, aufgeschlüsselt nach den Merkmalen *Name, Alter zum Zeitpunkt des Verschwindens, Ort und Datum des Verschwindens, Ort und Datum des Leichenfunds, Name des entführten Kindes, Alter des Kindes zum Zeitpunkt der Entführung* und *Sonstige Besonderheiten:*

1. Dorothea Radjewka, 22 Jahre, verschwunden in Haaslava, Estland, am 14. Oktober 2014, tot aufgefunden am 21. November 2014 in Vilpulka, Lettland, Tochter: Vesnja, 8 Monate, keine Besonderheiten.
2. Maika Bednartschek, 19 Jahre, verschwunden in Memel, Litauen, am 18. November 2014, tot aufgefunden am 21. Dezember 2014 in Kaunas, Litauen, Tochter: Antonia, 11 Monate, Besonderheiten: Die Mutter litt an Asthma.

3. Liliana Pruzc, 23 Jahre, verschwunden in Utena, Litauen, am 13. Januar 2015, tot aufgefunden am 22. Februar 2015 in Jonava, Litauen, Tochter: Carola, 7 Monate, keine Besonderheiten.
4. ...
23. Karina Sukowa, 18 Jahre, verschwunden in Riga, Lettland, am 23. Juni 2019, Tochter: Elena, 5 Monate, lebte zuletzt in einem Heim für alleinerziehende Mütter in Riga.

Waren all diese Frauen und Kinder vom selben Täter entführt worden? Von Leviathan? Und handelte es sich dabei um denselben Mann, der es auf Avram abgesehen hatte?

Emilia wusste, dass sie diese Verbrechen nicht von Lyon aus lösen würde. Die Kripo in Lettland, Estland und Litauen hatte sich intensiv um die Aufklärung bemüht, ohne brauchbare Spuren zu finden, da konnte Emilia nicht innerhalb einer Stunde aus einer Entfernung von zweitausend Kilometern ein Wunder vollbringen, das war ihr schon klar.

Dennoch arbeitete ihr Ermittlerinstinkt.

Auffällig an der Liste war der Bruch im August 2017. Davor waren alle Opfer tot aufgefunden worden, danach blieben sie – mit Ausnahme von Mariana Jaschy – verschwunden. Warum? War Leviathan ab diesem Zeitpunkt aus irgendeinem Grund vorsichtiger geworden?

Außerdem befanden sich unter den Opfern vor dem Sommer 2017 auffallend viele Frauen aus Estland und Litauen, während sie danach fast nur noch aus Lettland kamen.

Das könnte darauf hindeuten, dass Leviathan davor lieber im Ausland gewildert hat, weil er sich dort sicherer fühlte. Seit er sich auf sein Heimatland beschränkt, geht er kein unnötiges Risiko mehr ein und lässt die Opfer verschwinden.

Noch eine andere Auffälligkeit stach Emilia ins Auge, während ihr Blick rastlos über die Matrix schweifte: Vor dem Sommer 2017 waren siebzehn Frauen entführt und später tot aufgefunden worden, drei Schwangere und vierzehn Mütter. Die Leichen der Kinder fehlten bis heute.

Was hatte Leviathan ihnen angetan?

Die Frage beschäftigte Emilia so sehr, dass sie ihr keine Ruhe mehr ließ.

Auch die Verstümmelungen der toten Frauen gaben ihr ein Rätsel auf. Die meisten Serientäter folgten einem Verhaltensmuster, das sie mehr oder weniger strikt einhielten – entweder, weil sie einer Art Zwangsneurose unterlagen, die ihnen gar keine andere Wahl ließ, oder weil sie dadurch die größtmögliche Befriedigung aus ihren Taten zogen.

Nicht so Leviathan.

Manchmal schilderten die Akten Schnittverletzungen, manchmal Verbrühungen oder Verbrennungen, manchmal künstlich herbeigeführte Knochenbrüche oder Verätzungen, manchmal eine Kombination aus allem. Es war beinahe so, als habe er trotz der vielen Versuche noch nicht seinen Stil gefunden.

Ganz bestimmt wird er nicht damit aufhören, bevor ihm das nicht gelungen ist.

Emilia seufzte.

Das Baltikum fiel neuerdings ja in ihren Zuständigkeitsbereich, und im Fall von Mariana Jaschy lag sogar eine *black notice* vor. Damit waren für Emilia alle formellen Voraussetzungen erfüllt, um tätig werden zu können.

Ab sofort würde sie sich offiziell um den Fall kümmern.

Als hätte ich nicht schon genug Arbeit auf dem Tisch.

58

Der Flug von Frankreich nach Estland stellte für Avram ein Risiko dar, weil er damit rechnen musste, dass man an den Flughäfen nach ihm fahndete. Doch obwohl er jedem Uniformierten gegenüber skeptisch war, klappte die Reise ohne Probleme. Wahrscheinlich lag es an der Glatze oder an dem falschen Schnäuzer, den er gegen den weißen Vollbart getauscht hatte.

Dabei kam ihm seine Maskerade ziemlich lächerlich vor. Als er auf der Bordtoilette des Airbus A320 einen Blick in den Spiegel warf, fühlte er sich wie ein Laiendarsteller in einem miserablen Theaterstück.

Hauptsache, das Schauspiel funktionierte.

Da er seine Waffe in Paris hatte zurücklassen müssen, benötigte er dringend Ersatz. Clara Winterfeld hatte ihm dafür eine vertrauenswürdige Adresse im Bahnhofsviertel genannt. Mit dem Taxi ließ er sich vom Flughafen dorthin bringen.

Seine Kontaktperson hieß Mollakin und war ein düster dreinblickender Kerl mit einem Geschwür an der Lippe. Bei ihm bekam Avram eine neue Pistole mit Schalldämpfer und Munition. Mollakin verlangte dafür kein Geld, sondern schob ihm sogar noch einen beachtlichen Betrag in bar über den Tresen.

»Bedanken Sie sich bei Clara«, sagte er in gebrochenem Englisch. »Sie hat die Rechnung übernommen und mich gebeten, Ihnen das Geld zu geben.«

Avram nickte. Er hoffte, dass er Clara seine Schulden irgendwann würde zurückzahlen können.

Mit einem anderen Taxi fuhr er vom Bahnhofsviertel weiter zu der von Ole Frietjoff genannten Kontaktperson, die ihm während seines Aufenthalts als Dolmetscher dienen sollte. Die Adresse befand sich ein Stück außerhalb von Tallinn, in einem Vorort namens Kalesi. Von außen wirkte das Haus wenig einladend. Es handelte sich wohl um eine kleine Schreinerei, neben dem Eingang und in der Einfahrt zum Hinterhof lagerten stapelweise Bretter. Das Gebäude war von Sonne, Wind und Wetter beinahe schwarz verfärbt, die Fassade hatte schon seit Jahrzehnten niemand mehr instand gesetzt – ein trostloser Anblick.

Avram klingelte am Eingang, aber niemand öffnete. Der Hinterhof wirkte verlassen, wie ausgestorben. Als Avram an der Hintertür klopfte, fiel ihm auf, dass sie nicht abgeschlossen war. Kurzerhand trat er ein.

Drinnen roch es nach Harz und Alkohol. Von der Wand im Flur starrten ihm ausgestopfte Tierköpfe entgegen. Ein klapperndes Geräusch führte ihn durch einen schmalen Gang in die Küche, wo ein uraltes Männlein damit beschäftigt war, Kartoffeln fürs Abendessen zu schälen.

»Kann ich helfen?«, fragte Avram.

Der Alte zuckte zusammen und wirbelte mit dem Messer in der Hand herum.

»Herrgott nochmal, haben Sie mich erschreckt! Was wollen Sie?«

»Ich bin Hans Maier.« Das war der Name, der auf seinen gefälschten Papieren stand. »Sie sind mir als Dolmetscher empfohlen worden.«

Der Alte zog die Stirn kraus und setzte seine Brille auf. »Sie sind Herr Maier? Ich hatte nicht vor morgen mit Ihnen gerechnet. Soll ich Ihnen Ihr Zimmer zeigen? Das Bett müssen Sie aber selber beziehen.«

Avram nickte. »Das kriege ich hin.«

»Mein Name ist Wjatscheslaw Vodaselajowitsch«, sagte der Alte. »Aber weil das selbst hier in Estland niemand aussprechen kann, nennen mich alle nur Vodja.«

Er war einen Kopf kürzer als Avram, wog höchsten fünfzig Kilo und sah mit seinem weißen, wirr vom Schädel abstehenden Haar aus wie ein zerzauster Waldschrat. Ein Meer an Falten hatte sich tief in sein wettergegerbtes Gesicht gegraben. Seine Zähne schimmerten beim Sprechen gelb, auf seiner pergamentartigen Haut sprossen unzählige Altersflecken. Nur seine kleinen, funkelnden Äuglein verrieten, dass sich hinter dem gebrechlichen Äußeren ein hellwacher Verstand verbarg.

Avram dachte an Monaco. An Francesca Danilo, die dralle Escort-Dame, die ihm dort zur Seite gestanden hatte. Was die Optik betraf, hatte Rutger Bjorndahl bei der Wahl seiner Kontaktleute eindeutig einen besseren Geschmack als Ole Frietjoff. Aber vielleicht konnte Vodja ihn ja mit seinen inneren Werten überzeugen.

59

Lyon

Emilia hatte am Abend die Unterlagen aus Riga mit nach Hause genommen, um noch einmal einen genaueren Blick darauf zu werfen. Dabei waren ihr ein paar Fragen durch den Kopf gegangen, auf die sie in den Übersetzungen der Akten keine Antworten finden konnte.

Außerdem beschloss sie, auch die Fälle anzufordern, die länger als fünf Jahre zurücklagen. Leviathan gehörte zu den schlimmsten Serientätern der Neuzeit – sie musste ihm unbedingt das Handwerk legen.

Am nächsten Tag rief sie gleich morgens bei der Kripo in Riga an, um mit Kommissarin Daria Amasowa zu sprechen, doch der Kollege am anderen Ende der Leitung erklärte ihr in gebrochenem Englisch, dass Daria noch nicht zum Dienst erschienen sei. Emilia bedankte sich und legte auf. Sie würde sich wohl noch ein wenig in Geduld üben müssen, auch wenn das nicht gerade zu ihren Stärken zählte.

Mit einem Kaffee aus dem Automaten in der Pausenecke vertiefte sie sich in die Vorbereitungen für ihr nächstes Treffen mit ihrem Chef. Heute musste sie ihm wieder Rede und Antwort stehen, und da Benoit ein Mensch war, der immer alles ganz genau hinterfragte, wollte sie lieber gut vorbereitet sein.

Gegen zehn Uhr rief sie noch einmal in Riga an, wo sie erfuhr, dass Daria Amasowa heute gar nicht im Büro erscheinen würde, weil sie sich krankgemeldet hatte. Auf die Frage, wer sich sonst noch bei den Entführungsfällen auskannte, wusste der Beamte am anderen Apparat spontan keine Antwort. Er bot zwar an, sich danach zu erkundigen, aber Emilia hatte das Gefühl, dass niemand ihr besser Auskunft geben konnte als Daria Amasowa.

Ihren Privatanschluss wollte der Beamte nicht verraten. Deshalb bat Emilia ihn, Daria ihre Durchwahl in Lyon zu geben, verbunden mit der Bitte um baldigen Rückruf.

Von da an konnte sie nur noch warten.

60

Der alte Vodja besaß einen klapprigen Toyota Land Cruiser, mit dem Avram und er an diesem Morgen nach Vainu fuhren, hundertzwanzig Kilometer südlich von Tallinn. Es war ein trüber Tag, kalt und trist. Der Himmel bestand aus einer grauweißen Wolkenmasse, so weit das Auge reichte. Auf den weiten Ebenen zu beiden Seiten der Straße hielt sich dichter Bodennebel.

Die Landschaft hatte etwas Geisterhaftes, wie in einem alten Schwarzweiß-Gruselfilm.

Vainu befand sich etwas außerhalb der Hafenstadt Pärnu und erwies sich nach Avrams Geschmack als gleichermaßen überschaubar wie unattraktiv. Vodja hielt den Wagen am Rand eines Fuhrparkgeländes, das im Wesentlichen aus einem großen, umzäunten Parkplatz und einem schäbigen Bürogebäude bestand. An der offenen Pforte hing ein Schild mit der Aufschrift *Edastamine Saizev.*

Am Empfang des Bürogebäudes wurden sie einen Stock höher geschickt. Dort erwartete Firmeninhaber Igor Saizev sie bereits in seinem nach kaltem Rauch riechenden Büro. Da er – ungewöhnlich für einen Spediteur – kaum ein Wort Englisch sprach, kam Vodja seiner Rolle als Dolmetscher nach.

»Ich habe gehört, dass Sie geschäftlich mit jemandem zu tun haben, der sich Leviathan nennt«, sagte Avram.

Saizev nickte und begann zu erzählen.

»Vor etwa zwei Jahren ist ein Mann hier vorbeigekommen,

der gefragt hat, ob die Spedition auch Aufträge übernimmt, ohne zu wissen, um welche Art von Lieferung es sich handelt«, übersetzte Vodja. »Das bedeutet meistens, dass der Auftrag sich am Rande der Legalität bewegt. Das Speditionsgeschäft ist in den letzten Jahren immer härter geworden, vor allem, wenn man seinen Sitz so weit außerhalb von Tallinn hat. Deshalb hat Herr Saizev nicht grundsätzlich abgelehnt. Für Alkoholschmuggel zeigte er sich offen, nur Drogen wollte er nicht transportieren, weil sein Sohn vor ein paar Jahren an einer Überdosis gestorben ist. Der Interessent versicherte, dass es nicht um Drogen gehe. Allerdings bestand er darauf, dass innerhalb einer bestimmten Frist geliefert wird. Die Beladung sollte am kommenden Tag um zehn Uhr stattfinden und am darauffolgenden Tag um spätestens sechzehn Uhr in Zagreb eintreffen.«

»Wie ging es dann weiter?«, fragte Avram, weil Saizev begann, sich eine Zigarette zu drehen.

Nachdem er sie angesteckt und einen tiefen Lungenzug genommen hatte, fuhr er fort.

»Die Strecke in dreißig Stunden mit dem LKW zu absolvieren, ist nahezu unmöglich«, übersetzte Vodja. »Selbst, wenn zwei Fahrer sich abwechseln. Das hat Herr Saizev dem Mann auch gesagt. Der wollte wissen, in welcher Zeit er die Lieferung schaffen würde. Vierzig Stunden, hat Herr Saizev geschätzt. Vielleicht achtunddreißig, wenn kein Stau dazwischenkäme. Der Mann hat nicht gerade glücklich gewirkt und gesagt, er müsse mit seinem Mandanten klären, ob die Verzögerung in Ordnung sei. Als er zum Telefonieren in den Flur gegangen ist, hat Herr Saizev gehört, wie der Mann am Handy nach Leviathan verlangte. Normalerweise hätte er so etwas sofort wieder vergessen, aber dieser Name ist so außergewöhnlich, dass er ihm im Gedächtnis blieb.«

»Was geschah dann?«

»Vierzig Stunden dauerten Leviathan zu lang. Das Geschäft kam nicht zustande.«

Avram schluckte. War das etwa schon alles?

Aber Saizev zog nur einmal an seiner selbstgedrehten Zigarette und sprach dann weiter.

»Es sagt, er weiß, wer die Lieferung für Leviathan übernommen hat«, dolmetschte Vodja. »Allerdings will er für diese Auskunft fünfzig Euro.«

Daher wehte also der Wind. Avram zog aus seiner Hosentasche die geforderte Summe und schob sie Saizev über den Tisch. Der steckte das Geld in seine Brusttasche und nahm noch einen Zug von seiner Zigarette.

»Wie ist der Name des Spediteurs, der die Lieferung übernommen hat?«, fragte Avram und wartete, bis Vodja übersetzt hatte.

»Vassilij Todorow«, kam die Antwort. »Allerdings gibt es da ein kleines Problem: Er sitzt seit ein paar Monaten im Gefängnis von Vangla.«

61

Lyon

Emilia steckte gerade mitten in einer Besprechung zu einer Mordserie in den Alpen, als ihre Sekretärin den Kopf zur Tür hereinstreckte.

»Ich habe da jemanden in der Leitung für Sie.«

»Nicht jetzt, Camille. Sagen Sie, dass ich mich später melde.«

»Das habe ich schon getan. Aber die Anruferin sagt, es sei wichtig.«

»Wer ist es?«

»Eine Polizistin aus Riga.«

Emilia nickte. Dieses Gespräch wollte sie annehmen. »Tut mir leid, Messieurs, wir machen später weiter«, sagte sie in die Runde. »Da muss ich ran.«

Nachdem die anderen das Zimmer verlassen hatten, ließ sie sich das Telefonat durchstellen.

»Hier spricht Daria Amasowa.« Sie klang zögerlicher als beim letzten Mal. Irgendwie zerbrechlich. »Sie wollten, dass ich Sie zurückrufe?«

»Ja, weil ich noch ein paar Fragen zu diesen Entführungsfällen habe. Können wir kurz darüber reden?«

»Alles, was es dazu zu sagen gibt, steht in den Akten«, entgegnete Kommissarin Amasowa. Diesmal klang es nicht zerbrechlich, sondern eher schroff.

»Ihre Akten sind sauber aufgearbeitet«, beschwichtigte

Emilia. »Ich wollte Sie nicht kritisieren. Aber für jemanden, der sich zum ersten Mal damit befasst, sind ein paar Dinge noch unklar. Der Kollege, mit dem ich heute Morgen telefoniert habe, konnte mir leider nicht weiterhelfen, aber ich bin sicher, Sie können meine Fragen aus dem Stegreif beantworten.«

Emilia griff nach ihren Notizen neben dem Monitor und nannte der Rigaer Polizistin ihre offenen Punkte, aber was sie auch fragte, sie erhielt stets dieselbe Antwort: »Tut mir leid, aber ich kann mich nicht erinnern.« Natürlich formulierte Daria Amasowa es immer wieder anders. Im Kern blieb die Aussage aber gleich.

»Wenn Sie sich im Moment nicht danach fühlen, habe ich dafür Verständnis«, sagte Emilia. »Darf ich Ihnen meine Fragen mailen? Vielleicht fällt Ihnen dazu etwas ein, wenn Sie eine Weile darüber nachdenken.«

»Die wenigsten dieser Fälle sind meine eigenen gewesen«, entgegnete die lettische Polizistin. »Ich habe nur die Akten gelesen, so wie Sie. Wirklich – ich kann Ihnen nicht helfen.«

Die strikte Abwehrhaltung überraschte Emilia. Beim letzten Telefonat hatte sie eine ganz andere Person kennengelernt – jemand, der sich über ihr Interesse freute und eine Kooperation mit Interpol begrüßte.

Vielleicht lag es nur daran, dass sie krank war.

Emilia wagte den nächsten Versuch.

»Sie haben mir die Fälle der letzten fünf Jahre zugemailt«, sagte sie. »Wenn ich Sie richtig verstanden habe, gab es davor aber noch mehr Entführungen. Können Sie mir diese Akten ebenfalls zukommen lassen?«

»Setzen Sie sich dazu bitte mit meinem Vorgesetzten in Verbindung«, sagte Kommissarin Amasowa. »Von zu Hause aus komme ich sowieso nicht an die Akten heran.«

Es klang wie eine willkommene Ausrede. Daria Amasowa war wie ausgetauscht.

Emilia beschloss, sie direkt darauf anzusprechen. »Gestern hatte ich den Eindruck, Sie würden gerne mit mir zusammenarbeiten. Heute klingt es, als wollten Sie am liebsten nichts mehr mit mir zu tun haben. Was ist los mit Ihnen?«

»Nichts. Ich kann nur leider nichts mehr für Sie tun, selbst, wenn ich es wollte ...«

»Wie meinen Sie das?«

»Bitte hören Sie auf, zu fragen.«

»Nicht, bevor Sie mir verraten, was passiert ist.«

Die lettische Polizistin geriet ins Stocken und begann zu weinen. Emilia gab ihr einen Moment, bis sie sich wieder etwas beruhigt hatte.

»Erzählen Sie mir, was los ist, Daria«, drängte sie mit sanfter Stimme. »Ich kann nicht glauben, dass Ihnen all diese entführten Frauen und Kinder plötzlich gleichgültig geworden sind.«

Sie hörte ein trockenes Schlucken durch die Leitung.

»Ich bin überfallen worden«, wisperte Daria. »Gestern Abend, nur ein paar Stunden, nachdem ich Ihnen die Dateien geschickt habe.«

»Von wem?«

»Das weiß ich nicht. Es waren drei Männer, aber sie trugen Masken. Außerdem war es dunkel. Sie haben mich abgepasst, als ich vom Sport nach Hause kam, und mich in einen Transporter gezerrt. Dort haben sie mich geschlagen und mir ein Messer an den Hals gehalten.« Durch die Leitung war ein gedehntes Wimmern zu hören. Schließlich fuhr Daria fort: »Zuerst dachte ich, sie wollten mich vergewaltigen. Aber sie haben nur gesagt, dass ich meine Nase nicht zu tief in Angelegenheiten stecken soll, die mich nichts angehen.« Wieder dieser gedehnte Wimmerlaut. »Gott, ich hatte solche Angst!«

»Ich kann mir vorstellen, wie schrecklich das für Sie gewesen sein muss«, sagte Emilia. »Aber sind Sie sicher, dass die Kerle die Entführungen gemeint haben?«

»Ich wüsste nicht, was sonst.«

»Haben Sie Feinde?«

»Nicht mehr als jeder andere Kripobeamte.«

»Dennoch kann das Ganze nur ein unglücklicher Zufall gewesen sein.«

Daria Amasowa seufzte. »Die wollten verhindern, dass ich mit Ihnen zusammenarbeite«, raunte sie.

Emilia musste zugeben, dass vieles dafürsprach. »Wer hat gewusst, dass Sie mir Akten gemailt haben?«, fragte sie.

»Ich habe es meinem Chef erzählt, zwei Kollegen im Büro und einem Kollegen aus der Archivverwaltung. Das Problem ist, dass jeder Zugriff auf Kripo-Akten auf dem Server protokolliert wird. Somit kommt auch jeder IT-Mitarbeiter als Verräter in Betracht, das sind über zwanzig.«

Emilia hörte, wie Daria Amasowa sich schneuzte. Diese Angelegenheit nahm sie offenbar fürchterlich mit. Wer konnte ihr das verdenken?

»Ich sammle schon seit Jahren Informationen zu diesen Fällen«, erzählte sie mit zitternder Stimme. »Alles, was ich dazu finden konnte. Ich hatte noch nie den Eindruck, unter Beobachtung zu stehen. Aber seit gestern weiß ich, dass es so ist. Die haben mich nur deshalb nicht umgebracht, weil ein Mord an einem Polizisten gleich eine Großfahndung auslöst. Das wollten sie vermeiden. Aber die Kerle wussten ganz genau, was ich gemacht habe. Also bitte, lassen Sie mich in Ruhe. Ich will nicht, dass die mich noch mal überfallen. Beim nächsten Mal machen die vielleicht ernst.«

Emilia lagen ein Dutzend Argumente auf der Zunge, um Daria zum Weitermachen zu überreden, aber sie wollte auf gar keinen Fall die Verantwortung für einen weiteren Überfall auf ihre Schultern laden. Deshalb verabschiedete sie sich und legte auf.

Doch der Wunsch, diese Entführungsfälle aufzuklären, hatte sich durch das Telefonat nur weiter verstärkt. Sie musste dringend etwas unternehmen.

62

Dichte Wolken zogen am Himmel auf, während Kyril Owalischenko seinen bordeauxroten Maybach S560 auf der E67 in Richtung Osten lenkte. Normalerweise ließ er sich von seinem Chauffeur fahren, aber heute hatte er darauf verzichtet, weil er allein sein wollte. Sein Ziel war Beljukij, wohin Tatjana Golinska, sein jüngstes Entführungsopfer, verschleppt worden war. In den letzten drei Tagen hatte er sie immer wieder heimlich über die Livekamera beobachtet, hatte ihren prallen Bauch mit dem heranwachsenden, neuen Leben darin gesehen und das hübsche, ängstliche Gesicht. Augen, in denen die bange Frage stand, was mit ihr geschehen würde.

Owalischenkos Vorfreude auf das erste reale Zusammentreffen mit ihr war dadurch immens gestiegen. Er konnte es kaum erwarten, endlich dieser wundervollen, verletzlichen Kreatur gegenüberzutreten, sie zu berühren, ihren vor Angst zitternden Körper in seiner ganzen Vollkommenheit zu bewundern, ihre Schreie und ihr Flehen zu hören, wenn er ihr zum ersten Mal weh tat.

Beljukij war nur einer von mehreren Orten, an denen Kyril Owalischenko seine Opfer unterbrachte. Insgesamt hatte er sich sieben Rückzugsorte eingerichtet – er nannte sie *Schattenreiche* –, wobei keines dem anderen glich. In Amele, westlich von Riga, gab es einen kahlen Betonkeller mit einer speziell für seine sexuellen Neigungen eingerichteten Krypta samt Opferaltar. In Nyslott, einer ehemaligen

Burgruine des Deutschritterordens, die er vor zehn Jahren gekauft und wiederaufgebaut hatte, befand sich ein altes Verlies mit einer Streckbank, einem Hexenstuhl und sogar einer intakten eisernen Jungfrau. Außerdem hatte er sich in Jurbarkas, Litauen, in Andrupene, Lettland, und in Felin, Estland, drei Experimentierlabors mit unterschiedlichen sadomasochistischen Einrichtungen erstellen lassen. Dann gab es da noch die Marienbasilika bei Vilani, die er 2015 erstanden und nach seinen Vorstellungen hatte umbauen lassen. Und schließlich eben noch Schloss Beljukij, wo Tatjana Golinska auf ihn wartete.

Jedes dieser Reiche hatte seinen Reiz, jedes regte auf andere Weise seine verkommene Phantasie an. Immer war es der Schattenfürst, der sich darin austobte – das ungezügelte Tier, das heimlich in ihm schlummerte. An jedem Ort konnte sich diese wilde, unberechenbare Bestie auf andere Art ausleben.

Jeder Ort hatte auch seine eigene Geschichte – lebendig gebliebene Erinnerungen, die unzertrennbar mit ihm verbunden waren –, nicht nur angenehme, sondern auch unangenehme. Erinnerungen, die Kyril Owalischenko bei aller Skrupellosigkeit beschämten.

In diesem Fall hieß die Erinnerung *klusa zeme* – ein Stück Land, an dem Kyril Owalischenko jedes Mal vorbeikam, wenn er nach Beljukij fuhr. Natürlich hätte er auch weiter auf der E67 bleiben können ohne abzuzweigen, aber *klusa zeme* hätte dennoch in seinem Kopf herumgespukt.

Er wurde die alten Geister einfach nicht los.

Also fuhr er direkt daran vorbei, wenn er allein mit dem Auto unterwegs war.

Jedes Mal.

Mit einem unterdrückten Seufzen bog er von der Schnellstraße in eine schmalere Überlandstraße ein. Von hier aus waren es nur noch wenige Kilometer. Meistens fuhr er nur langsam an *klusa zeme* vorbei – das genügte, um die Erinnerungen am Leben zu halten. Heute war ihm jedoch danach, frische Luft zu schnappen und einen Blick auf das Land zu werfen, dem er so viel zu verdanken hatte.

Kyril Owalischenko bog in einen Feldweg ein und hielt seinen Maybach am Rand eines Waldes, der an einen weitläufigen, frisch gepflügten Acker grenzte. Tiefe Furchen zogen sich kerzengerade bis zu einer kleinen Kuppe, dahinter verschwanden sie im milchigen Nebel. Als Owalischenko ausstieg, roch die Luft nach feuchter Erde und nach dem Moos des nahen Waldes. Hier und da ragten ein paar kahle Bäume aus dem Ackerboden wie knorrige Gerippe aus einer gruseligen Märchenwelt. Vor Kyril Owalischenkos Gesicht kondensierte der Atem.

Nicht mehr lange, und es würde den ersten Bodenfrost geben.

Sein Blick wanderte weiter und verlor sich irgendwo im milchigen Dunst. *Klusa zeme* hieß dieses Stück Erde.

Stilles Land.

So wurde es im Zentralkatasteramt von Riga geführt, und wenn er es so betrachtete, schien der Name auch perfekt zu passen. Weit und breit war keine Menschenseele zu sehen, was nicht nur am Nebel lag, sondern an der abgeschiedenen Lage. Bis zum nächsten Dorf waren es von hier aus fünf Kilometer. Von der Schnellstraße verirrte sich kaum jemand an diesen Ort – ganz einfach, weil es nichts gab, außer Wald und Acker. Nur der Bauer, der das Feld bewirtschaftete, kam regelmäßig hierher, Juri Kruschkin. Der war alt, naiv und geistig so zurückgeblieben, dass er niemals hinter das schreckliche Geheimnis kommen würde, das dieses Land schon seit Jahren barg.

Den Grundstein für Kyril Owalischenkos Erfolg.

63

Lyon

Mit gemischten Gefühlen saß Emilia bei ihrem Chef, Louis Benoit. Sie hatte ihm wie üblich Bericht über die wichtigsten Fälle erstattet, jetzt erzählte sie ihm von der Entführungsserie im Baltikum. Würde er die Sache als ebenso brisant einschätzen wie sie?

»Es geht um dreiundzwanzig verschwundene Frauen in den letzten fünf Jahren«, sagte sie. »Die meisten von ihnen hatten ihre Kinder bei sich, ein paar waren schwanger. Viele der entführten Frauen wurden später tot aufgefunden. Von den Kindern fehlt bis heute jede Spur.«

Benoit rückte seine Brille auf der Nase zurecht. »Das ist tragisch«, sagte er ernst. »Eine schreckliche Geschichte. Wie kommen Sie zu dem Fall?«

»Ich habe von einer Kripobeamtin aus Riga davon erfahren.«

Das stimmte zwar nicht ganz, weil der eigentliche Auslöser Avram gewesen war, aber das musste sie ihrem Chef ja nicht unbedingt auf die Nase binden.

»In den letzten zwei Jahren gab es nur ein Opfer, das lebend gefunden wurde: Mariana Jaschy. Sie war über Monate hinweg schwer misshandelt worden und hatte zahlreiche Verletzungen. Obwohl sie ins Krankenhaus gebracht und medizinisch versorgt werden konnte, starb sie wenige Tage später. Vor ihrem Tod sagte Mariana nur ein einziges Wort:

Leviathan. Ich denke, dass es sich dabei um den Täter handelt, vielleicht um eine Art Decknamen, den er gegenüber seinen Opfern benutzt.«

Benoit nickte nachdenklich und machte sich eine kurze Notiz auf dem Block, der auf seinem Tisch lag.

»Ich bat Kommissarin Amasowa – das ist die Kripobeamtin aus Riga –, mir auch noch die Akten zu schicken, die mehr als fünf Jahre zurückliegen«, fuhr Emilia fort. »Aber als ich heute mit ihr telefonierte, erzählte sie mir, dass sie überfallen wurde. Man hat ihr gedroht, ihr etwas anzutun, wenn sie weiter mit Interpol zusammenarbeitet. Es sieht ganz danach aus, als sei auch die Polizei in Riga in die Sache verwickelt.«

»Liegt eine *notice* vor? Rot oder blau?«, fragte Benoit.

Mit *blue notices* baten hilfesuchende Landespolizeibehörden um Informationen zu Personen, die verdächtigt wurden, an einem Verbrechen beteiligt gewesen zu sein. *Red notices* dienten dazu, mutmaßliche Verbrecher im Ausland zu finden und auszuliefern.

»Im Fall von Mariana Jaschy wurde bei uns nur eine *black notice* eingereicht, weil sie zunächst nicht identifiziert werden konnte«, sagte Emilia.

»Sonst haben wir nichts?«

»Ich bin sicher, ich kann Kommissarin Amasowa dazu bewegen, eine offizielle Anfrage bei uns einzureichen, wenn Ihnen das nötig erscheint«, sagte Emilia. »Aber dazu muss ich ein paar Tage nach Riga, um mich vor Ort über diese Fälle zu informieren und dafür zu sorgen, dass das Antragsverfahren beschleunigt wird.«

Benoit massierte sein Kinn. »Interpol ist eine Behörde, die Informationen in Datenbanken sammelt und aufbereitet. Wir sind kein Exekutivorgan.«

»Ich will sicherstellen, dass alles korrekt läuft, wenn diese Fälle neu aufgearbeitet werden«, sagte Emilia. »Wir haben es mit einem der schlimmsten Serientäter seit dem Zweiten Weltkrieg zu tun. Mit unserer Hilfe gibt es eine reelle Chance, ihn zu fassen.«

»Das ist zu gefährlich. Was, wenn Ihnen etwas zustößt?«

Daran hatte Emilia auch schon gedacht. Was würde dann aus Becky und aus Mikka? Durfte sie ihnen gegenüber ein solches Risiko überhaupt verantworten?

Aber sie konnte ihre Augen auch nicht einfach vor der Wahrheit verschließen! Im Baltikum trieb ein Wahnsinniger sein Unwesen, und er würde nicht damit aufhören, bis jemand ihn stoppte. Emilia wusste, dass sie das schaffen konnte. Dazu brauchte es Geduld, etwas Glück, viel Arbeit und ein gewisses Maß an Risikobereitschaft. Doch sie war bereit, ihren Einsatz zu bringen.

»Ich werde vorsichtig sein«, sagte sie. »Aber ich muss das ganz einfach tun. Weil es das Richtige ist.«

Benoit sah sie einen Moment lang ausdruckslos an. Schließlich ging ein Ruck durch ihn. »Nehmen Sie Gupka oder jemand anderen aus seiner Abteilung mit«, sagte er. »Die verstehen wenigstens die Landessprache. Außerdem werde ich über unsere Kontaktstelle in Lettland veranlassen, dass Sie dort uneingeschränkt unterstützt werden. Und ich werde eine Sondergenehmigung erwirken, damit Sie Ihre Dienstwaffe mitnehmen können.«

Die durften Interpolmitarbeiter bei Auslandseinsätzen nur im Ausnahmefall tragen.

»Gibt es sonst noch etwas, das ich für Sie tun kann?«, fragte Benoit.

Emilia schüttelte den Kopf und fühlte sich dabei ziemlich erleichtert. »Vielen Dank, Monsieur.«

»Danken Sie mir lieber nicht. Ich bin nicht sicher, ob ich Ihnen damit wirklich einen Gefallen tue, aber Sie haben meine volle Rückendeckung. Wann soll die Reise beginnen?«

»Der nächste Flug geht um 18:00 Uhr«, sagte Emilia.

64

Beljukij war ein kleines Schlösschen aus der russischen Zarenzeit, mit einer hellblau gestrichenen Fassade, die von zwei Türmen mit Zwiebelkuppeln flankiert wurde. Das wunderschön restaurierte Gebäude lag ein gutes Stück abseits auf einer weiten Lichtung, war von drei Seiten von Wald umgeben und beeindruckte mit einem prächtig angelegten Blumengarten, in dem zu dieser Jahreszeit allerdings nichts mehr blühte. Dennoch war der Anblick auch im Herbst eine Augenweide.

Kyril Owalischenko kam gerne hierher. Besonders schön fand er es, wenn der erste Schnee fiel und die ganze Landschaft weiß einpuderte. Dann sah es hier aus wie in einer winterlichen Zauberwelt.

Aber noch war es nicht so weit.

Langsam fuhr er auf der geschotterten Zufahrt auf das zweigeschossige Schlösschen zu. Als er den wuchtigen Maybach vor dem Eingang hielt, knirschte der Kies unter den Reifen. Owalischenko stieg aus und drückte dem Butler, der ihn bereits erwartete, den Wagenschlüssel in die Hand. Eine Garage gab es nicht, nur ein umgebautes Nebengebäude, das knapp einen Kilometer entfernt lag, ein gutes Stück hinter dem Wald. Der Erbauer von Beljukij hatte viel Wert auf Abgeschiedenheit gelegt.

Genau wie er.

Während der Butler mit dem Maybach davonfuhr, betrat Kyril Owalischenko mit seinem kleinen Reisekoffer das

Schloss. Wie üblich blieb er einen Moment in der Eingangshalle stehen, um den Anblick zu genießen und sich zu vergegenwärtigen, dass all das tatsächlich ihm gehörte. Im Innenbereich war bis auf ein paar Modernisierungen alles so belassen worden wie im neunzehnten Jahrhundert. Dieses altehrwürdige Gebäude atmete den Geist der Vergangenheit.

In der Haupthalle nahm Owalischenko die mit rotem Teppich belegte Freitreppe ins Obergeschoss, wo er den Koffer in seinem Zimmer verstaute. Glücklicherweise hatte das Personal daran gedacht, die Heizung aufzudrehen, so dass es jetzt angenehm warm war. Als er das Schloss vor zehn Jahren gekauft hatte, war es hier kalt wie in einer Gefriertruhe gewesen, vor allem im Winter.

Inzwischen war es ihm ein echtes Zuhause geworden.

Sein Blick fiel durchs Fenster hinaus in den Garten, wo der Wald sich am Ende der Zufahrt öffnete und bei schönem Wetter eine prächtige Aussicht auf die untergehende Sonne gewährte. Heute war außer Nebel allerdings nicht viel zu sehen.

Es klopfte.

»Kommen Sie rein.«

Mit einem leisen Knarren öffnete sich die Tür, und im Eingang erschien Owalischenkos langjähriger Vertrauter Viktor. Er trug wie immer einen altmodischen, schwarzen Smoking und dazu ein Hemd mit Fliege. Aber man durfte nicht den Fehler begehen, sich von seinem gediegenen Äußeren täuschen zu lassen. Wenn es darauf ankam, entwickelte er Kräfte wie ein Bär.

»Ich hoffe, es ist alles zu Ihrer Zufriedenheit«, sagte Viktor.

Owalischenko nickte. »Ich muss noch ein paar Telefonate

erledigen. Richten Sie Isabell bitte aus, dass sie auf zwanzig Uhr ein Bad für mich einlassen soll.«

Viktor nickte. »Selbstverständlich.«

»Ist die Gruft für die Nacht vorbereitet?«

»Genau so, wie Sie es angeordnet haben.«

Owalischenko spürte ein angenehmes Ziehen in den Lenden. Wie lange hatte er die Gruft schon nicht mehr benutzt? Es würde ein ganz besonderes Vergnügen werden!

»Ist das Mädchen vorbereitet?«, fragte er. Nichts war enttäuschender als eine perfekte Phantasie, die schlecht umgesetzt wurde. Wenn er Tatjana Golinska zum ersten Mal begegnete, mussten ihre Zähne geputzt, ihr Körper gewaschen, Arme und Beine enthaart sein, die Frisur musste sitzen, sie musste nach Rosenwasser duften ... Es gab unzählige, wichtige Details, die stimmen mussten, um das Vergnügen nicht zu trüben.

»Isabell hat sich um das Mädchen gekümmert«, sagte Viktor. »Sie werden zufrieden sein.«

Das Ziehen in den Lenden wurde stärker. Am liebsten wäre er jetzt sofort hinunter in die Gruft gestiegen, aber bekanntlich war Vorfreude ja am schönsten. Er wollte zuerst die Arbeit erledigen, um sich später ganz der Wollust hinzugeben, zügellos und ohne Reue.

Nachdem Viktor gegangen war, setzte er sich an den Nussbaumholzsekretär aus der Biedermeierzeit und führte ein paar Telefonate mit dem Handy, die Schuhe auf der Arbeitsplatte, tief in seinen Lederohrensessel zurückgelehnt, während sein Blick immer wieder hinausschweifte, wo der milchige Dunst allmählich mit der fortschreitenden Dämmerung verschmolz. Unter anderem führte er ein langes Gespräch mit Gregor Boudán, der in Riga den bevorstehenden Drogendeal abwickeln würde. Heute Nacht sollte eine halbe

Tonne Kokain den Besitzer wechseln, und glücklicherweise schien es diesmal tatsächlich keine Schwierigkeiten zu geben.

Umso mehr würde er das Treffen in der Gruft genießen können.

65

»Danke, dass Sie sich so spontan die Zeit genommen haben«, sagte Emilia.

Sie saß neben Abel Gupka, dem für das Baltikum zuständigen Abteilungsleiter bei Interpol, in der nur halbvollen Maschine nach Frankfurt, von wo aus es nach einem kurzen Zwischenstopp nach Riga weitergehen würde. Emilia hatte zwei Sitze ganz hinten gebucht, die Plätze vor ihnen waren leer.

»Haben Sie keine Familie?«

Gupka schüttelte den Kopf.

»Keine Frau, die Ihnen die Hölle heißmacht, wenn Sie so plötzlich ein paar Tage verreisen?«

Ein Grinsen legte sich auf sein Gesicht. »Nicht mehr«, sagte er. »In dieser Hinsicht ist das Leben durch die Scheidung einfacher geworden.«

Jetzt musste auch Emilia lächeln, obwohl ihr im Grunde gar nicht danach war. Vor einer Stunde hatte sie mit Mikka telefoniert und ihm klargemacht, dass sie es nicht schaffen würde, übers Wochenende zu ihm zu kommen. Obwohl er wie immer versucht hatte, gute Miene zum bösen Spiel zu machen, war ihm seine schlechte Laune deutlich anzumerken gewesen.

»Muss jetzt wirklich noch dieser Fall in Lettland her?«, hatte er gemault. »Ich dachte, du hast schon genug Arbeit auf dem Tisch.«

»Du weißt genau, dass man sich das als Polizist nicht immer aussuchen kann«, hatte sie geantwortet. »Irgendwo im Baltikum ist ein Psychopath unterwegs, der es auf schwangere Frauen und junge Mütter abgesehen hat. Die Beamtin, die ihm auf der Spur ist, wird bedroht. Irgendjemand bei der Polizei scheint dieses Arschloch schützen zu wollen. Da kann ich nicht einfach wegschauen, Mikka!«

»Dennoch wäre es mir lieber, wenn du nicht dorthin fliegen würdest.«

»Was macht es für einen Unterschied, ob ich in Lyon arbeite oder in Riga? In beiden Fällen kann ich nicht nach Frankfurt kommen. Du hast mir doch versprochen, mich in meinem neuen Job zu unterstützen. Also mach mir jetzt bitte keinen Stress deswegen.«

»Es ist nur – ich habe Angst um dich«, hatte er geseufzt. »Wie würdest du reagieren, wenn ich dir fürs Wochenende absage, um einen der schlimmsten Verbrecher Europas zu jagen?«

Natürlich hätte ihr das auch nicht gefallen.

»Ich habe nicht vor, mich in Gefahr zu begeben«, hatte sie versprochen, wohl wissend, dass sich das gar nicht immer vermeiden ließ. Manchmal eskalierten Zeugenaussagen zu wilden Schlägereien, manchmal begannen Schießereien wie aus dem Nichts, manchmal geriet man bei Straßenverfolgungen beinahe unter die Räder ... Aber sie wollte Mikka und Becky zuliebe diesmal besonders vorsichtig sein.

»Hast du eine Waffe dabei?«, hatte Mikka gefragt.

»Meine Pistole. Und einen Kollegen – als Begleitschutz und Dolmetscher.«

»Ich hoffe, er ist alt, fett und hässlich.«

»Ganz im Gegenteil.«

»Dann hasse ich ihn jetzt schon!«

...

»Warum lächeln Sie?«

Emilia begriff, dass die Frage von Abel Gupka kam, der ihre Mimik natürlich nicht deuten konnte.

»Ich musste gerade an meinen Mann denken«, sagte sie.

»Ich wusste gar nicht, dass Sie verheiratet sind.«

»Ich fürchte, manchmal weiß ich das selbst nicht mehr.« Sie seufzte. »Er ist Polizist in Frankfurt und hängt genauso sehr an seinem Job wie ich an meinem. Wir sehen uns immer nur am Wochenende, vorausgesetzt, dass keiner von uns Dienst hat. Das macht eine Beziehung manchmal ein bisschen kompliziert.«

Gupka zog abwägend die Mundwinkel nach unten. »Sie müssen Ihre Arbeit wirklich lieben, wenn Sie dafür das Wochenende mit Ihrem Mann opfern«, meinte er.

Emilia schob sich eine Haarsträhne hinters Ohr. »Leicht fällt mir das nicht, aber Leviathan lässt mir keine Ruhe. Vielleicht muss man eine Frau sein, um das verstehen zu können. Letzte Nacht habe ich mich stundenlang im Bett gewälzt und über den Kerl nachgedacht. Mich gefragt, was ihn antreibt. Warum er es nur auf Schwangere und auf Mütter abgesehen hat. Ich habe versucht, das, was ich über die Opfer weiß, miteinander zu verknüpfen, um ihn besser verstehen zu können. Aber ich stecke noch viel zu wenig in der Materie drin, um bereits Schlüsse daraus ziehen zu können.«

Sie schluckte, als ihr bewusstwurde, wie tief sie schon in diesen Fall abgetaucht war. Sie konnte kaum noch an etwas anderes denken.

»Wie sind Sie zu Interpol gekommen?«, fragte sie.

»Ich wurde in Windau geboren, das liegt in Lettland, und habe dort meine Kindheit verbracht. Nach dem Zusammenfall der Sowjetunion sind meine Eltern nach Frankreich ausgewandert. Mein Vater war Ingenieur und fand einen gutbezahlten Job in Bordeaux. Ich selbst wollte zur Polizei, so lange ich denken kann. Wenn Unrecht geschieht, muss ich etwas dagegen unternehmen. Das war schon immer so. Hat mir in der Schule eine Menge blauer Flecke eingebracht.«

Emilia glaubte ihm jedes Wort, und sie war froh, dass er sie begleitete. Abel Gupka schien ein ehrlicher Mensch zu sein, jemand, bei dem das Herz am rechten Fleck saß. Außerdem beherrschte er die Landessprache – was wollte sie mehr?

»Ich hoffe, dass wir diesmal keine blauen Flecken bekommen«, sagte sie. »Aber wir müssen uns vorsehen, solange wir nicht wissen, wem wir in Riga trauen können.«

66

Reglos lag Kyril Owalischenko in seiner Messingbadewanne, den Kopf gegen den Rand gelehnt, die Augen geschlossen. Hätten die langsamen Bewegungen seines Brustkorbs beim Atmen die Wasseroberfläche nicht in Schwingung versetzt, hätte man ihn für tot halten können.

Heißer Dampf quoll aus der Wanne zu Boden. Der Duft des Rosenblütenbadeöls erfüllte den Raum ebenso wie die leise Musik, die aus den Lautsprechern auf dem Beistelltisch drang: Toccata und Fuge in d-moll – für Kyril Owalischenko gab es kein besseres Entspannungsmittel. Johann Sebastian Bach und ein Löffel voll Kokain im Badewasser – nicht zu viel, weil er die bevorstehende Nacht noch bei vollem Bewusstsein genießen wollte. Dafür war die richtige Dosierung wichtig.

Mit geschlossenen Lidern stellte er sich vor, wie die nächsten Stunden verlaufen würden. Vorfreude stieg in ihm auf, wohlig, sinnlich und lasziv. Bald war er so erregt, dass er es kaum mehr aushielt, seinem neuen Opfer endlich den ersten Besuch abzustatten.

Er stieg aus der Wanne, schlüpfte in seine Samtpantoffeln und streifte seinen Bademantel über, ohne sich abzutrocknen. Die Musik ließ er weiterlaufen, die wurde kabellos in jedes Zimmer des Wohntrakts übertragen.

Von seinem pervertierten Allmachtsgefühl in Stimmung versetzt, stieg er die Wendeltreppe im Ostturm hinab, bis er am unteren Ende einen breiten, von Wandfackeln erhellten

Gang erreichte. Hier waren die Mauern nicht verputzt. Es sah aus wie in einem mittelalterlichen Verlies.

Das Ambiente regte Kyril Owalischenkos Phantasie noch einmal zusätzlich an: Was hatte der Erbauer des Schlosses hinter diesen Mauern getrieben? Ob auch er sich junge Frauen hierhergeholt hatte? Gegen ihren Willen? Vielleicht hatte er sie unter irgendeinem Vorwand einsperren lassen, oder er hatte sie entführt, genau wie er selbst? Welche schmutzigen Dienste hatte er sie verrichten lassen? Welche Qualen hatte er ihnen zugefügt? Beinahe glaubte Owalischenko, im Rauschen der Fackeln und in den sanften Violinklängen die verzweifelten Schreie der Opfer herauszuhören.

Dreizehn Frauen hatte allein er hier unten missbraucht und getötet. Wie viele mochten es vor ihm gewesen sein?

Am Ende des Gangs erreichte er eine massive Eichenholztür, über der in den Stein dieselbe Inschrift eingemeißelt war wie bei all seinen anderen Schattenreichen:

Rufe deinen Dämon und folge ihm.

Das Motto, nach dem er seit vielen Jahren lebte.

Owalischenko entriegelte die Tür, trat ein und schloss wieder hinter sich ab. Aus irgendeinem Grund war es ihm wichtig, dass er nicht gestört werden konnte. Erst die Abgeschiedenheit eines abgeschlossenen Raums versetzte ihn in die Lage, sich voll und ganz seinen Perversionen hinzugeben.

Vom Eingang aus konnte er Tatjana Golinska bereits sehen, wenn auch nur unklar, weil seine Augen sich erst an die Dunkelheit gewöhnen mussten – hier brannten keine Fackeln, sondern nur ein paar Kerzen. Aber schon nach einer Minute reichte das Zwielicht aus, um die junge Frau in ihrer ganzen Pracht zu erfassen. Sie saß nackt auf einer Art steinernem Thron, der nach Kyril Owalischenkos Entwürfen von einem Steinmetz in Sigulda gefertigt worden war – aus unbehandeltem schwarzem Granit. Hinter ihrem Rücken führte eine dicke Steinsäule bis hinauf zur Decke. Ihre Hände waren an einen Eisenring über ihrem Kopf gefesselt.

Im tanzenden Schein der Kerzen erkannte Owalischenko auch die goldene Maske, die Tatjana Golinska über den Augen trug, damit sie nichts sehen konnte. Irgendwann, in einer der kommenden Sitzungen, würde er ihr die Maske abnehmen. Aber nicht heute. Diese Nacht sollte ihr nur einen ersten, zaghaften Vorgeschmack auf das geben, was ihr noch bevorstand. Für Kyril Owalischenko war es wichtig, dass das Spiel gesteigert werden konnte. Dass die Angst intensiver, die Demütigung tiefer, der Schmerz unerträglicher wurde. Würde er alles, was er sich für Tatjana Golinska ausgedacht hatte, schon heute in die Tat umsetzen, wäre ihr Reiz schon bald verflogen, und er müsste sich wieder ein neues Opfer suchen.

Er ging ein paar Schritte auf sie zu, nahezu lautlos, weil die weichen Sohlen seiner Pantoffeln jedes Geräusch verschluckten.

Jetzt war er nur noch wenige Meter von ihr entfernt. Neben einem an der Wand befestigten Eichenholzgerüst blieb er stehen. Hier hatte Viktor alles deponiert, was Kyril Owalischenko im Lauf der nächsten Stunden brauchen würde.

Er streifte seinen Bademantel ab und ließ ihn zu Boden gleiten. Sofort nahm sein noch feuchter Körper die Kälte wahr, die hier unten herrschte – daran konnte selbst der an den Gedenksteinen angebrachte elektrische Ofen kaum etwas ändern.

Mit einer Fernbedienung aktivierte er die Trockeneismaschine im hinteren Bereich der Gruft. Schon nach wenigen Sekunden kroch dichter Nebel über den Steinboden, wie Vorboten aus einer anderen Welt, immer näher in seine Richtung, bis der dämonische, weiße Schleier seine Füße umhüllte.

Owalischenko lächelte. Erst der Nebel schaffte die perfekte Atmosphäre. Wie auf einem Friedhof.

Er legte die Fernbedienung wieder ab und griff nach der Rüstung auf dem Gestell, besser gesagt, nach dem Brustteil davon, ein aus gewalzten Edelstahlplatten und Kettenelementen bestehender Überwurf, den er sich um den Oberkörper schnallte. Als Tatjana Golinska das klappernde Geräusch hörte, zuckte sie vor Schreck zusammen.

»Wer ist da? Hallo? Ich will wissen, wer Sie sind!«

Kyril Owalischenko ging nicht darauf ein. Stattdessen legte er jetzt drei weitere Plattenelemente an, eins um die Hüfte und eins um jeden Oberschenkel. Ihre Haken und Ösen waren so gearbeitet, dass sie bei jeder Bewegung ins Fleisch stachen – nicht nur in das seiner Opfer, auch in sein eigenes. Das Lustgefühl steigerte sich dadurch immens.

Heute zurrte er die Bänder besonders fest zu.

Seine Erektion tat jetzt beinahe weh.

Er konnte es kaum erwarten, Tatjana Golinska endlich zu berühren, das Salz auf ihrer Haut zu schmecken, sich in sie zu zwängen und sich in ihr zu ergießen.

Glühend vor Erregung legte er nun auch noch seine beiden Krallen an. Wie stählerne Handschuhe streifte er sie sich über die Finger – seine Teufelsklauen. Jedes Mal, wenn er das tat, war es, als würde eine fremde Macht von ihm Besitz ergreifen, von tief unter der Erde, dort, wo die ewige Dunkelheit herrschte.

In diesem Moment wurde er zum Herrn der Finsternis.

Mit scheppernden Schritten ging er auf Tatjana Golinska zu und kniete sich vor ihr hin. In genussvoller Langsamkeit legten die Krallenklauen sich auf ihre Oberschenkel. Drückten zu. Zwangen sie auseinander.

Sein Blick wanderte zu ihrem prall gewölbten Bauch. Tatjana Golinska war im achten Monat schwanger – besser hätte er es gar nicht treffen können.

Ein paar Wochen lang würde er seiner Phantasie freien Lauf lassen.

Ungezügelt.

Enthemmt.

Ohne Reue.

Und ganz am Ende, kurz vor der Geburt, würde er ihr das Kind aus dem Körper schneiden.

67

»Ist mit Ihnen alles in Ordnung?«, fragte Vodja hinter dem Lenkrad seines klapprigen Land Cruisers. Seine dürren, haarigen Finger tippten dabei den Takt eines russischen Songs mit, der im Radio lief.

Sie fuhren an diesem trüben Morgen schon seit einer Stunde auf der E20 in Richtung Osten. Draußen war es so kühl, dass der Regen als Graupel vom Himmel fiel. Seit sie das Haus verlassen hatten, bewegten sich die Scheibenwischer mit rhythmischem Quietschen hin und her.

Avram nickte. »Ich bin okay.«

Dennoch fühlte er sich in seiner Verkleidung unwohl. Er hatte eine Perücke mit dunklem, gescheiteltem Haar übergezogen und seine Hornbrille gegen ein Nickelgestell eingetauscht. Außerdem war er frisch rasiert. Im Spiegel wirkte sein Äußeres ziemlich stimmig, aber diesmal musste die Charade einer optischen Überwachung standhalten. Avram musste sich eingestehen, dass ihn das nervös machte.

Wenigstens hatte Vodja keine lästigen Fragen gestellt. Er akzeptierte die Verkleidung, als wäre alles völlig normal, obwohl er sich bestimmt seinen Teil dachte.

Avrams Blick wanderte über die flache Naturlandschaft zu beiden Seiten der Straße. Nach einer Weile bogen sie von der E20 ab und fuhren auf den Zubringer zum Gefängnis von Viru, dem *Viru Vangla.*

»Das da muss es sein«, sagte Vodja schließlich.

Vor ihnen schälte sich eine Art moderne Kasernenanlage aus dem graupeligen Grau. Im vorderen Bereich gab es nur Zäune, dahinter meterhohe Mauern mit langgezogenen Stacheldrahtrollen und Überwachungskameras. Hier galten höchste Sicherheitsvorschriften.

Während Vodja den Wagen auf den Besucherparkplatz lenkte, bemühte Avram sich, mit dem unangenehmen Gefühl in der Magengegend klarzukommen. Falls man ihn trotz der Verkleidung identifizierte, würde es kein Entkommen geben.

Eigentlich merkwürdig. Zuerst wollte ich nicht mehr aus dem Knast raus, und jetzt will ich nicht wieder rein. Hoffentlich lohnt sich das Risiko wenigstens. Wenn Vassilij Todorow genauso wenig weiß wie Igor Saizev, ist es das alles nicht wert.

»Ich habe Sie als deutschen Reporter angekündigt«, sagte Vodja. Er zog den Schlüssel ab und reichte Avram eine kleine, laminierte Karte. »Das ist Ihr Presseausweis. Sie heißen Friedrich Schmidt und schreiben für die Münchener Tageszeitung. Ihr Bild ist nicht besonders gut – ich musste improvisieren. Aber ich bin sicher, es wird reichen, um die Wachen zu täuschen.«

Avram sah sich den Ausweis an. Die Fotomontage sah seinem aktuellen Äußeren ziemlich ähnlich. Vodja hatte heute Morgen schon ein kleines Kunstwerk vollbracht.

»Hier sind ein Block und ein Bleistift«, sagte der Alte. »Wenn wir mit Todorow reden, tun Sie einfach, als würden Sie sich Notizen machen, damit Ihre Tarnung nicht auffliegt.«

Er sah aus wie ein verwahrloster Waldschrat, der den Großteil seines Verstands durch übermäßigen Wodkagenuss eingebüßt hatte. Aber der Eindruck täuschte – er wusste offenbar ganz genau, was er tat.

Sie stiegen aus und gingen mit aufgespannten Regenschirmen zur Pforte. Die Anlage glich hinsichtlich ihrer Größe der in München, wirkte aber durch den modernen Betonbaustil und die teils knallbunten Fassadenanstriche wie eine Plattenbausiedlung.

»Überlassen Sie mir das Reden«, sagte Vodja. »Falls ich irgendwelche Angaben von Ihnen brauche, gebe ich Bescheid.«

Avram nickte und versuchte, einen gelassenen Eindruck zu machen, während Vodja mit dem Wachmann am Eingang sprach und ein Formular ausfüllte. Avram musste seinen gefälschten Presseausweis zeigen, dann ertönte ein Summton, und sie wurden durch die Sicherheitsschleuse gelassen, wo man sie mit einem Metalldetektor absuchte, aber nichts fand außer ihren Schlüsseln. Auch die Regenschirme wurden als ungefährlich eingestuft.

»Hier entlang«, sagte Vodja, als sie sich wieder an der frischen Luft befanden. »Gebäude 13.«

Sie gingen auf einen klobigen Kastenbau mit vergitterten Fensterreihen zu. Auf Höhe der ersten Etage zog sich ein breiter, gelber Streifen über die Betonwand.

Im Zugangsbereich wurden sie von einem uniformierten Beamten angehalten, und Vodja musste ihm das Besucherformular zeigen. Nach einem kurzen Wortwechsel durften sie weiter in den ersten Stock zum Besucherraum. Hier fand die letzte Kontrolle statt, wieder mit einem Metalldetektor, außerdem wurden sie von oben bis unten abgetastet. In Avrams Jackentasche fand der Wachmann die Schreibutensilien und sagte etwas auf Estnisch. Avram verstand kein Wort, aber als der Wachmann den Stift einbehielt, begriff er, dass der wohl als potentielle Waffe galt.

Der Verlust kam ihm gerade recht – das ersparte ihm den

lästigen Aufschrieb. Dennoch machte er ein ernstes Gesicht, als der Wachmann die elektrische Tür entriegelte und ihn weiterwinkte.

Der Besucherraum sah nicht viel anders aus als der in Stadelheim: ein großes, schmuckloses Zimmer mit Einzeltischen, an denen jeweils vier Stühle standen. Alle Fenster waren vergittert, in den Ecken hingen Überwachungskameras an der Decke. Neben der elektrischen Tür standen zwei bewaffnete Männer.

Einer der beiden sagte etwas.

»Wir sollen uns an Tisch vier setzen«, dolmetschte Vodja, was sie auch taten.

Außer ihnen gab es keine anderen Besucher im Raum. Avram vermied den Blickkontakt zu den beiden Beamten am Eingang und zu den Überwachungskameras, kam sich aber beobachtet vor. Wenn er nicht auf das Treffen angewiesen gewesen wäre, hätte er diesen Raum sofort wieder verlassen. So konnte er nur auf seine Verkleidung vertrauen.

Wenig später wurde Vassilij Todorow hereingeführt. Er trug orangefarbene Gefängniskleidung sowie Hand- und Fußschellen, die durch eine Kette miteinander verbunden waren, so dass er sich nur mit Tippelschritten fortbewegen konnte. Zwischen den beiden Beamten, die ihn flankierten, wirkte er wie ein Zwerg.

Er setzte sich Avram und Vodja gegenüber an den Besuchertisch und ließ es mit unbewegter Miene über sich ergehen, dass die Handschellen an den Armlehnen befestigt wurden.

»Sie scheinen ein gefährlicher Mann zu sein«, sagte Avram, als die Wärter wieder gegangen waren.

Vodja übersetzte, nicht nur Avrams Worte, sondern auch die Antwort.

»Er sagt, man hat ihn betrogen. Und er will wissen, was Sie von ihm wollen.«

Avram nickte. »Sagen Sie ihm die Wahrheit.«

Während Vodja sprach, zeigte Todorow keinerlei Reaktion. Auch danach saß er einfach nur da, ohne eine Miene zu verziehen.

»Fragen Sie ihn, was passiert ist«, bat Avram, und Vodja tat es.

Vassilij Todorow ließ sich mit der Antwort Zeit, vielleicht, weil er nicht wusste, ob er Avram trauen konnte. Schließlich gab er sich jedoch einen Ruck und erzählte, wobei er immer wieder kurze Unterbrechungen für die Übersetzung einschob.

»Herr Todorow sitzt wegen Mordes im Gefängnis«, sagte Vodja. »Fünfzehn Jahre ohne Bewährung. Man wirft ihm vor, eine Frau getötet zu haben, aber er kann sich an nichts erinnern. Er glaubt, dass man ihm K.-o.-Tropfen verabreicht hat, nur kann er es nicht beweisen. Bei der Untersuchung seiner Blutprobe kurz nach seiner Verhaftung konnte keine solche Substanz nachgewiesen werden. Herr Todorow wachte neben der Leiche auf, gerade, als die Polizei am Tatort eintraf. Das war vor etwa einem Jahr. An seinen Fingern und an seiner Kleidung haftete das Blut der Toten. Auch die Mordwaffe wurde gefunden, mit seinen Fingerabdrücken darauf. Sogar ein Motiv für die Tat hat man ihm nachgewiesen: Er schuldete der Toten Geld – zweitausend Euro.«

Todorow wirkte plötzlich verbittert.

»Er sagt, er würde für zweitausend Euro niemals einen Mord begehen. Aber das Gericht sah das anders.«

Es trat wieder eine Pause ein, die Avram dazu nutzte, das Gespräch auf den eigentlichen Grund seines Besuchs zu lenken.

»Ich suche einen Mann, der sich Leviathan nennt. Unseren Informationen zufolge hatten Sie geschäftlich mit ihm zu tun.«

Todorow nickte und sagte etwas auf Estnisch.

»Leviathan ist der Grund für seinen Gefängnisaufenthalt«, übersetzte Vodja. »Herr Todorow sagt, er kann es zwar nicht beweisen, aber er ist sicher, dass Leviathan die Frau umgebracht und ihm den Mord angehängt hat. Herr Todorow glaubt, Leviathan wollte ihn auf diese Weise aus dem Weg räumen.«

»Warum so kompliziert?«, fragte Avram. »Wäre es für ihn nicht einfacher gewesen, Sie umzubringen?«

»Auf diese Weise macht es ihm mehr Spaß«, sagte Vodja. »Aber Herr Todorow ist davon überzeugt, dass Leviathan ihn noch ermorden lassen wird, wahrscheinlich kurz vor seiner Entlassung. Um aus der Angelegenheit ein Maximum an Genugtuung zu erzielen.«

Avram fragte sich, ob das tatsächlich der Kerl war, den er suchte.

»Warum will er Sie aus dem Weg haben?«, wollte er wissen.

»Weil Herr Todorow angefangen hat, Nachforschungen über ihn anzustellen«, übersetzte Vodja. »Am Anfang hat er Leviathans Lieferungen ausgefahren, ohne Fragen zu stellen. Meistens waren das eilige Transporte, die aber gut bezahlt wurden. Dann musste Herr Todorow eines Tages bei einem italienischen Kunden beim Ausladen helfen – eine Fuhre Pelzmäntel. Als sie schon beinahe fertig waren, fanden sie ganz hinten im Container eine Leiche, eingewickelt in ein Hermelinfell. Einen Mann. An einem Seil um seinen Hals befand sich ein Pappschild. Darauf stand: *3 Millionen EURO und keinen Cent weniger. Sonst stirbt auch der nächste.* Später stellte sich dann heraus, dass es sich um einen Kurierfahrer des Italieners handelte, der bei der letzten Lieferung im Auftrag seines Chefs den Preis drücken wollte.«

»Leviathan fand das wohl nicht besonders lustig«, kommentierte Avram.

»Herr Todorow auch nicht«, dolmetschte Vodja. »Bis dahin dachte er, er schmuggelt nur Ware über die Grenze. Aber eine Leiche als Mahnung – das ging ihm zu weit.«

»Also wollten Sie wissen, mit wem Sie es zu tun haben?«

Todorow nickte und sprach wieder auf Estnisch.

»Er sagt, dass er bis dahin außer dem Decknamen Leviathan kaum etwas über seinen Auftraggeber wusste«, erklärte Vodja. »Er trat nie persönlich in Erscheinung, sondern hat immer Mittelsmänner zwischengeschaltet.«

»Wie haben Sie etwas über ihn herausgefunden?«

»Herr Todorow hat einen Detektiv engagiert. Jemand, der sich heimlich an die Mittelsmänner geheftet und sie verfolgt hat. Jemand, der die Möglichkeit hatte herauszufinden, mit wem diese Leute telefonieren, und der auch Bankverbindungen überprüfen konnte.«

Avram spürte, wie sein Herz schneller zu schlagen begann. Das klang wirklich vielversprechend!

»Können Sie mir den Namen dieses Detektivs verraten?«, bat er.

»Luan Nadolny. Aber das wird Ihnen nichts nützen. Zwei Wochen, nachdem Herr Todorow ihn engagierte, starb er bei einem Autounfall.«

Das klang allerdings nicht mehr ganz so vielversprechend. »Gibt es irgendetwas, das mir weiterhelfen könnte herauszufinden, wer Leviathan ist?«, fragte Avram.

»Kurz vor seinem Tod hat Herr Nadolny Herrn Todorow seine Aufzeichnungen gegeben – alles, was er bis dahin gesammelt hatte. Auf eine CD-ROM gebrannt. Leider hat man

Herrn Todorow schon tags darauf den Mord an dieser Frau angehängt, und er wurde verhaftet.«

Avram fuhr sich mit zwei Fingern über das Kinn. »Befindet sich diese CD-ROM noch in Ihrem Besitz?«, fragte er.

»Ja. Und Herr Todorow sehnt sich nach dem Tag, an dem er herausfindet, was daran so wichtig ist, dass Leviathan dafür gemordet hat.«

Zum ersten Mal, seit er hereingeführt worden war, zeigte sich auf dem Gesicht des estnischen Spediteurs ein Lächeln, eiskalt und zu allem entschlossen.

»Er sagt, wenn Sie ihm versprechen, dieses Schwein fertigzumachen, verrät er Ihnen, wo die CD-ROM sich befindet«, übersetzte Vodja. »Was soll ich ihm antworten?«

68

Das Hotel, das Emilia von Lyon aus gebucht hatte, lag im Zentrum von Riga unweit des Bahnhofs. Die Zimmer hatten kleine Fenster, die man nur kippen konnte, aber da es in der Nacht ohnehin empfindlich kalt geworden war und der Schienenverkehr auch zu später Stunde regelmäßig hin- und herratterte, hatte sie sie schnell wieder geschlossen.

Nach dem Frühstück rief sie in der Polizeizentrale an, um sich nach Daria Amasowa zu erkundigen, aber die hatte sich mittlerweile auch noch für den Rest der Woche krankgemeldet.

Nach dem gestrigen Gespräch überraschte Emilia das nicht. Man hatte Daria überfallen und geschlagen. Sie war verängstigt. Eine solche Erfahrung steckte niemand über Nacht so locker weg. Aber ohne ihre Hilfe kam Emilia nicht weiter.

Deshalb rief sie kurzentschlossen bei ihr an und redete ihr ins Gewissen. Sie sei mit einem Kollegen aus Lyon extra hierhergereist, um mit ihr zu sprechen - persönlich. Sie müssten sich gegenseitig helfen, um Leviathan zur Strecke zu bringen, nur gemeinsam könnten sie das schaffen.

Emilia redete mit Engelszungen auf Daria Amasowa ein, und tatsächlich gelang es ihr, den anfänglichen Widerstand zu zerstreuen. Für ein Gespräch unter vier Augen erfuhr sie sogar ihre Privatadresse. Eine Stunde später kamen Emilia und Abel Gupka dort an.

Daria wohnte in einem Acht-Parteien-Haus in der sogenannten Moskauer Vorstadt, der historisch gewachsenen Heimat der russischstämmigen Bevölkerung von Riga, wo man versucht hatte, mit einem Minimum an Geld die wichtigsten Sanierungsarbeiten durchzuführen. Im Treppenhaus roch es nach frischer Farbe, obwohl an manchen Stellen der Putz bröckelte. Durch die dünnen Türen drang Musik und Kindergeschrei.

Als Emilia und Gupka den dritten Stock erreichten, erwartete Daria sie schon im Eingang zu ihrer Wohnung. Sie war eine kleine, kompakte Frau mit heller Haut, der man ansehen konnte, dass sie viel Sport trieb. Sie trug einen beigen, enganliegenden Strickpullover und eine Jogginghose. Das schwarze, schulterlange Haar hatte sie zu einem Pferdeschwanz zusammengebunden. Ihr linkes Auge war geschwollen und schimmerte bläulich violett.

Emilia stellte sich und Abel Gupka vor, anschließend führte Daria sie ins Wohnzimmer.

»Wollen Sie einen Kaffee?«, fragte sie.

Emilia hatte schon im Hotel zwei Tassen getrunken, wusste aber, dass das Gespräch in einer besseren Atmosphäre verlaufen würde, wenn sie ja sagte.

Gupka schloss sich ihr an.

Ein paar Minuten später saßen sie um einen kleinen, grünen Tisch im Wohnzimmer, der im krassen Kontrast zu den beigen Sesseln und der Naturholz-Schrankwand stand. Überhaupt wirkte hier alles zusammengestückelt und abgewetzt, als seien die Möbelstücke wahllos auf verschiedenen Ramschmärkten erstanden worden. Daria Amasowa war offenbar keine Frau, die sehr viel Wert auf Inneneinrichtung legte.

»Sie hätten nicht herkommen sollen«, begann sie. Sie saß

mit einem untergeschlagenen Bein in ihrem Sessel und hielt ihre dampfende Tasse in der Hand. Mit dem blauen Auge sah sie ziemlich verletzlich aus.

»Sie haben mir Unterlagen von dreiundzwanzig Entführungen nach Lyon geschickt, die in den letzten fünf Jahren passiert sind«, entgegnete Emilia. »Das kann ich nicht einfach ignorieren.«

»Trotzdem hätten Sie lieber wegbleiben sollen. Sie bringen mich dadurch in zusätzliche Gefahr – und sich selbst ebenfalls.«

Emilia nickte nachdenklich. »Wir haben es mit einem Serientäter der übelsten Sorte zu tun«, sagte sie. »Mit einem skrupellosen Psychopathen – niemand weiß das besser als Sie! Wenn wir ihm nicht das Handwerk legen, wird er noch ewig so weitermachen. Wie viele Fälle gab es vor 2014?«

Daria kämpfte mit sich, das konnte man ihr am Gesicht ablesen. »Fünfzehn«, sagte sie schließlich. »Begonnen haben die Entführungen im Jahr 2007.«

»Macht insgesamt achtunddreißig.« Emilia zog angewidert die Mundwinkel nach unten. »Fast doppelt so viele, wenn man bedenkt, dass in den meisten Fällen Kinder dabei waren. Also sprechen wir insgesamt von etwa fünfundsiebzig Personen – vermutlich alle tot. Deshalb bitte ich Sie inständig, uns zu helfen, dass wir die Fälle von Interpol aus betreuen können. Mehr verlange ich gar nicht, danach sind Sie aus dem Schneider.«

Daria zögerte immer noch. Endlich nickte sie jedoch und willigte ein.

»Ich werde Ihnen auch die älteren Akten geben«, versprach sie. »Was ich darüber gesammelt habe, liegt bei mir im Büroschrank. Das dürfte ungefährlich sein, weil wir keine elektronischen Spuren hinterlassen, wenn wir damit arbeiten. Allerdings stelle ich eine Bedingung: Ich will nicht, dass Sie sich auf dem Revier zeigen – oder waren Sie schon dort?«

Emilia schüttelte den Kopf. »Ich habe nur mit jemandem telefoniert, der mir sagte, dass Sie heute krank sind.«

»Wer war das?«

»Ich habe mir seinen Namen nicht gemerkt. Er klang Finnisch, glaube ich.«

»Kanismäki?«

»Ja, der war es.«

Daria wirkte erleichtert. »Dem ist jeder Fingerstreich zu viel. Der wird ganz bestimmt nicht nachforschen, von wo aus Sie angerufen haben. Das ist also meine Bedingung: Sie gehen in Riga vorerst nicht zur Polizei – nicht, solange die Sache noch so frisch ist. Das könnte uns alle in Teufels Küche bringen. Sobald Sie den Fall offiziell übernommen haben, können Sie dann tun, was Sie wollen – nur lassen Sie mich weiterhin aus dem Spiel. Unter der Hand helfe ich Ihnen zwar gerne, aber ich will nicht, dass der Eindruck entsteht, wir würden enger als unbedingt nötig zusammenarbeiten.«

Sie machte eine Pause, nippte an ihrem Kaffee, wartete auf eine Antwort.

Emilia ließ sich den Vorschlag durch den Kopf gehen. »Einverstanden«, sagte sie schließlich. »Ich werde unser Kontaktbüro informieren, damit alles für die offizielle Übernahme des Falls in die Wege geleitet werden kann.«

Daria Amasowa wirkte sichtlich erleichtert, als sei ihr gerade eine Zentnerlast von der Seele genommen worden.

»Vielen Dank für die Kooperation«, sagte Emilia und nahm einen großen Schluck Kaffee. »Ich weiß, dass Ihnen das nicht leichtgefallen ist, aber Sie tun das Richtige. Bevor wir gehen, habe ich nur noch eine letzte Frage: Wenn Sie diese ganze Entführungsserie noch einmal neu aufrollen sollten – wo würden Sie damit anfangen?«

69

Sommer 2001

Der kleine Aurelio stand im Wohnzimmer des Landhauses bei Jeisk und zitterte am ganzen Leib. Bis vor wenigen Augenblicken war seine Welt noch in Ordnung gewesen – eine heile, glückliche Kinderwelt, in der es kein größeres Problem gegeben hatte als ein aufgeschürftes Knie oder ein harsches Wort seiner Eltern.

Jetzt war plötzlich gar nichts mehr in Ordnung!

Alles in ihm hatte sich verkrampft. Es war, als würde eine riesige, unsichtbare Faust seinen Brustkorb umklammern, so dass er kaum noch Luft bekam. Er stand wie angewurzelt da und starrte auf seine Mutter hinunter. Sie lag auf der Seite, reglos, die Arme angewinkelt. Ihr hellblaues Sommerkleid – das mit den weißen Punkten – war ihr übers Knie gerutscht, so dass man das Muttermal auf dem Oberschenkel sehen konnte. Einer der beiden Schuhe war ihr vom Fuß gerutscht, eine weiße Sandale. Sie lag irgendwo neben der Couch.

Es sah beinahe so aus, als würde sie schlafen, aber Aurelio hatte von draußen den Knall gehört – eindeutig ein Schuss, was sonst? Und unter dem Kopf seiner Mutter vergrößerte sich die dunkelrote Lache auf dem Boden zusehends.

Sie schläft nicht.

Sie ist tot.

Das spürte der Kleine instinktiv, auch wenn er noch nicht

vollständig erfassen konnte, was das bedeutete. Aber ihm war klar, dass seine Mutter von nun an nie wieder mit ihm spielen würde. Er würde nie wieder ihre Stimme hören. Sie würde ihn nie wieder an sich drücken, und er würde nie wieder ihre beruhigende Nähe spüren.

Es würde nie wieder so sein wie früher.

Im oberen Stock hörte er Lärm, als sei eine Tür mit Gewalt aufgestoßen worden. Der Junge zuckte zusammen. Bis jetzt hatte er gar nicht daran gedacht, dass der Mann, der seine Mutter getötet hatte, noch im Haus sein könnte.

Und dass sein Vater oben am Schreibtisch saß. Ob der den Schuss nicht gehört hatte?

Aurelio öffnete den Mund, um zu schreien - vergeblich. Es kam kein Ton über seine Lippen. Er wollte die Treppe hinaufrennen, wollte seinen Vater warnen, doch seine Beine versagten ihm aus Angst den Dienst. Als seine Starre sich endlich löste, kam es ihm vor, als könne er sich nur in Zeitlupe bewegen.

Deshalb kam ihm das Landhaus noch viel größer vor als sonst.

Zwei Treppenaufgänge führten nach oben. Aurelio wählte den neben dem Badezimmer - nicht wegen der Aussicht aufs Meer, sondern weil man von dort unmittelbar ins Büro seines Vaters gelangte. Dazu musste er nur einmal schräg über den Flur rennen.

Wenn ich erst bei Papa bin, wird alles gut. Der hat eine Pistole in der mittleren Schreibtischschublade. Damit wird er den Kerl erledigen!

Vor ein paar Tagen hatte Aurelio die Waffe zufällig entdeckt, auf der Suche nach Malpapier.

Während die Gedanken durch seinen Kopf rasten, erreichte er keuchend das obere Treppenende. Er achtete gar nicht darauf, ob noch jemand außer ihm im Flur war, sondern rannte direkt ins Büro seines Vaters.

Aber es war leer!

Aurelio verstand nicht, war verwirrt.

Papa muss hier sein. Er wollte doch arbeiten!

Dann begriff er, dass sein Vater das Zimmer verlassen haben musste, als er den Schuss gehört hatte. Eine Sekunde lang wurde ihm beinahe übel vor Angst. Noch nie hatte er sich so isoliert, so verletzlich gefühlt wie in diesem Moment.

Was jetzt?

Er rannte zum Schreibtisch und zog hastig die mittlere Schublade auf, aber die Pistole war weg. Also hatte sein Vater die Gefahr erkannt! Aber wo steckte er?

Beinahe hätte Aurelio drauflosgeheult. Er hatte seinen Eltern helfen wollen und kam sich plötzlich vor wie in einer Falle. Seine Mutter war tot, sein Vater hatte sich versteckt. Und irgendwo in diesem schrecklichen Haus geisterte ein Fremder herum, der alle töten wollte!

Bin ich schon der Nächste?

Eine knarrende Diele verriet ihm, dass jemand im Flur war. Aurelio kannte die Stelle ganz genau – nur wenige Schritte von der offenstehenden Bürotür entfernt.

Wenn ER erst den Eingang versperrt, komme ich nicht mehr raus! Dann ist es endgültig vorbei!

Wieder dieses leise Knarren.

Zeit, eine Entscheidung zu treffen.

Genauso schnell, wie er ins Zimmer geeilt war, wollte er jetzt wieder nach unten. Kurzentschlossen rannte er los. Doch kaum hatte er die Tür passiert, spürte er einen Stoß in der Seite und verlor das Gleichgewicht. Aurelio taumelte, prallte gegen die gegenüberliegende Flurwand und stürzte mit wild fuchtelnden Armen die Treppe hinunter. Eine halbe Ewigkeit lang schien die Welt um ihn herumzuwirbeln. Dann schlug er mit dem Kopf auf dem Zwischenabsatz auf.

Sterne tanzten vor seinen Augen. Einen Moment lang wusste er nicht, wo oben und unten war. Benommen versuchte er, sich aufzurichten, aber sein Gleichgewichtssinn ließ ihn im Stich.

Irgendwo hinter sich hörte er polternde Schritte. Es gelang ihm, den Kopf zu drehen. Von oben kam der schwarzgekleidete Mann heruntergerannt, immer zwei Stufen auf einmal nehmend, mit einer Maske über dem Kopf, so dass man vom Gesicht nur die Augen sehen konnte. In der Hand hielt er eine Pistole, deren Mündung Aurelio plötzlich wie ein Abgrund entgegenklaffte.

Hilflos schrie der Junge nach seinem Vater.

70

»Sind Sie wirklich sicher, dass das die richtige Adresse ist?«

Avram saß auf dem Beifahrersitz von Vodjas Land Cruiser und ließ seinen Blick über das Gelände schweifen. Es lag ganz am Ende einer Sackgasse in einem schäbigen, kleinen Industriegebiet, dahinter kam nur noch Wald.

Das Grundstück gehörte einem Freund Vassilij Todorows, der ihm versprochen hatte, die CD-ROM für ihn aufzubewahren, bis er entweder aus dem Gefängnis entlassen wurde oder er jemanden schickte, um sie abzuholen. Der Freud hieß Franticek Vida und sollte laut Angaben auf dem Öffnungszeitenschild ab neun Uhr hier erreichbar sein. Aber obwohl es bereits nach halb zehn war, reagierte niemand auf die Türklingel.

Das Firmengelände bestand im Wesentlichen aus einer kleinen Lagerhalle, die Vida quadratmeterweise vermietete, zum Beispiel für Geschäftsinventar, das vorübergehend untergestellt werden musste.

»Sieht verlassen aus«, kommentierte Vodja, der neben Avram am Zaun stand.

Am Briefkasten entdeckten sie einen laminierten Zettel:

Betriebsferien bis 3. November.

Bis dahin waren es noch fast zwei Wochen. So lange wollte Avram nicht warten.

»Todorow hat gesagt, die CD-ROM befindet sich in Vidas Büro«, raunte Avram. »Im Schrank hinter dem Schreibtisch.«

»Sie wollen hier einbrechen?«

Avram zuckte leichthin mit den Schultern. »Warum nicht?«

Ein paar Meter weiter stieg er über den Zaun. Ein am Straßenrand geparkter Laster bot ihm dabei Sichtschutz. Vodja, der zu ungelenk für die Kletterei war, blieb draußen.

»Sie warnen mich, falls jemand kommt oder Gefahr im Verzug ist«, sagte Avram. »Ich lasse mein Handy eingeschaltet.«

In geduckter Haltung machte er sich auf den Weg zum Gebäude. Die Vorderfront bestand aus einer Betonrampe und drei großen Rolltoren für den An- und Abtransport. Dort war alles abgeschlossen.

Hinter dem Haus sah es nicht anders aus. Wenigstens schien es keine elektrische Sicherung zu geben. Kurzerhand schoss Avram das Schloss kaputt. In einem Industriegebiet wie diesem würde man den Knall wahrscheinlich für die Fehlzündung eines Lkw-Motors halten.

Mit vorgehaltener Pistole betrat er das Gebäude – nicht, dass er einem Wachmann über den Weg lief, der hier seinen Dienst tat. Er wollte zwar niemanden erschießen, aber vielleicht musste er jemanden einschüchtern.

Im Erdgeschoss befanden sich eine Toilette, eine Kaffeeküche und ein Technikraum, der Rest war Lagerfläche. Deshalb ging Avram gleich ins Obergeschoss. Dort gab es neben noch mehr Lagerfläche auch ein geräumiges Büro. Das musste es sein.

An den Wänden hingen große Farbbilder von exotischen Städten. Der Schreibtisch war sauber aufgeräumt. Auf den Regalen neben der Eingangstür standen lange Reihen von Ordnern, vermutlich Vertragsunterlagen und Einlieferungsbescheinigungen – nichts, was Avram interessierte.

Hinter dem Schreibtisch stand ein großer Holzschrank. Den musste Vassilij Todorow gemeint haben. Die Türen waren abgeschlossen, wirkten aber nicht besonders stabil. Mit dem Brieföffner aus der Schreibtischablage konnte Avram ihn mühelos aufbrechen.

In den oberen vier Regalfächern standen wieder viele Ordner, sauber nebeneinander aufgereiht. In dem Fach auf Kniehöhe befanden sich eine Geldkassette, diverse Büroutensilien und zwei Plastikboxen mit CD-ROMs.

Bingo!

Avram nahm sie heraus, um einen genaueren Blick darauf zu werfen, aber er verstand die estnische Beschriftung nicht – vermutlich weitere Buchhaltungs- und Archivunterlagen. Beim schnellen Durchstöbern der Boxen gab es jedenfalls keine CD-ROM, die ihm ins Auge stach.

Avram seufzte.

Wie es aussieht, muss ich Vodja über den Zaun helfen, damit er für mich übersetzen kann. Oder ich fotografiere die CD-ROMs mit dem Handy ab, dann kann er die Beschriftungen auf der Straße anschauen.

Er wollte sich gerade an die Arbeit machen, als ihm ein Gedankenblitz kam. Rasch durchstöberte er noch einmal die Plastikboxen. Irgendwo in der Mitte der zweiten Box fand er, wonach er suchte:

Nadolny faile 24.09.2018.

Ein schmales Lächeln legte sich auf Avrams Lippen. Diese CD-ROM nahm er mit.

71

Das Taxi hielt in einer engen Altstadtstraße, die zu beiden Seiten von hohen Ziegelsteingebäuden mit kleinen Fenstern flankiert wurde. Abel Gupka wechselte ein paar Worte mit dem Fahrer und gab ihm einen Geldschein, dann stiegen sie aus.

Emilia ließ den Blick über die vom Smog verschmutzte Fassade wandern. »Sieht nicht besonders einladend aus«, kommentierte sie.

»Wir sind aber richtig«, sagte Gupka und wies auf das Messingschild neben der Eingangstür. »Das ist das Heim für alleinerziehende Mütter. Ihnen ist schon klar, dass wir uns noch gar nicht in die Ermittlungen einmischen dürften?«

»Lassen Sie das meine Sorge sein«, antwortete Emilia. »Die Formalitäten holen wir später nach.«

Sie gingen ins Haus. Am Empfang sprach Gupka mit der Dame hinter der Theke. Vielleicht war es auch ein kleiner Flirt – so sah es zumindest aus. Jedenfalls fand er dabei auch heraus, was sie wissen wollten.

»Zimmer siebzehn, dritter Stock«, sagte er.

Das Treppenhaus war hell, aber es roch muffig wie in einem alten Keller. Von allen Seiten drang Babygeschrei zu ihnen. Eigenartigerweise ging Emilia der Lärm gar nicht auf die Nerven – im Gegenteil, tief in ihr regte sich der Wunsch, selbst wieder einmal so ein kleines, brüllendes Bündel im Arm zu halten, auch wenn das im krassen Gegensatz zu ihrem jüngsten Karrieresprung stand. Doch ihre biologische

Uhr tickte. Irgendwann würde es zu spät für ein zweites Kind sein.

Sie stieß einen stillen Seufzer aus. Manchmal wusste sie selbst nicht, was sie wollte.

Im dritten Stock bogen sie in den Flur ein und blieben vor Zimmer siebzehn stehen. Als Gupka klopfte, meldete sich eine Frauenstimme. Gleich darauf schwang die Tür auf, und eine junge Blondine stand ihnen gegenüber, etwa Mitte zwanzig. Sie trug eine Brille und einen roten Pullover, dazu Jeans und dicke Wollsocken.

Mit gedämpfter Stimme sprach sie auf Lettisch, woraufhin Gupka – ebenfalls mit gedämpfter Stimme – etwas erwiderte und schließlich nickte.

»Wir müssen leise sein. Ihr Baby ist gerade eingeschlafen«, raunte er Emilia zu. »Sie möchte nicht, dass es aufwacht.«

Sie gingen in die Küche und setzten sich um einen kleinen, weißen Resopaltisch, wo die Frau sich eine Zigarette ansteckte. Nachdem Gupka ein paar Worte mit ihr gewechselt hatte, stellte sich heraus, dass sie ziemlich gut Englisch konnte. Daraufhin übernahm Emilia die Gesprächsführung.

»Sind Sie Natascha Riesmann?«

Die Blondine nickte und wirkte dabei irgendwie verunsichert.

»Hat mein Kollege Ihnen schon erklärt, weshalb wir hier sind?«

»Er hat gesagt, dass Sie von der Polizei sind.«

»Ja, genau. Von Interpol, um genau zu sein. Wir wollen gerne mit Ihnen über Karina Sukowa sprechen.«

Laut Angaben von Kommissarin Daria Amasowa war Karina Sukowa die letzte verschwundene Mutter in dieser grauenvollen Entführungsserie.

Natascha Riesmann schluckte. Die Zigarette zwischen ihren Fingern begann zu zittern.

»Das dachte ich mir schon«, presste sie hervor. »Aber alles, was ich dazu weiß, habe ich schon vor Monaten zu Protokoll gegeben.«

»Genau aus diesem Grund sind wir hier«, sagte Emilia. »Wir hoffen, dass Ihnen in der Zwischenzeit noch etwas eingefallen ist, das uns weiterhelfen könnte. In der Polizeiakte steht, dass Sie mit Karina befreundet waren.«

Es entstand eine kurze, unangenehme Pause, in der Natascha Riesmann einen tiefen Zug von ihrer Zigarette nahm, aber keine Anstalten machte, auf Emilias Frage zu antworten.

»Sie waren doch Freundinnen, nicht wahr?«, hakte Emilia nach.

Natascha blies den Rauch durch die Nase aus. »Wir waren Zimmernachbarn«, sagte sie. »Da freundet man sich zwangsläufig sehr schnell an. Wir haben uns gegenseitig ausgeholfen, wenn eine von uns mal einen Babysitter brauchte oder wenn das Pulver für die Fläschchen ausging. Aber wir haben uns auch so ziemlich gut verstanden. Karina war ein paar Jahre jünger als ich. Als sie hier einzog, habe ich schon eine ganze Weile hier gewohnt. Ich glaube, sie war erleichtert, jemanden zu haben, der sich hier auskennt, zumindest am Anfang.«

»Was für ein Mensch war sie?«

»Sie sprechen von ihr, als würde schon feststehen, dass sie tot ist«, sagte Natascha betreten.

Emilia schluckte. »Weder Karina noch ihre Tochter sind seit ihrem Verschwinden wieder aufgetaucht. Wir haben Grund zu der Annahme, dass sie von einem Serientäter entführt wurden. Es tut mir leid, aber ich fürchte, wir müssen mit dem Schlimmsten rechnen.«

Natascha verzog keine Miene, nur ihre Augen füllten sich mit Tränen.

»Karina war neu in der Stadt«, erzählte sie. »Sie ist von daheim ausgebüxt, weil sie mit ihrem Idioten-Freund durchbrennen wollte, von dem sie schwanger geworden war. Nur hat der sie dann wegen einer anderen sitzengelassen, und Karina hat sich nicht mehr nach Hause getraut. Irgendwie ist sie dann hier gelandet, im Mütterheim, weil sie keine andere Bleibe hatte. Sie war ein nettes Mädchen. Ein bisschen schüchtern vielleicht, aber sehr herzlich, wenn man sie ein bisschen kannte. Und hübsch, auch wenn sie das selbst nicht so sah.«

Emilia erinnerte sich an das Foto in der Akte – eine junge Frau, noch ganz am Anfang ihres Lebens, mit dunklen Locken und einem sympathischen Lächeln.

»In der Polizeiakte steht, dass Sie und eine der Damen am Empfang die Letzten waren, die Karina Sukowa lebend gesehen haben«, sagte sie. »Wissen Sie, wohin Sie an diesem Tag wollte?«

Natascha schüttelte den Kopf. »Keine Ahnung. Falls Karina es erwähnt hat, kann ich mich nicht erinnern.«

»War sie in den Tagen davor irgendwie verändert?«, fragte Emilia. »Wirkte sie zum Beispiel aufgeregt oder verängstigt?«

»Nein. Zumindest ist mir das nicht aufgefallen.«

»Wissen Sie, wie es um Karina Sukowas Finanzen stand?«

Natascha Riesmann zuckte mit den Schultern. »Wahrscheinlich nicht besonders gut, sonst wäre sie wohl kaum hierhergekommen. Sie hatte keine Berufsausbildung, falls Sie das meinen.«

»In der Akte steht, Karina wollte kurz vor ihrem Verschwinden ihre Tante in Kanada besuchen. Das hat die

Heimleiterin ausgesagt, weil Karina sie um Geld gebeten hatte – nicht viel, nur zwei- oder dreihundert Euro. Wollte Karina auch Geld von Ihnen?«

»Nein.«

»Haben Sie eine Ahnung, wie sie sonst zu dem Geld für ein Flugticket hätte kommen können?« Die Frage beschäftigte Emilia, seit sie die Akte gelesen hatte. Es stand zwar noch längst nicht fest, dass das etwas mit Karinas Verschwinden zu tun hatte, aber es war zumindest eine Möglichkeit.

Natascha nahm wieder einen Zug von ihrer Zigarette. »Ich weiß es nicht«, sagte sie.

»Die Empfangsdame, die an jenem Tag Dienst hatte, gab zu Protokoll, dass Karina Sukowa das Heim ohne ihr Kind verließ. Was wissen Sie darüber?«

»Bei mir hat sie das Baby nicht gelassen, falls sie darauf hinauswollen«, entgegnete Natascha. »Das habe ich bei meiner Befragung auch schon der Polizei gesagt. Ich weiß nicht, wem sie es gegeben hat.«

Noch so ein ungeklärter Punkt in der Akte. Niemand konnte sagen, wo an diesem Tag die kleine Elena gesteckt hatte. Es stand außer Frage, dass sie ebenfalls entführt worden war, denn seitdem war sie – wie Karina – nicht mehr aufgetaucht. Doch wenn die Aussage der Empfangsdame stimmte, mussten Mutter und Tochter an jenem Tag getrennt voneinander gekidnappt worden sein – und derjenige, der auf das Kind aufgepasst hatte, war entweder Mitwisser oder tot.

»Lassen wir die Frage nach dem Baby im Moment offen«, sagte Emilia. »Ich frage mich, wo Karina an diesem Tag ohne ihr Kind hinwollte? Im Grunde kann ich mir zwei Dinge vorstellen: Entweder sie wollte sich mit einem Mann treffen, um ihn ungestört kennenzulernen, oder sie wollte Geld verdienen. Vielleicht hatte sie ein Vorstellungsgespräch oder einen Termin zum Probearbeiten.«

»Schon möglich«, sagte Natascha mit einem Schulterzucken.

»Hat Karina Ihnen bei anderen Gelegenheiten Elena anvertraut, damit Sie auf die Kleine aufpassen?«

Natascha nickte. »Ja, klar. Wenn sie abends mal ausgehen wollte, zum Beispiel. Das kam zwar nicht oft vor, aber hin und wieder schon. Einmal hatte sie einen Arzttermin. Da hat sie mir das Baby auch dagelassen.«

»Aber nicht an jenem Tag. Finden Sie das nicht sonderbar?«

Wieder führte Natascha ihre Zigarette zum Mund, um einen langen Zug zu nehmen, obwohl der Stummel fast nur noch aus dem Filter bestand. Sie wirkte extrem nervös, brauchte Zeit zum Nachdenken.

»Ich weiß nicht, warum Karina das Kind nicht bei mir gelassen hat«, sagte sie schließlich und drückte die Kippe im Aschenbecher aus. »Wenn sie es getan hätte, wäre die Kleine jetzt vielleicht noch am Leben.«

Emilia tauschte einen unauffälligen Blick mit Gupka aus. Er schien dasselbe zu denken wie sie, nämlich, dass Natascha Riesmann ihnen ein Märchen auftischte. Sie wiederholte zwar genau das, was sie damals zu Protokoll gegeben hatte, insofern verstrickte sie sich nicht in Widersprüche, und man konnte ihr auch keine Lüge nachweisen. Aber Kommissarin Daria Amasowa lag goldrichtig mit der Vermutung, dass Natascha wesentlich mehr wusste, als sie zugab. Während der gesamten Unterhaltung hatte sie nicht ein einziges Mal Elenas Namen erwähnt, sie hatte immer nur von »dem Kind«, »der Kleinen« oder »dem Baby« gesprochen. Als handle es sich um einen Gegenstand. Außerdem klang ihre

Version der Geschichte nicht besonders plausibel: Warum sollte Karina Sukowa ihr Baby an jenem Tag jemandem anvertraut haben, den sie viel schlechter kannte als Natascha Riesmann? Darüber hinaus wollte Karina nach Kanada fliegen. Würde sie da nicht zuallererst ihre beste Freundin um das nötige Geld für den Flug bitten, anstatt die Heimleiterin anzupumpen?

Nichts davon war ein zwingender Beweis dafür, dass Natascha in die Angelegenheit verwickelt war, aber Emilias Instinkt sagte ihr, dass die junge Blondine etwas zu verbergen hatte.

72

»Ich hätte nicht gedacht, dass Sie einen Computer besitzen«, sagte Avram.

Vodja lächelte und entblößte dabei seine gelb verfärbten Zähne. »Man muss mit der Zeit gehen«, krächzte er.

Nach dem Einbruch in Franticek Vidas Lager waren sie zu Vodjas Holzhaus nach Kalesi zurückgefahren, um die CD-ROM zu studieren, die Avram gefunden – oder besser gesagt geklaut – hatte. Während Vodja sich eine Pfeife stopfte, fuhr er den PC hoch.

Das Zimmer mit seinem Computer lag direkt unter dem Dach, durch das kleine, verstaubte Giebelfenster fiel an diesem verregneten Tag kaum Licht. Bald erfüllte würziger Tabakduft den Raum, dicke Rauchschwaden krochen träge zwischen den Dachschrägen hin und her. Die Luft war so stickig, dass man sie beinahe schneiden konnte.

Vodja öffnete den Windows-Explorer, schob die CD-ROM ins Laufwerk und wartete, bis auf dem Monitor der Inhalt aufgelistet wurde. Avram verstand die estnischen Dateibezeichnungen nicht, deshalb überließ er Vodja die Reihenfolge der Analyse.

Der öffnete zunächst die Textdateien. Mit der Pfeife im Mundwinkel überflog er die Zeilen.

»Das ist ein Wertgutachten«, nuschelte er. »Von Mai 2018, für ein Grundstück in Riga. Irgendwo in der Nähe des Hafens.«

»Taucht der Name Leviathan darin auf?«

Vodja schüttelte den Kopf. »Den kann ich hier nirgends finden. Vielleicht im nächsten Dokument.«

Er klickte die zweite Datei an und brauchte wieder ein paar Sekunden, um sich einen Überblick zu verschaffen. »Noch mal ein Wertgutachten«, sagte er. »Diesmal von März 2019, also zehn Monate später. Leviathan wird wieder nirgends erwähnt, aber es geht um dasselbe Grundstück wie eben. Nur dass der Wert diesmal auf 2,4 Millionen Euro geschätzt wurde. Im ersten Gutachten waren es ...« Er klickte noch mal das andere Dokument an. »... Dort waren es 1,3 Millionen Euro.«

»Wer ist der Besitzer des Grundstücks?«, wollte Avram wissen.

»Ein gewisser Ivar Tarand.«

»Hat er die Gutachten beauftragt?«

»Nein, das war die CT-Immobiliengesellschaft in Sigulda. Der Ersteller des Gutachtens ist ein Makler aus Riga. Samu Lotvik.«

Es folgten noch einige weitere Wertgutachten, außerdem notarielle Urkunden, Auszüge aus diversen Katasterämtern, Briefwechsel zwischen verschiedenen Gutachtern und Immobilienfirmen. Weder Avram noch Vodja konnte darin einen Zusammenhang erkennen, außer, dass die in den Gutachten genannten Werte innerhalb weniger Monate gravierend voneinander abwichen.

Bewiesen diese Unterlagen einen Immobilienbetrug im großen Stil?

Ein großer Teil der Dokumente handelte von einem Grundstück bei Stiene in Lettland, einem Gebiet, das in den Katasterunterlagen als *»klusa zeme«* bezeichnet wurde – stilles Land. Es war vor elf Jahren von einer Firma namens TTB gekauft worden, um darauf eine Chemiefabrik zu errichten, doch wenige Monate nach Baubeginn waren die Arbeiten wieder eingestellt worden, weil die noch ausstehende Baugenehmigung versagt wurde.

Auch damit konnten Avram und Vodja nicht viel anfangen. Die Unterlagen des Detektivs, den Vassilij Todorow engagiert hatte, ergaben noch keinen wirklichen Sinn.

Das änderte sich auch nicht, als sie die nächsten Dokumente ansahen: eingescannte Todesanzeigen und Zeitungsberichte über diverse Unfälle – ein Stadtrat aus Mustkalni, zwei Bankangestellte, ein Mitarbeiter vom Bauamt in Riga, zwei Greenpeaceaktivisten, ein Polizist aus Grubas, ein anderer aus Jelgavkrasti, ein paar Rentner aus Skultes muiza, die bei einem Brand im Seniorenheim ums Leben gekommen waren.

Was hatten diese Toten mit den Immobiliengeschäften zu tun? Waren sie irgendwie in die Betrugsangelegenheiten verwickelt gewesen? Avram wollte keine voreiligen Schlüsse ziehen, aber eine andere Erklärung kam ihm im Moment nicht in den Sinn.

»Jetzt ist nur noch dieser ZIP-Ordner übrig«, sagte Vodja. Er klickte mit dem Mauszeiger darauf, woraufhin sich eine lange Liste von jpeg-Dateien öffnete. Im Vorschaufenster erschien eine Reihe von briefmarkengroßen Bildern.

»Sind das Fotos?«, fragte Avram.

»Sieht so aus. Sogar eine ganze Menge – hundertachtzig Stück.«

Als sie die Bilder im Großformat betrachteten, stellten sie fest, dass es sich um ganz spezielle Fotografien handelte: Satellitenaufnahmen, immer vom selben Stück Land. Von jedem Tag ein Bild, über einen Zeitraum von insgesamt einem halben Jahr.

»Wo ist das?«, fragte Avram.

Anhand der geographischen Breiten- und Längengradangaben auf den Bildern fanden sie schnell heraus, dass es sich um das bereits in den Katasterunterlagen erwähnte »Stille Land« handelte. Die Satellitenaufnahmen starteten am 10. September 2008 mit dem Beginn des Fabrikbaus und endeten am 10. März 2009 zwei Monate, nachdem die Baugenehmigung verweigert worden war.

»Haben Sie eine Idee, worauf das Ganze hinauslaufen soll?«, fragte Vodja und paffte an seiner Pfeife.

Avram schüttelte nachdenklich den Kopf.

73

Der Leiter der Interpol-Außenstelle in Riga hieß Josup Nadar, ein finster dreinblickender Mann mit Halbglatze, Stiernacken und langen Koteletten. Sein kompakter Körperbau ließ vermuten, dass er regelmäßig Kraftsport betrieb. In der nietenbesetzten Lederjacke sah er gleich noch mal so gefährlich aus.

Als Emilia und Gupka sein Büro in der Rigaer Altstadt betraten, stand er auf und schüttelte ihnen die Hand, ohne eine Miene zu verziehen.

»Ich habe Sie schon erwartet«, sagte er. In seiner Stimme schwang ein rauer Unterton mit, als habe er die Nacht durchgesoffen. »Lyon hat Ihrem Fall oberste Priorität eingeräumt. Ich bin gespannt, worum es genau geht.«

Obwohl er nicht besonders erfreut über diese Art von Einmischung schien, war Emilia sehr zufrieden. Offenbar hatte ihr Chef, Louis Benoit, Wort gehalten und seinen Einfluss bei den hiesigen Kollegen geltend gemacht. Das würde die Dinge beschleunigen.

In knappen Sätzen erzählte sie, was sie und Gupka hierherführte. Je konkreter sie wurde, desto verständnisvoller wurde Josup Nadars Blick.

»Achtunddreißig Entführungsfälle«, wiederholte er nachdenklich. »Wenn das auf das Konto einer Schlepperbande ginge, wäre es nicht weiter ungewöhnlich – hier kommt es immer wieder vor, dass junge Frauen ins Ausland entführt und zur Prostitution gezwungen werden. Aber ein Psychopath?« Er pfiff durch die Zähne. »So etwas hatten wir noch nicht, seit ich hier arbeite.«

»Das Problem ist, dass die Polizei in die Angelegenheit verwickelt zu sein scheint«, sagte Emilia. »Die Kripokommissarin, die mich auf die Fälle aufmerksam gemacht hat, wurde bereits verprügelt. Irgendjemand bei der Polizei hat mitbekommen, dass sie mit Interpol kooperiert, und einen Warnschuss abgegeben. Es ist nicht auszuschließen, dass ihr beim nächsten Mal Schlimmeres droht als ein paar Blutergüsse und ein blaues Auge. Auch wir begeben uns in Gefahr. Egal, was wir tun, wir müssen vorsichtig sein.«

»Was schlagen Sie vor, wie es jetzt weitergehen soll?«

»Wir rollen die letzten Fälle noch einmal komplett auf«, sagte Emilia. »Auf eigene Faust, auch wenn das nicht das übliche Vorgehen bei Interpol ist. Ich habe den Eindruck, dass die bisherigen Ermittlungen nicht sauber durchgeführt wurden. Agent Gupka und ich waren heute im Mütterheim, bei einer Freundin des letzten bekannten Opfers. Die Frau verheimlicht etwas, und bestimmt gibt es noch eine ganze Reihe weiterer Ansatzpunkte, denen wir nachgehen können. Wir müssen die Akten noch einmal Punkt für Punkt durchgehen.«

Nadar wog nachdenklich den Kopf hin und her. »Das Problem ist, dass das NCB in Riga nur acht Mitarbeiter hat«, sagte er. »Mit mir neun. Wenn wir das intern abarbeiten wollen, kann das eine ganze Weile dauern.«

NCB stand für National Central Bureau – die Bezeichnung für die Interpol-Niederlassungen in den jeweiligen Mitgliedsländern.

»Wir könnten die Staatspolizei einschalten«, schlug Gupka vor.

Doch Emilia lehnte ab. »Solange wir nicht wissen, wer

für Leviathan arbeitet, will ich, dass die Angelegenheit ausschließlich von Interpol betreut wird, von niemandem sonst. Da ein Teil der Entführungen in den Nachbarländern stattgefunden hat, können wir auf die NCBs in Tallinn und Vilnius zugreifen. Die können die Ermittlungen in Estland und Litauen übernehmen. Ich schlage vor, dass wir chronologisch vorgehen: zuerst die neueren Fälle, danach sukzessive die älteren. Vielleicht finden wir ein paar Spuren, die uns weiterbringen.«

Nadar nickte. »Momentan sind vier meiner Leute außer Haus. Ich werde sie anrufen und herbeordern. In einer Stunde können wir eine Lagebesprechung im Gruppenraum durchführen.«

»Einverstanden. Bis dahin habe ich die Akten aus Lyon angefordert. Wenn Sie uns ein Telefon geben, das wir benutzen dürfen, können Agent Gupka und ich in der Zwischenzeit auch Tallinn und Vilnius informieren.«

Nadar begleitete sie in das freie Büro nebenan und schaltete den Apparat frei.

»Geben Sie mir Bescheid, falls Sie noch etwas brauchen«, sagte er. »Wenn Sie einen Kaffee wollen – am Ende des Flurs gibt es eine kleine Küche. Dort steht auch ein Kühlschrank, da sind immer ein paar Kleinigkeiten zum Essen drin. Bedienen Sie sich, wenn Sie Hunger haben.«

Danach ging er wieder an seinen Arbeitsplatz, um die Kollegen, die unterwegs waren, in die Zentrale zurückzurufen.

Als Emilia zum Telefonhörer greifen wollte, um in Lyon anzurufen, fiel ihr Gupkas nachdenkliche Miene auf. Mit dem Hörer in der Hand hielt sie inne.

»Was ist?«

Gupka zog die Augenbrauen nach oben. »Woher wollen

Sie wissen, dass Leviathan nicht auch mit jemandem von Interpol kooperiert?«, fragte er.

Die Sorge war berechtigt – erst vor kurzem hatte Emilia genau damit zu kämpfen gehabt: mit einem Spitzel in den eigenen Reihen.

»Wir können diese Möglichkeit nicht ausschließen«, räumte sie ein. »Aber irgendjemandem müssen wir in Riga vertrauen.«

74

Kyril Owalischenko saß in seinem Arbeitszimmer in Beljukij und studierte die neuesten Zahlen seines Buchhalters. Nicht die offiziellen, die interessierten ihn nicht. Wichtig war, was hinter den Kulissen lief – außerhalb der Grenzen des Legalen. Pelztier- und Waffenschmuggel, Drogen- und Menschenhandel …

Das brachte das wahre Geld.

Trotz leicht rückläufiger Einnahmen war Owalischenko mit dem Ergebnis der letzten vier Wochen zufrieden. Das Geschäft lief längst nicht mehr so gut wie noch vor zehn Jahren, aber es warf immer noch mehr als genug ab, um seinen Lebensstil zu finanzieren. Für den Notfall hatte er sein Privatvermögen als Puffer, einen dreistelligen Millionenbetrag. Das würde selbst in schwierigen Zeiten eine Weile reichen.

Er fragte sich, ob der nächtliche Drogendeal gut über die Bühne gegangen war? Gleich nach dem Aufstehen hatte er versucht, Gregor Boudán zu kontaktieren, doch der war nicht ans Handy gegangen. Jetzt probierte Owalischenko es noch einmal. Tatsächlich nahm Boudán das Gespräch diesmal an.

»Hm?« Es klang so verschlafen, als sei er gerade erst ins Bett gekommen.

»Hier spricht Kyril. Wie ist es heute Nacht gelaufen?«

»Die Übergabe hat reibungslos funktioniert. Die Drogen sind am Hafen im Lagerhaus deponiert. Von den Bullen war weit und breit niemand zu sehen.«

Owalischenko hatte nichts anderes erwartet, dennoch fiel ihm ein Stein der Erleichterung vom Herzen. Solche Geschäfte bargen immer gewisse Unwägbarkeiten.

»Es gibt da aber etwas anderes, das Sie wissen sollten«, fuhr Boudán fort.

Sofort verflüchtigte sich das Erleichterungsgefühl wieder. »Und das wäre?«

»Ich fürchte, Ihnen ist jemand auf der Spur. Ein Informant bei der Kripo hat mir einen Tipp gegeben. Es gibt dort eine Beamtin namens Amasowa. Sie ist auf die Entführungsfälle gestoßen und arbeitet inzwischen mit Interpol zusammen. Lobosch und ein paar seiner Männer haben schon versucht, ihr Angst einzujagen, aber das hat offenbar nicht gereicht. Ich habe gerüchteweise gehört, dass schon Beamte aus Lyon nach Riga angereist sind.«

Die Polizei war Kyril Owalischenko schon in der Vergangenheit immer wieder unangenehm nahegekommen, aber dabei hatte es sich immer nur um die örtlichen Behörden gehandelt, die mit der richtigen Mischung aus Drohungen und Schmiergeldern gut in den Griff zu bekommen waren. Mit Interpol hatte er bislang keine Erfahrung.

»Da ist noch etwas«, fuhr Boudán fort.

Als wäre das noch nicht genug gewesen.

»In Estland erkundigt sich ein Mann namens Friedrich Schmidt nach Ihnen. Angeblich ein deutscher Journalist, der für die Münchener Tageszeitung schreibt, aber ich habe das bereits überprüfen lassen: Dort gibt es keinen Reporter, der so heißt. Auch keinen Freiberufler. Keine Ahnung, wer der Kerl wirklich ist. Jedenfalls wird er von einem einheimischen Dolmetscher begleitet. Gestern Morgen waren die beiden in Viru Vangla, um Vassilij Todorow einen Besuch abzustatten. Schmidts Dolmetscher steht wiederum in Verbindung mit einem gewissen Ole Frietjoff, einem deutschen Polizeispitzel in Kiel. Ich weiß nicht genau, was dahintersteckt, aber die Sache schmeckt mir nicht.«

Kyril Owalischenko sog scharf die Luft ein. Ihm schmeckte die Sache auch nicht.

Ganz und gar nicht.

»Veranlassen Sie, dass dieser deutsche Polizeispitzel beseitigt wird«, verlangte er. »Der Dolmetscher auch. Und besorgen Sie die Überwachungsbänder aus Viru Vangla. Wir müssen herausfinden, wer dieser Journalist ist. Bevor wir ihn verschwinden lassen, will ich wissen, für wen er arbeitet.«

»Wird erledigt. Was ist mit den Bullen aus Lyon?«

Am liebsten hätte Owalischenko auch sie auf der Stelle liquidieren lassen, aber er wollte nicht die Büchse der Pandora öffnen, indem er ganz Interpol gegen sich aufbrachte. Nicht, wenn es sich vermeiden ließ.

»Legen Sie eine falsche Fährte«, forderte er. »So, dass Interpol eine Weile beschäftigt ist.«

»Und wenn das nicht hilft?«

Kyril Owalischenko seufzte. »Wenn das nicht hilft, lasse ich Ihnen freie Hand«, sagte er.

75

Gemeinsam mit Vodja hatte Avram die Satellitenaufnahmen von *klusa zeme* auf der CD-ROM durchgesehen, jedes einzelne Bild davon, rund hundertachtzig Stück, ohne jedoch irgendwelche Auffälligkeiten feststellen zu können. *Klusa zeme* schien eine Art Wildwiese zu sein, ein langgezogener, grüner Landstreifen, flankiert von Wald. Die ersten Aufnahmen ab dem 10. September 2008 zeigten die Einrichtung der Baustelle für die geplante Chemiefabrik und den Beginn der Ausschachtungsarbeiten. Man konnte darauf einen Kran und mehrere Bagger erkennen, Lastwagen und allerlei sonstige Baumaschinen, die jeden Tag ihre Position wechselten. Ab November wurden die Aufnahmen vorwiegend weiß, weil die Landschaft und die Baustelle von Schnee überzogen war.

Dennoch kamen die Arbeiten scheinbar gut voran. Wenn man die Aufnahmen in schneller Folge durchklickte, sahen sie aus wie wildes Gewusel, aufgenommen aus der Vogelperspektive. Die Baustelle nahm dabei das obere Drittel des Bildausschnitts ein, das Land darunter blieb unberührt. Schon bald wurde die Bodenplatte der Fabrik gegossen, und man konnte mit etwas Phantasie erkennen, wie die Mauern drumherum entstanden.

Bis die Arbeiten plötzlich zum Erliegen kamen. Ab dem 12. Januar 2009, einem Montag, bewegten sich die Baustellenfahrzeuge eine ganze Woche lang nicht mehr.

Mit dem 19. Januar begannen dann die Rückbauarbeiten.

Auch diese schritten rasch voran. Mitte Februar 2009 wurde das entstandene Loch nach und nach wieder zugeschüttet. Diese Arbeiten dauerten bis zum Ende der Aufnahmen am 10. März an.

Avram lehnte sich in seinen Stuhl zurück und seufzte. Auch bei der zweiten Sichtung der Satellitenbilder konnte er nicht nachvollziehen, was an ihnen so wichtig sein sollte. Warum hatte Luan Nadolny, der von Vassilij Todorow beauftragte Detektiv, sie auf der CD-ROM gespeichert?

Was haben diese Aufnahmen mit Leviathan zu tun?

Da sie mit den Bildern nicht weiterkamen, erstellten Vodja und er eine Übersicht über alle in den CD-ROM-Dokumenten erwähnten Immobilienobjekte, indem sie deren Standorte auf einer Landkarte mit einem roten Kreuz markierten. Die Kreuze verteilten sich über das ganze Baltikum, von Alytus im südlichen Litauen bis nach Tallinn im estnischen Norden. Eine Struktur oder eine Konzentration auf bestimmte Gebiete gab es nicht, Stadtimmobilien waren genauso oft vertreten wie Bauernhöfe oder unbebaute Grundstücke. Sogar zwei Seen befanden sich darunter. Leviathan schien in dieser Hinsicht keine Vorlieben zu haben.

»Das bringt uns nicht weiter«, stellte Vodja nach einer Weile fest. »Ich kann darin weder ein Muster noch sonst etwas erkennen, das uns zu Leviathan führt.«

Avram fuhr sich mit der Hand über das müde Gesicht. »Sie haben recht. Versuchen wir es noch mal mit den Satellitenbildern. Nadolny muss sie aus einem ganz bestimmten Grund auf der CD-ROM abgespeichert haben.«

»Es sei denn, dieser Detektiv wollte nur Masse statt Klasse liefern und damit schnelles Geld machen«, gab Vodja zu bedenken.

»Möglich«, räumte Avram ein. »Aber das glaube ich nicht.

Nadolny wurde getötet, kurz nachdem er Todorow die CD-ROM gegeben hatte. Also muss er auf etwas Wichtiges gestoßen sein. Etwas, das Leviathan gefährlich erschien. Wir müssen herausfinden, was das war.«

Vodja stopfte sich eine weitere Pfeife. »Meinetwegen«, sagte er. »Gehen wir die Bilder noch mal durch.«

Wieder klickten sie die Aufnahmen von Anfang bis Ende durch. Diesmal richtete Avram seine Aufmerksamkeit jedoch nicht auf die Bauarbeiten, sondern auf das restliche Gelände darunter.

Tatsächlich stach ihm diesmal etwas ins Auge, das ihm bisher entgangen war – nur ein dunkler Punkt südlich der Baustelle, irgendwo auf der angrenzenden Wildwiese. Doch noch bevor er sich so richtig darüber klarwurde, hatte Vodja schon ein paarmal weitergeklickt.

»Was war das?«, fragte Avram. »Können Sie bitte ein paar Bilder zurückblättern?«

Vodja tat es, bis er die Stelle erreichte, die Avram gemeint hatte.

»Sehen Sie das?«

Avram deutete mit dem Finger auf den Monitor.

»Was ist das – mitten auf der Wiese? Ein Auto?«

76

Im Aufenthaltsraum des NCB Riga hatte sich das achtköpfige Team von Josup Nadar versammelt, um über das weitere Vorgehen bei der Suche nach Leviathan informiert zu werden. Die Männer und Frauen saßen auf Holzstühlen um die kleinen, runden Bistrotische. An der Wand standen ein Kaffeeautomat und ein alter, brummender Kühlschrank. Das Ganze erinnerte weniger an eine Polizeibesprechung als an einen überbuchten Volkshochschulkurs in einem viel zu kleinen Klassenzimmer.

Emilia konnte kaum glauben, wie schlecht Interpol in Lettland ausgestattet war. Zurück in Lyon würde sie eine Aufstockung der finanziellen Mittel beantragen – auch für Estland und Litauen, denn dort sah es noch schlimmer aus, das wusste sie von Josup Nadar. Im Moment musste sie allerdings mit den gegebenen Umständen leben.

Als Nadar sie und Gupka vorstellte, richteten sich die Augen aller auf sie. Das Riga-Team bestand aus drei Frauen und fünf Männern – sechs mit Nadar, allesamt erfahrene Polizisten. Emilia war zuversichtlich, dass sie gut miteinander auskommen würden.

Um alle auf einen einheitlichen Stand zu bringen, erläuterte sie noch einmal die aktuelle Situation. Dabei betonte sie auch, dass Interpol bei den Ermittlungen vorerst auf sich allein gestellt sein würde, weil Leviathans Netzwerk bis zur Kripo in Riga reichte.

»Wichtig ist, dass wir sorgfältig vorgehen«, sagte sie,

während ihr Blick von einem zum anderen wanderte. »Die letzten Entführungsfälle müssen noch einmal aufgearbeitet werden, weil ich befürchte, dass die bisherigen polizeilichen Ermittlungen von Leviathan manipuliert wurden. Die Interpol-Büros in Estland und Litauen sind ebenfalls informiert. Sie werden sich um alle Fälle kümmern, die in ihr Zuständigkeitsgebiet fallen.«

Anschließend verteilte Emilia die Unterlagen, die sie sich aus Lyon hatte schicken lassen: die Akten, die vom Riga-Team noch einmal genau unter die Lupe genommen werden sollten. Gemeinsam mit Josup Nadar verteilte sie die Aufgaben.

Als sie damit fertig waren, hatte sie ein gutes Gefühl. Allmählich kam die Sache ins Rollen. Allerdings würde es bestimmt noch eine ganze Weile dauern, bis die ersten klaren Ergebnisse vorlagen – das war nach ihrer Erfahrung beinahe immer so.

Sie genehmigte sich eine Tasse Kaffee und ging damit vor die Tür, um frische Luft zu schnappen und wieder einen freien Kopf zu bekommen. Durch ihren Karrieresprung bei Interpol stand sie ohnehin enorm unter Druck, die Entführungsfälle im Baltikum belasteten sie zusätzlich. Plötzlich fühlte sie sich unendlich schlapp.

Sie fragte sich, ob sie sich mit dem Leviathan-Fall nicht übernommen hatte. Es kam ihr so vor, als würde ihr ganzes berufliches Schicksal daran hängen. Wenn sie sich bewährte, würde sie damit das Vertrauen des Generalsekretärs endgültig rechtfertigen. Wenn nicht, würde sie sich eingestehen müssen, dass sie einer solchen Aufgabe wohl doch nicht gewachsen war.

Ihr Handy klingelte. Emilia stellte die Tasse auf der steinernen Sitzbank vor der Interpol-Niederlassung ab und nahm das Gespräch an. Es war Kommissarin Daria Amasowa.

»Ich habe gerade erfahren, dass es ein neues Opfer gibt«, sagte sie. »Am Dienstag ist eine junge Frau namens Tatjana Golinska verschwunden, hier in Riga. Vierundzwanzig Jahre alt, im achten Monat schwanger.«

»Woher wissen Sie das? Ich dachte, Sie sind krank.«

»Mein Bruder hat gerade angerufen und es mir erzählt. Am Donnerstag ging die Vermisstenanzeige ein.«

»Kann er uns die Unterlagen besorgen, ohne dass die anderen Kollegen bei der Kripo es mitbekommen?«, fragte Emilia. »Ich will nicht die Aufmerksamkeit von Leviathans Spitzeln auf mich ziehen. Aber wenn wir der Sache nachgehen sollen, brauchen wir mehr Informationen.«

Daria Amasowa zögerte und überlegte einen Moment. Schließlich gab sie sich einen Ruck.

»Ich werde meinen Bruder bitten, heimlich eine Kopie der Akte anzufertigen«, versprach sie. An ihrem Unterton konnte man jedoch hören, dass ihr ganz und gar nicht wohl dabei war.

77

Aus der Vogelperspektive war der dunkle Fleck, den man auf der Satellitenaufnahme des 25. Januar 2009 erkennen konnte, rechteckig, aber zu klein für ein Auto – nur etwa einen auf zwei Meter.

Was war es dann?

Vodja hatte bereits alles Mögliche versucht, um das unbekannte Objekt zu identifizieren, allerdings ohne Erfolg. Die Vergrößerung des Bildausschnittes bewirkte gleichzeitig eine gröbere Körnung, wodurch wiederum die Schärfe litt. Auch das Variieren von Kontrast und Helligkeit brachte nichts – es blieb bei einem undefinierbaren braunen Fleck, etwa fünfhundert Meter südlich der Baustelle. Am Tag zuvor war der Fleck nicht zu sehen, auch nicht am Tag danach, nur am 25. Januar.

»Vielleicht eine Kiste«, mutmaßte Vodja nach einer Weile. »Zum Beispiel für Waffen oder Drogen. Sie wurde vorläufig dort abgestellt und zufällig von dem Satelliten fotografiert. Später hat man sie weitertransportiert, deshalb ist sie ab dem 26. Januar nicht mehr zu sehen.«

Das war zugegebenermaßen eine Erklärung, aber sie leuchtete Avram nicht ein. »Warum sollte jemand mitten auf einer Wiese eine Kiste zwischenlagern?«, fragte er. »Außerdem ist überall um diesen Fleck herum Schnee, ich sehe aber keinerlei Spuren.«

Vodja dachte einen Moment darüber nach. »Vielleicht hat es zwischen dem Zeitpunkt, als die Kiste abgeladen wurde, und dem Zeitpunkt der Satellitenaufnahme geschneit«, sagte er. »Das hätte die Spuren unkenntlich gemacht.«

»Möglich«, murmelte Avram, wenig überzeugt.

Beim Weiterklicken stießen sie auf andere Flecke derselben Art: Am 1. Februar 2009 gab es einen, etwa zwanzig Meter weiter westlich, am 15. Februar einen ein Stück weiter östlich und am 22. Februar sogar drei, an unterschiedlichen Stellen. Allerdings waren all diese Flecke weit weniger auffällig als der vom 25. Januar, weil sie nur teilweise unter der Schneedecke hervorlugten. Deshalb hatten sie sie wohl zunächst übersehen.

Vodjas Messungen ergaben, dass die Größe der Flecken sich leicht unterschied, der vom 15. Februar war sogar deutlich größer als alle anderen. Wenn man ganz genau hinsah, konnte man auf dem Bild vom 22. Februar sogar Reifenspuren im Schnee erkennen.

»Ich werde aus dieser Sache nicht schlau«, murmelte Vodja, die Pfeife im Mundwinkel. Der würzige Rauch hing so dicht unter dem Dach, dass Avram schon Kopfweh bekam. Das gekippte Fenster schien nur die Kälte von draußen hereinzulassen, nicht jedoch neuen Sauerstoff.

»An welchen Daten sind die Flecke noch mal zu sehen?«, fragte Avram.

»Am 25. Januar sowie am 1., 15. und 22. Februar.«

»Das ist immer derselbe Wochentag.«

»Tatsächlich. Ist mir noch gar nicht aufgefallen. Warten Sie einen Moment ...« Vodja startete das Internet und rief einen Kalender aus dem Jahr 2009 auf. »Die Flecke sind immer nur sonntags zu sehen«, stellte er fest.

»Sonntags«, wiederholte Avram, vor dessen geistigem Auge sich eine Idee zu formieren begann. »Gehen Sie noch mal auf die erste Aufnahme, bei der der Fleck nicht von Schnee bedeckt ist. Die vom 25. Januar«, bat er.

Vodja blätterte zurück. Das Bild zeigte den Fleck in Großaufnahme. Irgendetwas daran stimmte nicht – aber was?

»Bitte zoomen Sie weg, bis man auch die Baustelle erkennen kann«, sagte Avram, obwohl er selbst nicht genau wusste, was er sich davon versprach.

Vodja tat es, so dass jetzt wieder die komplette Aufnahme auf dem Monitor zu sehen war.

Auf der Suche nach dem Fehler ließ Avram das Bild auf sich wirken. Langsam und eingehend betrachtete er alles ganz genau. Oben rechts standen das Datum und die Uhrzeit der Satellitenaufnahme: 25/01/2009 – 15.21. Darunter folgten die Angaben zu den geologischen Längen- und Breitengraden, anschließend das Baustellenareal, das das komplette obere Drittel des Bilds einnahm. Da das Foto am Nachmittag aufgenommen worden war, warf vor allem der Kran einen langen Schatten nach rechts oben, also in nordöstliche Richtung. Natürlich war das auch bei allen anderen Baustellenfahrzeugen und -gerätschaften der Fall, nur dass deren Schatten kürzer waren.

Schließlich fiel Avrams Blick auf die Baugrube. In diesem Moment wusste er, was es mit dem Fleck weiter unten auf sich hatte.

»Das ist ein Loch!«

»Wie kommen Sie darauf?«

»Sehen Sie die Schatten? Bei allem, was aus dem Boden nach oben ragt, schließt der Schatten am rechten Rand des Objekts an. Bei der Baugrube ist der Schatten aber am linken Rand, weil die Wand dort nach unten abfällt. Das ist auch bei diesem Fleck der Fall. Gehen Sie noch mal näher ran.«

Vodja vergrößerte den Ausschnitt wieder. Trotz der Unschärfe war der Schatten eindeutig am linken Rand zu erkennen. Auch bei den anderen drei Satellitenaufnahmen war das der Fall.

»Sie haben recht«, sagte Vodja und paffte aus dem Mundwinkel eine Qualmwolke in die Luft. »Das sind alles Löcher. Immer nur für einen Tag. Ich schätze, nach dem Zuschütten hat man sie wieder mit Schnee bedeckt, damit man sie nicht mehr erkennen kann.«

Der Gedanke war Avram auch schon gekommen. »Löcher in unterschiedlichen Größen, die immer sonntags gebuddelt und gleich darauf wieder zugeschüttet wurden. Was hat das zu bedeuten?«

Ihm fiel keine passende Erklärung dafür ein.

Er stand auf, streckte sich und vertrat sich die Beine in dem schmalen Korridor unter den beiden Dachschrägen, wo er aufrecht gehen konnte. Der wabernde Zigarrenqualm schien seinen Verstand einzunebeln. Er trat ans Fenster und schnappte ein wenig frische Luft.

Klirrende Kälte stach ihm ins Gesicht. Schneeflocken fielen wie kleine Wattefetzen vom stahlgrauen Himmel. Das Viertel, in dem Vodja wohnte, wirkte ziemlich heruntergekommen, aber der Schnee, der den Hof und die Dächer der anderen Häuser puderte, hatte etwas Heimeliges.

»Ich denke, wir können davon ausgehen, dass die Löcher von Leviathan gegraben wurden«, sagte er. »Von ihm oder vielmehr von seinen Leuten. Sie haben nur sonntags gebuddelt, damit die Arbeiter auf der Baustelle es nicht mitbekommen. Aus demselben Grund haben sie die Stellen wieder mit Schnee zugeschaufelt.«

Er ließ seinen Blick einen Moment über die Nachbarhöfe gleiten, dachte nach. Die Löcher tauchten erst kurz nach

Ablehnung der Baugenehmigung auf. Irgendetwas hatten sie mit den Arbeiten an der Chemiefabrik zu tun. Aber was?

»Wie heißt die Firma, die den Fabrikbau beauftragt hat?«, fragte er.

Vodja schloss die Satellitenaufnahmen und blätterte noch einmal die Dokumente durch.

»TTB«, sagte er.

»Wir sollten prüfen, wem diese Firma gehört. Entweder wollte Leviathan ihr mit diesen Löchern schaden, oder er wollte bewirken, dass das Bauverbot aufgehoben wird – eine andere Erklärung fällt mir dafür nicht ein. Wir müssen herausfinden, wer hinter TTB steht. Und dann sollten wir zwei Schaufeln einpacken, zu diesem Landstrich hinausfahren und nachsehen, ob das, was damals verbuddelt wurde, immer noch dort ist.«

78

Emilia war gerade dabei, mit zwei Interpol-Kollegen aus Riga einen Akteneintrag im Fall Nikita Kurtcz zu analysieren, als Josup Nadar ins Zimmer kam und ihr auf die Schulter tippte.

»Draußen steht jemand vor der Tür, der mit Ihnen sprechen will«, sagte er. »Mit niemandem sonst.«

Sie begleitete Nadar ins Empfangsbüro, wo auf einem Monitor das Bild der im Eingangsbereich installierten Überwachungskamera zu sehen war. Bei dem Besucher handelte es sich um einen jungen Mann, etwa Mitte zwanzig, der eine schwarze Lederjacke trug und darunter einen Pullover mit Totenkopf-Motiv. Er hatte kurzgeschnittenes Haar, seine Gesichtszüge wirkten hart. Gleichzeitig schien er ziemlich nervös zu sein, denn er sah sich ständig um, als befürchte er, verfolgt zu werden.

Unter dem linken Arm klemmte ein großer, brauner Briefumschlag.

»Hat er gesagt, wer er ist?«, fragte Emilia.

»Oleg Tartarin«, sagte Nadar. »Zumindest so ähnlich.«

»Was will er?«

»Hat er nicht verraten. Nur, dass er zu Ihnen will.«

Emilia nickte. »Wie kann ich mit ihm sprechen?«

»Über das Telefon. Wählen Sie zweimal die Raute, das aktiviert die Gegensprechanlage.«

Sie tat es. »Mein Name ist Emilia Ness«, sagte sie. »Was kann ich für Sie tun?«

»Ich habe ein Päckchen für Sie.« Er hielt den Briefumschlag in die Kamera, damit sie ihn besser sehen konnte.

»Was ist das?«

»Meine Schwester hat mich gebeten, Ihnen das hier zu übergeben.«

Also war das Daria Amasowas Bruder!

»Warten Sie, ich entriegle die Tür«, sagte Emilia.

Eine Minute später saßen sie im Aufenthaltsraum um einen der Bistrotische.

»Ist das die Kopie der neuesten Entführungsakte?«, fragte Emilia.

Der junge Mann nickte. »Alles, was ich auf die Schnelle auftreiben konnte – in Papierform, damit niemand aus der IT es nachvollziehen kann. Daria hat gesagt, dass eine digitale Kopie zu gefährlich sei.«

Emilia nahm den Umschlag entgegen und öffnete ihn. Er enthielt einen fingerbreiten Aktenstapel, rund hundert Seiten, schätzte sie. Vorne stand der Name des jüngsten Opfers in Großbuchstaben darauf:

TATJANA GOLINSKA

Darunter war ein Porträtfoto von ihr abgedruckt – das Gesicht einer wunderhübschen, jungen Frau mit einem warmen, einladenden Lächeln.

»Seit wann ist sie verschwunden?«, fragte Emilia.

»Die Vermisstenanzeige ging am Donnerstag ein. Verschwunden ist sie aber schon am Dienstag.«

»Heute ist Samstag.« Emilia seufzte – vier Tage waren in einem Entführungsfall eine verdammt lange Zeit. Aber eine bessere Spur als diese Akte gab es im Moment nicht.

»Wer hat die Vermisstenanzeige gestellt?«, fragte sie.

»Ihre Mutter. Rejka.«

»Ist Tatjana Golinska nicht verheiratet?«

»Geschieden. Seit sie allein lebt, isst sie jeden Donnerstag bei ihrer Mutter zu Mittag. Als sie diesmal weggeblieben ist, ohne Bescheid zu geben, hat ihre Mutter versucht, sie daheim anzurufen. Aber Tatjana ging nicht ran, auch nicht ans Handy. Im Lauf des Nachmittags hat Rejka Golinska dann begonnen, sich Sorgen zu machen. Am Abend ist sie zur Polizei gegangen, um die Vermisstenanzeige aufzugeben.«

»Geht die Kripo schon irgendwelchen konkreten Spuren nach?«

Daria Amasowas Bruder zuckte mit den Schultern. »Das ist nicht mein Fall«, sagte er. »Ich habe beim Kopieren nur einen kurzen Blick in die Akte geworfen. Mehr als das, was ich Ihnen erzählt habe, weiß ich darüber nicht. Tut mir leid.«

79

Trotz des schlechter werdenden Wetters hatte Kyril Owalischenko wegen einer dringenden geschäftlichen Angelegenheit nach Riga zurückfahren müssen. Es ging um mehrere Lieferungen von ukrainischen Mädchen nach Deutschland und Frankreich – Nachschub für das boomende Prostitutionsgewerbe.

Im Vergleich zu seinen Drogengeschäften, dem Alkohol- und Edelpelzschmuggel brachten Lieferungen wie diese nur unbedeutenden Umsatz, doch aus irgendeinem Grund bereiteten sie Owalischenko Freude. Der Handel mit Menschen gab ihm ein ganz besonderes Gefühl von Macht. Er allein entschied über Schicksale, über Wohl und Weh, im Zweifel sogar über Leben und Tod.

Nur wenn er seine Entführungsopfer misshandelte, war dieses Gefühl noch intensiver.

Er besprach soeben mit dem ukrainischen Unterhändler die letzten finanziellen Details, als es an der Tür klopfte. Ohne auf eine Reaktion zu warten, trat Gregor Boudán ein, Owalischenkos rechte Hand. Der begrüßte den Ukrainer mit einem knappen Kopfnicken, dann kam er ungefragt auf Owalischenko zu und beugte sich zu ihm.

»Wir haben die Aufnahmen«, raunte er ihm ins Ohr.

Vom Magen aus breitete sich eine angenehme Wärme in Owalischenkos Körper aus.

Endlich wieder eine gute Nachricht!

Er wandte sich an seinen ukrainischen Geschäftspartner.

»Ich fürchte, das ist eine dringende Angelegenheit«, sagte er. »Aber ich denke, wir haben alles Wesentliche besprochen. Lassen Sie uns in den nächsten Tagen telefonieren, um die letzten Details zu klären.«

Der Unterhändler stand von seinem Sessel auf und verabschiedete sich mit einem kräftigen Händedruck, bevor er das Zimmer verließ.

»Haben Sie die Aufnahmen bei sich?«, fragte Owalischenko, als sie allein waren.

Boudán hielt ihm einen USB-Stick hin. Owalischenko nahm ihn an sich, steckte ihn in den Computer und startete die darauf abgespeicherten Videoaufzeichnungen.

Auf dem Bildschirm erschienen die Gesichter zweier Männer.

»Das sind die beiden, die Vassilij Todorow heute Morgen im Gefängnis von Viru besucht und ihm Fragen gestellt haben«, sagte Boudán. »Der Alte mit dem Vollbart und der wirren Frisur ist Wjatscheslaw Vodaselajowitsch – der Dolmetscher, der für diesen deutschen Polizeispitzel namens Frietjoff arbeitet.«

Owalischenko nickte geistesabwesend. Der Dolmetscher interessierte ihn nur insofern, als er ein potentieller Mitwisser war, der zum Schweigen gebracht werden musste. Viel wichtiger war sein Begleiter: ein großer, schlanker Mann mit dunklem Haar und einer Nickelbrille auf der Nase. Laut Presseausweis ein deutscher Journalist namens Friedrich Schmidt, aber Boudán hatte bereits herausgefunden, dass das nicht stimmte.

Wer war er also dann?

Etwa ein Polizist?

Kyril Owalischenko sah sich die Aufnahmen von Anfang bis Ende an: die Sequenz aus dem Wachhaus am Einlass, jene aus dem Eingangsbereich des Zellenblocks, in dem Vassilij Todorow seine Strafe absaß, den Ausschnitt aus dem Wartebereich vor der Tür zum Besucherraum und natürlich den aus dem Besucherraum selbst.

Aber diesen angeblichen Journalisten hatte Kyril Owalischenko noch nie gesehen.

Erst ganz am Ende gab es eine Einstellung, in der der Mann unmittelbar ins Objektiv der Überwachungskamera blickte. Es war nur ein kurzer Moment, der so schnell vorüber war, dass Owalischenko ihn beim ersten Mal kaum registrierte. Doch als er noch einmal Bild für Bild zurückspulte und die richtige Stelle auf dem Monitor einfror, kam ihm das Gesicht nun doch irgendwie bekannt vor. Diese Augen. Der bohrende Blick, so hart und berechnend wie kein zweiter.

Owalischenkos Lippen verzogen sich zu einem kalten Lächeln. Aus der oberen Schublade seines Schreibtischs zog er ein ledernes Ringbuch, sein altmodisches Time-System. In der Rubrik To-do-Liste fand er einen Zeitungsausschnitt mit einem Foto, den er seit einiger Zeit darin aufbewahrte. Der Mann auf diesem Foto schien optisch kaum etwas mit dem auf dem Computermonitor gemein zu haben – sie trugen verschiedene Frisuren und verschiedene Brillen, der eine hatte einen Bart, der andere war glattrasiert. Aber wenn man sich Haare, Bart und Brille wegdachte, dann blieb letztlich ein und dieselbe Person übrig.

Avram Kuyper.

80

Während Abel Gupka sich darum kümmerte, zusammen mit den Kollegen aus Riga neue Ansatzpunkte für die Ermittlungen bei den älteren Entführungsfällen herauszufinden, studierte Emilia die Akte Tatjana Golinska. Da sie auf Lettisch verfasst war, musste Josup Nadar für sie übersetzen. Das verzögerte das Vorankommen zwar erheblich, dennoch zeichnete sich mit jeder weiteren Seite ein genaueres Bild.

Tatjana Golinska wohnte in einem Mehrfamilienhaus am südlichen Stadtrand von Riga. Im Alter von siebzehn Jahren war sie zur Schönheitskönigin von Jelgava gekürt worden, anschließend hatte sie versucht, ihr Geld als Mode-Model zu verdienen. Als das nicht klappte, studierte sie Betriebswirtschaftslehre an der Universität in Riga. Nach dem erfolgreich bestandenen Diplom begann sie als kaufmännische Projektleiterin bei LATVENERGO, dem größten Energielieferanten in Lettland. Diesen Job übte sie bis heute aus.

Seit zwei Wochen befand Tatjana Golinska sich im Urlaub, weshalb keiner ihrer Kollegen sie vermisst hatte. Die letzte bekannte Person, die sie vor ihrem Verschwinden gesehen hatte, war ihre Nachbarin Dunja Meester. Tatjana hatte ihr gesagt, sie wolle einkaufen gehen – neue Kleidung, da die alte ihr wegen der Schwangerschaft nicht mehr passte. Welche Art von Kleidung oder gar welches Geschäft sie dafür aufsuchen wollte, wusste Dunja nicht.

Das Gespräch der beiden Frauen hatte am vergangenen

Dienstag stattgefunden, etwa um elf Uhr vormittags. Unmittelbar danach verlor sich Tatjana Golinskas Spur.

Im Anschluss an die Aussage von Dunja Meester folgte in der Akte eine Auflistung der Modeläden, die die Kripobeamten abgeklappert hatten, um herauszufinden, wo Tatjana Golinska shoppen gewesen war – bisher ohne Erfolg. Es war, als wäre sie vom Erdboden verschwunden, wie bei allen gut organisierten Entführungen.

Emilia schwirrte der Kopf. Es fiel ihr schwer, den Überblick über die vielen Details zu behalten, die sie nur hören, aber nicht selbst lesen konnte. Normalerweise sprang sie zwischen den Seiten hin und her, verglich Aussagen, Daten und Uhrzeiten miteinander, um ein Gespür für den Fall zu bekommen und etwaige Widersprüche erkennen zu können. Eine Akte in einer fremden Sprache erforderte wesentlich mehr Konzentration und war daher um ein Vielfaches anstrengender.

Sie beschloss, etwas frische Luft vor der Tür zu schnappen. Abel Gupka und eine Kollegin des NCB, Britt Halaska, folgten ihr nach draußen. Sie wollten einer wenig glaubhaften Zeugenaussage im Fall Ulla Redemski vom April 2018 nachgehen.

Emilia wünschte ihnen viel Erfolg und sah ihnen schmunzelnd nach, wie sie ins Auto einstiegen. Schon im Aufenthaltsraum war ihr aufgefallen, dass Gupka immer wieder verstohlene Blicke mit der jungen Brünetten ausgetauscht hatte. Britt war auch wirklich zuckersüß. Emilia hoffte nur, dass Gupka keinen Unsinn anstellen würde.

Obwohl Mikka und ich uns auf ganz ähnliche Weise kennengelernt haben.

Mit einem Lächeln auf den Lippen beschloss sie, ihn anzurufen. Das Handy am Ohr, den Mantelkragen gegen den eisigen Wind nach oben gestellt, lief sie ohne festes Ziel ein paar Schritte auf dem Bürgersteig.

Belegt.

Also würde sie es in ein paar Minuten noch einmal versuchen.

Die Abenddämmerung hatte bereits eingesetzt. Das Tageslicht wurde immer mehr von der dichten Wolkendecke über der Stadt verschluckt, wodurch die Temperaturen noch weiter fielen.

Emilia fröstelte.

Auf der gegenüberliegenden Straßenseite fiel ihr ein Mann auf, etwa so alt wie sie – Mitte bis Ende dreißig. Er stand neben seiner Geländemaschine in einer Einfahrt zu einem Hinterhof und rauchte eine Zigarette. Als ihre Blicke sich trafen, sah er nicht weg, wie es die meisten Menschen taten. Er schien sie regelrecht anzustarren.

Das Motorrad stand mit dem Heck in Emilias Richtung, so dass sie das Nummernschild lesen konnte. Trotz des schwindenden Tageslichts sah sie links den blauen Streifen mit den Buchstaben LV für *Latvia.* Rechts daneben stand das eigentliche Kennzeichen: TC, darunter die Zahl 6523. Instinktiv prägte Emilia sich die Kombination ein.

Ihr Blick wanderte wieder zu dem Mann. Seine Lippen bewegten sich, als ob er ihr etwas über die Straße hinweg zuflüstern wolle. Dann begriff sie, dass er ein Headset trug und in ein Mikro sprach.

Aus irgendeinem Grund beschlich sie dabei ein sonderbares Gefühl.

Sie machte kehrt, um zum NCB zurückzukehren, und versuchte dabei, die aufkommende Nervosität zu unterdrücken. Doch sie musste sich eingestehen, dass ihr Gang schneller war als sonst. Etwas mit diesem Kerl stimmte nicht. Sie bereute, dass sie ihre Pistole im Büro zurückgelassen hatte. Aber für ein kurzes Telefonat mit Mikka war es ihr unnötig vorgekommen, sie mitzunehmen.

Als sie sich noch einmal umdrehte, war der Mann nicht mehr da. Das Motorrad auch nicht. Sie hatte es so eilig gehabt davonzulaufen, dass ihr das Knattern der Geländemaschine gar nicht aufgefallen war.

Aber jetzt, zwanzig Meter vor der Eingangstür zur Interpol-Niederlassung, hörte sie es plötzlich – von hinten und so laut, dass sie davon überzeugt war, der Kerl wolle sie einfach umfahren. Sie sprang zur Seite, presste sich gegen die Hauswand und machte sich auf die Kollision gefasst. Vielleicht würde es ihr gelingen, ihn aus dem Gleichgewicht zu bringen, so dass er stürzte.

Doch der Motorradfahrer rauschte nur knapp an ihr vorbei und preschte die Straße entlang, bevor er hinter der nächsten Ecke verschwand.

Emilia blieb noch einen Moment an der Hauswand stehen, bis ihre Nerven sich wieder beruhigten. Als sie sicher war, dass nicht doch noch ein ernsthafter Angriff erfolgen würde, legte sie die letzten paar Meter zum NCB zurück, während sie sich fragte, was dieses sonderbare Zwischenspiel zu bedeuten hatte.

81

Es war gar nicht so einfach, herauszubekommen, wem die Firma TTB gehörte, die den Landstrich *klusa zeme* im Jahr 2008 gekauft und mit dem Bau der Chemiefabrik begonnen hatte, bevor im Januar 2009 dann die Baugenehmigung verweigert worden war. Aber über die Onlineabfrage im Handelsregister fanden Avram und Vodja es schließlich heraus.

TTB hatte mehrere Anteilseigner – teils andere Firmen, teils Privatinvestoren –, die wiederum über diverse Mehrheitsbeteiligungen miteinander verwoben waren. Ohne Skizze waren die komplizierten Strukturen kaum zu durchschauen. Erst, als sie die Beteiligungsverhältnisse zu Papier brachten, ergab sich ein konkreteres Bild. Ein Name tauchte dabei immer wieder auf: Kyril Owalischenko. Er war die zentrale Figur. Der Hauptanteilseigner, der das *Stille Land* seinerzeit erworben hatte, um darauf die Fabrik zu errichten. Die Verweigerung der Baugenehmigung hatte ihn mehr Geld gekostet als alle anderen. Da *klusa zeme* seit damals für eine Bebauung nicht mehr zur Verfügung stand, sondern nur noch als Ackerland genutzt werden durfte, hatte der Wertverlust sich in einer Größenordnung um die dreißig Millionen Euro bewegt – eine verdammt hohe Fehlinvestition.

»Können Sie feststellen, ob Owalischenko immer noch Eigentümer dieses Grundstücks ist?«, fragte Avram.

Vodja schüttelte den Kopf. »Nicht übers Internet. Und

das Katasteramt hat am Wochenende geschlossen. Da können wir uns erst am Montag erkundigen.«

Avram dachte nach. Im Grunde spielte es gar keine Rolle. Entweder hatte Owalischenko durch den Verkauf des Grundstücks einen realen Geldverlust erlitten, oder er hatte eine Wertminderung in seinen Geschäftsbüchern hinnehmen müssen. Ein finanzieller Tiefschlag war die Aktion so oder so gewesen.

Unklar war allerdings nach wie vor, was die auf den Satellitenaufnahmen erkennbaren Löcher mit dieser Fehlinvestition zu tun hatten.

Außerdem stellte sich Avram immer noch die Frage, ob Kyril Owalischenko der Mann war, der es auf ihn abgesehen hatte. Der Name kam ihm völlig unbekannt vor. Aber das musste nichts heißen, irgendwie klangen russische Namen sowieso alle gleich. Aber für Gesichter hatte Avram in der Regel ein hervorragendes Gedächtnis.

»Können Sie mir Fotos von diesem Mann zeigen?«, bat er.

Vodja gab den Namen in Google ein und ließ sich die Bildtreffer anzeigen. Ein paar der Aufnahmen ließ Avram sich auf dem Monitor vergrößern, aber nachdem er gut zwei Dutzend davon betrachtet hatte, war er sicher, dieses Gesicht noch nie gesehen zu haben.

Er beschloss, Rutger Bjorndahl mit den weiteren Recherchen über Kyril Owalischenko zu beauftragen.

82

Es kostete Josup Nadar nur einen Anruf bei der Verkehrspolizei, um festzustellen, wem das Motorradkennzeichen TC 6523 gehörte. Der Fahrzeughalter hieß Juris Stepanis und wohnte in der Cierkkurkalna 2. linija. Hausnummer 43.

Über die Interpol-Datenbank fanden sie rasch Näheres zu Stepanis heraus, denn er war polizeilich hinreichend bekannt. Das Bild in seiner Akte war zwar schon mehrere Jahre alt, aber man konnte ihn darauf eindeutig erkennen. Als Mitglied einer lettischen Schlägerbande namens *Seewölfe* hatte er schon einmal wegen schwerer Körperverletzung hinter Gittern gesessen. Damals war er Mitte zwanzig gewesen.

Danach folgten mehrere Festnahmen und zwei weitere gerichtliche Anklagen, die man aber aus Mangel an Beweisen wieder hatte fallenlassen müssen.

Seit zwei Jahren wurden ihm auch enge Verbindungen zur rechtsradikalen Szene nachgesagt. Angeblich trug er die Verantwortung für die Brandstiftung in einem Asylantenheim. Aber auch das hatte man ihm nie zweifelsfrei nachweisen können.

»Seit seinem Gefängnisaufenthalt ist er vorsichtig geworden«, kommentierte Nadar.

Genau das machte Emilia allerdings skeptisch. Warum sollte jemand, der seit vielen Jahren so umsichtig handelte, sie so offensichtlich beobachten und bedrängen? Noch dazu mit einem Motorrad, dessen Heck in ihre Richtung zeigte, so dass sie das Nummernschild mühelos hatte erkennen können?

Irgendetwas stimmte da nicht!

»Vielleicht hat er sie gar nicht beobachtet, sondern Sie sind ihm rein zufällig aufgefallen, als Sie aus dem Gebäude kamen«, gab Nadar zu bedenken.

Doch Emilia tat sich schwer, das zu glauben. Das war kein spontaner Augenkontakt gewesen, sondern ein gezielter Blick, der sage: *Ich beobachte dich. Und ich bin dabei nicht allein!*

Noch dazu hatte er in sein Headset gesprochen, wahrscheinlich mit seinen Komplizen. Es war seine volle Absicht gewesen, ihr Angst einzujagen, und sie musste sich eingestehen, dass ihm das gelungen war.

Er wollte sie wissen lassen, dass er ihr jederzeit etwas antun konnte – wann und wo er es wollte.

Das wiederum konnte nur bedeuten, dass er sich von ihr bedroht fühlte. Und da sie ausschließlich nach Riga gekommen war, um die Entführungsserie aufzuklären, musste das heißen, dass er etwas damit zu tun hatte.

Ihr Handy klingelte. Auf dem Display erschien die Nummer von Abel Gupka. Sie nahm das Gespräch an.

»Natascha Riesmann hat mich gerade angerufen«, erzählte er. »Obwohl sie heute Vormittag im Mütterheim nicht besonders kooperativ war, will sie jetzt unbedingt eine Aussage machen.«

»Warum der plötzliche Sinneswandel?«, fragte Emilia skeptisch. »Kurz nachdem wir weg waren, hat sie erfahren, dass ein Freund von ihr umgebracht wurde«, antwortete Gupka. »Ein Fotograf. Die Sache hat sie ziemlich mitgenommen. Deshalb will sie auspacken – jetzt sofort.«

Das kam überraschend, aber mit etwas Glück würde sie sich als wertvolle Zeugin erweisen.

»Wohin soll ich kommen?«

»Kümmern Sie sich um die anderen Ermittlungsarbeiten«, sagte Gupka. »Da gibt es noch genug zu tun. Agentin Halaska fährt mich zum Treffpunkt. Sobald ich mit Natascha Riesmann gesprochen habe, komme ich ins NCB und erstatte Bericht.«

Als Emilia das Gespräch beendete, lächelte sie in sich hinein. Die Ermittlungen nahmen allmählich Fahrt auf.

83

»Das ist sonderbar«, murmelte Vodja. Er saß gedankenverloren an seinem Schreibtisch und paffte immer noch seine Pfeife. Beschienen vom Computermonitor – der einzigen Lichtquelle im Zimmer –, wirkte er mit seiner wirren Frisur und dem wuchernden Vollbart irgendwie surreal. Wie ein alter Zauberer, umgeben von einer schillernden Aura der Weisheit.

Avram sah von seinem Handy auf. Er beschäftigte sich schon eine ganze Weile damit, das Internet nach weiteren Bildern von Kyril Owalischenko zu durchforsten, in der Hoffnung, eines davon würde eine Erinnerung auslösen – vergeblich. Es war, als würde er die Fotos eines Fremden betrachten.

»Wie meinen Sie das?«, fragte er und gähnte. Ihm fielen vor Müdigkeit fast die Augen zu. »Was ist sonderbar?«

Ohne den Blick vom Monitor abzuwenden, berichtete Vodja, was er herausgefunden hatte: »Alle Internet-Einträge über Kyril Owalischenko datieren aus dem Jahr 2007 oder später. Es gibt nicht einen einzigen Treffer aus der Zeit davor. Keine Erwähnung in einem Zeitungsartikel oder auf der Homepage eines Sportvereins. Es ist, als habe er davor gar nicht existiert.«

»Vielleicht hat er den Namen gewechselt«, mutmaßte Avram.

»Wenn, dann so gut, dass keine Spuren mehr zu seinem alten Leben zurückführen. Jedenfalls nicht im Internet.«

Das machte die Sache schwierig. Wie sollte Avram unter diesen Bedingungen herausfinden, ob Owalischenko tatsächlich der Mann war, den er suchte?

Ein paar Minuten später – Avram war beinahe weggenickt – rief Rutger Bjorndahl an.

»Owalischenko scheint im Jahr 2007 nach Lettland emigriert zu sein«, berichtete er. »Angeblich hat er davor für den russischen Geheimdienst gearbeitet, aber falls dieses Gerücht überhaupt stimmt, verliert sich die Spur zu schnell, als dass ich darüber irgendwelche Details hätte herausfinden können. In Russland bin ich nicht besonders gut vernetzt. Wenn du willst, kann ich aber versuchen, einen vertrauenswürdigen Informanten für dich aufzutreiben.«

»Tu das«, bat Avram. »Ich muss herauskriegen, wo die Verbindung zwischen Owalischenko und mir besteht.«

»Geht in Ordnung. Übrigens habe ich anhand eines Gesichtserkennungsprogramms ein paar Fotos im Internet gefunden, die zwar nicht mit Owalischenkos Namen versehen sind, laut Programm aber mit hoher Wahrscheinlichkeit ihn zeigen. Schau dir die Bilder in Ruhe an. Die E-Mail mit der Zip-Datei habe ich dir gerade geschickt.«

Avram bedankte sich, beendete das Gespräch und öffnete den Anhang von Bjorndahls letzter E-Mail. Es war eine Sammlung von rund zwei Dutzend Fotos in unterschiedlicher Größe und Auflösung, aus verschiedenen Perspektiven aufgenommen, manchmal als Porträt, manchmal als Halbtotale. Viele der Fotos hatten kryptische Namensbezeichnungen – scheinbar willkürliche Zahlen- und Buchstabenkombinationen. Andere waren wenigstens mit Datumsangaben versehen.

Aber all das half Avram nicht weiter. Auch nach der Sichtung dieser Fotos konnte er keine Verbindung zwischen sich und Kyril Owalischenko erkennen.

Warum will er mich unbedingt in seine Gewalt bringen? Wenn er so erpicht darauf ist, muss ich ihm irgendetwas Schreckliches angetan haben.

Dann fiel Avram ein Foto von 2007 auf, das nahezu aus derselben Perspektive aufgenommen worden war wie ein Foto von 2006. Beide zeigten Kyril Owalischenkos Gesicht von der linken Seite – nur, dass er 2007 eine plattere Nase und ein kleineres Ohr hatte als im Jahr zuvor.

84

»Es werden insgesamt vierzig Frauen im Alter zwischen fünfzehn und zwanzig Jahren sein.«

Das Handy ans Ohr gepresst, stand Kyril Owalischenko am Fenster seines Büros in Riga und ließ den Blick über die abendliche Hafenanlage hinaus aufs Meer schweifen. Der Schneefall hatte sich verstärkt. Für die nächsten Tage war klirrende Kälte angesagt, das hatten sie vorhin im Radio gebracht.

»Die Lieferung wird über Vilnius nach Berlin gefahren. Von dort werden die Frauen nach Hamburg, Frankfurt, Paris und Marseille verteilt«, fuhr er fort. »Ich brauche einen großen Lkw, schallisoliert und belüftet. Einen, der auch den Röntgen-Scannern des Zolls standhält.«

Für den illegalen Transport von lebender Ware benötigten die Container eine besondere Isolierung, sonst flog der Schmuggel auf. Obwohl nur eine überschaubare Menge Geld auf dem Spiel stand, wollte Owalischenko alles tun, um den Deal reibungslos über die Bühne zu bringen. Das war für ihn wie ein Sport. Wie ein Schachspiel, bei dem derjenige gewann, der dem Gegner einen Zug voraus war. Das Kräftemessen mit den Zoll- und Polizeibehörden hatte er bisher nur selten verloren.

Die Bürotür öffnete sich, und seine Sekretärin erschien im Eingang. Sie gab ihm mit einer Handbewegung zu verstehen, dass Besuch für ihn da sei. Hinter ihr erkannte er die Gestalt von Gregor Boudán.

»Ich melde mich später wieder bei Ihnen«, sagte Owalischenko ins Handy und beendete das Gespräch. Dann ging er zur Tür, um seinen engsten Vertrauten hereinzubitten.

»Haben Sie Interpol auf eine falsche Fährte geführt?«, fragte er.

Boudán nickte mit auffallend ernster Miene. »Ich habe Juris Stepanis engagiert. Es gibt keine Verbindung zwischen ihm und uns, aber seit der Choralis-Affäre schuldet er uns noch einen Gefallen.«

»Hat er schon etwas unternommen?«

»Er hat dieser Agentin aus Lyon ein bisschen Angst mit seinem Motorrad eingejagt, um ihre Aufmerksamkeit zu erregen. Das scheint auch geklappt zu haben. Stepanis ist ziemlich sicher, dass sie sich sein Nummernschild gemerkt hat. Als Nächstes werde ich Interpol anonym ein paar Fotos von verschwundenen Frauen zuspielen und behaupten, Stepanis hat etwas mit den Entführungen zu tun. Das wird sie eine Weile beschäftigen. Da sie nichts Belastendendes bei ihm finden werden, müssen sie ihn bald wieder laufen lassen. Bis dahin haben wir ein paar andere Spuren zur Verwirrung gelegt.«

»Klingt, als würde alles nach Plan verlaufen«, sagte Owalischenko. »Warum ziehen Sie dann ein Gesicht, dass die Milch sauer wird?«

»Es gab unerwartete Probleme.«

Probleme – wie Owalischenko dieses Wort hasste. Nie konnte irgendetwas einfach nur reibungslos klappen.

»Wovon sprechen Sie, Gregor?«

»Von Natascha Riesmann.«

»Die aus dem Mütterheim?«

»Genau die. Sie hat gelegentlich Aktmodelle an Oleg Bartosch vermittelt – den Fotografen. Als sie mitbekommen hat, dass Bartosch tot ist, hat sie bei Strojschek angerufen und Panik gemacht.«

Strojschek war einer von Owalischenkos Mittelsmännern.

»Wann war das?«

»Heute Mittag. Seitdem habe ich sie überwachen lassen. Einer meiner Männer hat eine Wanze in ihrem Telefon angebracht. Vor eineinhalb Stunden hat sie mit einem gewissen Gupka telefoniert. Aus dem Gespräch ging hervor, dass er einer der beiden Interpol-Agenten aus Lyon ist, die nach Riga gekommen sind. Natascha bat ihn um ein Treffen. Sie wollte eine Aussage machen, aber damit nicht zur Polizei gehen, weil sie wusste, dass die mit uns unter einer Decke steckt.«

Kyril Owalischenko spürte Wut in sich aufsteigen. Zuerst hatte Bartosch abspringen wollen. Jetzt Natascha. Wenn er eines nicht dulden konnte, dann war das Illoyalität.

»Wann findet das Treffen statt?«, wollte er wissen.

»Das hat es schon«, antwortete Boudán.

»Und wie ist es ausgegangen?«

»Natascha Riesmann und eine Interpol-Agentin aus Riga, die an dem Treffen teilgenommen hat, mussten wir erschießen.«

»Was ist mit Gupka?«

»Der hat eine Kugel ins Bein abbekommen. Er liegt gefesselt und geknebelt in meinem Kofferraum. Ich dachte, vielleicht haben Sie Verwendung für ihn. Was sollen wir mit ihm machen?«

85

»Haben Sie Hunger?«, fragte Josup Nadar mit einem Blick auf seine Armbanduhr.

Die anderen Interpol-Agenten hatten entweder schon Feierabend gemacht oder sie waren unterwegs, um Spuren im Fall der entführten Frauen und Kinder nachzuprüfen. Nadar und Emilia waren die Letzten im NCB.

»Ich sterbe vor Hunger«, sagte Emilia. Sie hatte seit dem Frühstück nichts Richtiges mehr gegessen.

»Ich kenne da ein gemütliches, kleines Restaurant, nur ein paar Straßen weiter. Mit lettischen Spezialitäten.«

»Klingt hervorragend. Ich will nur noch kurz meinem Kollegen Bescheid geben, damit er weiß, wo er mich finden kann, wenn er mit seiner Befragung fertig ist.«

Sie zog ihr Handy aus der Tasche und wählte Gupkas Nummer, aber niemand nahm ab.

»Vielleicht hat er den Ton abgestellt«, sagte Nadar.

»Dann schreibe ich ihm eine SMS. Wie heißt das Restaurant?«

»*Zila lidaka.* Das bedeutet *Blauer Hecht.* Schreiben Sie ihm, dass er und Britt nachkommen sollen. Ich hatte den Eindruck, dass die beiden sich mögen.«

Emilia hinterließ Abel Gupka eine Nachricht und machte sich mit Nadar auf den Weg. Draußen herrschte inzwischen bittere Kälte. Eine dichte Schneedecke überzog den Fußweg und die Straßen. Binnen weniger Stunden hatte der Winter in Riga Einzug gehalten.

Einen Block weiter kamen sie an der Einfahrt vorbei, in der der sonderbare Motorradfahrer auf Emilia gewartet hatte.

Juris Stepanis.

Sie fragte sich immer noch, was er mit den Entführungsfällen zu tun hatte. Ein Zufall konnte diese Begegnung jedenfalls nicht gewesen sein. Sie fühlte sich erleichtert, diesmal Nadar an ihrer Seite zu haben.

Das *Zila lidaka* lag nur wenige Gehminuten vom NCB entfernt. Obwohl es gut besucht war, fanden sie einen hübschen Vierertisch für sich und die beiden Nachzügler – nicht direkt am Fenster, sondern im hinteren Teil des Restaurants. Emilia war das heute sogar lieber. Nach der Begegnung mit Stepanis hätte ihr ein Fensterplatz nur das Gefühl der Exponiertheit vermittelt.

Nadar und sie unterhielten sich ein paar Minuten, bis der Kellner kam. Als er kurz darauf die Getränke brachte und die Essensbestellung aufnehmen wollte, sah Emilia in ihrem Handy nach, ob Gupka sich inzwischen bei ihr gemeldet hatte.

Aber das war nicht der Fall.

Vielleicht hat er wirklich den Klingelton abgestellt. Oder er ist so in Natascha Riesmanns Aussage vertieft, dass er das Handy gar nicht beachtet.

Dennoch kam es Emilia sonderbar vor, dass er nicht reagierte.

»Können Sie es bitte mal bei Britt Halaska versuchen?«, bat sie Nadar.

Der nickte und versuchte sein Glück, aber es sprang nur die Mailbox an.

Im Gegensatz zu Emilia schien Nadar sich allerdings keine Sorgen zu machen.

»Möglicherweise ist die Befragung längst vorbei, und Britt und Ihr Kollege haben schon etwas mehr Gefallen aneinander gefunden«, meinte er schmunzelnd.

Emilia musste zugeben, dass sie das Gupka durchaus zutraute. Er war jung und ungebunden, zudem sah er gut aus. Wenn er es darauf anlegte, konnte er einer Frau bestimmt mühelos den Kopf verdrehen.

»Ich denke, wir sollten bestellen«, sagte Nadar. »Wenn die beiden anderen Ihre Nachricht lesen, können Sie ja nachkommen.«

Er winkte den Kellner herbei und wechselte ein paar Worte auf Lettisch mit ihm.

»Das Tagesgericht heute ist gedünsteter Hecht mit Pellkartoffeln«, übersetzte er. »Das müssen Sie probieren!«

Emilia stand der Sinn zwar mehr nach einem zarten Stück Fleisch, doch Josup Nadar ließ keine Einwände gelten.

Wenig später wurde das dampfende Gericht serviert. Für Emilias Geschmack war es zwar mit zu viel Dill gewürzt, abgesehen davon schmeckte der Fisch aber zugegebenermaßen vorzüglich.

Nach dem Essen gab es einen Wodka auf Kosten des Hauses und danach noch einen auf Bestellung von Nadar, der mit dem Alkohol zunehmend redseliger wurde. Dabei entpuppte er sich nicht nur als versierter Anekdotenerzähler, sondern auch als guter Zuhörer, denn er stellte Emilia auch viele Fragen in Bezug auf ihre Karriere in Lyon.

Um dreiundzwanzig Uhr hatte Gupka immer noch nicht auf Emilias SMS reagiert. Auch Britt Halaska ging nicht ans Handy, als Nadar es noch einmal bei ihr probierte.

Allmählich begann Emilia, sich ernsthaft Sorgen zu machen.

»Würden Sie sich besser fühlen, wenn wir noch mal ins

Büro zurückgehen und Britts Dienstwagen orten?«, fragte Nadar. »Jedes unserer Fahrzeuge ist mit einem GPS-Sender ausgestattet. Das geht ganz schnell. Wenn das Auto bei ihr zu Hause vor der Tür oder bei Ihnen vor dem Hotel steht, wissen wir, dass die beiden sich in dieser frostigen Nacht nur gegenseitig wärmen.«

Emilia nickte. Sie kam sich dabei zwar irgendwie vor wie eine übervorsichtige Glucke, aber sie brauchte Gewissheit.

Nach dem Bezahlen gingen sie zurück ins NCB. Auf dem Gehweg lag der Schnee jetzt schon zentimeterhoch, vor ihren Gesichtern kondensierte der Atem. Nur der Wodka ließ Emilia die Kälte erträglich erscheinen.

Im Büro ortete Nadar mit wenigen Klicks Britts Auto.

»Es steht in der Andrejostas iela. Das ist im Industriehafen, dort, wo sie und Gupka sich mit Natascha Riesmann treffen wollten.«

»So lange kann die Befragung unmöglich gedauert haben«, sagte Emilia.

Nadar pflichtete ihr bei. »Ich schicke Svenko und Jarkin dorthin, damit sie nach dem Rechten sehen«, sagte er.

Plötzlich wirkte auch er ziemlich besorgt.

86

Eine Berührung an der Schulter ließ Avram aufschrecken. Instinktiv packte er den vermeintlichen Angreifer, um ihn zu überwältigen – ein antrainierter Reflex. Dann erkannte er, dass er Vodjas dünnes Handgelenk in der Faust hielt und ließ davon ab.

»Entschuldigung, ich hatte mich nur erschreckt«, murmelte er.

Unter Vodjas buschigem Vollbart formte sich ein mildes Lächeln. »Sie sollten ins Bett und sich ausruhen. Wir beide sollten das. Es war ein anstrengender Tag.«

Erst jetzt bemerkte Avram, dass er am Tisch eingeschlafen war. Er saß noch immer in Vodjas klaustrophobisch enger Dachkammer. Die rauchgeschwängerte Luft brannte in seinen Augen, seine Nase und sein Hals waren ganz trocken. Er nahm einen Schluck Wasser aus dem Glas auf dem Tisch.

»Sind Sie weitergekommen, während ich geschlafen habe?«, fragte er.

Vodja schüttelte den Kopf. »Kyril Owalischenko hat sich das Gesicht operieren lassen, aber ich kann übers Internet nicht herausfinden, wo.«

Das überraschte Avram nicht wirklich. Er war davon überzeugt, dass die Nasen- und Ohrenkorrektur nur der letzte Schritt einer umfassenden Gesichtsveränderung gewesen war. Wer immer Owalischenko davor gewesen sein mochte – im Jahr 2007 war er von Russland nach Lettland übergesiedelt, mit anderem Namen und anderem Aussehen.

Trotz seines Nickerchens fühlte Avram sich so erschöpft, dass ihm beinahe schon wieder die Augen zufielen.

Vodja schaltete den Computer aus, und sie machten sich auf den Weg nach unten.

In Avrams Besucherzimmer gab es ein Waschbecken mit fließendem Wasser. Trotz Müdigkeit putzte er sich die Zähne und wusch sich das Gesicht. Das verschaffte ihm die notwendige Energie, um vor dem Zubettgehen noch einmal seine E-Mails abzufragen, aber es gab nur eine einzige Nachricht, die neu eingegangen war. Sie stammte von Rutger Bjorndahl und klang alles andere als vielversprechend: Er schrieb, dass er in Russland bislang niemanden gefunden hatte, der Avram in Bezug auf Kyril Owalischenkos Vergangenheit helfen konnte. Zwar versprach er weiterzusuchen, aber er ließ dabei auch durchschimmern, dass die Chancen auf Erfolg schlecht standen.

Wenn, dann würde es wohl eine ganze Weile dauern.

87

»Britt ist tot. Drei Schüsse in die Brust, einen in den Kopf. Bei ihr liegt eine andere Frau, ebenfalls erschossen.«

Josup Nadar telefonierte mit Sascha Jarkin, einem der beiden Männer, die er zu dem georteten Fahrzeug ihrer Kollegin geschickt hatte. Seine Stimme zitterte, während er für Emilia übersetzte. Sein Gesicht war wie versteinert.

»Sie haben sie an der Andrejostas iela gefunden. Zwischen den Gleisen und dem Ufer der Düna.«

»Was ist mit Gupka?«, fragte Emilia mit einem Kloß im Hals.

Nadar wechselte ein paar Worte mit Jarkin.

»Ihr Kollege ist nicht am Tatort«, sagte Nadar schließlich. »Sie haben alles abgesucht.«

Das ließ zwar Platz für Hoffnung, aber Emilia glaubte nicht, dass das ein gutes Zeichen war. Wenn Gupka sich hätte retten können – warum hatte er sich dann noch nicht bei ihr gemeldet?

»Jarkin will wissen, ob er die Polizei benachrichtigen soll«, unterbrach Nadar ihren Gedankengang. »Er und Svenko haben das bisher unterlassen, weil Teile der Kripo ja von Leviathan bestochen werden.«

»In diesem Fall kommen wir nicht daran vorbei«, sagte Emilia. »Wir können die Frauen nicht einfach dort liegen lassen. Auf eigene Faust vom Tatort entfernen können wir sie auch nicht. Also sagen Sie ihm, er soll die Polizei verständigen.«

»Soll er auch erzählen, dass Gupka vermisst wird?«

Emilia schüttelte den Kopf. »Zuerst will ich versuchen, sein Handy zu orten. Vielleicht wurde er verletzt, aber er konnte sich in Sicherheit bringen. Wenn der falsche Beamte ihn findet, würden wir dadurch sein Schicksal besiegeln.«

Die Handyortung funktionierte nur über Lyon. Solange kein echter Grund zur Beunruhigung bestanden hatte, hatte Emilia darauf verzichtet. Jetzt lagen die Dinge anders.

Nadar zischte seinem Kollegen noch ein paar Worte auf Lettisch zu, dann knallte er den Hörer aufs Telefon.

»Ich bin seit neun Jahren Leiter des NCB in Riga, und noch nie ist jemand aus meinem Team gestorben«, sagte er, sichtlich erschüttert.

Emilia fragte sich, ob er das als Vorwurf meinte. Ihr war klar, dass sie mit der Jagd auf Leviathan allen Beteiligten ein hohes Risiko auferlegte. Doch sie war über die jüngsten Todesfälle ebenso bestürzt wie Josup Nadar. Sie hatte nicht damit gerechnet, dass Leviathan so schnell und brutal zuschlagen würde, nachdem die Begegnung mit dem Motorradfahrer am Nachmittag ohne Handgreiflichkeiten verlaufen war. Aber vielleicht war genau das seine Taktik: Unberechenbarkeit. Ab sofort mussten sie alle sehr viel vorsichtiger sein als bisher.

Emilia spürte das Adrenalin durch ihren Körper rauschen. In ihrem Kopf überschlugen sich die Gedanken. Natascha Riesmann war eine Gefahr für Leviathan gewesen. Als er herausbekommen hatte, dass sie auspacken wollte, hatte er sie verfolgen und ermorden lassen. Britt Halaska ebenfalls. Aber was war mit Abel Gupka geschehen?

Sie rief in Lyon an, ließ sich mit der Rechercheabteilung verbinden und bat um die sofortige Ortung seines Handys.

Eine Minute später kannte sie die genaue Position: Ciekurkalna 2. Linija in Riga, Hausnummer 43.

»Das ist die Adresse von Juris Stepanis, dem Motorradfahrer«, raunte Nadar mit belegter Stimme.

»Dann sollten wir so schnell wie möglich dorthin«, sagte Emilia.

Josup Nadar fuhr einen Geländewagen mit Allradantrieb, aber angesichts des immer schlechter werdenden Wetters kamen sie viel langsamer voran, als es Emilia lieb war. Der Schneefall hatte sich inzwischen zu einem wilden Gestöber verdichtet. Die Scheibenwischer kamen kaum dagegen an.

Vom Wagen aus rief Nadar alle Mitarbeiter an, die Feierabend hatten. Er beorderte sie zur Adresse von Juris Stepanis und ordnete an, dass sie ihre kugelsicheren Westen mitnehmen sollten, da es möglicherweise zu einer Schießerei kommen würde.

Emilias Nervosität stieg von Minute zu Minute, bis sie endlich ihr Ziel erreichten. Das Haus Nummer 43 war ein zweistöckiges, heruntergekommenes Gebäude mit einem reparaturbedürftigen Holzzaun drumherum. Das fahle Licht der davorstehenden Straßenlaterne ließ die Fassade in einem dreckigen Braun erscheinen und warf ansonsten nur lange, gespenstische Schatten in den Garten. Überhaupt wirkte der ganze Straßenzug wenig einladend. Dem Haus gegenüber lag ein schäbiger Parkplatz, umgeben von einer Art Barackensiedlung.

»Haben Sie Ihre Waffe dabei?«, fragte Nadar, als er den Wagen auf dem Parkplatz hielt und den Motor abstellte.

Emilia zog die Pistole aus dem Holster. »Ohne die gehe ich in Riga nirgends mehr hin«, sagte sie.

Sie stiegen aus. Da die Wirkung des Wodkas schon wieder nachließ, hatte Emilia das Gefühl, ihr Gesicht würde abfrieren, so kalt war es geworden. Aber sie zwang sich, nicht daran zu denken. Sie musste sich konzentrieren, wenn sie Britt Halaska und Natascha Riesmann nicht ins Reich der Toten folgen wollte.

Nadar ging um den Wagen herum, öffnete den Kofferraum und legte seine Ausrüstung an.

»Hier – nehmen Sie das«, sagte er dann. Er reichte Emilia eine Taschenlampe und eine kugelsichere schwarze Weste mit weiß aufgedruckten Buchstaben: ICPO – für *International Criminal Police Organisation.*

Dankbar streifte Emilia die Weste über ihren Mantel. Einen Schönheitswettbewerb würde sie damit zwar nicht gewinnen, aber es war allemal besser, hässlich angezogen zu sein, als in Schönheit zu sterben.

Im blassen Licht der Straßenlaterne betrachtete sie das Haus. Ein paar Rollläden waren heruntergelassen, durch die anderen Fenster konnte man sehen, dass es drinnen stockdunkel war. Nur das Licht der Laternen spiegelte sich darin wider.

Als sie näher kamen, sahen sie eine Reihe von Vertiefungen im Schnee, die vom Gartentor zur Eingangstür führten. Spuren! Der Schnee hatte sie noch nicht ganz verschluckt, deshalb konnte es höchstens eine halbe Stunde her sein, dass jemand dort entlanggegangen war.

Emilias Nervosität stieg.

Ist Abel Gupka da drin? Kann es wirklich sein, dass Stepanis ihm nicht das Handy abgenommen hat? Oder ist das hier nur wieder Teil eines undurchsichtigen Plans, und hinter diesen Mauern lauert eine Falle?

Wenige Minuten später trafen auch die anderen Mitglieder aus Nadars Team ein – alle, bis auf Svenko und Jarkin, die noch ihre Aussage bei der Polizei machten.

Jetzt waren sie zu siebt. Sie hatten zwar keine SWAT-Ausrüstung, waren aber zumindest so gut ausgestattet, dass sie sich ins Haus wagen konnten.

»Wenn wir da reingehen, wird niemand ein unnötiges Risiko eingehen«, ordnete Nadar an. »Keiner wird den Helden spielen, um sich für Britt zu rächen. Ich will heute Nacht nicht noch jemanden verlieren, habt ihr das verstanden? Alex und Svenja, ihr bleibt draußen, falls jemand durchs Fenster flüchten will. Milosch, Denis und Nina, ihr kommt mit.«

Emilia folgte Nadar und den drei anderen zum Gartentor. Das Knarren, das es beim Öffnen verursachte, war zwar so leise, dass man es drinnen bestimmt nicht hören konnte, aber vielleicht war es mit einem Sensor ausgestattet, der im Haus Alarm auslöste. Sie mussten mit allem rechnen. Deshalb galt Emilias Hauptaugenmerk den Fenstern ohne Rollläden – von dort drohte im Moment die größte Gefahr.

Mit den Pistolen im Anschlag schlichen sie zum Eingang.

»Das ist ein altes Schloss«, flüsterte Nadar. »Milosch, versuch es mit dem Dietrich.«

Der Angesprochene führte eine Art Nadelklemme in das Schlüsselloch und schnippte mit der Feder. Als er den Knauf drehte, ließ die Tür sich mühelos öffnen.

Drinnen herrschte absolute Finsternis, wie in einem bodenlosen, schwarzen Loch. Alles blieb ruhig.

Die Taschenlampen sprangen an und erhellten den Raum. Vor ihnen tat sich ein schmaler Flur auf. Rechts befand sich eine Garderobe, an der ein paar Jacken hingen. Auf der Kommode lag eine Porzellanschale mit Schlüsseln.

Der Boden war stellenweise nass – jemand musste mit

Schuhen hier entlanggelaufen sein und Schneespuren hinterlassen haben, die inzwischen geschmolzen waren. Die kleinen Pfützen führten zu einer Milchglastür am Ende des Flurs. Die Treppe ins Obergeschoss war trocken, dennoch konnte Juris Stepanis natürlich oben sein.

Nadar gab Milosch und Nina mit einer Kopfbewegung zu verstehen, dass sie den oberen Bereich sichern sollten. Denis, er und Emilia würden sich dem Erdgeschoss widmen.

Jetzt wird es ernst!

Als Milosch und Nina nach oben gingen, ächzte die alte Holztreppe unter ihrem Gewicht. Würde Stepanis dadurch gewarnt? Falls ja, würde er Gupka bestimmt als Geisel verwenden, aber das Risiko ließ sich leider nicht vermeiden.

Emilia schlich mit den beiden anderen zur Milchglastür am Ende des Eingangsbereichs. Sie war nur angelehnt, so dass ein leichter Stoß genügte, um sie aufschwingen zu lassen. Erstaunlicherweise gab sie dabei nicht den leisesten Ton von sich.

Sie gelangten in einen Wohnraum, dessen altmodische Einrichtung perfekt zum Rest des Hauses passte: eine schlecht furnierte Schrankwand, eine abgewetzte Stoffcouch, zwei dazu passende Sessel. An der Wand hing ein kleines Hirschgeweih, rechts befand sich eine Küchenzeile. In der kalten Luft hing der Geruch von Tabak und Alkohol.

Niemand war hier. Oben schien auch alles in Ordnung zu sein, zumindest hatte noch keine Schießerei begonnen.

Die nassen Spuren endeten vor einer Tür neben dem Kühlschrank. Als Nadar sie öffnete, kam dahinter die Kellertreppe zum Vorschein. Hier führten die Spuren weiter.

Wir sind auf dem richtigen Weg!

Emilias Herzschlag beschleunigte sich.

»Du bleibst hier, Denis«, flüsterte Nadar seinem Mitarbeiter zu. »Für den Fall, dass Stepanis unerwartet auftaucht. Agentin Ness und ich gehen runter.«

Langsam und geräuschlos stiegen sie die steinernen Stufen hinab. Ihre Taschenlampen warfen dabei helle Lichtkegel in die Dunkelheit.

Hatte Juris Stepanis sich hier unten versteckt? Wenn, dann würde jeden Augenblick ein Chaos ausbrechen.

Sie erreichten den Fuß der Treppe. Der Keller bestand aus einem einzigen großen Raum, der nur durch eine gemauerte Zwischenwand abgetrennt war. Falls Stepanis und Gupka sich hier aufhielten, mussten sie hinter der Wand sein – eine andere Möglichkeit gab es nicht.

Mit einem knappen Kopfnicken gab Nadar Emilia ein Zeichen. Die vorgehaltenen Pistolen im Anschlag, warfen sie gleichzeitig einen raschen Blick hinter die Mauer, bereit zu schießen, falls es notwendig sein sollte.

Aber das war es nicht.

Das Bild, das sich ihnen bot, hätte grausamer nicht sein können: Auf dem Boden hockte ein Toter mit dem Rücken zur Wand in einer Lache aus Blut. Dort, wo früher sein Kopf gewesen war, befand sich jetzt nur noch eine riesige, klaffende Wunde.

Eine Sekunde lang blieb Emilia die Hoffnung, es könne sich um Stepanis handeln, aber dann erkannte sie Gupkas Jacke. Um ganz sicherzugehen, überwand sie ihren Ekel, ging vor dem Toten in die Hocke und schob ihm die Ärmel nach oben, bis die beiden Tätowierungen zum Vorschein kamen.

Aphrodite und Nemesis. Die Göttinnen der Liebe und der Rache. Jetzt gab es keinen Zweifel mehr: Der Tote war Abel Gupka.

88

Avram und Vodja fuhren schon seit geraumer Zeit in südlicher Richtung. Ein Straßenschild kündigte an, dass es nur noch zehn Kilometer bis zur litauisch-lettischen Grenze waren.

An diesem eisigen Sonntagmorgen gab es kaum Verkehr auf der Straße. In dem klapprigen Land Cruiser war es so kalt, dass die Atemluft von innen an der Scheibe gefror. Um die Sicht wieder freizubekommen, lief das Gebläse auf Hochtouren.

»Halten Sie dort vorne, ich muss telefonieren«, bat Avram, als sie die nächste Ortschaft passierten. Er deutete auf einen öffentlichen Apparat vor einem Postbüro. Den bevorstehenden Anruf wollte er lieber nicht vom Handy aus erledigen, um nicht geortet werden zu können.

»Passen Sie auf, dass Ihnen die Finger nicht am Hörer festfrieren«, sagte Vodja und parkte den Wagen am Straßenrand.

Avram stieg aus, kramte ein paar Münzen aus der Hosentasche und steckte sie in den Apparat. Es schneite zwar nicht mehr, aber jeder noch so kleine Luftzug schnitt ihm ins Gesicht.

Über die Vermittlung ließ er sich mit Interpol in Lyon verbinden. Er wusste, dass in der Zentrale rund um die Uhr gearbeitet wurde, und er hoffte, Emilia dort anzutreffen. Er hatte vor, sie um Hilfe zu bitten, denn trotz aller Bemühungen war es Rutger Bjorndahl bisher nicht gelungen, jemanden zu finden, der ihm Auskunft über Leviathans russische Vergangenheit geben konnte. Avram spekulierte darauf, dass die Interpol-Datenbanken die nötigen Informationen zutage fördern würden.

»Tut mir leid, Frau Ness ist nicht im Büro«, sagte die Dame am anderen Ende der Leitung.

»Können Sie ihr eine Nachricht hinterlassen?«

Avram hörte, wie die Telefonistin etwas in ihren Computer eintippte.

»Ich sehe gerade, dass sie bis auf weiteres nicht erreichbar ist. Sie wird solange von Monsieur Benoit vertreten, dem Leiter der Executive Directorate Police Services. Wenn Sie wollen, kann ich ihm Ihre Nachricht übermitteln. Er wird Sie dann gerne zurückrufen.«

»Nein, ich warte lieber, bis Madame Ness wieder im Büro ist«, sagte Avram.

»Wie Sie wollen. Aber hier steht nirgends, wann sie aus Riga zurück sein wird.«

Riga? Das kam überraschend! Was hatte Emilia in Lettland verloren? Hatte sie sich nach ihrem letzten Telefonat ebenfalls auf die Spur von Leviathan gesetzt? Oder war sie womöglich Avram auf den Fersen? Aber dann hätte sie ihn um ein paar hundert Kilometer verpasst.

»Vielen Dank, aber mein Anliegen hat sich dann vorerst erledigt«, sagte Avram. Er legte auf und ging zurück zum Auto.

Danach fuhren sie weiter in Richtung Süden, über die Grenze nach Lettland.

»Sind Sie sicher, dass Ihr Plan Sinn macht?«, fragte Vodja nach einer Weile.

»Ich muss wissen, was sich in den Löchern auf diesem Stück Land befindet«, antwortete Avram. »Todorows Detektiv hielt diese Löcher aus irgendeinem Grund für wichtig, deshalb hat er die Satellitenaufnahmen auf die CD-ROM gebrannt. Kurz darauf bezahlte er dafür mit dem Leben. Ich bin davon überzeugt, dass wir auf *klusa zeme* einen entscheidenden Hinweis auf Leviathans Identität finden. Wir müssen herausfinden, was dort unter der Erde liegt.«

»In der Nacht lagen die Temperaturen deutlich unter dem Gefrierpunkt«, gab Vodja zu bedenken. »Jetzt sind es draußen immer noch minus fünf Grad. Es wird eine verdammte Plackerei, dort zu buddeln.«

»Ich weiß, aber das lässt sich nun mal nicht vermeiden.«

Vodja schüttelte den Kopf und fuhr weiter.

»Wie Sie wollen. Aber glauben Sie nicht, dass ich Ihnen helfen werde«, sagte er trotzig.

89

Emilia schreckte aus einem albtraumhaften Schlaf auf, in dem sie von kopflosen Zombies verfolgt wurde.

Im ersten Moment wusste sie nicht, wo sie war. Jedenfalls nicht zu Hause und auch nicht in ihrem Hotel. Vornübergebeugt saß sie an einem Tisch, den Kopf auf die verschränkten Arme gelegt. Sie hatte noch ihre Winterjacke an und fühlte sich, als bestünden ihre Knochen aus Gummi.

»Wie geht es Ihnen?«

Sie setzte sich auf, sah sich um. Offenbar waren sie im NCB. Nadar stand mit einer dampfenden Tasse in der Hand im Zimmereingang.

»Auch einen Kaffee?«, fragte er.

Emilia nickte. Während Nadar ihr den Kaffee einschenkte, kehrten die Erinnerungen an die letzte Nacht zurück. Das Bild ihres enthaupteten Kollegen hatte sich ihr ins Gedächtnis gebrannt. Unwillkürlich schossen ihr Tränen in die Augen. Niemand verdiente es, so zu sterben.

Nach dem grausamen Leichenfund hatten sie noch einmal das ganze Haus nach Juris Stepanis durchsucht, ihn jedoch nicht gefunden. Auch Abel Gupkas Kopf war verschwunden. Was Stepanis damit bezweckte, blieb unklar.

Wahrscheinlich will uns das Arschloch nur Angst einjagen. Und das gelingt ihm wirklich hervorragend!

Es war eine lange Nacht gewesen. Nach dem Leichenfund hatten sie die Polizei informiert. Die Spurensicherung hatte eine Ewigkeit gedauert.

Nach den Ermittlungsarbeiten im Stepanis-Haus waren Emilia und Nadar aufs Revier gebeten worden, um ihre Aussagen zu Protokoll zu geben. Sogar der Polizeichef von Riga war zu ihnen gestoßen, um ihnen zu versichern, dass er alle zur Verfügung stehenden Mittel einsetzen werde, um die Morde an Abel Gupka und Britt Halaska aufzuklären.

Emilia hoffte nur, dass er nicht mit Leviathan und Stepanis unter einer Decke steckte.

Erst in den frühen Morgenstunden hatten sie und Nadar die Kripo wieder verlassen. Danach war es ihr trotz zunehmender Müdigkeit ein Anliegen gewesen, noch einmal ins NCB zu fahren, um Lyon Bericht zu erstatten. In ihrem Hotelzimmer wäre ihr sowieso nur die Decke auf den Kopf gefallen.

Also hatte sie einen Bericht verfasst, ihn an Benoit geschickt und ihn in ihrer E-Mail auch um Verstärkung ersucht, weil sie die Ermittlungen ohne die Kripo in Riga vorantreiben wollte, solange unklar war, wer dort auf Leviathans Bestechungsliste stand.

Kaum hatte sie ihre Nachricht losgeschickt, war sie von einer regelrechten Erschöpfungswelle gepackt worden und am Bürotisch eingeschlafen.

Nadar reichte ihr die Tasse, und Emilia nippte daran. Der Kaffee war eine Wohltat.

»Wie fühlen Sie sich?«

»Wie gerädert.«

Nadar nickte. »Sie haben kaum mehr als zwei Stunden geschlafen«, sagte er. »Wenn Sie den Kaffee getrunken haben, nehmen Sie sich ein Taxi und fahren ins Hotel. Ich selbst kann auch eine Mütze voll Schlaf vertragen. Wir treffen uns später wieder hier im Büro, um weiterzumachen.«

Obwohl sich alles in ihr dagegen sträubte, sich auszuruhen, wusste sie tief im Innern, dass Nadar recht hatte. Wer übermüdet war, beging Fehler. Und Fehler durften sie sich keine mehr erlauben.

90

Auf *klusa zeme* schnappte Vodja sich trotz gegenteiliger Ankündigung eine Hacke aus dem Kofferraum, um Avram zu helfen. Avram selbst nahm den Spaten und das GPS-Gerät, das Vodja am Vorabend bei einem Nachbarn ausgeborgt hatte, der gerne Geocaching betrieb.

Den Land Cruiser ließen sie am Waldrand stehen. Vor ihnen lag ein riesiges Stück Ackerland, für die Aussaat im Frühjahr schon vorbereitet, denn unter der Schneedecke zogen sich lange Pflugfurchen dahin. Nach rechts führte der Acker bis zu einer kleinen Anhöhe, dahinter fiel das Gelände leicht ab und verlor sich nach ein paar Hundert Metern im diesigen Morgendunst.

Stilles Land – der Name hätte zutreffender nicht sein können, dachte Avram.

»Irgendwo da hinten im Nebel muss das Areal liegen, auf dem damals gebaut wurde«, sagte er. »Dann müssen wir ungefähr dort entlang.«

Er deutete mit dem Finger in die entsprechende Richtung. Seite an Seite mit Vodja marschierte er querfeldein über das verschneite Gelände auf die Anhöhe zu.

Es war eisig kalt. Der Atem kondensierte vor ihren Gesichtern, unter ihren Sohlen knirschte der Schnee. Aus der Jackentasche zog Avram den Zettel mit den Koordinaten der Löcher, die er und Vodja anhand der Satellitenbilder errechnet hatten.

Während sie über die Anhöhe in die dahinterliegende

Senke marschierten, verglich Avram immer wieder die Angaben auf dem Zettel mit ihrer aktuellen Position auf dem GPS-Gerät. Mehr als einmal mussten sie die Richtung korrigieren, bis sie endlich den ersten Zielpunkt fanden.

Die Stelle unterschied sich rein optisch durch nichts vom Rest des leeren Felds. Dennoch war hier im Jahr 2009 irgendetwas vergraben worden, das im Zusammenhang mit Leviathan stand. Etwas, das womöglich seine wahre Identität verriet. Worum immer es sich handelte – Avram konnte nur hoffen, dass es noch da war.

»Vielleicht wurde damals gar nichts vergraben«, gab Vodja plötzlich zu bedenken. »Vielleicht wurde ja etwas ausgegraben.«

»Es gibt nur einen Weg, das herauszufinden«, antwortete Avram. Er steckte das GPS-Gerät in die Tasche und begann mit der Arbeit. Der Boden war zwar angefroren, gab unter dem ersten Spatenstich aber schnell nach. Zudem lockerte Vodja das Erdreich mit seiner Hacke. Auf diese Weise entstand rasch ein Loch von beachtlicher Größe.

Dennoch kamen die Männer trotz der Kälte ordentlich ins Schwitzen.

»Was denken Sie, wie tief wir graben müssen?«, fragte Vodja.

Avram zuckte mit den Schultern. Ihr einziger Anhaltspunkt waren die Satellitenaufnahmen, und dort konnte man nur anhand des Schattenfalls Rückschlüsse ziehen.

»Vielleicht einen Meter«, schätzte Avram. »Wenn wir tiefer buddeln müssen, wird es ein verdammter Knochenjob.«

Vorausgesetzt, dass die Stelle überhaupt stimmte, denn obwohl sie die Koordinaten mit akribischer Sorgfalt errechnet hatten, waren gewisse Ungenauigkeiten nicht auszuschließen. Für eine exakte Bestimmung war der Kartenmaßstab zu klein und das Bild zu grobkörnig, vor allem bei hohem Zoomfaktor. Außerdem hatte auch das GPS-Gerät eine gewisse Unschärfe. Wenn sie nur einen Meter danebenlagen, konnten sie sich bis ans andere Ende der Welt durchgraben, ohne etwas zu finden.

Tatsächlich mussten sie das Loch ein wenig erweitern, aber dann stieß Avram plötzlich auf einen Widerstand. Er tauschte mit Vodja einen raschen Blick aus. Das musste es sein!

Mit einem Mal war alle Anstrengung vergessen. Sie buddelten und hackten jetzt wie die Verrückten, so dass der Rest schnell voranging.

Zum Vorschein kam eine dicke Plastikfolie, so verdreckt, dass man kaum hindurchsehen konnte. Erst, als sie das Folienbündel mit Schnee abrieben, zeichneten sich darunter menschliche Konturen ab.

91

Emilia lag im Bett ihres Hotelzimmers und starrte an die Decke. Obwohl sie hundemüde war, brachte sie nach dieser aufwühlenden Nacht kein Auge zu.

Sie warf einen Blick auf die Uhr.

Zehn nach neun. Benoit müsste schon im Büro sein.

Sie beschloss, ihn anzurufen, nahm ihr Handy zur Hand und wählte seine Nummer in Lyon. Schon nach dem ersten Klingeln nahm er ab.

»Wie geht es Ihnen?«

»Es war eine schreckliche Nacht.« Alles andere wäre gelogen gewesen.

»Gibt es schon irgendwelche Spuren?«

»Stepanis ist wie vom Erdboden verschwunden, aber die Fahndung läuft. Können Sie mir ein Team aus Lyon besorgen?«

»Selbstverständlich. Ich werde mit der hiesigen Kripo Kontakt aufnehmen.«

Unterstützung bei der Polizei anzufordern war zwar ungewöhnlich, kam aber immer wieder vor. Interpol kümmerte sich in der Regel nur um die Koordination von internationalen Einsätzen und verfügte daher über keine eigenen Exekutivkräfte. »Vielen Dank, Monsieur.«

»Ich gebe Ihnen Bescheid, sobald ich weiß, wann die Verstärkung nach Riga kommt. Kann ich sonst noch etwas für Sie tun?«

»Lassen Sie Luc Dorffler alles zusammenstellen, was er

über Juris Stepanis herausfinden kann. Er soll mir das Ergebnis per E-Mail zuschicken. Hat Abel Gupka irgendwelche Verwandten?«

»Eine Tante in Paris – das ist die einzige Verwandte, von der wir wissen. Ich habe bereits veranlasst, dass ihr jemand Bescheid gibt. Im Lauf des Tages werde ich mich auch telefonisch bei ihr melden.«

Das würde ihr zwar nicht den Neffen zurückgeben, dennoch war es für Emilia ein tröstliches Gefühl zu wissen, dass Benoit ihr persönlich sein Beileid aussprechen wollte. Er war längst nicht bei allen Kollegen in Lyon beliebt, aber er wusste wenigstens, was sich gehörte, und er hatte den Anstand, unangenehme Aufgaben selbst zu übernehmen, anstatt sie zu delegieren, wie andere das taten.

Emilia bedankte sich, steckte das Handy weg und legte sich wieder aufs Bett. Mit einem Mal wurden ihre Lider schwer wie Blei, sie konnte kaum noch die Augen offen halten.

Kaum, dass sie sich unter die Decke gekuschelt hatte, schlief sie ein.

92

In dem Loch auf *klusa zeme* lagen insgesamt drei Leichen, jede von ihnen von Kopf bis Fuß in eine dicke, durchsichtige Folie gehüllt. Trotz des verschmierten Plastiks konnte man eindeutig erkennen, dass es Menschen waren, dem Anschein nach eine Frau und zwei Männer. Die Folie und das Fehlen von Sauerstoff hatten sie erstaunlich gut konserviert.

Das Loch, das Avram und Vodja ausgehoben hatten, maß mittlerweile zwei mal zwei Meter und reichte bis über Hüfthöhe in die Erde hinein. Avram keuchte immer noch, seine Oberarme pulsierten. Es war eine verfluchte Plackerei gewesen.

»Wollen Sie die anderen Koordinaten auch noch überprüfen?«, fragte Vodja, die Hacke in der Hand. Auch sein Atem ging schnell, aber die körperliche Arbeit schien ihm bei weitem nicht so viel auszumachen wie Avram. Obwohl der Alte aussah wie ein Klappergestell, war er ein verdammt zäher Knochen!

»Nein, ich habe genug gesehen«, sagte Avram und wischte sich mit dem Jackenärmel übers Gesicht. »Lassen Sie uns von hier verschwinden.«

Sie waren gerade dabei, aus dem Loch zu klettern, als nur einen Meter vor Vodjas Gesicht ein Gemisch aus Schnee und Erde aufspritzte. Mit einem heiseren Schrei fiel er rücklings in das Loch zurück.

Avram sprang ebenfalls wieder hinunter. »Sind Sie in Ordnung?«, zischte er.

»Ich glaube schon. Was in Dreiteufelsnamen war das?«

Der Alte wollte sich wieder aufrichten, wurde von Avram aber auf die Erde gedrückt.

»Bleiben Sie unten! Jemand schießt auf uns!«

»Leviathans Leute?«

»Wahrscheinlich. Er muss herausgefunden haben, dass wir ihm auf den Fersen sind.«

»Haben Sie gesehen, wie viele es sind?«

Avram schüttelte den Kopf. »Dafür ist es zu schnell gegangen.«

Er zog seine Pistole aus dem Halfter und lud sie durch. Dann holte er sein Handy aus der Tasche und hielt es an der unteren Kante vorsichtig über den Rand des Lochs.

»Was machen Sie da?«, fragte Vodja.

»Mir einen Überblick verschaffen, was um uns herum vorgeht«, raunte Avram. »Sonst überleben wir den Tag nicht.«

Langsam schwenkte er das Handy hin und her, bis der nächste Schuss fiel. Schnee und gefrorene Erde regneten auf ihn herab wie Schrapnelle.

Er ließ das Handy wieder sinken, beendete seine Videoaufnahme und sah sie sich an. Sie zeigte vier verwackelte Gestalten am oberen Rand der Anhöhe, die im Abstand von zwei bis drei Metern nebeneinander hergingen, damit sie kein einheitliches Ziel boten. Welche Waffen sie hatten, war nicht genau zu erkennen. Zwei schienen Pistolen zu tragen, einer ein Gewehr, der Vierte eine Pumpgun.

»In spätestens zwei Minuten sind sie da«, zischte Avram, während er in Gedanken schon einen Plan formte. »Wenn wir das hier überleben wollen, müssen wir sie ablenken. Trauen Sie sich zu, eine der Leichen hochzuheben? Nur ein Stück weit, um ein Ziel zu bieten?«

»Das kriege ich hin.«

»Packen Sie sie an der Hüfte und schieben Sie sie auf Ihrer Seite über den Rand, wenn ich es sage.«

Der Alte kniete sich hin, umklammerte mit seinen dürren Armen eines der Plastikknäuel und brachte es in Position.

»Ich bin bereit«, raunte er.

»Auf drei«, sagte Avram und atmete ein letztes Mal tief durch, bis er spürte, wie seine Nerven die richtige Balance zwischen Aufregung und Konzentration fanden. In diesem Zustand wurde sein Körper zu einer Präzisionsmaschine.

»Eins ... zwei ... drei!«

Er wartete eine Sekunde, bis Vodja den Toten über den Rand des Lochs hob und Schüsse fielen. Jetzt waren alle Waffenläufe auf die in Folie eingepackte Leiche gerichtet.

In diesem Moment sprang er auf und begann zu schießen – immer auf die Brust, dort war die Trefferfläche am größten.

Die erste Kugel traf den Kerl mit der Pumpgun – die die größte Streuung hatte und damit die größte Gefahr darstellte. Es riss ihn nach hinten von den Füßen, ohne dass er die Waffe losließ.

Die zwei nächsten Kugeln durchlöcherten die beiden Männer mit den Pistolen, noch bevor sie in Avrams Richtung zielen konnten.

Zuletzt visierte er den Mann mit der trägsten Waffe an – den mit dem Gewehr. Doch der hatte die Finte erkannt und riss den Lauf herum. Die Kugel, die er abfeuerte, jagte mit einem Pfeifen an Avrams linkem Ohr vorbei.

Für einen zweiten Schuss blieb ihm jedoch keine Zeit mehr, denn Avram feuerte bereits zurück. Prompt vollführte sein Gegenüber eine halbe Pirouette, das Gewehr flog in hohem Bogen nach hinten davon. Eine Sekunde lang konnte der Mann sich noch auf den Beinen halten, dann kippte er in der auslaufenden Drehung um und blieb, mit dem Gesicht nach unten, reglos auf dem Boden liegen.

Avram verharrte noch einen Augenblick mit vorgehaltener Pistole in seiner Position, bis er sicher war, dass nicht irgendwo anders weitere Angreifer lauerten. Schließlich wagte er es, sich zu entspannen.

»Ich denke, das war's«, sagte er. »Lassen Sie uns von hier verschwinden.«

93

Als Emilia wieder aufwachte, war sie völlig verschwitzt. Ihr Handydisplay zeigte zwölf Uhr. Das war längst noch nicht genug Schlaf, aber als sie sich zur Seite drehte und die Augen wieder schloss, sah sie das grausame Bild von Abel Gupkas enthauptetem Torso vor sich. Sie wusste, dass sie jetzt nicht mehr würde einschlafen können. Also stand sie auf und nahm im Badezimmer eine heiße Dusche.

Das Wasser wusch ihr nicht nur den Schweiß vom Körper, es schien auch die blutigen Gedanken aus ihrem Kopf zu spülen. Beim Abtrocknen fühlte sie sich wie ein neuer Mensch.

Sie wickelte sich in ihr Handtuch und griff nach dem Föhn. Wasserdampf erfüllte das Badezimmer wie einen türkischen Hamam. Mit der Hand wischte Emilia den Spiegel sauber. Beim Föhnen klarte das Bild vor ihr allmählich auf.

Was sie sah, war nicht die Frau, die sie kannte: blutunterlaufene Augen, ein stumpfer Blick, eingefallene Wangen, blasse Haut wie aus Wachs. Für eine fortgeschrittene Mittdreißigerin fand Emilia sich normalerweise recht hübsch. Heute starrte ihr nur eine vorzeitig gealterte, seelenlose Hülle entgegen, eine angsteinflößende Dorian-Gray-Variante ihrer selbst, als sei es die einzige Aufgabe dieses kleinen, unbedeutenden Badezimmerspiegels, ihr die Vergänglichkeit des Lebens vor Augen zu führen.

Sie schauderte. Dieser Fall nahm Ausmaße an, denen sie sich kaum noch gewachsen fühlte.

Ich brauche etwas zu essen und eine anständige Tasse Kaffee, dann sieht die Welt gleich wieder ganz anders aus.

Zumindest wollte sie sich das gerne einreden. Was blieb ihr anderes übrig?

Sie ging ins Zimmer zurück, um sich frische Kleidung zu holen. Als sie die Schranktür öffnete, gefror ihr jedoch schlagartig das Blut in den Adern. Im Regalfach zwischen ihren Hosen und ihrer Unterwäsche lag Abel Gupkas abgetrennter Kopf.

94

»Wer zum Teufel sind Sie?«

Vodja saß hinter dem Steuer seines Wagens, den Blick starr auf die Straße gerichtet, nicht, weil das Wetter so viel Konzentration erforderte – der Himmel war zwar bewölkt, aber die Sicht klar –, sondern weil er sauer war.

Kein Wunder nach dem Zwischenspiel von vorhin.

»Ich habe bisher keine Fragen gestellt«, fuhr der Alte fort, als Avram nicht reagierte. »Ich habe Ihnen geholfen, so gut ich konnte, nur weil ein Freund aus Deutschland mich darum gebeten hat.«

Damit meinte er Ole Frietjoff, der Vodja als Dolmetscher und Kontaktperson an Avram vermittelt hatte.

»Ich finde, ich habe ein Recht darauf zu erfahren, warum man mich umbringen will. Ich mag ein eigenbrötlerischer alter Mann sein, aber ich habe noch nicht mit dem Leben abgeschlossen!«

Mit einem Seufzen beschloss Avram, ihm die Wahrheit zu sagen. Das hatte er verdient.

»Leviathan hat mich in Deutschland aus dem Gefängnis entführen lassen, um mich in seine Gewalt zu bringen«, sagte er. »Nur bin ich ihm irgendwie entwischt. Und da ich weder eine Ahnung habe, wer der Kerl ist, noch, was er von mir will, bin ich hergekommen, um es herauszufinden. Anscheinend bin ich dabei irgendwie aufgeflogen. Leviathan weiß, dass ich ihm auf den Fersen bin, und diese Vorstellung gefällt ihm nicht. Der Leichenfund auf dem Acker beweist, dass er jede Menge Dreck am Stecken hat. Er hat uns seine Killer auf den Hals gehetzt – damit sein schmutziges Geheimnis auch weiterhin ein Geheimnis bleibt.«

Vodja brauchte einen Moment, um die Neuigkeit zu verarbeiten. Avrams Offenheit schien ihn jedoch zu versöhnen. Sein Blick wurde milder, er entspannte sich sichtlich in seinem Sitz.

»Werden Sie Leviathan umbringen, wenn Sie ihn finden?«, fragte er.

Avram nickte. »Wenn sich mir die Gelegenheit bietet, schon. Sonst wird er mich so lange jagen, bis er mich findet.«

»Verpassen sie ihm auch von mir eine Kugel. Das Arschloch hat es nicht anders verdient.« Unter Vodjas dichtem Bart formte sich ein Lächeln. »Wie geht es jetzt weiter?«

»Ich werde meine Sachen aus Ihrem Haus holen und verschwinden«, antwortete Avram. »Es dauert bestimmt nicht lange, bis Leviathan erfährt, dass vier seiner Männer tot auf *klusa zeme* liegen. Dann wird er neue schicken. Solange ich bei Ihnen bin, stelle ich eine Gefahr für Sie dar. Aber auch nach meiner Abreise sollten Sie vorsichtig sein. Ziehen Sie vorübergehend in ein Hotel, bezahlen Sie in bar und checken Sie unter falschem Namen ein. Und falls Sie eine Waffe haben, sollten Sie sie in den nächsten Wochen bei sich tragen.«

95

Bis die Spurensicherung das Zimmer durchsucht und die Polizei die Befragung durchgeführt hatte, war es längst Nachmittag. Emilia fühlte sich scheußlich. Was sie hier in Riga erlebte, gehörte zu den schrecklichsten Erfahrungen ihres Lebens.

Auf ihre Bitte hin war Josup Nadar zu ihr ins Hotel gekommen. Obwohl es nicht viel gab, was er für Sie tun konnte, gab ihr seine Gegenwart einen gewissen Halt. Ab und zu telefonierte er mit seinen Leuten oder mit dem Chef der Kriminalpolizei, um sich über den aktuellen Stand der Fahndung nach dem flüchtigen Juris Stepanis zu erkundigen, aber in dieser Beziehung tat sich leider nicht viel Neues. Ein Nachbar wollte gesehen haben, wie Stepanis nachts mit dem Auto weggefahren war, etwa eine halbe Stunde vor der Hausdurchsuchung durch die Interpol-Beamten. Außerdem war sein Motorrad in der Innenstadt gefunden worden. Von ihm selbst fehlte allerdings jede Spur.

Da Emilias Kleidung von Abel Gupkas Blut besudelt war, wollte sie sich in der Stadt eine neue Grundausstattung kaufen, doch sonntags hatten auch in Riga alle Läden geschlossen. Glücklicherweise kannte der Hotelmanager eine Boutiquebesitzerin, die bereit war, eine Auswahl an frischer Wäsche vorbeizubringen.

Danach checkte Emilia aus. Der Manager versuchte zwar mit Engelszungen, sie umzustimmen, er bot ihr sogar eine Suite an, dennoch stand ihr Entschluss fest. In diesem Hotel wäre sie sich ständig verfolgt vorgekommen. Jemand hatte Gupkas Kopf in ihrem Schrank deponiert. Bestimmt konnte derjenige sich auch Zugang zu einer Suite verschaffen.

Am nächsten Geldautomaten hob sie einen größeren Barbetrag ab, damit sie woanders keine elektronischen Spuren hinterlassen musste. Anschließend ließ sie sich von Nadar wahllos durch die Stadt fahren, bis sie an einem Hotel vorbeikamen, das von außen so schäbig aussah, dass niemand sie hier vermuten würde.

Bei der Anmeldung schrieb sie sich als Ines Boll ein – ein zufällig gewählter Name. Nur so hatte sie das Gefühl, nicht aufgespürt werden zu können.

Von ihrem Zimmer aus telefonierte Emilia mit Lyon, um Louis Benoit über den neuesten Stand der Dinge zu informieren. Er versuchte, sachlich zu bleiben, aber Emilia glaubte, in seiner Stimme eine gewisse Brüchigkeit herauszuhören, die sie noch nicht an ihm kannte.

Er war genauso schockiert wie sie.

»Was macht mein Verstärkungsteam?«, erkundigte sich Emilia.

»Die Kripo Lyon hat zwei Dutzend Männer und Frauen für den Einsatz in Riga abgestellt. Erfahrene Beamte, das hat mir der Polizeichef persönlich versichert, aber natürlich gibt es noch ein paar Formalien zu erledigen. Ich denke, spätestens übermorgen dürfte das Team bei Ihnen vor Ort sein.«

Ein erster Lichtblick in dieser dunklen Zeit. Emilia hoffte nur, dass sie noch so lange durchhalten würde. Sie bedankte sich bei Benoit für seine Unterstützung und versprach, sich wieder zu melden, sobald es in Riga Neuigkeiten gab.

Ihr nächstes Telefonat galt Mikka. Seit sie ihm gebeichtet hatte, dass sie übers Wochenende nicht nach Frankfurt kommen würde, hatten sie nicht mehr miteinander gesprochen. Emilia überlegte sich, wie viel sie ihm erzählen solle. Bestimmt würde es ihr guttun, ganz offen zu sprechen, aber sie wollte weder, dass er sich Sorgen machte, noch, dass er ihr eine Standpauke hielt, weil sie sich in so große Gefahr begeben hatte. Sie beschloss, ihn vorerst nur über das Wesentliche zu informieren. Für die unangenehmen Details blieb später noch Zeit.

Mikka nahm sofort ab, als habe er nur auf ihren Anruf gewartet.

»Wie läuft es in Riga?«

Allein seine Stimme zu hören war wie Balsam für Emilias wunde Seele. Sie wünschte sich nichts mehr, als ihn jetzt in ihrer Nähe zu haben, damit er sie in die Arme nehmen konnte. Nirgends fühlte sie sich besser beschützt als bei ihm.

»Offen gestanden läuft es nicht so gut wie erhofft«, sagte sie. »Letzte Nacht gab es zwei Tote. Eine Agentin aus Riga und der Kollege aus Lyon. Aber wir wissen, wer die Taten begangen hat. Die Fahndung ist in vollem Gang.«

Dass der Täter ihr vor gerade mal vierundzwanzig Stunden mit seinem Motorrad vor dem NCB aufgelauert hatte, ließ sie lieber unerwähnt.

»Du Ärmste. Wie geht es dir?«

Kein Vorwurf. Kein Ich-habe-es-dir-ja-gleich-gesagt. Einfach nur die Frage nach ihrem Gemütszustand – genau das, was sie brauchte. Tränen traten ihr in die Augen, als sie zu erzählen begann. Diesmal waren es keine Tränen der Trauer oder der Angst, sondern Tränen des Glücks. Es tat gut, mit jemandem zu sprechen, dem man vertraute. Mit jemandem, der einem trotz aller räumlichen Distanz nahe war und einen liebte.

Als Emilia eine halbe Stunde später auflegte, fühlte sie sich tatsächlich ein bisschen besser.

Um kurz nach vier Uhr kam sie ins NCB. Überall wurde telefoniert und gearbeitet, dennoch spürte man die Beklemmung in allen Räumen wie eine physische Kraft.

Auf Britt Halaskas Schreibtisch lagen ein Jesuskreuz und ein Blumenstrauß. Weiße Rosen. Der Anblick rührte Emilia zu Tränen.

Sie ging weiter in Josup Nadars Büro. Der steckte ebenfalls gerade in einem hitzigen Telefonat, aber er beendete das Gespräch, als Emilia eintrat. Obwohl er ziemlich mitgenommen wirkte, lag ein Lächeln auf seinen Lippen.

»Neuigkeiten von Stepanis?«, fragte Emilia.

Er schüttelte den Kopf. »Das zwar nicht, aber ich habe gerade erfahren, dass es eine Zeugin im Fall Golinska gibt.«

Im ersten Moment rätselte Emilia, was er meinte, dann begriff sie, dass er von der schwangeren Frau sprach, die jüngst entführt worden war. Emilia verstand zwar noch nicht, wie die Entführungsfälle mit den Gräueltaten der Nacht zusammenhingen und was genau Leviathan mit Juris Stepanis zu tun hatte, aber irgendwie musste es eine Verbindung geben, so viel stand fest. Und so lange Stepanis untergetaucht blieb, war jede Spur willkommen, die sie näher in Richtung Leviathan führte.

»Wer ist diese Zeugin?«, wollte Emilia wissen.

»Eine Verkäuferin aus dem Bonita-Laden im Elkor-Plaza-Kaufhaus. Sie macht gerade ihre Aussage im Polizeihauptquartier. Das hat der Bruder von Kommissarin Amasowa vor einer Minute gemeldet. Sollen wir ihr einen Besuch abstatten?«

Eine Viertelstunde später trafen Emilia und Nadar bei der Kripo ein. Der wachhabende Offizier wollte sie zuerst abwimmeln, aber nachdem Nadar ein paar scharfe Worte auf

Lettisch mit ihm gewechselt hatte, ließ er sie widerwillig passieren.

»Was haben Sie ihm gesagt?«, fragte Emilia.

»Nur, dass der Polizeichef uns jegliche Unterstützung zugesagt hat und ich ihn jederzeit anrufen kann.«

Ein Beamter führte sie ins Zimmer neben dem Vernehmungsraum. Durch eine einseitig durchsichtige Scheibe sah man einen Polizisten und eine zierliche Frau an einem Tisch sitzen, auf dem ein Mikrophon stand. Über einen Lautsprecher wurde die Unterhaltung übertragen.

Außer Nadar und Emilia befanden sich noch zwei uniformierte Kripobeamte im Beobachtungsraum. Nadar wechselte mit ihnen ein paar Worte, dann trat er zu Emilia an die Scheibe.

»Die Befragung hat gerade erst angefangen«, sagte er. »Die Zeugin heißt Mirjam Branca, sie hat heute im Radio die Personenbeschreibung einer verschwundenen schwangeren Frau gehört.«

Im Lauf der nächsten halben Stunde übersetzte Nadar für Emilia alles, was im Nebenzimmer gesprochen wurde. Dabei ergab sich ganz allmählich folgendes Bild: Mirjam Branca hatte Tatjana Golinska kurz vor deren Verschwinden, also etwa gegen zwei Uhr nachmittags, in ihrem Laden bedient. Zunächst war Mirjam nicht sicher, ob es sich wirklich um die vermisste Person handelte, aber das Foto, das der Ermittlungsbeamte ihr vorlegte, brachte Gewissheit. Tatjana hatte sich zuerst nur ein bisschen im Laden umgesehen, nach einer Weile kam Mirjam auf sie zu, um sie zu beraten. Tatjana fragte nach einem Kleid, passend zu ihrer Figur, aber obwohl die Verkäuferin ihr ein paar Stücke zeigte, gefiel ihr nichts davon so gut, dass sie sich zum Kauf entschließen konnte. Deshalb verließ Tatjana Golinska den Laden unverrichteter Dinge.

Allerdings vergaß sie in der Umkleidekabine eine kleine Tüte aus dem Schmuckladen gegenüber, in dem sie zuvor eingekauft hatte. Mirjam Branca lief ihr daher kurzerhand hinterher, sogar bis hinaus auf die Straße, aber sie verpasste sie um ein Haar und sah nur noch, wie Tatjana Golinska in ein Taxi stieg. Das Nummernschild hatte sie sich zwar nicht gemerkt, aber sie behauptete, sie könne sich noch sehr genau an das Gesicht des Fahrers erinnern, weil er ausgestiegen sei, um seinem Gast die Tür aufzuhalten.

Auf Bitte des Ermittlungsbeamten gab Mirjam Branca eine Personenbeschreibung ab: Ende fünfzig, Anfang sechzig, mit grauem Kurzhaarschnitt und Halbglatze. Die Wangen seien recht füllig gewesen, und er habe sehr freundlich gewirkt.

Detaillierter konnte sie das Gesicht nicht schildern. Allerdings traute sie sich zu, den Taxifahrer auf einem Foto oder bei einer Gegenüberstellung zu identifizieren.

Immerhin etwas.

96

Sommer 2001

Aurelio lag auf dem Treppenabsatz des Sommerhauses am Asowschen Meer, zitternd vor Angst. Sein Kopf dröhnte noch von dem Sturz, und sein linker Arm schmerzte, aber er war klar genug, um die Gefahr zu erkennen, in der er schwebte.

Der Mann, der wenige Minuten zuvor seine Mutter im Wohnzimmer umgebracht hatte, stand ein paar Stufen über ihm. Er trug eine Maske, rabenschwarz, wie der Rest seiner Kleidung. Das war die Horrorgestalt aus den Kinderliedern.

Der schwarze Mann!

Von ihm waren nur die Augen zu sehen. Kalte, berechnende Augen. Augen, die kein Erbarmen kannten. Der Gedanke daran, dass dieser Mann ihm seine Mutter für immer genommen hatte, ließ Aurelio schaudern.

Die Pistole in der Hand des Unbekannten zielte auf ihn. Die Mündung klaffte ihm entgegen wie eine Pforte ins Jenseits. Der Junge wusste, dass seine letzten Sekunden auf dieser Welt angebrochen waren. Vor Angst machte er sich in die Hose. Warmer Urin durchtränkte den Stoff, und er schämte sich dafür.

Gleich ist alles vorbei, dachte er.

Aber es dauerte länger als vermutet. Der bevorstehende Tod schien sich Zeit zu lassen. Aurelio wartete und zitterte.

Plötzlich nahm er hinter dem Mann, ganz oben an der Treppe, eine Bewegung wahr.

Papa!

Den hatte er im Eifer des Gefechts total vergessen, doch jetzt fiel ihm alles wieder ein: Da das Büro leer gewesen war, musste Vater sich irgendwo im Obergeschoss versteckt haben.

Mit der Pistole aus seinem Schreibtisch.

Jetzt war er gekommen, um Aurelio zu retten!

Ein banger Hoffnungsschimmer flackerte im Herzen des Jungen auf. Vielleicht musste er heute doch nicht sterben?

Alles kam jetzt auf seinen Vater an!

97

Anhand der von Mirjam Branca abgegebenen Personenbeschreibung telefonierte die Kripo von Riga alle Taxiunternehmen der Stadt ab, um den gesuchten Fahrer zu identifizieren. Innerhalb einer Stunde kamen auf diese Weise über fünfzig Namen zusammen. Ein Analystenteam überprüfte die Ergebnisse mit dem Polizeicomputer – es gab drei Personen mit Vorstrafen, deren Fotos amtlich hinterlegt waren, bei den anderen wurde das Aussehen im Internet recherchiert. Zwei Taxiunternehmen waren auch so freundlich, die Bewerbungsbilder der potentiell Gesuchten aus den Personalakten zu kopieren und sie der Kripo zur Verfügung zu stellen. Auf diese Weise entstand rasch eine ansehnliche Sammlung.

Da Mirjam Branca nach ihrer Zeugenaussage wieder nach Hause geschickt worden war, fuhren zwei Beamte zu ihr, um ihr die Bilder zu zeigen. Emilia, die in der Polizeizentrale blieb, hoffte inständig, dass der gesuchte Taxifahrer dabei war, und mit etwas Glück würde der sich bei seiner eigenen Befragung wiederum erinnern können, wohin er Tatjana Golinska an jenem Tag gefahren hatte. Von dort aus konnte die Spur dann weiterverfolgt werden.

Im Idealfall bis zu Leviathan.

Die Vorstellung war beinahe zu schön, um wahr zu sein: endlich den Mann zu schnappen, der für all die Gräueltaten verantwortlich war, nicht nur für die Entführungen der letzten Jahre, sondern auch für die Morde an Britt Halaska und

Abel Gupka. Denn für Emilia stand fest, dass Juris Stepanis im Auftrag von Leviathan gehandelt haben musste.

Sie brauchte dringend frische Luft. Es war eine schreckliche Nacht und ein noch schrecklicherer Tag gewesen. Vor allem der abgetrennte Kopf in ihrem Hotelzimmerschrank ließ sie nicht mehr los.

Sie streifte ihren Mantel über und ging nach unten vor die Tür. Nach der gestrigen Erfahrung vor der Interpol-Niederlassung, als Stepanis ihr mit dem Motorrad Angst eingejagt hatte, verzichtete sie heute darauf, sich die Beine zu vertreten. Sie blieb einfach auf dem kleinen Platz vor dem Haupteingang stehen, um durchzuatmen und die bösen Geister zu vertreiben.

Ihr Handy vibrierte – eine E-Mail von Benoit, in der er ihr die Namen des Verstärkungsteams der Kripo Lyon nannte. Außerdem schrieb er, dass das Team in Riga allein Emilias Befehl unterstehen würde. Allerdings gab es immer noch einige behördliche Formalitäten zu erledigen. Bis dahin würde sich der Abflug verzögern.

Obwohl die Zusammenarbeit mit der Kripo in Riga sich erstaunlich gut entwickelte, konnte Emilia die angekündigte Verstärkung aus der Heimat kaum erwarten. Noch wusste sie nicht, wem sie hier trauen konnte. Mit dem Team aus Lyon würde sie Leute an ihrer Seite haben, die ganz bestimmt nicht auf Leviathans Bestechungsliste standen – ein beruhigender Gedanke.

Sie steckte das Handy wieder weg, ließ den Kopf kreisen, massierte sich mit der Hand den Nacken, um die Verspannung der letzten Tage zu lösen. Aber das half nicht.

Ihr Blick wanderte über den Platz vor dem Polizeihauptquartier. Aus irgendeinem Grund kam sie sich plötzlich wieder beobachtet vor. War das real? Oder bildete sie sich das nur ein, weil sie wusste, dass Stepanis sich noch auf freiem Fuß befand?

Sie erinnerte sich noch ganz genau an sein Gesicht. An die Art, wie er sie beobachtet hatte. An den durchdringenden Blick, die kleinen Augen, an die Bewegung seiner Lippen, als er in sein Headset gesprochen hatte.

Emilias innere Stimme sagte ihr, dass er genau jetzt, in diesem Moment, wieder in der Nähe war und sie beobachtete.

Nur dass er es diesmal heimlich tat.

98

Träge öffnete Lina Sattler die Augen. Sie lag in einem fremden Bett, das Gesicht ins Kissen vergraben. Durchs Fenster sah sie den Himmel, bewölkt und grau. Vor der Scheibe tanzten die ersten Schneeflocken des anbrechenden Winters.

Lina fühlte sich völlig erschöpft, aber auch irgendwie glücklich. Als sie den Kopf hob, stellte sie fest, dass sie nichts anhatte. Die Bettdecke lag halb auf dem Fußboden, aber ihr war nicht kalt, ganz im Gegenteil. Ihr Körper schien von innen heraus zu glühen, und zwar auf eine ganz und gar positive Art.

Leises Schnarchen drang an ihr Ohr. Neben ihr lag Ole Frietjoff, ebenfalls nackt, wie Gott ihn geschaffen hatte.

Und der hat an ihm wirklich ausgezeichnete Arbeit vollbracht.

Unwillkürlich musste sie lächeln, als die Erinnerungen wiederkehrten. Nachdem Ole Frietjoff Avram den Kontakt nach Estland vermittelt hatte, war er so dreist gewesen, sie zu küssen, einfach so. Natürlich hatte sie ihm sofort eine geklebt – und den Kuss anschließend erwidert. Wenn sie so darüber nachdachte, kam ihr das seltsam, ja geradezu verrückt vor. So ein spontanes Verhalten passte gar nicht zu ihr. Sie war kein besonders emotionaler Mensch, noch nie gewesen. Das lag ihr nicht im Blut. Dennoch überkam sie manchmal die Lust, und dann ließ sie sich einfach gehen. Warum auch nicht? Sie war jung und ungebunden. Sie schuldete niemandem Rechenschaft.

Ein paar Minuten lang sah sie Ole Frietjoff beim Schlafen zu, schmunzelte über seine leisen Schnarchgeräusche und den entspannten, leicht dümmlichen Gesichtsausdruck mit dem halboffenen Mund. Ole war süß. Nicht besonders männlich, dafür aber jemand, dem sie sich gerne anvertraute. In ihrem Umfeld als Geldeintreiberin für Dmitrij Tashkov gab es solche Menschen nur selten, und selbst mit denen wollte sie privat nichts zu tun haben.

Umso mehr genoss sie diesen Moment, zumal sie wusste, dass er nur von kurzer Dauer sein würde. Tashkov hatte schon ein Dutzend Mal versucht, bei ihr anzurufen, und er schickte ihr täglich E-Mails. Er wollte wissen, wo sie steckte und wann sie gedachte, wieder nach Hamburg zurückzukommen.

»Was nützt mir eine Geldeintreiberin, die mein Geld nicht eintreibt?« Das hatte er ihr heute Vormittag auf die Mailbox gebrüllt.

Per E-Mail hatte sie ihm geantwortet, sie stecke noch in Kiel fest, wegen einer *wichtigen Angelegenheit*, die sie aber nicht näher definierte – schließlich ging es ihn einen Dreck an, was sie hier zu tun hatte. Zwischen Tashkov und ihr bestand kein geregeltes Arbeitsverhältnis. Alle paar Monate gerieten sie so heftig aneinander, dass Tashkov sie in einem seiner berüchtigten Tobsuchtsanfälle feuerte, meistens unter Androhung von körperlicher Gewalt. Sobald die Wogen sich wieder geglättet hatten, entschuldigte er sich bei ihr und wollte sie wieder zurück. So war es bisher immer gelaufen. Aus irgendeinem Grund hatte er einen Narren an ihr gefressen, warum, wusste sie selbst nicht. Sie war nicht sein Typ, so viel stand fest. Aber er respektierte sie, weil sie ihm als Einzige Paroli bot, während alle anderen um ihn herum ängstlich nach seiner Pfeife tanzten.

Ole bewegte sich. Er wälzte wie in Zeitlupe den Kopf zur Seite, öffnete die Augen und blinzelte ihr zu, als würde das fahle Dämmerlicht des ausklingenden Tages ihn blenden.

»Hallo, meine Hübsche! Du siehst nachdenklich aus. Was ist los mit dir?«

Meine Hübsche – so hatte sie noch niemand genannt. Es gab zwar durchaus Männer, die ihre flache Figur attraktiv fanden und ihr dafür Komplimente machten. Aber bei Ole klang es nicht nur so, als sei er darauf aus, eine schnelle Nummer zu schieben. Bei ihm kam es von Herzen. Das war genau das, wonach sie suchte.

Wer hätte gedacht, dass Avrams Auftrag mir einen so netten Kerl bescheren würde?

Vielleicht war sie doch ein bisschen verliebt, zumindest, soweit ihre verkorkste DNA es zuließ.

Sie beugte sich zu ihm und küsste ihn auf den Mund, in der festen Absicht, die gemeinsame Zeit mit ihm in vollen Zügen auszukosten. Wer wusste schon, wie lange sie noch andauern würde?

99

Emilia und Josup Nadar besprachen gerade, wie sie das Verstärkungsteam aus Lyon, das sie in den nächsten Tagen erwarteten, am besten einsetzen würden, als der Einsatzleiter der Kripo Riga zu ihnen an den Tisch trat und ein paar Worte auf Lettisch sprach.

»Was sagt er?«, fragte Emilia.

»Frau Branca hat den Taxifahrer identifiziert, mit dem Tatjana Golinska vor dem Elkor Plaza weggefahren ist«, übersetzte Nadar.

»Wann wird er befragt?«

»Es ist schon jemand abgestellt worden, der zu ihm fahren soll.«

»Dann möchte ich gerne dabei sein.«

Es folgte ein scharfer Wortwechsel zwischen den beiden Männern, bis Nadar schließlich zufrieden nickte.

»Begeisterung sieht zwar anders aus, aber er ist damit einverstanden«, sagte er.

Gegen sieben Uhr abends erreichten sie ein Stadtviertel, das eine Art Übergangszone zwischen Wohn- und Industriebesiedelung darstellte. Lange, mehrstöckige Häuserreihen prägten diesen Teil von Riga, dazwischen befanden sich Grünanlagen, Spielplätze und Gerüste mit Wäscheleinen.

Kommissarin Rudnik, die die Befragung durchführen sollte, war schlank und trug eine im Nacken ausrasierte Kurzhaarfrisur, was ihr ein ziemlich männliches Aussehen verlieh. Auf der Fahrt hatte sie die meiste Zeit geschwiegen. Ob das ihrem Naturell entsprach oder ob ihr Einsatzleiter sie dahingehend instruiert hatte, blieb unklar. Jedenfalls schien sie an einem guten Verhältnis zu Emilia und Nadar nicht interessiert zu sein.

Sie stellten den Wagen auf dem Seitenstreifen ab, stiegen aus und gingen auf Haus Nummer 61 zu. Kommissarin Rudnik drückte einen Knopf in der unteren Klingelreihe. Nachdem sich eine Stimme durch die Gegensprechanlage meldete, fand ein kurzer Wortwechsel statt. Schließlich ertönte der Türsummer, und sie traten ein.

Kurz darauf saßen sie einem sympathisch lächelnden Mann mit einem dunkelgrauen Haarkranz gegenüber. Er hatte sanfte Augen, ein kleines Muttermal auf der Stirn und füllige Backen. Überhaupt war er etwas übergewichtig, auch wenn das nicht sofort ins Auge fiel.

Sein Name war Arpad Markos. Er wirkte ehrlich überrascht über den Besuch der Polizei, vielleicht sogar ein bisschen ängstlich, aber das musste nach Emilias Erfahrung nichts bedeuten. Die meisten Menschen, die noch nie etwas mit der Polizei zu tun gehabt hatten, waren bei ihrer ersten Befragung nervös, auch wenn sie nichts zu verbergen hatten.

Aus der Küche drangen lautes Kindergeplapper sowie die Stimme einer Frau. Vermutlich aß der Rest der Familie gerade zu Abend.

Kommissarin Rudnik begann die Unterhaltung auf Lettisch. Als Nadar sich einschaltete, ging es auf Englisch weiter.

»Also noch mal«, sagte sie. »Kennen Sie eine Frau namens Tatjana Golinska?«

»Der Name sagt mir nichts.«

Die Beamtin schob ihm ein Foto der Vermissten über den Tisch. Markos zog das Bild näher zu sich, betrachtete es einen Moment lang und schüttelte dann den Kopf.

»Es gibt jemanden, der gesehen hat, wie diese Frau am vergangenen Dienstag bei Ihnen ins Taxi gestiegen ist«, sagte Kommissarin Rudnik. »Bitte sehen Sie sich das Foto noch einmal ganz genau an. Es ist wichtig, dass Sie sich erinnern. Tatjana Golinska ist seit jenem Tag verschwunden. Wir haben Grund zu der Annahme, dass sie entführt wurde. Deshalb wollen wir wissen, wohin Sie sie am Dienstag gebracht haben. Nur so können wir dem Täter auf die Spur kommen.«

Markos nahm das Foto noch einmal zur Hand. Diesmal ließ er sich mehr Zeit.

»Kann sein, dass ich sie gefahren habe«, meinte er schließlich. »Aber ob das am Montag, am Dienstag oder am Mittwoch war? Keine Ahnung! Wissen Sie, wie viele Fahrgäste ich jeden Tag habe? Da merkt man sich nicht jedes Gesicht.«

Sein Blick wanderte von Kommissarin Rudnik zu den beiden anderen und schließlich wieder zurück zu dem Foto.

»Kann es sein, dass die Frau am Stadion bei mir eingestiegen ist?«, fragte er.

»Am Elkor Plaza«, korrigierte Kommissarin Rudnik.

Markos' Miene hellte sich auf. »Ja, am Elkor Plaza. Jetzt erinnere ich mich. Sie ist schwanger, nicht wahr? Ich half ihr beim Einsteigen.«

Das deckte sich mit der Aussage von Mirjam Branca. Emilias Zuversicht stieg, heute einen wichtigen Schritt weiterzukommen.

»Wissen Sie noch, wohin Tatjana Golinska gefahren werden wollte?«, fuhr Kommissarin Rudnik mit der Befragung fort.

Markos legte die Stirn in Falten, überlegte einen Moment. »Zum Stockmann, glaube ich.«

»Das ist auch ein Kaufhaus in Riga«, raunte Nadar Emilia zu.

»Sind Sie sicher?«, fragte Kommissarin Rudnik, den Blick auf den Taxifahrer gerichtet.

Der nickte. »Jetzt, wo ich darüber nachdenke – ja. Sie hat auf der Fahrt erwähnt, dass sie noch ein paar Schuhe braucht. Im Elkor Plaza hatte sie nicht die richtigen gefunden. Jetzt weiß ich es wieder genau.«

Die Polizistin stellte noch einige Fragen mehr, die aber keine weiteren Ergebnisse brachten. Schließlich warf sie Emilia und Nadar einen Blick zu, der andeutete, dass sie die Befragung als beendet betrachtete.

Emilia räusperte sich als Zeichen dafür, dass Sie etwas sagen wollte.

»Tatjana Golinska ließ sich von Ihnen also zu einem anderen Kaufhaus fahren, um dort Schuhe zu kaufen«, wiederholte sie. »Gibt es sonst noch etwas, worüber sie mit Ihnen gesprochen hat?«

»Was meinen Sie?«

»Nichts Bestimmtes. Alles, was sie Ihnen erzählt hat, könnte wichtig für uns sein.«

Markos zog wieder die Stirn kraus, zuckte dann aber mit den Schultern. »Ich glaube, wir haben uns über ihr Kind unterhalten«, sagte er. »Welchen Namen es einmal bekommen soll ... Mehr fällt mir nicht ein.«

Emilia war jetzt ziemlich sicher, dass er log oder etwas verschwieg. Er gab vor, sich genau an das Fahrziel zu erinnern, sogar an den Grund dafür, aber alles andere hatte er vergessen? Das kam ihr nicht besonders glaubwürdig vor.

Emilia lagen noch einige Fragen auf der Zunge: Beispielsweise, ob es eine Zentrale gab, der die Fahrer ihre Fahrten meldeten, und ob Markos auch diese spezielle Fahrt gemeldet hatte. Ob man anhand der GPS-Aufzeichnungen die Fahrziele überprüfen konnte. Und ob ihm bewusst war, welche Haftstrafen für Beihilfe zu einer Entführung drohten.

Bleib ruhig! Du darfst keine voreiligen Schlüsse ziehen!

Durch Gupkas gewaltsamen Tod war sie emotional derart angeschlagen, dass sie nicht mehr klar denken konnte, aber sie ahnte, dass es nichts bringen würde, Markos in die Enge zu treiben. Sie würde ihn dadurch nur warnen – und damit letztlich auch Leviathan.

Vorausgesetzt, dass die beiden wirklich unter einer Decke stecken.

Sie bedankte sich für die Kooperation, und Kommissarin Rudnik gab ihm die Kontaktdaten der Polizeizentrale, falls ihm noch etwas einfiel, das sie wissen sollten. Dann verabschiedeten sie sich und kehrten zurück zum Auto.

»Markos muss rund um die Uhr überwacht werden«, sagte Emilia, obwohl sie hier natürlich keine Weisungsbefugnis hatte. Sie konnte allenfalls Vorschläge einbringen.

»Ich werde das mit meinem Vorgesetzten besprechen«, entgegnete Kommissarin Rudnik prompt.

»Wenn die Kripo von Riga das nicht übernimmt, dann wird Interpol es tun«, drohte Emilia, wohl wissend, dass sie überreagierte. Aber sie litt unter Schlafmangel, und ihre Nerven waren angespannt wie lange nicht mehr. »Ich wette, dass Markos das fehlende Bindeglied zwischen Tatjana Golinska und Leviathan ist. Wenn wir Markos beschatten, wird er uns früher oder später zu ihm führen.«

100

»Bitte geh nicht!«

Lina schmiegte sich von hinten an Ole Frietjoff, der vornübergebeugt auf der Bettkante saß. Sein blondes Haar stand wirr vom Kopf ab, insgesamt wirkte er ziemlich erschöpft. Sie hatten sich bis zum Umfallen geliebt, danach waren sie engumschlungen nebeneinander auf dem Bett eingeschlafen.

Der Zustand gefiel Lina. Sie hätte nichts dagegen gehabt, bis in alle Ewigkeiten so weiterzumachen. Selten hatte sie sich so unbeschwert gefühlt wie in den letzten Tagen.

Nur eine Sache warf einen kleinen Schatten auf ihr Glück: das schlechte Gewissen gegenüber Avram. Wie würde er darauf reagieren, dass sie sich ausgerechnet in einen Polizeispitzel verknallt hatte?

Andererseits war Avram nicht ihr Vater. Er hatte ihr nicht das Geringste vorzuschreiben, schon gar nicht, mit wem sie ins Bett gehen durfte. Das war allein ihre Angelegenheit!

»Bleib noch ein bisschen bei mir«, raunte sie Ole ins Ohr. Ihre Hände wanderten über seine Arme bis zu den Schultern, sie küsste ihn auf den Hals, schmeckte das Salz auf seiner Haut, roch seinen Schweiß. Aus irgendeinem Grund machte sie das schon wieder an.

»Ich gehe nur schnell zum Inder um die Ecke und hole etwas zu essen«, sagte er, während er mit dem Daumen über ihren Handrücken streichelte. »Was willst du? Das Chicken Masala ist dort hervorragend.«

»Also dann – Chicken Masala. Aber beeil dich! Ich habe noch eine Menge mit dir vor.«

Er lächelte schief, küsste sie und zog sich an. »Ich freue mich schon auf den Nachtisch«, sagte er. »Lauf mir ja nicht davon.«

Dann verschwand er aus dem Schlafzimmer, und Lina hörte, wie die Haustür ins Schloss fiel.

Um die Zeit zu überbrücken, nahm sie eine Dusche. Danach deckte sie in der Küche den Esstisch mit Tischdecke und Kerzen, ganz romantisch, weil sie glaubte, dass ihm das gefallen würde.

Doch Ole Frietjoff kehrte nicht zurück.

101

Nach der Befragung von Arpad Markos brachte Kommissarin Rudnik die beiden anderen ins Polizeihauptquartier zurück. Dort bot Nadar Emilia an, sie ins Hotel zu fahren.

»Sind Sie sicher, dass Sie in dieser Kaschemme wohnen wollen?«, fragte er, als sie ankamen.

»Hier wird mich niemand finden, alles andere ist unwichtig«, sagte Emilia. »Wir sehen uns morgen im NCB.«

Nadar nickte. »Schlafen Sie gut, und versuchen Sie, nicht so viel darüber nachzudenken, was in den letzten vierundzwanzig Stunden geschehen ist.«

Ein gutgemeinter Ratschlag, aber Emilia wusste, dass ihr das nicht gelingen würde.

Auf ihrem Zimmer telefonierte sie mit Mikka, nebenher ließ sie den Fernseher laufen. Anschließend nahm sie eine heiße Dusche – der plötzliche Winterbeginn in Riga war ihr tief in die Knochen gekrochen.

Heute Vormittag habe ich nach dem Duschen Gupkas Kopf in meinem Schrank gefunden. Was wird wohl diesmal passieren, wenn ich aus dem Badezimmer komme?

Mit einem Seufzen schüttelte sie den Gedanken ab und versuchte, sich zu entspannen, während das heiße Wasser auf ihre Schultern prasselte. Sie seifte sich ein, schloss die Augen, gab sich der aufkommenden Müdigkeit hin ...

Als sie hörte, wie eine Tür geöffnet wurde.

Sofort war sie wieder hellwach. Glücklicherweise konnte

sie durch den Dampf erkennen, dass es nicht ihre Badezimmertür gewesen war.

Vielleicht hat jemand ein Nachbarzimmer bezogen.

Oder war das ihre eigene Zimmertür gewesen?

Leise stahl Emilia sich aus der Duschkabine. Das Wasser ließ sie laufen, um keinen Verdacht zu erregen.

Auf Zehenspitzen schlich sie zu dem Regal mit ihrem Pyjama. Dort lag auch ihre Dienstwaffe – die Ereignisse in Riga hatten sie vorsichtig werden lassen.

Sie knöpfte das Holster auf, zog die Pistole heraus und legte sie so ab, dass sie bei Bedarf schnell danach greifen konnte. Anschließend schlüpfte sie in ihren Pyjama, ohne die Tür aus den Augen zu lassen. Sobald jemand ins Zimmer eindringen wollte, würde sie schießen.

Aber die Klinke bewegte sich nicht.

Während das Duschwasser plätscherte und der Dampf im Zimmer immer dicker wurde, verstrichen die Minuten.

Hatte sie sich nur etwas eingebildet?

Dann klopfte es plötzlich an der Tür.

»Sind Sie da drin?« Eine Männerstimme, überlagert vom Geräusch des Wassers. Unmöglich zu sagen, wer das war.

Emilia ging in die Knie, für den Fall, dass der Eindringling ohne Vorwarnung schoss, sobald sie antwortete. Sie richtete den Lauf ihrer Pistole auf Brusthöhe, bereit, das Feuer zu erwidern.

»Wer ist da?«, fragte sie.

Nach einem kurzen Zögern antwortete die Stimme: »Avram Kuyper.«

Die Spannung fiel von Emilia ab wie eine Zentnerlast.

Eine Minute später saß sie, in ihren Bademantel gehüllt, auf dem Bett. Avram hatte die Vorhänge zugezogen und auf dem Holzstuhl neben dem Tisch Platz genommen. Einzige Lichtquelle im Raum war die Nachttischlampe, deren altmodischer Stoffschirm ein fleckiges Muster an die Wand projizierte.

»Sind Sie völlig übergeschnappt, hier einzudringen?« Emilia kochte vor Wut. Sie hatte fest damit gerechnet, überfallen zu werden, und sich von dem Schock noch nicht erholt.

»Ich muss mit Ihnen reden.«

»Hätten Sie mir keine Nachricht hinterlassen können?«

»Das habe ich versucht. In Lyon wollte man mich mit Ihrer Bürovertretung verbinden.«

Unwillkürlich musste Emilia schmunzeln. »Er ist nicht meine Bürovertretung, sondern mein Chef.«

»Das spielt keine Rolle. Ich vertraue nur Ihnen. Deshalb bin ich hier.«

Sie seufzte und versuchte, die Situation zu verarbeiten. »Wie haben Sie mich gefunden? Nicht mal Lyon weiß, wo ich übernachte«, sagte sie.

»Ich bin schon seit ein paar Stunden in der Stadt. Ich dachte, es wäre eine gute Idee, die Suche im hiesigen NCB zu beginnen. Dort erfuhr ich, dass Sie im Polizeihauptquartier sind. Also bin ich da hin und habe mich an Sie geheftet, als Sie von dort weggefahren sind. Wen haben Sie vorhin besucht?«

»Das geht Sie nichts an.«

»Geht es um Leviathan?«

Emilia schwieg.

»Dann geht es mich sehr wohl etwas an. Ich hatte Sie gebeten, Leviathan für mich ausfindig zu machen, aber anstatt mir zu helfen, ermitteln Sie selbst gegen ihn. Ist doch so, oder täusche ich mich?«

Sie erinnerte sich an das Gespräch im Valleo vor ein paar Tagen. Avram hatte sich als Mikka ausgegeben und sie zum Mittagessen von der Interpol-Zentrale weggelockt, um sie um Hilfe zu bitten. Aber sie hatte sich dagegen entschieden.

»Immerhin habe ich Sie vor ihm gewarnt«, sagte sie. Damit meinte sie die E-Mail, die sie ihm geschrieben hatte, als klarwurde, dass Leviathan ein Psychopath war.

»Das stimmt«, gab Avram zu. »Es bringt mir nur nichts. Ich muss herausfinden, wer dieser Mann ist, sonst bin ich vor ihm nicht mehr sicher. Menschen wie er vergessen nicht. Aus irgendeinem Grund jagt er mich – und das wird er so lange tun, bis er mich erwischt.«

Er atmete tief durch und versuchte offenbar, seine Emotionen wieder unter Kontrolle zu bringen.

»Sie sind hierhergekommen, weil Sie einen Psychopathen zur Strecke bringen wollen – das haben Sie selbst gesagt«, fuhr er schließlich fort. »Ich bin aus demselben Grund hier. Ich glaube, wir suchen denselben Mann. Wenn wir uns gegenseitig helfen, können wir ihn schnappen.«

Emilia schwieg. Das Problem war, das Avram mit »schnappen« etwas völlig anderes meinte als sie. Sie wollte ihn hinter Gitter bringen, er wollte ihn töten.

Andererseits musste sie zugeben, dass sie im Grunde gar keinen Wert mehr darauf legte, Leviathan mit legalen Mitteln zu bekämpfen. Er hatte vergangene Nacht eine Interpolagentin erschossen und Abel Gupka enthauptet. Zumindest trug er die Verantwortung an den Morden. Und wenn Emilia an all die Frauen dachte, die er seit vielen Jahren verschleppte und misshandelte – von den Kindern ganz zu schweigen –, dann wurde ihr regelrecht schlecht vor Wut.

»Haben Sie etwas über Leviathan herausgefunden, das uns helfen könnte, ihn zu finden?«, fragte sie.

»Eine ganze Menge«, antwortete Avram. »Ich habe sogar einen konkreten Verdacht, wer er ist. Aber mir fehlt der letzte Beweis dafür. Aus diesem Grund bin ich hier – um diesen Beweis zu finden. Ich hatte dabei auf Ihre Unterstützung gehofft.«

Emilia dachte nach. Sie hatte zwar mit Arpad Markos, dem Taxifahrer, eine Spur, aber es war noch längst nicht zweifelsfrei bewiesen, dass Markos an der Entführung Tatjana Golinskas beteiligt war. Selbst wenn – würde er sie wirklich zu Leviathan führen? Und wie lange würde das dauern? Observierungen stellten die Geduld der Polizei oft genug auf eine harte Probe. Die meiste Zeit verbrachte man dabei mit Warten. Selbst wenn Markos die Nerven durchgingen, konnte es sein, dass Leviathan letztlich entwischte, denn Emilia wusste immer noch nicht, welche Polizisten auf seiner Seite standen. Falls er rechtzeitig gewarnt würde, konnte er Tatjana Golinska für immer verschwinden lassen oder gar selbst abtauchen – dann würde auch das Verstärkungsteam aus Lyon nichts mehr bewirken.

Wie sie die Sache auch drehte und wendete: Sie war Leviathan längst nicht so dicht auf den Fersen, wie sie es gerne gewesen wäre.

Mit einem Mal wurde Emilia von einer tiefen, inneren Verzweiflung ergriffen. Beinahe schien es ihr so, als sei es unmöglich, dieses Monster in Menschengestalt jemals zu fassen, und als sei sie bisher nur zu dumm gewesen, das zu begreifen.

Tränen traten ihr in die Augen. Sie wischte sie mit dem Handrücken weg, aber es kamen sofort neue nach. Tatsächlich war sie plötzlich froh über Avrams Anwesenheit. Auch wenn er als Profikiller auf der anderen Seite des Gesetzes stand, wusste sie, dass sie in Fällen wie diesen hundertprozentig auf ihn zählen konnte. Mehr als einmal hatten sie sich heimlich verbündet, um gegen gemeinsame Feinde zu kämpfen. Unter Missachtung sämtlicher Regeln hatten sie geschafft, wozu sie alleine niemals imstande gewesen wären. Emilia musste sich eingestehen, dass sie sich keinen besseren Verbündeten als Avram wünschen konnte.

Also begann sie zu erzählen: von den entführten Frauen und Kindern, von Britt Halaskas und Abel Gupkas gewaltsamem Tod, von Tatjana Golinska und von dem Taxifahrer, den sie als Helfer verdächtigte.

»Jetzt sind Sie dran«, schloss sie und fühlte sich, als habe ihr jemand eine bleierne Last von den Schultern genommen. »Ich habe Ihnen alles gesagt, was ich weiß.«

Avram fuhr sich mit einer Hand über den stoppeligen Bart. Die Glatze, die er sich rasiert hatte, sah für sie immer noch ungewohnt aus, aber in gewisser Weise stand sie ihm gut.

»Es gibt einen Informanten, der mich auf eine Spur in Estland geführt hat«, sagte er. »Dort sitzt ein Spediteur im Gefängnis von Viru, der einen Detektiv mit Nachforschungen über Leviathan beauftragt hat. Die Ergebnisse dieser Nachforschungen habe ich als CD-ROM bei mir, draußen im Auto. Die kann ich Ihnen nachher geben, damit Sie sie genauer analysieren lassen können. Leider sind die Dokumente darauf etwas verwirrend.«

»Warum fragen Sie nicht einfach diesen Detektiv?«

»Er lebt nicht mehr. Ich gehe davon aus, dass Leviathan ihn aus dem Weg räumen ließ, weil er ihm zu nahe gekommen ist. Deshalb mussten mein Dolmetscher und ich die Zusammenhänge auf der CD-ROM selbst herausfinden. Im Wesentlichen geht es um Immobilienbetrug im großen Stil. Auf einem abgelegenen Grundstück namens *klusa zeme* hat

Leviathan im Jahr 2009 die Leichen seiner damaligen Feinde verscharrt. Drei haben wir schon ausgegraben, wie viele insgesamt dort liegen, weiß ich nicht. Aber auf der CD-ROM befinden sich die Koordinaten der anderen Gräber. Leviathan wollte auf dem Grundstück eine Fabrik errichten. Allerdings gab es aus irgendeinem Grund Widerstand, und das Projekt musste wieder eingestellt werden. Dadurch hat er eine Menge Geld verloren. Ich glaube, dass er sich an allen Personen, die den Baustopp forderten, bitter gerächt hat.«

»Und Sie haben einen konkreten Verdacht, wer Leviathan ist?«, hakte Emilia nach.

Avram nickte. »Meinen Recherchen zufolge handelt es sich um einen Mann namens Kyril Owalischenko. Ein ehemaliger russischer Geheimdienstagent, der 2007 nach Lettland übergesiedelt ist. Aber er hat seine Identität gewechselt und sein Gesicht operativ verändern lassen. Ich weiß nicht, wie er früher aussah oder wer er war. Deshalb kann ich auch nicht mit Sicherheit sagen, ob er derjenige ist, der es auf mich abgesehen hat. Aus diesem Grund bin ich hier: Ich brauche Gewissheit, damit ich nachts wieder ruhig schlafen kann.«

Emilias Tränen waren inzwischen getrocknet, und neue Hoffnung keimte in ihr auf. Sie hatte das Gefühl, dass mit Avrams Hilfe nun alles wieder gut werden konnte.

102

Arpad Markos hatte an diesem Morgen Frühschicht. Wie immer schlich er leise aus dem Bett und trank einen Becher Milch in der Küche. Auf Kaffee verzichtete er schweren Herzens, weil die Maschine so röhrte, dass es die Kinder geweckt hätte. Später würde er sich einen Kaffee am Bahnhof holen.

Als er das Haus verließ und auf seinen Parkplatz am Rand der Reihenhaussiedlung zuging, schweifte sein Blick unauffällig hin und her. Er zweifelte nicht daran, dass die Polizei ihn beschattete. Gestern Abend waren die drei Beamten zwar abgezogen, ohne etwas von ihm erfahren zu haben, aber sie verdächtigten ihn, dessen war er sicher. Deshalb hatte er sich vorgenommen, bis auf weiteres ganz normal seiner Arbeit nachzugehen. Vielleicht würde er später Jonn Vlaschek, seinen Kontaktmann, anrufen und ihm berichten, dass die Polizei ihnen auf den Fersen war - aber nur, wenn er sich absolut unbeobachtet fühlte. Denn so blöd, wie die Polizei dachte, war er auch wieder nicht. Womöglich ließen sie ihn schon abhören. Sie konnten ihm gestern eine Wanze in die Wohnung geschmuggelt haben, oder sie arbeiteten mit einem Richtmikrophon, und bestimmt gab es noch ein Dutzend andere Techniken, die sie einsetzen konnten - er kannte sich damit nicht besonders gut aus.

Genau deshalb war er lieber vorsichtig.

Schon eine Menge Kriminelle waren aus Überheblichkeit

im Knast gelandet. Weil sie dachten, sie seien schlauer als die Polizei. Arpad Markos wusste hingegen, dass er das nicht war. Deshalb würde er sich ab sofort wie ein ganz gewöhnlicher, unbescholtener Taxifahrer verhalten.

Er fuhr zur Zentrale, meldete sich wie jeden Tag zum Dienst und stieg in seinen Wagen.

Es war vier Uhr morgens. Normalerweise verlief die erste Stunde der Frühschicht ziemlich ruhig. Am Straßenrand parkend, holte er die gestrige Zeitung aus dem Handschuhfach, die hatte er noch nicht ganz durchgelesen. Später würde er sich am Bahnhof die aktuelle Ausgabe kaufen, zusammen mit seinem Kaffee.

Er hatte gerade begonnen, den Artikel über den Trainerwechsel seiner Lieblingsfußballmannschaft zu lesen, als sein erster Fahrgast an die Scheibe klopfte.

»Sind Sie frei?«

Ein Mann mit Glatze und grauem Bartansatz. Er sprach Englisch, also ein Ausländer. Wahrscheinlich wollte er zum Flughafen.

»Steigen Sie ein!«

Markos legte die Zeitung ins Handschuhfach zurück, während sein Fahrgast auf der Rückbank Platz nahm.

»In die Veldres iela bitte.«

»Gerne.«

Markos schaltete das Taxameter ein und fuhr los.

»Schon so früh unterwegs?«

Die meisten Leute mochten ein bisschen Smalltalk, weil ihnen die Fahrt dann kürzer erschien, und zufriedene Gäste gaben mehr Trinkgeld.

»Manche Angelegenheiten können nicht warten«, sagte der Mann auf der Rückbank.

»In welcher Branche arbeiten Sie?«

Markos konnte zu jeder Branche etwas beitragen. Das tägliche Zeitunglesen brachte es mit sich, dass sein Wissen in vielen Bereichen zumindest für eine Taxifahrt reichte.

»Auftragsmord«, sagte der Fahrgast.

Im ersten Moment glaubte Markos, sich verhört zu haben.

»Was haben Sie gesagt?«

»Ich bin ein Killer«, präzisierte der Mann. »Und ich werde Ihre Familie töten, wenn Sie nicht mit mir kooperieren.«

Markos spürte, wie sein Magen sich zusammenzog. Sollte das ein Witz sein? Als er einen Blick in den Rückspiegel warf und in die eiskalten Augen seines Fahrgasts sah, wusste er sofort, dass das nicht der Fall war.

Der Kerl meint es bitterernst!

»Bevor Sie auf dumme Gedanken kommen: Ich habe eine Pistole auf Sie gerichtet«, fuhr der Mann fort. »Fahren Sie einfach weiter und beantworten Sie meine Fragen, dann wird weder Ihnen noch Ihrer Familie etwas geschehen. Sollten Sie aber versuchen, mich zu verarschen, oder sollte ich den Eindruck gewinnen, dass Sie mehr wissen, als Sie mir erzählen, werden nicht nur Sie das bereuen, sondern auch Linda, Olivia und Tim.«

Er weiß, wie meine Frau und die Kinder heißen!

Spätestens jetzt wurde Arpad Markos der Ernst der Lage klar. Das Arschloch auf der Rückbank hatte sich genau über ihn erkundigt!

»In diesem Moment dringen meine Komplizen in Ihre Wohnung ein.« Die Stimme klang scharf und präzise. »Auf ein Zeichen von mir werden sie Ihre Familie entführen. Dasselbe gilt, wenn ich mich nicht innerhalb der nächsten fünfzehn Minuten bei ihnen melde – das nur, damit Sie nicht auf die Idee kommen, gegen eine Hauswand zu fahren, um mich außer Gefecht zu setzen. Und falls Sie glauben, die Bullen vor Ihrer Wohnung waren ein Problem für uns, irren Sie sich gewaltig!«

Markos schluckte, sein Hals fühlte sich staubtrocken an. Dieser Wahnsinnige schien an alles gedacht zu haben! Nie zuvor hatte er solche Angst verspürt. Dabei ging es ihm gar nicht so sehr um sich selbst. Vielmehr sorgte er sich um Linda und die Kinder.

Seine Finger am Lenkrad begannen zu zittern.

»Wer sind Sie?«

»Jemand, der wissen will, was mit Tatjana Golinska passiert ist.«

Also darum ging es? Beinahe war Markos erleichtert! Womöglich handelte es sich hier nur um einen Bluff – ein Polizist, der eine Rolle spielte. Hatte Interpol sich dieses kleine Drama ausgedacht, um ihn aus der Reserve zu locken, weil sie wussten, dass sie auf anderem Wege keine Informationen von ihm erhalten würden?

»Alles, was ich weiß, ist, dass ich Tatjana Golinska vor ein paar Tagen vom Elkor Plaza zum Kaufhaus Stockmann gefahren habe«, sagte Markos. Er wollte so wenig wie möglich von der Geschichte abweichen, die er der Polizei bereits erzählt hatte, um sich nicht in Widersprüche zu verwickeln.

»Das glaube ich Ihnen nicht«, raunte der Mann im Fond.

Markos spürte, wie ihm von hinten ein Waffenlauf gegen die Schläfe gedrückt wurde. Das kalte Metall jagte ihm einen Schauder über den Rücken. War dieser Kerl nun ein Polizist oder womöglich doch ein Killer, der ihm den Kopf wegschießen würde?

Nein, das macht er nicht! Er blufft nur! Das ist ein verdammter Bulle, der schauspielert!

»Ich schwöre, dass ich nicht mehr als das weiß!«, sagte

Markos, erstaunt darüber, wie brüchig seine Stimme klang. Doch er hatte sich entschieden.

Auf dich falle ich nicht herein, Arschloch, dachte er. Von mir wirst du nichts erfahren!

103

Der Taxifahrer hatte Nerven, das musste Avram ihm lassen. Er hatte ihn von zu Hause aus bis zur Zentrale verfolgt, natürlich so, dass die Polizisten in dem Überwachungswagen nichts davon mitbekamen. An der Taxizentrale war Avram dann als erster Fahrgast des Tages bei Markos in den Wagen gestiegen, fest entschlossen, so viel Druck auf ihn auszuüben, dass er mit der Wahrheit herausrückte. Emilia hielt Markos für einen Lügner, und Avrams erster Eindruck bestätigte das. Mit ziemlicher Sicherheit war er in Tatjana Golinskas Entführung verwickelt.

Da weder die Polizei noch Interpol eine Handhabe gegen ihn hatten, half Avram nun etwas nach. Er konnte nicht warten, bis Markos endlich einen Fehler beging. Gestern war er auf offenem Feld beschossen worden. Je mehr Zeit verstrich, desto größer wurde die Wahrscheinlichkeit, dass Leviathan das nächste Erschießungskommando losschickte – und das traf vielleicht besser als das erste.

Also musste er Markos zum Reden bringen, aber der entpuppte sich gerade als sturer Hund. Offenbar hielt er ihn für einen Polizisten oder zumindest für jemanden, der nur bluffte. Markos würde nicht kooperieren, solange er keine Konsequenzen fürchtete.

Avram zog sein Handy aus der Tasche und wählte eine Nummer.

»Gunnar? Habt ihr die Frau und die Kinder? Ja ... wie besprochen. Fangt mit Linda Markos an.«

Er nahm das Handy vom Ohr, ohne allerdings den Lautsprecher zu betätigen. Leises, hektisches Keuchen erfüllte das Taxi. Dann gab es einen Knall, gefolgt von dem markerschütternden Schrei einer Frau.

Avram ließ das Handy noch ein paar Sekunden lang an, bevor er die Verbindung unterbrach.

Markos schien plötzlich unsicher geworden zu sein. »Was haben die mit ihr gemacht?«, fragte er mit zitternder Stimme.

»In den Oberschenkel geschossen«, antwortete Avram. »Wenn Sie endlich aufhören, mich für dumm zu verkaufen, können Sie nach Hause fahren und Ihre Frau ins Krankenhaus bringen. Außer einer Narbe wird nichts zurückbleiben. Halten Sie mich dagegen weiter zum Narren, werde ich meinen Leuten befehlen, mit der Kniescheibe weiterzumachen. Und falls Sie danach immer noch nicht Ihr Maul aufkriegen, werden wir uns die Kinder vornehmen. Olivia wird nie wieder Schlittschuh laufen können, Tim nie wieder Fußball spielen. Es ist Ihre Entscheidung. Ich bin weder an Ihnen noch an Ihrer Familie interessiert. Ich will einzig und allein wissen, wer Ihr Auftraggeber ist und wohin er Tatjana Golinska hat bringen lassen. Also, was ist?«

104

Emilias Handy klingelte – endlich. Am anderen Apparat war Avram.

»Hat Markos geredet?«, fragte sie.

»Er hat mir alles erzählt, was er weiß.«

»Wie können Sie sicher sein?«

»Erfahrung. Er hat wirklich geglaubt, dass Sie seine Frau sind. Sie haben Ihre Rolle hervorragend gespielt.«

»Ich kam mir dabei ziemlich lächerlich vor«, sagte sie.

»Auf Markos hat es verdammt echt gewirkt.«

»Wo ist er jetzt?«

»Gefesselt im Kofferraum seines Taxis. Ich bin damit auf dem Weg zu Ihnen. Ist die Luft rein?«

»Nach dem Schuss herrschte im Hotel ein paar Minuten lang helle Aufregung, aber inzwischen hat sich die Vermutung durchgesetzt, der Knall müsse von draußen gekommen sein. Der Manager hat gesagt, wir sollen die Fenster geschlossen halten – als Vorsichtsmaßnahme.«

»Dann sind wir bei Ihnen ja in Sicherheit«, sagte Avram.

Eine Viertelstunde später stand er vor Emilias Zimmertür.

»Ist Markos noch im Kofferraum?«, fragte sie.

Er nickte.

»Was, wenn er schreit?«

»Fürs Erste dürfte das schwierig werden. Ich habe ihm eins über den Schädel gegeben.«

Emilia seufzte. »Wir hatten ausgemacht, dass niemandem etwas geschieht«, sagte sie.

»Das Schwein hilft Leviathan, Frauen zu entführen. Sparen Sie sich Ihr Mitleid für jemanden, der es wert ist. Markos wird eine Beule kriegen und eine Weile Kopfweh haben. Verglichen mit dem, was Tatjana Golinska durchmachen muss, ist das gar nichts.«

Natürlich hatte er recht: Markos verdiente eine viel härtere Strafe als einen Schlag auf den Kopf. Emilia ging es in diesem Fall eher ums Prinzip. Wie sollte sie mit jemandem zusammenarbeiten, der sich nicht an getroffene Vereinbarungen hielt?

Andererseits konnte sie froh sein, dass Avram den Taxifahrer nicht durch einen Schuss ins Bein zum Reden gebracht hatte – das war nämlich sein ursprünglicher Vorschlag gewesen. Insofern war die Beule am Kopf harmlos.

»Lassen Sie Markos von jemandem abholen, dem Sie vertrauen«, sagte Avram. »Er darf auf keinen Fall telefonieren. Er soll weder Leviathan warnen können noch erfahren, dass seine Familie unversehrt ist. Bringen Sie ihn irgendwohin, wo er nicht weiß, dass er in der Gewalt von Interpol ist, sonst haben wir kein Druckmittel mehr, falls er mich angelogen hat und wir ihn noch mal befragen müssen.«

Emilia hob die Augenbrauen. »Ich dachte, Sie sind sicher, dass er Ihnen alles erzählt hat«, sagte sie.

»Das bin ich«, entgegnete Avram. »Aber ich behalte meine Trümpfe gerne auf der Hand, solange es geht – nur für den Ernstfall.«

105

Puljakan – so hieß Kyril Owalischenkos Pelztierzuchtbetrieb im äußersten Norden von Lettland, nur wenige Kilometer von der estnischen Grenze entfernt. Das fünf Quadratkilometer umfassende Gelände bestand vorwiegend aus Grasfläche, nur im westlichen Teil schirmte ein langgezogener Waldstreifen die Farm vor neugierigen Blicken ab – dort führte die A1 an der Nordseeküste entlang, die wichtigste Verkehrsader zwischen Riga und Estland. Nicht jeder, der hier vorbeikam, musste wissen, was auf der Farm vor sich ging.

Der Handel mit Pelzen war in Westeuropa schon seit Jahren stark rückläufig, weil der Tierschutz immer mehr ins Bewusstsein der Öffentlichkeit rückte. In Russland und Asien boomte das Geschäft dafür umso mehr. Von Zobel über Hermeline bis hin zu Füchsen und Wölfen züchtete Kyril Owalischenko auf Puljakan alles, was Geld brachte.

An diesem kalten Morgen war er hergekommen, weil eine umfangreiche Lieferung an den größten Pelzmantelhersteller in Moskau anstand. Owalischenko wollte sicherstellen, dass alles reibungslos ablief. Außerdem zeigte er sich ohnehin mindestens zweimal jährlich in seinen Betrieben, in den legalen wie in den illegalen. Nach seiner Erfahrung förderten gelegentliche Überraschungsbesuche die Arbeitsdisziplin enorm.

Auf Puljakan arbeitete nur etwa ein halbes Dutzend Männer für ihn, mehr war nicht nötig. Bruno Larenz, der Vorarbeiter, führte ihn wie üblich durch die Ställe. Mit dem, was er sah, war Kyril Owalischenko sehr zufrieden. Alles schien in bester Ordnung zu sein.

Neben den Pelztierstallungen gab es eine Schlafbaracke, am Westrand stand ein weißes Containergebäude, in dem die Männer Pause machen, Essen kochen und fernsehen konnten.

Auf dem Weg dorthin klingelte Owalischenkos Handy. Es war Luka Warsow von der Kripo in Riga.

»Interpol hat Markos geschnappt«, berichtete er knapp. »Sie sind auf dem Weg nach Beljukij.«

Augenblicklich begann Adrenalin durch Owalischenkos Adern zu pumpen. »Wann sind sie losgefahren?«

»Vor zehn Minuten.«

Das bedeutete, dass sie in einer knappen Stunde dort auftauchen würden – verdammt wenig Zeit. Jetzt galt es, die Nerven zu bewahren!

»Sind Sie sicher, Luka?«, fragte er.

»Absolut. Markos wurde gestern verhört, danach hat man ein Observierungsteam auf ihn angesetzt. Heute Morgen ist er ganz normal aus dem Haus gegangen und zur Arbeit gefahren. Eine Stunde später wurde sein Taxi leer in der Nähe des Fernsehturms gefunden. Von Markos selbst fehlt jede Spur.«

»Das klingt nicht nach Interpol«, warf Owalischenko ein.

»Interpol weiß, dass Teile der Kripo auf Ihrer Schmiergeldliste stehen«, entgegnete Warsow. »Deshalb müssen sie zu unorthodoxen Mitteln greifen, um Ihnen auf die Spur zu kommen – vor allem nach dem, was heute Nacht vorgefallen ist. Sie haben einen Krieg angezettelt, Kyril, und im Krieg gibt es keine Regeln.«

Der tadelnde Ton gefiel Owalischenko nicht, aber Warsow

hatte leider recht. Der Tod der beiden Interpol-Beamten war nicht vorgesehen gewesen, deshalb hatte er die Fährte auf Juris Stepanis lenken wollen. Nur hatte der Plan nicht besonders gut funktioniert.

Verflucht!

Er beendete das Gespräch und rief Gregor Boudán an, der sich zurzeit auf Beljukij aufhielt.

»Ich will, dass Sie Tatjana Golinska herbringen und alle Spuren verwischen, die zu mir führen könnten – *sofort*!«, befahl er.

»Was ist mit Viktor, Carola und Isabell?«, fragte Boudán.

Die meisten von Kyril Owalischenkos Angestellten hielten ihn einfach für einen erfolgreichen Geschäftsmann. Sie ahnten wohl, dass er es mit dem Gesetz nicht immer ganz genau nahm und neben Drogen auch allerlei Luxusgüter in die halbe Welt schmuggelte. Dass er ein Serienmörder der schlimmsten Sorte war, wusste kaum einer von ihnen. Auf Beljukij waren nur Viktor, Carola und Isabell eingeweiht – Owalischenkos langjährige Vertraute. Sie bereiteten die entführten Frauen für ihre schmerzvollen Sitzungen vor, sie versorgten sie und ihre Kinder mit Wasser und Nahrung, sie hatten Schlüssel zum Kellerbereich und Schlüssel zu ihren Verliesen.

Sie waren potentielle Zeugen, die ihn für immer hinter Gitter bringen konnten.

»Tun Sie, was Sie tun müssen«, zischte Owalischenko ins Handy. »Aber tun Sie es verdammt nochmal schnell!«

106

Der kleine Konvoi fuhr auf der E67 in Richtung Norden, so schnell die Umstände es zuließen. Glücklicherweise war der Berufsverkehr stadtauswärts nicht besonders dicht, aber in der Nacht hatte es wieder geschneit, und die Fahrbahn war glatt, vor allem an den Stellen, wo die Bäume am Straßenrand ihre Schatten warfen.

Im vorderen Wagen saßen Emilia und Nadar. Die sieben anderen Interpol-Mitarbeiter verteilten sich auf die vier nachfolgenden Autos. Natürlich wären sie auch mit weniger Fahrzeugen ausgekommen, aber Emilia wollte flexibel sein, für den Fall, dass sie verschiedene Flüchtige verfolgen mussten. Nach ihrer Erfahrung war es immer ratsam, großzügig zu planen, denn meistens kam alles ganz anders als gedacht.

Nadar, der hinter dem Steuer saß, war auffallend schweigsam.

»Was ist los mit Ihnen?«, fragte sie.

Er antwortete nicht.

»Nervös?«

Er tippte den Scheibenwischer an, um wieder freie Sicht zu bekommen, weil der Lkw vor ihnen Matsch aufwirbelte.

»Ich schicke meine gesamte Mannschaft in eine Befreiungsaktion, für die wir genau genommen keine Legitimation haben und für die sie nicht ausgebildet ist, weil es niemanden sonst gibt, dem wir vertrauen können, und weil wir nicht wissen, wann die Verstärkung aus Lyon hier eintrifft. Wir jagen einen Psychopathen, der dutzendweise Frauen und Kinder ermordet. Und Sie wollen mir nicht verraten, wie Sie an diesen Taxifahrer gekommen sind. *Natürlich* bin ich nervös!«

Das war es also – immer noch. Schon in der Nacht, als Nadar Arpad Markos abgeholt und ihn auf Emilias Anweisung in ein sicheres Versteck gebracht hatte, hatte er sie gefragt, wie der Taxifahrer gefesselt in den Kofferraum seines Wagens gelangt war. Emilia hatte geantwortet, sie würde es ihm ein andermal erklären. In Ruhe. Aber auch jetzt war nicht der richtige Zeitpunkt dafür.

Sie räusperte sich. »Tut mir leid, aber das ist kompliziert.«

Was hätte sie anderes sagen sollen? Dass sie heimlich mit einem Profikiller zusammenarbeitete? Dafür hätte Nadar kaum Verständnis aufgebracht.

»Ich weiß, dass Ihnen mein Vorgehen nicht gefällt«, fuhr sie fort. »Aber ich bitte Sie, mir zu vertrauen.«

Nadar verzog missmutig das Gesicht. »Wir misstrauen der gesamten Polizei von Riga, aber Sie sind sicher, dass Ihre Kontaktperson vertrauenswürdig ist, obwohl Sie erst seit ein paar Tagen in Lettland sind. Würden Sie sich an meiner Stelle gut fühlen?«

Nein, das würde sie nicht, dachte sie. Aber im Moment konnte sie an der Situation nichts ändern.

»Wichtig ist, dass wir endlich eine konkrete Spur haben«, sagte sie. »Mit etwas Glück können wir heute Tatjana Golinska befreien und vielleicht sogar Leviathan schnappen.«

Nadar entgegnete nichts, aber er schien noch längst nicht überzeugt zu sein.

107

Unter Zeitdruck mutierte Gregor Boudán zu einer Maschine. Er wusste genau, was in welcher Reihenfolge zu tun war, und arbeitete die Liste in seinem Kopf Punkt für Punkt ab, schnell und präzise.

Um diese Uhrzeit befanden sich von den Hausangestellten nur Viktor, Carola und Isabell auf Beljukij. Nach dem Telefonat mit Kyril Owalischenko hatte Boudán alle drei in der Küche vorgefunden, wo sie bei einer Tasse Kaffee den Tagesablauf besprachen.

Nur, dass es ganz anders kommen würde, als sie es planten.

Als er eintrat, boten sie auch ihm etwas zu trinken an. Gregor Boudán war ein gerngesehener Gast auf Beljukij, der hier häufig ein- und ausging.

»Ein andermal gerne«, antwortete er. »Aber im Moment brauche ich Ihre Hilfe. Kyril will, dass seine Gefangene nach Puljakan gebracht wird, weil Interpol im Anmarsch ist. Uns bleibt nicht mal mehr eine Stunde, um die Frau wegzubringen und alle Spuren zu beseitigen. Wir müssen uns sofort an die Arbeit machen.«

Die Ankündigung von Interpol versetzte auch die drei Hausangestellten in Alarmbereitschaft. Zu viert eilten sie in den Keller, wo Tatjana Golinska mit einem Eisenring um den Hals an eine Kette gefesselt war wie ein wildes Tier. Sie trug nur ihre Unterwäsche am Leib und war dreckverschmiert. Als die Tür aufschwang, starrte sie ihnen mit weitaufgerissenen Augen entgegen.

»Macht sie los und bringt sie ins Auto«, befahl Boudán.

Zusammen mit der stämmigen Carola begann Viktor, die Fesseln zu lösen. Isabell holte aus der Zelle nebenan Putzzeug.

Während sie emsig wie die Ameisen ihre Aufgaben verrichteten, wartete Boudán nur auf den richtigen Augenblick. Als alle drei ihm gleichzeitig den Rücken zukehrten, zog er seine Waffe und schoss sie nieder.

Tatjana Golinska schrie. Auf allen vieren krabbelte sie in eine Kellerecke, als könne sie ihrem Schicksal dadurch entgehen. Dicht an die Wand gepresst, weinte und winselte sie, schockiert von Boudáns Bluttat. Obwohl sie jetzt keine Fesseln mehr trug, lief sie nicht davon, entweder weil sie zu schwach dafür war oder weil die Angst sie lähmte.

Jedenfalls stellte sie keine Gefahr dar.

Boudán nahm aus einem Regal das Ätherfläschchen, das Kyril Owalischenko gelegentlich benutzte, wenn er seine Opfer ohne Gegenwehr missbrauchen wollte. Er träufelte ein paar Tropfen davon auf ein Tuch und hielt es Tatjana Golinska vors Gesicht. Sie weinte zwar immer noch herzerweichend, ließ die Betäubung aber willenlos über sich ergehen, bis ihre Augenlider zu flattern begannen und sie schlaff zur Seite kippte. Anschließend fesselte Gregor Boudán sie mit einem Kabelbinder und trug sie nach oben.

Während er sie über den Seiteneingang nach draußen brachte, betrachtete er sie zum ersten Mal genauer. Er musste zugeben, dass ihr Gesicht, vor allem ihre Lippen, eine sinnliche Versuchung waren, aber der mächtige Bauch und die überprallen Brüste erstickten jeden Gedanken an Lust im Keim. Er verstand nicht, wie Kyril Owalischenko Gefallen an einer Schwangeren finden konnte. Er selbst empfand diesen Körper als absolut reizlos.

Boudán schloss den Kofferraum und warf einen Blick auf die Uhr. Selbst wenn Interpol schnell war, würden ihm noch gut und gerne dreißig Minuten bleiben. Für das, was er vorhatte, würde die Zeit locker reichen. Er musste nur noch einmal zurück in den Keller, um alle Spuren zu verwischen.

108

In sicherem Abstand folgte Avram dem Interpol-Konvoi über die E67 in nördlicher Richtung. Für ihn war es eine neue Situation, bei einem Polizeieinsatz mitzuwirken - wenn auch inkognito. Er kam sich dabei völlig deplatziert vor.

Außerdem hatte er Emilia vorsätzlich belogen. Unter normalen Umständen wäre das für ihn kein Problem gewesen - Lügen gehörte zu seinem Handwerkszeug. In diesem Fall meldete sich jedoch sein Gewissen, weil zwischen ihm und Emilia eine Verbindung gewachsen war, in der Lügen keinen Platz mehr hatten. Dass sie auf unterschiedlichen Seiten des Gesetzes standen, spielte dabei keine Rolle. Er fühlte sich schäbig, weil er versprochen hatte, sich an ihre Anweisungen zu halten, während ihm gleichzeitig klar gewesen war, dass er alle guten Vorsätze fallenlassen würde, sobald sich ihm die Gelegenheit bot, Leviathan zu töten.

Ohne ihn ist die Welt besser dran – und ich auch.

Avram musste sich eingestehen, dass er Respekt vor diesem Monster hatte. Nach dem zu urteilen, was er von Emilia wusste, handelte es sich um einen der gefährlichsten Männer, mit denen er je zu tun gehabt hatte. Jemand, der aus Leidenschaft andere Menschen in den Tod quälte, jemand, der sich systematisch an Schwangeren, Müttern und Kindern verging. Was mochte ein solcher Mensch dann erst mit jemandem anstellen, den er wirklich hasste, so wie es bei Avram offenbar der Fall war?

Was immer ich ihm angetan haben mag – ich sollte ihm besser nicht in die Finger geraten.

Der Konvoi bog von der Hauptstraße ab, Avram fuhr hinterher. Von da an wechselten sich kleine Birken- und Nadelwälder mit flachem Ackerland ab.

Sein Handy klingelte.

»Wir erreichen in wenigen Minuten Beljukij«, gab Emilia durch. »Das Schlösschen steht auf einer Lichtung, die von drei Seiten von Wald umgeben ist. Hinter dem Wald führt eine Straße entlang. Ich möchte, dass Sie dort Position beziehen, falls jemand aus dem Haus in diese Richtung fliehen will.«

»Geht in Ordnung«, antwortete Avram und legte auf.

Es fiel ihm nicht einmal schwer, die Anweisung zu befolgen, denn er bezweifelte, dass Leviathan sich auf Beljukij aufhielt. Selbst wenn er dort übernachtet hätte, wäre er bestimmt längst über das Anrücken von Interpol informiert worden. Machtmenschen wie er hatten ihre Quellen überall, das machte es schwierig, sie zu überraschen.

Und falls Leviathan sich tatsächlich auf Beljukij aufhält, werde ich eine Gelegenheit finden, ihn nach seiner Verhaftung zu töten.

Mit diesen Gedanken beschäftigt, bog Avram in den Weg hinter dem Wald ein und parkte den Wagen an einer Stelle, von der aus er freie Sicht hatte.

Wieder klingelte das Handy.

»Ich bin auf Position«, meldete Avram ganz automatisch.

Aber es war nicht Emilia, sondern Lina. Ihre Stimme klang müde und schwach.

»Alles klar bei dir?«, fragte er.

»Das kann man nicht gerade behaupten«, sagte sie. »Ole ist niedergestochen worden.«

Avram brauchte eine Sekunde, um zu begreifen, wen sie meinte. »Wie ist das passiert?«

»Er wollte etwas zu essen holen und ist nicht mehr zurückgekommen. Das war gestern Abend. Als ich nachsehen wollte, wo er steckt, hat mir ein Passant an der Bushaltestelle erzählt, dass er angegriffen wurde.«

Sie machte eine Pause. Avram hörte ein leises Schluchzen am anderen Apparat. Was immer Lina mit diesem Polizeispitzel zu tun hatte, sie machte sich offenbar große Sorgen.

»Zum Glück war ein Polizist in der Nähe, als der Überfall stattfand«, fuhr sie fort. »Der konnte den Angreifer verjagen, sonst wäre Ole jetzt vielleicht tot.«

Avram suchte nach ein paar tröstenden Worten, aber ihm wollte einfach nichts einfallen. In solchen Dingen war er noch nie gut gewesen.

Dafür fügten sich in seinem Hinterkopf jedoch ein paar Puzzleteile zusammen: Vodja und er waren gestern auf einem abgelegenen Feld beschossen worden. Kurz darauf wurde derjenige, der ihn an Vodja vermittelt hatte, auf offener Straße in Kiel niedergestochen. Und obwohl zwischen Kiel und *klusa zeme* Hunderte von Kilometern lagen, konnte das unmöglich ein Zufall sein.

109

Lina fielen beinahe die Augen zu, während sie stadtauswärts in Richtung Mettenhof fuhr. Die ganze Nacht hatte sie im Krankenhaus verbracht, anfangs an Oles Bett, nachdem die Krankenschwester sie aus dem Zimmer gebeten hatte, auf einem Stuhl im Gang.

Bis jetzt war Ole noch nicht über den Berg. Er lag auf der Intensivstation, war ohne Bewusstsein und wurde künstlich beatmet. Der diensthabende Arzt hatte Lina gesagt, Ole habe zwei Messerstiche in den Bauch und einen in den Hals abbekommen. Dabei hatte er sogar noch Glück gehabt, denn der Täter hatte die Halsschlagader nur um Haaresbreite verfehlt.

Dann wäre für ihn jede Hilfe zu spät gekommen.

»Leviathan weiß, dass ich hinter ihm her bin«, sagte Avram am Telefon. »Deshalb will er alle etwaigen Mitwisser aus dem Weg räumen. Ich bin sicher, dass er die Spur von meinem Dolmetscher zu Ole Frietjoff zurückverfolgt hat.«

Lina schluckte. Bislang war sie von einem normalen Überfall ausgegangen.

»Das heißt, dass Ole auch im Krankenhaus in Gefahr ist«, sagte sie.

»Das heißt, dass auch *du* in Gefahr bist!«, ergänzte Avram.

Der Gedanke war Lina noch gar nicht gekommen, aber sie wusste, dass er recht hatte.

In ihrem Kopf rasten die Gedanken, während sie an einer Ampel in Richtung Heidenberger Teich abbog. Sie musste

Ole schnellstmöglich aus dem Krankenhaus holen – ihn woanders hinverlegen lassen, wenn möglich unter falschem Namen, damit Leviathans Handlanger ihn nicht finden konnten. Aber war Ole überhaupt transportfähig? Oder würde die Verlegung ihm womöglich mehr schaden als helfen?

Nein! Dort, wo er im Moment war, konnte er nicht bleiben!

An der nächsten Abzweigung bog Lina ab, um den Rückweg zum Städtischen Krankenhaus einzuschlagen. Sie durfte keine Zeit verlieren! Sobald Ole außer Gefahr war, würde sie sich um sich selbst kümmern.

Im Handschuhfach lag ihre Ruger – ein beruhigendes Gefühl, aber ihr war klar, dass sie gegen einen gut vorbereiteten Überraschungsangriff auch mit der Pistole nichts ausrichten konnte.

Sie hatte den Gedanken noch nicht beendet, als etwas Großes gegen ihren Ford Mustang krachte, so heftig, dass ihr das Handy aus der Hand fiel. Im Augenwinkel nahm sie die Umrisse eines Sattelschleppers auf der Spur neben sich wahr. Riesige Reifen rollten wie Mühlräder über den Asphalt, die Zugmaschine schien regelrecht an ihrer Fahrertür zu kleben.

Wieder krachte die schwarze Wand in ihre Seite. Ihr Ford wurde wie ein Spielzeugauto durchgeschüttelt. Der aneinanderreibende Stahl quietschte infernalisch, Scheiben barsten. Nie hätte Lina gedacht, dass es einmal so mit ihr enden würde.

Sie begann zu schreien.

110

Durchs Handy hörte Avram alles mit.

Das Quietschen.

Das splitternde Glas.

Den röhrenden Motor.

Den Schrei.

Was zum Teufel war mit Lina los? Hatte sie Schmerzen? War sie verletzt?

Avram spürte, wie sein Puls sich beschleunigte, während gleichzeitig eine innere Kälte in ihm aufstieg, so endgültig und gewiss, dass es ihn graute.

»Lina? Kannst du mich hören?«, brüllte er in sein Handy. Vielleicht gab es noch eine Chance für sie!

Statt einer Antwort kam jedoch nur der nächste Schrei, markerschütternd und heiser, bis er von wütendem Motorengebrüll verschluckt wurde.

Wie konnte er ihr helfen? Er wusste ja noch nicht einmal genau, was in Kiel gerade passierte. Die Ungewissheit schnürte Avram beinahe die Kehle zu.

»O mein Gott!«, hörte er aus weiter Ferne. Dann noch einmal laut: »O mein Gott!«

Etwas knackte. Danach herrschte nur noch Stille, lastend und unheimlich wie auf einem alten Friedhof.

Avram harrte noch einen letzten Moment aus, bis er begriff, dass jegliche Hoffnung vergebens war. Schließlich legte er mit zitternden Fingern das Handy beiseite. Sein Kinn bebte. An seiner Wange rann eine Träne herunter.

111

Schloss Beljukij stand auf einer Lichtung, die an drei Seiten von Bäumen umgeben war, nur aus westlicher Richtung gab es eine Zufahrt. Emilia näherte sich mit Nadar und zweien seiner Männer von Norden durch den Wald, zwei andere Männer und die beiden Frauen kamen von Süden. Die Zufahrt wurde vom letzten Mann aus dem Interpol-Team bewacht, Denis Maschek. Von Osten her sicherte Avram das Anwesen.

Alle Interpol-Mitarbeiter – auch Emilia – trugen kugelsichere Westen, Headsets und Waffen, dennoch war die Nervosität bei jedem einzelnen von ihnen deutlich spürbar. Heute konnte auf Beljukij alles passieren.

Vorsichtig schlich Emilias Team durchs Unterholz, bis es den Waldrand erreichte. Unter ihren Sohlen knirschte der frische Schnee, es roch nach Harz, und bei jedem Atemzug bildeten sich vor ihren Gesichtern dichte Kondenswolken.

»Von hier aus ist durch die Fenster niemand zu sehen«, raunte Nadar in sein Mikro. »Weder im Erdgeschoss noch oben. Auch nicht in den Ecktürmen. Wie sieht's von eurer Seite aus, Luan?«

»Auch alles ruhig«, kam Svenkos Stimme durch den Knopf im Ohr. »Neben dem Gebäude parkt ein alter Peugeot 308. Vielleicht gehört er einem Hausangestellten. Ansonsten gibt es hier keine Auffälligkeiten.«

»Also gut, dann versuche ich mein Glück über den Vordereingang.« Das war jetzt wieder Nadar, der sein Vorgehen bereits mit Emilia abgesprochen hatte. Zunächst hatte sie das selbst übernehmen wollen, aber wegen der Sprachbarriere kam das nicht in Frage.

»Wenn ich reingelassen werde, verschaffe ich mir einen Überblick, damit wir wissen, wie viele Personen sich drinnen aufhalten«, fuhr Nadar fort. »Keiner unternimmt etwas, bis ich den Befehl dazu gebe oder angegriffen werde.«

Er nahm das Headset ab und steckte es in die Seitentasche seines Parkas. Emilia sah ihm nach, wie er durch den Schnee zum Haus stapfte. Vor dem Haupteingang blieb er stehen und klingelte, aber niemand öffnete.

Er zog das Headset wieder aus der Tasche.

»Freiwillig lässt man uns offenbar nicht rein«, raunte er. »Luan und Nina, seht nach, ob es einen Hintereingang gibt.«

Wenig später meldeten die beiden, dass es hinten einen Zugang zur Küche gab, der aber verriegelt war.

»Wir gehen trotzdem dort rein«, sagte Nadar. »Denis, du bleibst auf Position an der Zufahrt. Gib Bescheid, wenn jemand sich dem Gebäude nähert. Agentin Ness, was ist mit Ihrem unsichtbaren Dritten?«

Damit meinte er wohl Avram.

»Der bleibt auf seinem Posten hinter dem Wald«, entschied Emilia. Sie wollte nicht, dass er sich in die bevorstehende Befreiungsaktion einmischte – das hätte nur für Verwirrung gesorgt.

»Dann treffen wir uns am Hintereingang«, sagte Nadar und setzte sich in Bewegung.

Von da an übernahm Emilia die Führung, weil sie am meisten Erfahrung mit dieser Art von Einsätzen hatte.

»Agent Nadar und ich bilden ein Zweierteam, die anderen zwei Dreierteams«, sagte Emilia. »Wir sichern zuerst das Erdgeschoss, anschließend gehen wir nach oben. Nach Aussage von Taxifahrer Markos ist Tatjana Golinska im Keller eingesperrt, aber ich will keine bösen Überraschungen erleben.«

Obwohl sie sich bemühte, entschlossen zu wirken, fragte sie sich, ob sie wirklich das Richtige taten. Sie verstießen mit diesem Einsatz nicht nur gegen sämtliche Vorschriften, sondern auch gegen das Gesetz, weil sie ohne richterlichen Beschluss und Hinzuziehung der Polizei ihre Kompetenzen weit überschritten. Aber sie mussten es tun, um Tatjana zu retten.

Andererseits: Falls Markos gelogen hatte und Tatjana gar nicht da drin war, konnte das ganz schnell Emilias Karriereende bedeuten.

Sie seufzte und ließ ihre Bedenken fallen. Jetzt war nicht der richtige Zeitpunkt für Selbstzweifel. Wenn Tatjana Golinska in diesem Haus gefangen gehalten wurde, mussten sie sich unbefugt Zutritt verschaffen – jetzt sofort, sonst war es womöglich zu spät.

Kurzentschlossen brachte sie die Waffe in Anschlag und schoss die Tür auf. Mit einem kräftigen Tritt half Nadar nach. Quietschend schwang die Hintertür nach innen auf.

Auf Emilias Zeichen schlüpften sie ins Haus. Die Küche war leer, aber auf dem Tisch standen drei halbvolle Kaffeetassen. Bis vor kurzem musste jemand hier gewesen sein.

Das Team verständigte sich jetzt hauptsächlich über taktische Zeichen, nur selten sprach jemand noch übers Headset. Falls jemand hier drinnen auf sie lauerte, mochte er zwar den Schuss gehört haben, aber er musste ja nicht unbedingt ihre genaue Position im Gebäude kennen.

Stück für Stück arbeiteten sie sich vor, von der Küche über die Bibliothek und den Salon bis zur Eingangshalle, wo eine geschwungene, mit rotem Teppich ausgelegte Treppe nach oben führte. Die zahlreichen Ölgemälde an der Wand und die kunstvollen Porzellanstatuen, die überall herumstanden, verliehen dem riesigen Raum die Atmosphäre einer Museumsausstellung aus der Zeit der Zaren.

Emilia bestimmte zwei Personen, die unten warten und das Erdgeschoss gegen unliebsame Überraschungen sichern sollten. Der Rest ging nach oben.

Dafür, dass sie keine ausgebildeten SEK-Spezialisten waren, klappte die Einnahme des Gebäudes hervorragend. Sie arbeiteten präzise und hochkonzentriert. Alle wussten, dass hinter jeder Tür der Tod lauern konnte.

Aber auch im Obergeschoss war niemand zu finden.

Entweder sind alle im Keller und bereiten uns einen wilden Empfang, oder sie sind geflohen, bevor wir hier eintrafen.

Sie gingen ins Erdgeschoss zurück und von dort über die Treppe im Wendelturm weiter nach unten. Svenja blieb diesmal allein in der Eingangshalle, weil Emilia die Einsatzkraft im Keller bündeln wollte, falls sie dort auf Widerstand stießen.

Je tiefer sie kamen, desto dunkler wurde es. Ein Lichtschalter war nirgends zu finden, die Beamten mussten sich mit ihren Taschenlampen und Handys behelfen. Aber da die Stufen aus massivem Stein bestanden und spiralförmig treppab führten, beschränkte sich die Sicht auch mit Licht auf ein Minimum.

Unten angelangt, stießen sie auf einen langen Gang, von dem mehrere Kellerräume abführten. In den eisernen Halterungen an der Wand steckten Fackeln, die aber nicht brannten.

In der Luft lag der Geruch von Ruß und anhaltender Feuchtigkeit. Von irgendwoher drang das leise Plätschern von Wassertropfen.

Emilia nickte Nadar zu, woraufhin er etwas auf Lettisch

rief. In dem schmalen Kellergang wirkte seine Stimme unnatürlich laut.

Ist da jemand?

Niemand antwortete.

»Tatjana Golinska?«

Wieder nichts.

Was, wenn das eine Falle war?

Emilia machte sich auf alles gefasst. Mit einer Handbewegung gab sie den anderen zu verstehen, dass sie sich hinter ihr positionieren sollten, dann schoss sie das erste Schloss auf. Als sie die Tür aufstieß, befanden sich dahinter nur Regalgestelle mit Putzmitteln und Vorräten.

Also weiter.

Sie öffnete die zweite Tür mit Gewalt. Der Raum, der sich vor ihnen auftat, präsentierte sich wie ein mittelalterliches Verlies. Das Erste, das Emilia ins Auge sprang, war eine Art Steinthron mit diversen Schellen aus Metall, offenbar, um jemanden damit zu fesseln. An einem Gerüst zwischen dem Steinthron und der Tür hingen Teile eines Brustpanzers oder einer Rüstung, außerdem ein paar Peitschen und zwei Handschuhe mit geschliffenen Metallspitzen an den Fingerenden. Überhaupt sah es hier aus wie in einer Folterkammer. Für Emilia gab es keinen Zweifel, dass das hier unten das Reich des Bösen war, in dem Kyril Owalischenko alias Leviathan seine entführten Frauen gefangen hielt. Vielleicht auch Tatjana Golinska, die im Moment allerdings nicht hier war.

Im künstlichen Licht der Taschenlampen erkannte Emilia Blutspuren auf dem Boden, noch frisch und feucht glitzernd. Ganze Lachen davon. Hier unten musste erst vor kurzem etwas Schreckliches passiert sein.

Hatte Owalischenko mitbekommen, dass Interpol im Anmarsch war? Hatte er Tatjana Golinska deshalb getötet und ihre Leiche verschwinden lassen?

Nicht die Hoffnung verlieren! Vielleicht ist sie in einer der anderen Zellen.

Das Team ging weiter. Erst jetzt fiel Emilia auf, dass die Blutspuren über den Gang bis zur hinteren Tür führten. Dennoch beschloss sie, bei der Durchsuchung der Kellerzellen systematisch vorzugehen. Sie wollte hier unten nicht in einen Hinterhalt geraten.

Krachend flog die nächste Tür auf – es handelte sich wieder um einen Raum mit Vorräten. Hier mischte sich zum Geruch von Moder und Russ auch ein beißender Hauch von Benzin. In den Regalen standen mehrere Treibstoffbehälter, vielleicht für einen Notstromgenerator, oder um die Fackeln im Gang damit zu tränken.

Irgendwo im hinteren Teil des Raums leuchtete etwas.

»Alex, Nina – seht nach, was das ist«, sagte Emilia. »Der Rest kommt mit zur nächsten Tür.«

Emilia wartete, bis die anderen sich hinter ihr formiert hatten, und zielte wieder aufs Schloss, als der Außenposten an der Zufahrt meldete, dass jemand sich Beljukij nähere.

»Können Sie erkennen, wer das ist?«, fragte Nadar.

»Eine Frau. Auf einem Mofa«, kam die Antwort. »Was soll ich tun?«

»Nichts«, beschloss Emilia. Zu der Agentin im Erdgeschoss sagte sie: »Svenja, Sie behalten die Frau im Auge. Fangen Sie sie ab, sobald sie sich Zutritt zum Gebäude verschafft. Vielleicht kann sie uns weiterhelfen.«

Sie justierte ihre Pistole und schoss auf die letzte Tür. Als diese aufschwang, bot sich ihnen ein Bild des Schreckens: Vier Leichen lagen auf dem Boden, zwei Frauen, zwei Männer. Einer davon kam Emilia bekannt vor – Juris Stepanis.

Bevor sie sich richtig darüber klarwerden konnte, was das zu bedeuten hatte, brüllte jemand aus dem Kellerraum nebenan: »Raus hier! Das ist eine Falle!«

Sofort stürzten alle Hals über Kopf in Richtung der Wendeltreppe, aber es war zu spät. Noch während Emilia den schmalen Gang entlanghastete, hörte sie einen ohrenbetäubenden Knall, gefolgt von einem gleißenden Lichtblitz, und sie spürte eine glühende Welle von hinten auf sich zurollen.

112

Tatjana Golinska war speiübel, sie befürchtete, sich jeden Moment übergeben zu müssen. Außerdem schlotterte sie am ganzen Leib. Die Wolldecke, die sie umhüllte, wärmte sie nicht, sie kratzte nur auf der Haut und müffelte, als sei sie seit Jahren nicht gewaschen worden.

Die junge Frau hatte keine Ahnung, was los war. Sie lag gefesselt und geknebelt in einem winzigen, finsteren Raum, bekam kaum noch Luft und konnte sich nicht bewegen. Dafür regte sich das Kind in ihrem Bauch umso mehr. Es trat und boxte, als ahnte es die Gefahr, in der es sich befand.

Die enge Kabine wackelte hin und her, von irgendwoher drangen Motorengeräusche.

Ich liege in einem Kofferraum. Was um alles in der Welt ist passiert?

In einem dunklen Winkel ihres Bewusstseins flackerten Erinnerungsfetzen auf: Zwei Männer und zwei Frauen waren zu ihr in die Zelle gekommen, um sie zu holen. Dann hatte einer der beiden Männer die drei anderen erschossen und Tatjana anschließend mit einem äthergetränkten Tuch betäubt.

Was hat er mit mir vor?

Angst und Ungewissheit kreisten wie böse Geister in ihrem Kopf, als der Wagen plötzlich zum Stehen kam und der Kofferraumdeckel geöffnet wurde. Die unerwartete Helligkeit blendete Tatjana. Mit zusammengekniffenen Augen blinzelte sie durch die offene Klappe.

Der Mann, der die anderen erschossen hatte, ragte aus ihrer Perspektive wie ein Riese vor ihr auf. Daneben stand der Teufel in Menschengestalt, der sie seit Tagen quälte und misshandelte.

Der Herr der Finsternis.

Unmittelbar begann Tatjana Golinska zu zittern. War sie nur hierhergebracht worden, damit dieses Schwein sie ungestört weiterfoltern konnte? Oder erwartete sie hier womöglich sogar der Tod?

Die beiden Männer packten sie an den Armen und zerrten sie aus dem Kofferraum. Unter der übergeworfenen Decke rissen die noch frischen Wunden auf. Tatjana wollte schreien, aber selbst ohne Knebel hätte sie nur ein klägliches Krächzen über die Lippen gebracht.

Endlich stand sie im Freien, barfuß, im knöchelhohen Schnee. Augenblicklich kroch ihr die Kälte in die Beine. Nie zuvor hatte sie derart gefroren.

Ein paar Schneeflocken tanzten vor ihrem Gesicht, getrieben von einer eisigen Bö. Dichte, stahlgraue Wolken bedeckten den Himmel, so weit das Auge reichte.

Wo bin ich? Wo haben sie mich hingebracht?

Hinter dem Auto standen einige barackenförmige Bauten, fast wie eine kleine Siedlung, umgeben von flacher, schneebedeckter Landschaft. Hier und da wuchsen ein paar Bäume, in einiger Entfernung erkannte Tatjana einen Wald.

Stimmen lenkten ihre Aufmerksamkeit auf sich. An einer der Baracken stand eine Gruppe von Männern in dicken Jacken, Arbeiterhosen und Stiefeln. Sie unterhielten sich leise, lachten gelegentlich und rauchten Zigaretten.

»Hilfe!«, rief Tatjana. »Bitte helfen Sie mir! Ich wurde entführt!«

Wegen des Knebels in ihrem Mund brachte sie nur unverständliches Gebrabbel heraus, aber immerhin horchten die Arbeiter auf. Ein paar warfen sogar einen Blick in ihre Richtung.

Sie haben mich gehört!

Tatjana machte sich darauf gefasst, von ihren Entführern geschlagen zu werden. Selbst wenn nicht, würde der Arbeitertrupp doch wohl hoffentlich nach dem Rechten sehen!

Aber nichts dergleichen geschah – niemand interessierte sich für ihre Hilferufe. Offenbar steckten sie alle unter einer Decke.

Tatjana spürte, wie sie nun auch noch der letzte Mut verließ.

Mit einem jähen Ruck wurde sie weitergezerrt. Ihre zaghaften Versuche, sich dagegen zu wehren, schlugen fehl. Selbst wenn sie unverletzt und bei Kräften gewesen wäre, hätte sie gegen die beiden Männer keine Chance gehabt, aber in ihrem derzeitigen Zustand war Gegenwehr absolut aussichtslos.

Der Weg durch die Barackensiedlung kam Tatjana wie ein Horrortrip vor. Sie spürte ihre Füße kaum noch, stolperte mehr, als dass sie lief, wurde immer wieder von den beiden Männern brutal auf die Beine gezerrt. Begleitet wurde der Gang ins Verderben von einer surrealen Geräuschkulisse, wie aus einem Fiebertraum. Von überall her fiepste, knurrte, jaulte und scharrte es, als würden unsichtbare Tierdämonen hier ihr Unwesen treiben. Oder spielte sich das alles nur in ihrem Kopf ab?

Schnappe ich bereits über?

Sie wurde in ein zentrales Gebäude geschleppt, über dessen Eingangstür ein skelettierter Tierschädel hing – nach der Größe und Form zu urteilen ein Wolf.

Im Inneren des Gebäudes war es düster. Nur durch ein

paar kleine Fenster fiel etwas Licht ins Innere. Der beißende Geruch, der ihr schon draußen aufgefallen war, intensivierte sich hier. Es stank bestialisch nach Urin und Kot.

Der nächste Raum, in den die Männer sie zerrten, sah aus wie ein heruntergekommenes Tierversuchslabor. In der Mitte stand ein großer Tisch aus Edelstahl, an dessen Kopf- und Fußende verschiedene Apparaturen angebracht waren. In einem Regal reihten sich Behälter mit Putzmitteln und anderen Chemikalien. An der gegenüberliegenden Seitenwand standen zwei Dutzend Käfige in verschiedenen Größen, darin tummelten sich Eichhörnchen, Zobel, Hermeline, Chinchillas und so weiter. Tatjana hatte nach ihrer Wahl zur Schönheitskönigin von Jelgava einmal für einen angesehenen Pelzmantelhersteller gemodelt. Seitdem wusste sie, wie diese Tiere aussahen.

Allerdings hatte sie nicht gewusst, was mit den Tieren geschah, bevor sie zu Pelzmänteln verarbeitet wurden. Jetzt hatte sie die bittere Wahrheit direkt vor Augen. Die Tiere sprangen durch ihre viel zu engen Gehege, scharrten im Stroh, kletterten am Drahtgeflecht entlang, versuchten, sich durchzubeißen, um aus ihren Gefängnissen zu entkommen.

Die haben genauso viel Angst wie ich.

»Weißt du, wie viele dieser wundervollen Geschöpfe für einen Mantel sterben müssen?«, fragte der Herr der Finsternis, während sein Blick langsam durch die Anlage wanderte.

Tatjana konnte sich vor lauter Furcht kaum auf seine Worte konzentrieren. Sie wollte nur eines: weg von hier, möglichst schnell.

»Fünfzig Nerze«, fuhr der Mann fort. »Genauso viele Hermeline. Hundertzwanzig Eichhörnchen. Fünfzehn Füchse ... Weißt du, wie ein Fuchs stirbt, bevor er für die Pelzverarbeitung verwendet werden kann?«

Ohne auf eine Antwort zu warten, schleppte er Tatjana ein paar Schritte weiter, wo größere Käfige an der Wand standen – ein paar davon mit Rotfüchsen belegt.

»Das Fell darf nicht beschädigt werden, sonst würde das den Preis mindern ...«

Während sein Partner Tatjana festhielt, holte der Fürst der Finsternis eine Sprühflasche aus dem Regal und betäubte damit einen der Füchse, bis er nur noch taumeln konnte und schließlich winselnd auf dem Strohboden zusammenbrach. Anschließend zog er sich Sicherheitshandschuhe über, holte den Fuchs aus dem Käfig und legte ihn auf den Edelstahltisch.

Der Atem des Tiers ging flach, aber es war bei Bewusstsein. Durch die halbgeöffneten Lider schien es Tatjana geradewegs anzustarren – der letzte, flehende Blick eines Wesens, das den nahenden Tod spürte.

So kam es Tatjana in diesem Moment jedenfalls vor.

Der Mann trat ans Kopfende des Tischs und zog aus der kastenförmigen Apparatur, die dort stand, zwei Metallelektroden, jede etwa zwanzig Zentimeter lang, fingerdick und über ein Spiralkabel mit der Basisstation verbunden. Mit dem Handschuh öffnete er routiniert das schlaffe Maul des Tiers, anschließend stieß er ihm eine der Elektroden in den Rachen. Der Fuchs gab ein gurgelndes Röcheln von sich, war aber zu benommen, um sich zu wehren. Die andere Elektrode führte der Mann mit einem Ruck in den After des Tiers ein.

Dann drückte er einen roten Knopf am Gehäuse.

Ein Summton erfüllte den Raum, lauter noch als das Jaulen und Scharren der gefangenen Tiere. Einen Moment lang hatte es den Anschein, als würde der Fuchs auf dem Edelstahltisch sich bewegen – er streckte alle viere von sich, nein, der ganze Körper schien sich zu strecken –, aber dann erkannte Tatjana, dass das nur die Wirkung des Elektroschocks war, der ihm verabreicht wurde.

Das Röcheln des Tiers wurde jetzt lauter und gequälter. Seine Augen – gerade noch halbgeschlossen – quollen jetzt beinahe aus den Höhlen. Die erstarrten Vorder- und Hinterläufe schienen in einem fort zu vibrieren, heftig und willenlos.

Das grausame Spiel dauerte mindestens ein oder zwei Minuten, Tatjana kam es sogar noch viel länger vor. Als der Herr der Finsternis endlich den Knopf losließ, löste sich mit der Spannung auch jegliches Leben aus dem armen Tier.

»Ich habe noch etwas zu erledigen, aber ich komme wieder«, sagte er zu Tatjana. »Dann werde ich mit dir genau dasselbe machen – nur sehr viel langsamer.«

Mit diesen Worten öffnete er einen großen, leerstehenden Käfig und zwängte Tatjana hinein.

113

Heftiges Rütteln holte Emilia schließlich zurück in die Realität.

In ihren Ohren hallte noch immer die Detonation nach. Der Geruch von Verbranntem lag schwer in der Luft. Als sie sich umsah, begriff sie, dass sie sich auf die Wendeltreppe hatte retten können. Neben ihr saß Josup Nadar.

»Sind Sie in Ordnung?«

Sie nickte. Nur ihr Arm tat weh. An ihrem Jackenärmel befand sich eine dunkle, qualmende Stelle. Als sie vorsichtig den Stoff hochschob, stellte sie fest, dass der Unterarm nur leicht gerötet war – das Feuer hatte sich nicht bis zur Haut durchgefressen.

Glück gehabt!

Unten, am Fuß der Treppe, lagen brennende, von der Wucht der Explosion zerfetzte Trümmer auf dem Boden. Zwischen den dichten Rauchschwaden erkannte Emilia jetzt auch zwei Interpol-Beamte mit verdrehten Körpern und offenen Augen, die leer in den Raum starrten. Für sie gab es keine Hilfe mehr.

Jemand schrie – Luan Svenko, dessen Bein in einem unnatürlichen Winkel abstand. Nadar und Emilia eilten zu ihm, um ihm zu helfen. Der dichte Rauch trieb ihnen die Tränen in die Augen und ließ sie husten.

»Helfen Sie mir, ihn hochzubringen!«, rief Nadar.

Gemeinsam stützten sie den Verletzten auf dem Weg ins Foyer. Die anderen beiden Teammitglieder konnten zwar ohne fremde Hilfe gehen, aber sie bluteten so stark, dass sie wohl sofort wieder umgekippt wären, wenn sie sich im Spiegel hätten sehen können. Sie benötigten dringend ärztliche Versorgung.

Zwei Tote, drei stark Verletzte – so lautete die traurige Bilanz dieses Einsatzes. Halbwegs unversehrt waren außer Emilia und Nadar nur die im Erdgeschoss zurückgebliebene Svenja Diwasch und Denis Maschek, der die Zufahrt bewachte.

»Ruf einen Krankenwagen!«, rief Nadar Svenja zu. »Sag ihnen, sie sollen sich beeilen!«

Zu allem Überfluss klingelte Emilias Handy. Es war Avram.

»Was zum Teufel ist los bei euch? Ich habe einen Knall gehört, und ich sehe Rauch hinter den Bäumen aufsteigen.«

»Es gab eine Explosion«, sagte Emilia knapp. »Halten Sie weiter die Stellung, bis ich mich wieder melde.«

In diesem Moment wurde die Tür aufgerissen, und eine junge Frau mit purpurnem Filzmantel kam herein, die Kapuze über den Kopf gezogen wie Rotkäppchen aus dem Märchen. Als sie die Beamten sah, stieß sie einen Schrei aus und blieb wie erstarrt stehen, dann drehte sie auf dem Absatz um und floh in Richtung Haupteingang.

Emilia rannte hinterher.

Kaum wieder draußen, schwang die junge Frau sich auf das abgestellte Mofa und ließ den Motor an. Doch noch bevor sie losfahren konnte, war Emilia bei ihr und zwang sie mit vorgehaltener Pistole abzusteigen.

Unter Tränen ließ die Frau sich zurück ins Haus führen. Während Svenja sich weiter um die Verwundeten kümmerte, verhörte Emilia mit Nadar als Übersetzer die Frau. Um ungestört reden zu können, zogen sie sich dazu in den Salon zurück.

»Wer sind Sie?«

»Helena Pasek.«

»Arbeiten Sie hier?«

Die Frau schüttelte den Kopf. »Nur mein Vater. Ich wollte ihm seine Tabletten bringen, die er heute Morgen vergessen hat. Wo ist er?«

Emilia tauschte einen Blick mit Nadar aus. »Ich weiß es nicht«, sagte sie, und er übersetzte.

»Er muss hier sein. Erst vor einer Stunde haben wir miteinander telefoniert.«

Emilia schob sich eine Haarsträhne hinters Ohr, die ihr ins Gesicht gefallen war. »Ich kann es nicht mit Bestimmtheit sagen, aber ich befürchte das Schlimmste. Wir haben vorhin im Keller ein paar Tote entdeckt.«

Helena Paseks Augen weiteten sich.

»Kann ich nachsehen, ob er dabei ist?«

Emilia schüttelte den Kopf. »Der Keller ist voller Rauch, und es brennt noch an etlichen Stellen. Es gab eine Explosion. Ich fürchte, im Moment ist es unmöglich, dass ich Sie nach unten bringe.«

Die Frau biss mit zitterndem Kinn die Zähne zusammen und wischte sich mit ihrem Jackenärmel die Augen trocken.

Emilia bot ihr ein Taschentuch an. »Sagt Ihnen der Name Tatjana Golinska etwas?«, fragte sie.

»Nein.«

»Nach unseren Informationen wurde sie vor ein paar Tagen entführt und hierherverschleppt. Wir glauben, dass der Besitzer von Beljukij dafür verantwortlich ist, Kyril Owalischenko.«

Helena Paseks Gesichtsausdruck verhärtete sich. Aus Trauer wurde Bitterkeit, aber sie schwieg.

Emilia erkannte, dass die Frau etwas wusste. Sie brauchte nur noch einen weiteren Anstoß, um zu reden.

»Ihr Vater liegt dort unten im Keller – ermordet! Ich gehe davon aus, dass Owalischenko alle Mitwisser beseitigen wollte, bevor wir sie verhören können.« Gerne tat Emilia das nicht, aber sie musste in Helenas Wunde bohren, um ihre Zunge zu lockern. »Ihren Vater können Sie nicht mehr retten, aber mit etwas Glück Tatjana Golinska!«

Wieder kamen Helena Pasek die Tränen. »Ich habe einmal meinen Vater gesucht, hier im Schloss«, erzählte sie. »Das war vor etwa einem Jahr. Dabei hörte ich etwas aus dem Keller. Schreie. Es war schrecklich. Aber ich habe mich nicht getraut nachzusehen. Und ich habe auch nie danach gefragt. Herr Owalischenko ist ein unheimlicher Mensch, der andere gerne schlägt. Ich dachte, er hat das Hausmädchen im Keller verprügelt.«

»Vermutlich hatte er auch damals ein Entführungsopfer in seinem Verlies. Es sind immer Mütter mit ihren Kindern oder schwangere Frauen. Die Frauen misshandelt und foltert er, anschließend bringt er sie um – zumindest einige davon. Was mit den Kindern geschieht, wissen wir nicht.« Emilia beugte sich jetzt ganz nah zu Helena Pasek und sah ihr direkt in die Augen. »Es hat schon unzählige Opfer gegeben. Wenn Sie etwas wissen, dann müssen Sie es uns sagen!«

Die Frau tupfte sich mit Emilias Taschentuch die Tränen aus dem Gesicht, obwohl unaufhörlich neue nachkamen. Sie brauchte eine Minute, um sich halbwegs zu beruhigen.

»Ich habe Vater immer gesagt, dass dieser Mann nicht normal ist«, wisperte sie. »Aber er wollte nicht auf mich hören.«

»Wohin könnte er Tatjana Golinska von hier aus gebracht haben?«

Helena Pasek überlegte. »Ich weiß, dass Herr Owalischenko noch ein Haus in Marienburg besitzt, das liegt etwa eine Stunde östlich von hier«, sagte sie. »Außerdem hat er eine Farm in der anderen Richtung, nicht weit von der Küste entfernt.«

Emilia wandte sich an Nadar. »Dann müssen wir dort nach Tatjana Golinska suchen.«

»Owalischenko kann sie von hier aus überall hingebracht haben«, erwiderte er. »Vielleicht sogar ins Ausland. Er besitzt Immobilien im ganzen Baltikum.«

»Die Explosion im Keller sollte Spuren verwischen. Ich glaube, dass Tatjana Golinska noch bis heute Morgen auf Beljukij gefangen gehalten worden ist. Dann hat Owalischenko den Tipp bekommen, dass wir anrücken, und Gegenmaßnahmen ergriffen. Das hier war kein gutdurchdachter Plan, sondern es musste schnell gehen. Deshalb halte ich es für durchaus möglich, dass Tatjana nach Marienburg oder auf diese Farm verfrachtet wurde.«

»Sie könnte *überall* sein.«

»Ja, aber leider kennen wir nur diese beiden Verstecke. Wenn Sie eine bessere Idee haben, dann raus damit. Ich weiß nur, dass wir die einzige Chance sind, die Tatjana Golinska noch hat. Und wenn wir nicht schnell handeln, wird sie entweder sterben oder weiter von diesem Schwein misshandelt.«

Nadar schien zwar immer noch nicht so richtig überzeugt zu sein, aber er nickte.

»Svenja bleibt bei den Verletzten«, sagte Emilia. »Sie und der Kollege, der die Zufahrt bewacht, fahren nach Marienburg. Mein Partner und ich werden zu der Farm fahren.«

Es fühlte sich irgendwie merkwürdig an, einen Profikiller

als Partner zu bezeichnen. Andererseits wollte sie Avram in diesem Moment gegen niemand anderen auf der Welt eintauschen.

114

»Wir brauchen eine neue CO_2-Anlage«, sagte Bruno Larenz, der Vorarbeiter von Puljakan.

Alle Mitarbeiter hatten sich in der Wohnbaracke versammelt. Dort saßen sie ohne feste Ordnung auf ihren Holzstühlen, in der Mitte Larenz, die anderen links und rechts daneben. Ihnen gegenüber hatte Kyril Owalischenko als Besitzer und Geldgeber von Puljakan Platz genommen. Gregor Boudán wärmte seine Hände am Bollerofen.

»Die alte Anlage macht's nicht mehr lange«, erklärte Larenz. »Die Dichtungen sind porös, das gesamte Material ist anfällig geworden. Letzte Woche ist Aljoscha in der Tötungsanlage beinahe erstickt. Außerdem müssen die Außenwände an den Schlafbaracken neu isoliert werden, wenn die Temperaturen jetzt wieder unter null fallen.«

Owalischenko nickte ungeduldig. »Sorgen Sie dafür, dass die Baracken ausgebessert werden«, sagte er zu Larenz. »Und beschaffen Sie eine neue CO_2-Anlage, bevor einer der Männer draufgeht.«

Es fiel ihm heute nicht leicht, sich die Anliegen seiner Männer anzuhören. Er hatte sich zu dieser Versammlung nur breitschlagen lassen, weil Larenz so getan hatte, als würde die Arbeit auf Puljakan ohne die Beseitigung dieser Probleme schon morgen zum Erliegen kommen.

Aber in Gedanken war Kyril Owalischenko bei Tatjana Golinska. Ihr Anblick hatte ihn heftig erregt: wie sie mit ihrem prallen Schwangerschaftsbauch in dem engen Kofferraum gelegen war … ihre angsterfüllten Blicke in der Tötungsanlage. Er stellte sich vor, dass kein Fuchs vor ihm auf dem Edelstahltisch lag, sondern sie – eine Phantasie, die ihn wild vor Verlangen machte.

Nicht mehr lange, und er würde diese Phantasie in die Tat umsetzen. Zuerst würde er sich noch einmal zügellos an ihr vergehen, bevor er sie dann töten und für immer verschwinden lassen musste. Vielleicht würde er sie an die Wölfe verfüttern, die hatten sowieso immer Hunger. Was danach noch von ihr übrig blieb, käme in den Hochofen. Man würde Tatjana Golinskas Überreste niemals finden. Es würde keinerlei Spuren geben, die zu ihm führten.

Und nach einer Weile, wenn etwas Gras über die Sache gewachsen war, würde er sich sein nächstes Opfer suchen.

115

So schnell es die Straßenverhältnisse zuließen, fuhren Avram und Emilia nach Puljakan. Am Himmel hatten sich die Wolken zu einem dichten, grauen Teppich zusammengezogen, zudem schneite es unablässig.

Avram saß hinter dem Steuer und konzentrierte sich auf die weißgepuderte Fahrbahn, während Emilia mit Hilfe ihres Smartphones navigierte.

»In einem Kilometer müssen wir rechts abbiegen«, sagte sie und nannte ihm das nächste Zwischenziel.

Avram fiel auf, dass sie immer wieder ihren Arm untersuchte.

»Was ist los mit Ihnen? Sind Sie verletzt?«

»Mein Ärmel hat bei der Explosion Feuer gefangen. Wie es aussieht, werde ich ein paar Brandblasen als Andenken an den heutigen Tag mitnehmen.«

»Sie sollten das von einem Arzt versorgen lassen.«

»Später. Im Moment gibt es Wichtigeres zu tun. Mein Arm juckt nur ein bisschen, das ist alles.«

Avram nickte. Für die Polizei hatte er im Allgemeinen nicht viel übrig, aber Emilia respektierte er. Sie wusste, was sie wollte und ließ sich durch nichts davon abbringen. In Griechenland hatten sie seinerzeit Seite an Seite gekämpft, bis aufs Blut.

Damals ist alles gutgegangen. Ob das diesmal auch klappt?

Aus irgendeinem Grund hatte er kein gutes Gefühl.

Wenig später erreichten sie ihr Ziel. Es lag rechts neben der A1, nur wenige Kilometer von der estnischen Grenze entfernt. Beiderseits der Straße wuchsen Bäume, meist Birken und ein paar Fichten. Links wurde der Wald immer wieder von schneebedeckten Grasflächen durchbrochen. Dort konnte man sogar das Meer sehen, das sich bleigrau bis zum Horizont erstreckte.

Von der Straße aus war Puljakan durch einen hohen Maschendrahtzaun vor unbefugtem Zutritt geschützt. Hier und da hingen auch Warnschilder mit Gefahrenhinweisen in verschiedenen Sprachen.

»An der Hauptstraße kann ich nicht halten«, sagte Avram. »Das wäre zu auffällig.«

»Biegen Sie da vorne rechts in den Waldweg ein«, entgegnete Emilia mit einem Blick auf ihr Handy.

Avram tat es. Als sie weit genug von der A1 entfernt waren, um von dort nicht mehr gesehen werden zu können, parkte er den Wagen, kurz bevor der Wald wieder endete, und sie stiegen aus.

Emilia reichte ihm ein Headset von der Rückbank. »Nehmen Sie das, damit wir uns verständigen können. Ich habe es von einem unserer Verletzten. Die hier sollten sie auch überziehen.«

Sie hielt ihm eine kugelsichere Weste mit der Aufschrift ICPO hin.

Avram nahm sie und streifte sie sich über. Gemeinsam schlichen sie zum Waldrand und beobachteten das vor ihnen liegende Grasland. In etwa einem Kilometer Entfernung standen einige flache Gebäude, die wie größere Baucontainer aussahen. Daneben parkten ein paar Autos. Menschen waren weit und breit keine zu sehen.

»Übers offene Gelände kommen wir niemals unbemerkt

dorthin«, sagte Avram. »Wir müssen einen Weg finden, der uns Deckung bietet.«

Ein gutes Stück abseits der Straße zog sich eine Reihe von Büschen und kleineren Bäumen vom Waldrand bis in die Nähe der Gebäude.

»Ein Bachlauf«, raunte Avram. »Kommen Sie mit.«

Da sie kein Werkzeug dabeihatten, mussten sie über den Zaun klettern. Den Stacheldraht am oberen Ende polsterten sie mit einer Wolldecke aus dem Auto ab, um sich nicht daran zu verletzen.

Auf der anderen Seite des Zauns eilten sie durch den Wald bis zum Bachlauf. Von da an folgten sie ihm entgegen der Strömung in Richtung der Siedlung.

Rasch erreichten sie den Waldrand. Die Uferböschung war nur etwa hüfthoch. Zusammen mit den Büschen und dem Gestrüpp, das links und rechts wuchs, reichte das gerade so, um in geduckter Haltung ungesehen durchs Bachbett waten zu können.

Das Wasser war eisig kalt, schon nach wenigen Schritten spürte Avram seine Zehen kaum mehr. Emilia ging es bestimmt genauso, aber sie beklagte sich nicht. Im Moment gab es Wichtigeres als die Kälte.

Etwa fünfzig Meter vor den Gebäuden machte der Bachlauf einen Knick und führte östlich an den Baracken vorbei.

»Näher kommen wir auf diesem Weg nicht heran«, raunte Avram. »Den Rest der Strecke müssen wir ungeschützt zurücklegen.«

Durchs Gebüsch der Uferböschung beobachteten sie die Farm. Der nächstgelegene Containerbau schien eine Art Aufenthaltsgebäude zu sein. Aus einem Blechschlot quoll Rauch, durch die Fenster konnte man die Silhouetten mehrerer Männer erkennen. Weiter hinten kamen die Schlafbaracken, danach die Ställe. Das Knurren, Fiepsen und Scharren der Zuchttiere drang bis zu ihnen herüber. In der kalten Luft lag der beißende Geruch von Urin und Fäkalien.

»Denken Sie, dass Tatjana Golinska tatsächlich hier ist?«, fragte Emilia, die plötzlich ziemlich unsicher schien, ob sie den richtigen Weg eingeschlagen hatten.

In diesem Augenblick trat Kyril Owalischenko aus dem Gemeinschaftsgebäude.

116

Der unerwartete Anblick war für Emilia wie ein Wink des Schicksals. Ein göttlicher Fingerzeig, der ihr verriet, dass Abel Gupka und die anderen nicht umsonst gestorben waren. Emilia zitterte jetzt nicht mehr vor Kälte, sondern vor Aufregung.

Andererseits schien Owalischenko keinerlei Eile zu haben, während er durch die Barackensiedlung schlenderte. War Tatjana Golinska gar nicht hier? Oder hatte er sie womöglich schon umgebracht?

Emilias Aufregung schlug in Ungewissheit um. Sie wusste nicht mehr, was sie denken sollte.

»Wir müssen jetzt die Nerven behalten!«, raunte Avram ihr zu. Offenbar ahnte er, was in ihr vorging. »Wir sind in der Unterzahl. Unser einziger Vorteil ist das Überraschungsmoment. Wenn wir diesen Trumpf leichtfertig verspielen, werden weder wir noch Tatjana den Tag überleben.«

Er hatte natürlich recht, aber es fiel Emilia unendlich schwer, sich zu beruhigen. Es war nicht einmal so sehr die gegnerische Überzahl, die ihr Angst einflößte. Viel schlimmer war die Angst davor, zu spät zu kommen.

Mit mühsam unterdrückten Emotionen im Herzen beobachtete sie, wie Kyril Owalischenko auf ein zentral gelegenes Gebäude bei den Ställen zusteuerte.

»Falls Tatjana noch lebt, wird er ihr vielleicht einen Besuch abstatten«, mutmaßte Avram.

Emilia nickte. Das dachte sie auch.

»Ich übernehme das Gemeinschaftsgebäude und die Schlafbaracken, für den Fall, dass sich dort jemand ausruht«, schlug Avram vor. »Sie kümmern sich um Tatjana Golinska.«

»Einverstanden!«

»Haben Sie genug Munition dabei?«

»Die Patronen in meiner Waffe und ein Ersatzmagazin in der Jackentasche.«

»Nicht gerade viel, aber sparen Sie nicht damit«, riet Avram. »Schießen Sie auf jeden, den Sie nicht kennen. Wenn Tatjana Golinska hier ist, sind Owalischenkos Männer eingeweiht. Und die haben garantiert Waffen.«

Er warf Emilia einen Blick zu, der zu signalisieren schien, dass er ihre Angst spüren konnte.

»Tun Sie nicht so, als ließe Sie das hier vollkommen kalt!«, zischte sie, ärgerlich darüber, dass er so mühelos in ihr lesen konnte.

»Das tut es gar nicht«, gab Avram zu. »Ehrlich gesagt, habe ich die Hosen sogar gestrichen voll. Im Unterschied zu Ihnen habe ich allerdings nichts zu verlieren.«

Die Worte trafen sie härter als Ohrfeigen. Mit einem Mal nahmen Becky und Mikka vor ihrem geistigen Auge Gestalt an – die beiden Menschen, die sie mehr als alles andere auf der Welt liebte. Was, wenn sie heute starb? Lohnte es sich, ein solches Risiko für eine Frau einzugehen, die sie nicht einmal kannte?

Aber trotz aller Furcht und Gewissensbisse gab es für Emilia keinen Zweifel: Sie *musste* das hier durchziehen. Sie war hergekommen, um Tatjana Golinska aus den Händen dieses perversen Mörders zu befreien, und genau das würde sie tun – wie sonst sollte sie je wieder in den Spiegel sehen?

»Versuchen Sie, so lange wie möglich unentdeckt zu bleiben«, sagte Avram. »Befreien Sie Tatjana erst, wenn ich das Feuer eröffne. Wir haben keine Schalldämpfer. Sobald der erste Schuss fällt, bricht hier die Hölle los. Noch irgendwelche Fragen?«

Emilia nahm einen tiefen Atemzug und schüttelte den Kopf, als ein markerschütternder Schrei ertönte.

117

In geduckter Haltung rannten sie hintereinander zu dem Gemeinschaftsgebäude und pressten sich an die Wand, um von innen nicht gesehen zu werden. Der Bau bestand nicht aus Stahl, wie es aus der Entfernung den Anschein gehabt hatte, sondern aus weißgestrichenem Holz. Durch die geschlossenen Fenster war die Unterhaltung der Männer im Innern gedämpft zu hören.

Mit einem Kopfnicken gab Avram Emilia zu verstehen, dass sie zu der Baracke schleichen sollte, in der Kyril Owalischenko verschwunden war. Wenn nötig, würde er ihr Feuerschutz geben.

Er hoffte nur, dass sie mit Bedacht vorgehen und nicht die Nerven verlieren würde. Jeder Fehler konnte für sie beide tödlich enden.

Mit einem Seufzen verwarf er seine Bedenken – für die war es jetzt ohnehin zu spät.

Er sah Emilia hinterher, wie sie mit der Waffe in der Hand weitereilte. Als sie in Position war, tauschten sie einen letzten Blick aus.

Jetzt gab es kein Zurück mehr.

Vornübergebeugt schlich Avram zum Eingang der Gemeinschaftsbaracke. Die Unterhaltung der Männer wurde jetzt lauter, plötzlich lachten alle, vielleicht hatte einer von ihnen einen Witz erzählt.

Trotz ihrer ausgelassenen Stimmung zweifelte Avram nicht daran, dass diese Kerle blitzschnell reagieren und auf

Gegenangriff umschalten konnten, sobald der erste Schuss fiel. Er fasste seinen Mut zusammen und stieß die Tür auf.

Drinnen saßen vier Männer um einen Tisch und spielten Karten, offenbar hatten sie gerade Pause. Beim Anblick Avrams hielten sie einen Moment inne. Bis die Schrecksekunde verflogen war, hatte der Erste sich schon eine Kugel eingefangen.

Was sich danach abspielte, nahm Avram wie in Zeitlupe wahr. Einer der Männer griff nach dem Gewehr, das neben ihm an der Wand lehnte. Ihn schoss Avram als Zweiten nieder. Auch die beiden anderen reagierten viel zu langsam. Noch ehe einer von ihnen auf ihn zielen konnte, lagen sie bereits tot auf dem Boden.

Jetzt zu den Schlafbaracken!

Ohne die Männer weiter zu beachten, machte Avram kehrt, um nach draußen zu eilen. Doch kaum dass er im Eingang stand, hörte er hinter sich ein Geräusch.

Seine Nackenhaare richteten sich auf. Instinktiv wusste er, dass er sich in Gefahr befand. Dass er etwas übersehen hatte. Etwas Entscheidendes.

Er drehte sich um und sah die offene Toilettentür, die eben noch geschlossen gewesen war. Darin stand ein großer, schlanker Mann in einem schwarzen Rollkragenpullover und dunkler Jacke. In der Hand hielt er eine Pistole, die direkt auf Avrams Kopf zielte.

118

Beim ersten Schuss war Emilia in die Baracke geschlüpft, die Kyril Owalischenko wenige Minuten zuvor betreten hatte. Drinnen herrschte gedämpftes Licht, wodurch es einen Moment dauerte, bis sie etwas erkennen konnte. Aber die schattigen Konturen nahmen rasch Gestalt an.

Sie befand sich in einem fensterlosen, schlauchartigen Vorraum, rechts gab es eine Ecke mit einer Waschgelegenheit. Daneben standen ein paar Regale, in denen Handtücher, Putzmittel und Werkzeuge lagerten. In zwei großen Kisten an der Wand stapelten sich Tierfelle.

Die Tür am Ende des Vorraums war nur angelehnt – von dort kamen aufgeregte Männerstimmen. Emilia verstand zwar kein Wort, aber für sie klang es wie ein Alarm.

Schritte eilten heran, jemand riss die Tür auf, ein Schemen erschien im Eingang.

Emilia schoss.

Die Wucht des Treffers schleuderte den Getroffenen gegen den Türrahmen. Dann fiel er rückwärts in den Raum, aus dem er gekommen war, nur seine Füße blieben reglos im Eingang liegen. Es sah nicht so aus, als sei er noch am Leben.

Wieder wurde im Nebenraum geschrien, wieder polterten Schritte über den Holzboden. Diesmal entfernten sie sich aber in aller Eile, bis nichts mehr zu hören war – nur die Schüsse von draußen und die allgegenwärtigen Geräusche der gefangenen Tiere, die durch den Tumult in zusätzliche Aufregung versetzt worden waren.

Gab es zu diesem Gebäude einen zweiten Zugang?

Mit pochendem Herzen schlich Emilia zur Durchgangstür. Der Mann, den sie getroffen hatte, lag rücklings auf dem Boden, den Blick starr zur Decke gerichtet. Unter dem leblosen Körper quoll eine Pfütze aus Blut hervor.

Das war nicht Kyril Owalischenko. Wo zum Teufel steckte er? Noch irgendwo da drin, oder hatte er schon das Weite gesucht? Und wer war noch bei ihm? Emilia hatte definitiv mehrere Stimmen gehört.

Vorsichtig warf sie einen Blick in den nächsten Raum. Sie sah eine Menge Tiere, in Käfige gesperrt, teils gänzlich verschüchtert, teils wild vor Angst wegen der im Gange befindlichen Schießerei. In der Mitte stand eine Art Arbeitsinsel aus Chrom, darauf lag ein Fuchs, dessen Zunge schlaff aus dem offenen Maul hing.

Wo ist Owalischenko? Und wo Tatjana?

Um auch den Rest des Raums einsehen zu können, wechselte Emilia ihre Position und sprang mit einem Satz an der Tür vorbei. Sofort fiel der nächste Schuss. Die Kugel pfiff so dicht an ihrem Kopf vorbei, dass sie den Luftzug auf der Haut spüren konnte.

Aber sie hatte auch das Mündungsfeuer gesehen. Es kam aus der hinteren, linken Ecke, etwa von dort, wo der deckenhohe Stahlschrank stand.

Der nächste Schuss riss ein Loch in die Wand vor Emilia. Offenbar schoss der Schütze einfach in ihre Richtung, weil er wusste, dass die Wand die Kugeln nicht aufhalten konnte.

Wenn er so weitermacht, bin ich in ein paar Sekunden tot!

Emilia biss die Zähne zusammen, trat in den Türrahmen und eröffnete das Feuer.

119

»Ein letztes Mal: Weg mit der Waffe!«

Avram ließ die Pistole fallen.

»Kyril wird sich freuen, Sie zu sehen.«

Die Stimme des Mannes im Rollkragenpullover klang nasal und unangenehm. Falls die Situation ihn in Stress versetzte, ließ er es sich nicht anmerken. Die Toten auf dem Boden schienen ihn ebenso wenig zu interessieren wie die Schüsse, die von draußen zu hören waren.

»Sie ahnen nicht, wie wichtig es ihm ist, Sie endlich in die Finger zu bekommen.«

»In den letzten Tagen habe ich eine Vorstellung davon bekommen«, entgegnete Avram. »Ich weiß nur nicht, was er von mir will.«

Statt eine Antwort zu geben, lächelte der Kerl im Rollkragenpullover nur dünn.

»Runter mit der kugelsicheren Weste!«, sagte er.

Avram löste die Gurte und streifte sich die schwere ICPO-Weste ab. Polternd fiel sie zu Boden.

»Jetzt Hände hoch und raus mit Ihnen!«

Avram gehorchte, scheinbar schicksalsergeben. Kaum im Freien, hechtet er jedoch seitlich aus der Tür, wissend, dass der Mann, der ihn bedrohte, nur Owalischenkos Handlanger war. Bestimmt wollte er Avram nicht töten, sondern ihn zu seinem Boss bringen.

Auf dieser dünnen Prämisse beruhte Avrams Plan.

Tatsächlich traf ihn keine Kugel in den Kopf – aber etwas

riss an seinem Arm. Avram wusste, dass er angeschossen worden war, noch bevor der Schmerz einsetzte. Stöhnend traf er auf dem Boden auf.

Jetzt begann sein Arm wie Feuer zu brennen. Dennoch glaubte er nicht, ernsthaft verletzt worden zu sein. Nach seiner Erfahrung fühlte es sich wie ein glatter Durchschuss an.

Mit nur einer brauchbaren Hand fiel ihm das Aufstehen schwer, allein die Notwendigkeit, so schnell wie möglich zu flüchten, ließ ihn den Schmerz vergessen.

Halb schlitternd, halb stolpernd taumelte er zur nächsten Baracke, aber schon trat der Rollkragenpullover aus dem Gemeinschaftsgebäude. Avram riss seine Ersatzpistole aus der Jackentasche und schoss ein paarmal grob in seine Richtung, um ihn auf Abstand zu halten. Endlich schaffte er es, sich hinter der nächsten Ecke zu verschanzen. Hier hatte er sowohl Deckung als auch gute Sicht.

Als der andere sich wieder aus der Gemeinschaftsunterkunft wagte, feuerte Avram erneut – diesmal gezielt. Er glaubte, einen Treffer gelandet zu haben, war aber nicht sicher, weil sein Gegner sofort wieder nach drinnen verschwunden war.

Während er mit angelegter Pistole an der Ecke lauerte, hörte er plötzlich Schritte hinter sich im Schnee. Er wirbelte herum und schaffte es gerade noch, den Kopf einzuziehen, als auch schon die riesige Klinge einer Machete über ihn hinwegsäbelte, so kraftvoll, dass sie mit einem dumpfen Klacken im Holz der Baracke stecken blieb.

Ein Farmarbeiter hatte ihn angegriffen!

Reflexartig riss Avram seine Pistole hoch und schoss.

120

Der Mann hinter dem Stahlschrank war zu Boden gesunken, den Rücken an der Wand, die Beine ausgestreckt, die Arme schlaff am Körper. Er atmete stockend und zitterte, seine Waffe lag nur einen Meter von seinen Füßen entfernt. In seiner Daunenjacke zeichneten sich drei Schusslöcher ab, durch die bereits das Blut sickerte.

Mit vorgehaltener Pistole kam Emilia näher. Der Mann machte zwar nicht den Eindruck, als sei er noch für eine Überraschung gut, aber sie wollte kein Risiko eingehen. Bei der geringsten falschen Bewegung würde sie schießen.

Wo war Kyril Owalischenko?

Ein Fenster stand offen, allerdings ziemlich weit oben. War er da durch geflohen? Einen anderen Weg nach draußen gab es nicht, abgesehen von dem, den sie gekommen war.

Ein klägliches Wimmern erregte ihre Aufmerksamkeit. Die Mündung ihrer Pistole weiterhin auf den keuchenden Mann gerichtet, irrte ihr Blick über die an den Seitenwänden aufgereihten Tierkäfige. Überall wuselte und wimmelte, knurrte und scharrte es – nur in einem Käfig hinter dem Edelstahltisch nicht. Dort war eine Frau eingepfercht, weinend in eine Decke gehüllt, beide Hände in das Gitter ihres engen Gefängnisses gekrallt.

Tatjana Golinska.

Mit einem Fußtritt kickte Emilia die auf dem Boden liegende Waffe des Mannes beiseite. Da sie keine Handschellen bei sich hatte, um ihn zu fesseln, blieb ihr nichts anderes übrig, als ihn weiter im Blick zu behalten, während sie gleichzeitig um die Arbeitsinsel herumging, bis sie vor Tatjana Golinskas Käfig stand.

»Keine Sorge, ich hole Sie hier raus!«

Sie wusste, dass die Frau ihre Worte nicht verstehen konnte, aber sie hoffte, die Botschaft würde dennoch ankommen. Tatsächlich schien Tatjana sich etwas zu beruhigen.

Da Emilia auf die Schnelle den Schlüssel nicht finden konnte, gab sie der Frau mit einer Geste zu verstehen, dass sie sich vom Gitter entfernen solle. Mit tränenverschmiertem Gesicht presste Tatjana sich gegen die Rückseite des Käfigs, so gut es ihr praller Bauch zuließ.

Emilia legte an und schoss das Vorhängeschloss auf. Schluchzend und am ganzen Leib zitternd, krabbelte die Schwangere aus ihrem Gefängnis. Als Emilia ihr auf die Beine half, klammerte sie sich an sie, als wolle sie sie nie wieder loslassen.

Ein paar Sekunden lang war alles andere um sie herum vergessen. Erleichtert über ihre unerwartete Befreiung, weinte Tatjana so herzerweichend, dass Emilia selbst fast die Tränen kamen. Sanft streichelte sie der jungen Frau über den Rücken, während diese unablässig auf sie einredete – wahrscheinlich aus Dankbarkeit.

Schließlich löste Emilia sich aus der Umarmung.

»Wir müssen von hier verschwinden«, drängte sie.

Sie hakte sich bei Tatjana ein, um sie auf dem Weg nach draußen zu stützen, als weiter vorne im Raum wie von Geisterhand eine Käfigtür aufschwang. In einer einzigen, fließenden Bewegung vollführte jemand eine Rolle auf dem Boden und sprang auf, so schnell, dass Emilia gar nicht reagieren konnte.

Kyril Owalischenko.

Bis sie begriff, dass das offene Fenster nur ein Ablenkungsmanöver gewesen war und er sich in dem anderen Käfig versteckt haben musste, um dort auf den richtigen Moment für die Flucht zu warten, eröffnete er schon das Feuer. Ohrenbetäubender Lärm zerriss die Luft. Funken stoben auf, wo die Kugeln die Gitterstäbe trafen.

Instinktiv gingen die beiden Frauen zu Boden. Halb krabbelnd, halb kriechend suchten sie Schutz unter der Arbeitsinsel in der Mitte des Raums. Tatsächlich blieben sie wie durch ein Wunder unversehrt.

Dann hörte der Kugelhagel plötzlich auf, und durch das Klingeln in ihren Ohren glaubte Emilia Schritte zu hören, die sich eilig entfernten. Als sie hinter der Arbeitsinsel hervorlugte, sah sie, wie Owalischenko in den Vorraum rannte. Obwohl sie ihm ein paar Kugeln hinterherfeuerte, gelangte er ins Freie.

Hätte Tatjana sich nicht wieder an sie geklammert, wäre sie ihm hinterhergerannt. So aber brachte sie es nicht übers Herz, die verängstigte Frau allein hier zurückzulassen. Ihre Sicherheit hatte oberste Priorität.

Mühevoll kamen die beiden Frauen auf die Beine. Gestützt von Emilia schaffte Tatjana Golinska ein paar wackelige Schritte in Richtung des Ausgangs, doch sie waren noch längst nicht dort angelangt, als ein böses Knurren ihnen das Blut in den Adern gefrieren ließ.

Keine zwei Meter neben ihnen stand ein Wolf.

Owalischenko hat gar nicht auf uns geschossen, sondern auf die Käfigschlösser!

Emilias Magen fühlte sich an, als würde er von einer unsichtbaren Faust zusammengepresst, während nun noch ein zweiter Wolf aus seinem Käfig kam.

Reflexartig richtete Emilia die Waffe auf ihn. Hier ging es

ums nackte Überleben – der Wolf oder sie. Doch als sie den Abzug durchdrückte, gab die Pistole nur ein metallisches Klicken von sich. Das Magazin war leer, und zum Nachladen blieb keine Zeit. Emilia machte sich auf das Schlimmste gefasst.

Wie zu Stein erstarrt, blieb sie auf der Stelle stehen. Was Tatjana Golinska hinter ihr tat, sah sie nicht, aber sie hörte, dass sie kaum noch zu atmen wagte. Offenbar fühlte auch sie sich wie gelähmt.

Was wird aus Becky und Mikka, wenn ich hier sterbe? Werden sie jemals erfahren, was passiert ist?

Einer der Wölfe fletschte die Zähne – so furchteinflößend, dass Emilia beinahe die Knie wegknickten. Der andere lief mit schleppendem Gang um den Arbeitsblock herum. Als er den angeschossenen Mann in der Ecke entdeckte, zögerte er einen Moment, als würde er abwägen, ob er wirklich so wehrlos war, wie es schien. Dann stieß er ein kehliges Knurren aus, preschte mit zwei mächtigen Sätzen auf den Verletzten los und schlug ihm die Kiefer in den Hals.

Ein grässlich schriller Ton erfüllte den Raum, langgezogen und heiser – der verzweifelte Schrei eines Menschen im Todeskampf.

Angesteckt vom Blutrausch seines Artgenossen, richtete nun auch der andere Wolf seine Aufmerksamkeit auf den Verletzten. Erbarmungslos schnappte er ihn am Bein und zerrte so heftig daran, als wolle er ihn bei lebendigem Leib zerreißen.

Vor Angst schlotternd, pirschten Emilia und Tatjana sich aus dem Gebäude.

121

Der angeschossene Arm schmerzte jetzt wie die Hölle. Avram hatte sich inzwischen hinter einem Geräteschuppen verschanzt und versuchte von dort aus, den Kerl im Rollkragenpullover auf Distanz zu halten, aber er wusste auch, dass er ihm mit der Verletzung über kurz oder lang unterliegen würde.

Zumindest, wenn er weiter versuchte, vor ihm zu flüchten. Er musste seine Taktik ändern.

Avram war immer noch ziemlich sicher, dass sein Gegner ihn lieber am Leben lassen würde, als ihn zu töten, sonst hätte er das schon im Gemeinschaftsraum tun können. Nein, er wollte Owalischenko seine Trophäe bringen.

Deshalb ließ Avram sich mit zusammengebissenen Zähnen in den Schnee sinken und kroch weiter – so dass er auf dem weißen Untergrund eine deutliche Blutspur hinter sich herzog. Seine Schwäche war nur teilweise geschauspielert. Tatsächlich war ihm eiskalt, und er spürte, wie ihm zusehends die Kräfte schwanden.

»Weg mit der Pistole!«

Träge drehte Avram sich um. Der Rollkragenpullover stand etwa fünf Meter vor ihm, aus der Bodenperspektive groß wie ein Baum. Der Lauf seiner Waffe zielte auf Avrams Kopf, ohne zu zittern. Der Mann war ein Profi.

Mit einer lahmen Bewegung aus dem Handgelenk warf Avram seine Pistole von sich. Damit hatte er gerechnet.

»Die Machete auch!«

Das war bedauerlich, denn Avram hatte das lange Messer gut in seinem Mantel versteckt, in der Hoffnung, es in einem geeigneten Moment für einen Überraschungsangriff nutzen zu können. Mit einem Seufzen warf er die Machete zu der Pistole.

»Jetzt hoch mit dir!«

Avram schüttelte den Kopf. »Das geht nicht.«

»Es wird gehen *müssen*!«

»Erschieß mich, wenn es sein muss, aber ich kann nicht. Das Bein ist gebrochen, sonst würde ich wohl kaum hier vor dir im Schnee kriechen!«

Einen Moment lang zögerte sein Gegner, dann schien ihn das Argument zu überzeugen.

»Okay. Dreh dich auf den Bauch, damit ich dich fesseln kann.«

Mühsam wälzte Avram sich herum. Der Großteil seines Körpers war taub vor Kälte, im Rest tobte rasender Schmerz – keine guten Voraussetzungen für die letzte Option, die ihm noch blieb. Aber er musste es darauf ankommen lassen.

Hinter seinem Rücken näherten sich Schritte. Der Kerl im Rollkragenpullover kniete sich neben ihn und packte sein linkes Handgelenk, um ihm eine Fessel anzulegen.

Das war der entscheidende Moment!

Avrams Notfallwaffe – eine halbe Rasierklinge, die er längst aus der Jackentasche gefischt hatte – klemmte zwischen seinem Daumen und dem Zeigefinger. Er biss die Zähne zusammen, versuchte, den Schmerz zu ignorieren, und drehte sich blitzartig um. Mit einer gezielten Bewegung zu den Augen fuhr er dem anderen quer übers Gesicht.

Der war so überrascht, dass er schoss.

Avram spürte einen Ruck in der Flanke, gefolgt von glühendem Schmerz, aber er zwang sich, nicht darauf zu achten, weil er wusste, dass er kämpfen musste. Mit einem kräftigen Seitentritt gegen das Knie fällte er seinen Gegner. Das Gelenk brach mit einem schrecklichen Knacken. Der Mann schrie auf, seine Pistole flog in hohem Bogen davon. Doch wie aus dem Nichts hielt er plötzlich ein Messer in der Hand. Schwer keuchend, aber mit der Miene eiserner Entschlossenheit, robbte er damit auf Avram zu. Der kroch bereits zu seinen weggeworfenen Waffen. Mit klammen Fingern bekam er endlich die Machete zu fassen und schlug zu.

Die lange Stahlklinge verwundete den anderen nur am Arm, erst der zweite Schlag traf den Hals und durchschlug die Schlagader. Sofort strömte Blut aus der Wunde, ein ganzer Schwall davon, der den aufgewühlten Schnee mit hässlichem Rot tränkte. Im Todeskampf röchelte der Kerl im Rollkragenpullover wie ein waidwundes Tier, bis sein Kopf schließlich zu Boden sank und sein Atem nicht mehr vor seinem Gesicht kondensierte. Das Ganze hatte nur ein paar Sekunden gedauert.

Avrams Aufmerksamkeit wurde von einem aufheulenden Motor angezogen. Als er sich mühevoll aufrichtete, sah er zwischen den Baracken ein Auto davonfahren: Kyril Owalischenko – irgendwie musste ihm die Flucht geglückt sein!

Er darf unter keinen Umständen entkommen!

Während Avram zum Carport mit den Farmautos humpelte, hielt er sich mit dem gesunden Arm die verwundete Seite. Den angeschossenen Arm ließ er schlaff am Körper herabhängen, um ihn zu schonen.

In Bolivien habe ich Schlimmeres durchgemacht. Damals habe ich sieben Kugeln überlebt, dann werde ich das hier wohl auch überstehen!

Dennoch beunruhigte es ihn, wie schnell ihm die Kräfte schwanden.

Endlich erreichte er die abgestellten Farmfahrzeuge – alte Geländewagen von Ford, Dodge und UAZ. Dem erstbesten schlug Avram die Scheibe ein, dann stieg er ein und schloss den Wagen kurz.

122

»Ziehen Sie das an!«

Emilia riss ihre kugelsichere Weste vom Körper, streifte ihren Mantel ab und legte ihn Tatjana Golinska über die Schultern, als sie Avram in einem der Wagen beim Carport sah. Ohne sie zu bemerken, trat er aufs Gas.

»Halt!«, schrie sie ihm hinterher. »Kommen Sie zurück!«

Aber es war bereits zu spät. Mit durchdrehenden Hinterrädern preschte das Auto davon.

Ein eisiger Schauder, viel kälter noch als die Lufttemperatur, überkam Emilia, als ihr klarwurde, dass sie ab sofort vollkommen auf sich allein gestellt sein würde.

Rasch sah sie sich nach weiteren Feinden um, aber glücklicherweise tauchte zumindest im Augenblick niemand mehr auf. Dennoch mussten sie und Tatjana schleunigst von hier verschwinden.

Avrams Wagen war schon beinahe im Schneegestöber verschwunden, man konnte nur noch die Rücklichter erkennen.

Verflucht! Das hatte sie nun davon, dass sie als Polizistin mit einem Profikiller zusammenarbeitete. Wie hatte sie nur so dumm sein können, ihm zu vertrauen?

Andererseits war Avram nicht der Typ, der das Weite suchte, sobald es brenzlig wurde. Er war aus einem ganz bestimmten Grund hierhergekommen – um Kyril Owalischenko zu töten, auch, wenn er ihr versprochen hatte, es nicht zu tun. Wenn er jetzt wegfuhr, bedeutete das bestimmt, dass er sich ihm an die Fersen geheftet hatte.

Neben Emilia stöhnte Tatjana Golinska auf und hielt sich den Bauch. Sie war unterkühlt und verletzt, vermutlich stand sie unter Schock. Jedenfalls wirkte sie ziemlich apathisch, seit sie sich im Freien befanden. In diesem Zustand ließ sie sich zwar leicht kontrollieren, was aber, wenn sie dadurch ihr Kind verlor?

»Dort drüben stehen Autos!«, sagte Emilia. »Wenn in einem davon der Schlüssel steckt, fahre ich Sie zu einem Arzt!«

Mit Tatjana an ihrer Seite schleppte sie sich zum Carport. Der erste Wagen war abgeschlossen, der zweite ebenfalls. Zu allem Überfluss kamen jetzt auch noch die beiden Wölfe aus der Baracke!

Eilig wechselte Emilia das leere Magazin – dafür hatte sie noch gar keine Zeit gehabt. Aber vorerst hielt sie sich mit dem Schießen zurück, weil die Tiere zu weit weg waren. Sie wollte keine Munition vergeuden.

»Hier entlang! Eine Chance haben wir noch!«

Tatsächlich war der letzte Wagen nicht verriegelt. Rasch öffnete Emilia die Tür und half Tatjana auf den Sitz, was wegen ihres Schwangerschaftsbauchs und ihrer geschwächten Verfassung gar nicht so leicht war. Kaum dass Tatjana hinter dem Steuer saß, hörte Emilia hinter sich ein Knurren.

Vorsichtig drehte sie sich um. Einer der Wölfe stand vor ihr, höchstens fünf Meter entfernt. Emilia wagte kaum zu atmen, langsam hob sie ihre Pistole. Wenn der Wolf angriff, musste der erste Schuss sitzen.

Mit gefletschten Zähnen kam das Tier näher.

»Rutschen Sie durch!«, zischte Emilia über die Schulter.

Tatsächlich begriff Tatjana Golinska, was sie meinte, denn Emilia hörte, wie die junge Frau sich hinter ihrem Rücken auf den Beifahrersitz zwängte. Blieb nur die Frage offen, wie lange der Wolf sich noch zurückhielt.

Mit vorgehaltener Pistole schob Emilia sich rückwärts in den Wagen. Kaum hatte sie die Tür zugeschlagen, griff das Tier an. Ihr blieb beinahe das Herz stehen, als die Kiefer des Wolfs nur wenige Zentimeter vor ihrem Gesicht an der Seitenscheibe entlangschnappten, sabbernd und keifend, wie von Sinnen.

Aber sie hatten es geschafft!

Vorausgesetzt, sie fanden den Schlüssel. Er steckte nicht im Zündschloss und war auch nicht im Handschuhfach oder in der Mittelkonsole zu finden!

Gegen die zunehmende Panik ankämpfend, suchte Emilia weiter: hinter der Sonnenblende, im Seitenfach der Fahrertür, unter der Fußmatte ...

Schließlich fand sie ihn in der Vertiefung des Getränkehalters. Tränen der Erleichterung traten ihr in die Augen.

Gerettet!

Jetzt musste sie nur noch Avram und Owalischenko finden.

123

In dem alten Dodge Ramcharger der Puljakan-Farm preschte Avram in südlicher Richtung über die A1. Er wusste nicht, ob er den richtigen Weg eingeschlagen hatte, vielleicht war Kyril Owalischenko auch nach Norden zur Grenze nach Estland abgebogen. Im Wald hatte Avram ihn aus den Augen verloren.

Wut kochte in ihm hoch. Er war so dicht an ihm dran gewesen! Sollte nun alles umsonst gewesen sein?

Glücklicherweise herrschte bei diesem Wetter so gut wie kein Verkehr. Avram folgte daher dem einzig frischen Reifenabdruck im Schnee. Nach einem Kilometer bog die Spur nach rechts in einen schmalen Weg ein, der durch einen Birkenhain bis zum Strand führte – eine langgezogene, weiße Ebene, die hinter einem Vorhang aus Schnee in die eisigen Fluten der Nordsee mündete.

In einiger Entfernung erkannte Avram den Pick-up, den er verfolgte. Vorsichtig, stets mit der Möglichkeit eines Angriffs rechnend, fuhr er dorthin und parkte, weil eine steil abfallende Uferböschung die Weiterfahrt verhinderte. Bis zum Wasser waren es noch zweihundert Meter.

Von der Böschung zog sich eine unregelmäßige Blutspur durch den Schnee, die zu Kyril Owalischenko führte. Auf allen vieren kroch er auf einen Holzsteg am Ufer zu. Offenbar wollte er mit dem Motorboot fliehen, das daran befestigt war. Allerdings war er schwerverletzt, wahrscheinlich hatte Emilia ihn bei der Befreiung Tatjana Golinskas getroffen.

Aber auch Avram hatte es erwischt – schlimmer, als er es sich eingestehen wollte. Sein Körper war inzwischen ein einziger Schmerz. Nur die Wut darüber, dass Lina wegen dieses Dreckschweins hatte sterben müssen, hielt ihn noch auf den Beinen. Ihr letztes Telefonat geisterte ihm durch den Kopf. Die heiseren Schreie im Angesicht des bevorstehenden Todes.

Er konnte sie zwar nicht wieder lebendig machen, aber er konnte sie rächen.

Bei dem Versuch, die Böschung hinunterzuklettern, verlor Avram das Gleichgewicht. Er trat ins Leere, stürzte und fiel in den schneebedeckten Sand.

Der Aufprall raubte ihm beinahe die Besinnung. Als er aufstand, sah er, wie viel Blut auch er verloren hatte. Es sickerte unter seinem Mantel hervor, sein ganzes Hosenbein war schon nass davon.

Ungeachtet der Schmerzen schleppte er sich weiter, bis nur noch wenige Meter ihn von Owalischenko trennten, der langsam wie eine Schildkröte vor ihm durch den Schnee kroch. Als er merkte, dass Avram aufgeholt hatte, hielt er keuchend inne und kippte zur Seite.

Im ersten Moment glaubte Avram, Owalischenko sei am Ende seiner Kräfte – bis er die Pistole in seiner Hand sah, die sich erstaunlich flink auf ihn richtete.

Doch Avram war schneller. Mit einem gezielten Schuss jagte er Owalischenko eine Kugel in den Arm, so dass er aufbrüllte und die Waffe fallen ließ.

Was ihn allerdings nicht am Weiterkriechen hinderte. Zwar kam er jetzt noch langsamer voran, und er verlor noch mehr Blut. Aber er schaffte es tatsächlich bis auf den Steg, wo Avram ihn schließlich einholte.

Unter ihnen rauschte das eisige Wasser. Die See war grau wie ein altes Leichentuch.

Owalischenko ging wieder zu Boden und wälzte sich schwerfällig auf den Rücken. Avram stand nur ein paar Zentimeter vor ihm, obwohl er sich kaum noch aufrecht halten konnte. Schneeflocken tanzten um sie herum wie Vorboten aus einer anderen Welt.

»Warum?«, fragte Avram. Das war es, was ihn am meisten beschäftigte. Aus welchem Grund hatte Kyril Owalischenko es auf ihn abgesehen?

Das Gesicht des Exilrussen verzog sich zu einer schmerzverzerrten Fratze.

»Der schwarze Mann«, presste er zwischen den blutverschmierten Zähnen hervor. »Gar nicht so unheimlich, wie ich dich in Erinnerung hatte.«

Avram verstand nicht.

Kyril Owalischenko schien ihm das am Gesicht ablesen zu können.

»Jeisk«, röchelte er. »Im Jahr 2001. Ist schon verdammt lange her. Seit damals bin ich auf der Suche nach dir – aber erst durch deine Verhaftung und die Berichte über die Gerichtsverhandlung bin ich auf dich aufmerksam geworden ... Erinnerst du dich an Jeisk?«

Vor Avrams geistigem Auge nahm das Landhaus am Asowschen Meer Gestalt an. Damals hatte er den Auftrag gehabt, ein Ehepaar zu eliminieren, das für den russischen Geheimdienst arbeitete. Die Frau hatte er im Wohnzimmer erschossen, danach war er ins Obergeschoss geeilt, um den Mann zu töten. Stattdessen war plötzlich der Sohn der beiden aus dem Büro gerannt ...

Avram erinnerte sich jetzt, als wäre es erst gestern gewesen. Mit großen Schritten hatte er die Verfolgung des Kleinen aufgenommen, und der Vater hatte wiederum ihn verfolgt. Auf der Treppe war es dann zum Zusammentreffen gekommen: Avram hatte beinahe physisch gespürt, wie die Waffe des Vaters auf seinen Rücken zielte. Im letzten Moment war es ihm gelungen, über die Brüstung zu springen, die Treppe nach unten zu jagen und aus dem Haus zu fliehen.

»Du hast meinen Sohn getötet!«, ächzte Kyril Owalischenko vor ihm im Schnee.

»Ich habe deinem Sohn kein Haar gekrümmt!«

»Du bist wie ein Feigling vor mir geflohen. Die Kugel, die für dich bestimmt war, hat ihn getroffen. Das werde ich dir nie verzeihen! Ohne dich wäre Aurelio noch am Leben.«

Während Avram sich dieser widersinnigen Logik erst richtig bewusstwerden musste, fiel ein Schuss, wie damals auf der Treppe. Im ersten Moment glaubte Avram, es sei nur eine Erinnerung, aber die Wucht des Treffers war real. Wie er es dennoch schaffte, auf den Beinen zu bleiben, war ihm selbst ein Rätsel.

Aus einem kleinen schwarzen Loch in Kyril Owalischenkos Jacke stieg eine dünne Rauchfahne auf.

Er hat in seiner Tasche noch eine zweite Pistole versteckt gehabt, und ich habe das übersehen. Verdammter Anfängerfehler!

Die Kugel hatte Avram an der Schulter getroffen – wo genau, konnte er gar nicht sagen, dafür war der Schmerz zu diffus. Er wollte selbst noch einmal schießen, aber sein Arm gehorchte nicht mehr seinem Willen. Die Pistole glitt ihm aus den schlaffen Fingern, mit einem dumpfen Poltern schlug sie auf den vereisten Stegplanken auf.

Plötzlich begann alles um ihn herum, sich zu bewegen. Der Horizont kippte, die Erde neigte sich – zuerst langsam, dann immer schneller. Avram fiel der Länge nach zu Boden wie ein gefällter Baum.

Die unerwartete Wendung schien Kyril Owalischenko zu neuen Kräften zu verhelfen – oder vielleicht war er auch gar nicht so stark verletzt, wie er es vorgab zu sein. Jedenfalls kam er jetzt tatsächlich wieder auf die Beine.

»Ich könnte dir eine Kugel in den Schädel jagen oder dich einfach verbluten lassen«, keuchte er. »Aber das wäre zu einfach für dich. Deshalb werde ich dich zuerst leiden lassen, wie ich gelitten habe, und dich schließlich ersäufen wie eine Kanalratte. Ich werde es genießen, wie du dich windest, während deine Lungen sich mit Wasser füllen. Jede Sekunde davon werde ich an meinen Sohn denken, du verdammtes Schwein.«

Mit hasserfüllter Miene packte er Avram am Mantelkragen und zerrte ihn zum Ende des Stegs, wo er ihm mit einem Strick aus dem Boot die Hände auf den Rücken fesselte.

Avram brüllte vor Schmerz, aber er konnte sich wegen der Schusswunden nicht dagegen wehren – auch nicht, als Owalischenko ihm die Beine zusammenband und das lose Ende des Stricks an einem der Holzpfeiler befestigte, auf denen der Steg stand.

Avram zitterte am ganzen Körper – nicht nur wegen der Kälte. Er wusste: Wenn Owalischenko ihn über den Rand des Stegs stieß, würde er mit dem Kopf nach unten im Wasser hängen und jämmerlich ertrinken.

Aber vielleicht hatte er diesen Tod ja verdient.

124

Per Handy hatte Emilia Nadar verständigt und ihm durchgegeben, was passiert war.

»Schicken Sie einen Krankenwagen nach Puljakan«, drängte sie. »Dort gibt es mindestens ein halbes Dutzend Verletzte. Aber die Sanitäter müssen vorsichtig sein. Auf dem Farmgelände laufen wilde Tiere herum, darunter mindestens zwei Wölfe.«

»Was ist mit Tatjana Golinska?«, fragte Nadar.

»Die sitzt neben mir im Auto. Wir konnten nicht auf der Farm bleiben. In der nächsten Stadt bringe ich sie zu einem Arzt.«

»Alles klar. Wo sind Sie?«

»Auf der A1. Wir fahren in südlicher Richtung. Ich komme gerade an einem Schild vorbei: noch zwei Kilometer bis Svétciems – keine Ahnung, ob das so ausgesprochen wird. Dort wird es hoffentlich einen Arzt geben.«

»Rufen Sie mich wieder an, sobald Sie einen gefunden haben. Wir kommen zu Ihnen.«

Emilia dankte ihm und legte auf. Bis Nadar aus Marienburg bei ihr war, würden zwei Stunden vergehen. So lange war sie auf sich allein gestellt.

Im frischen Schnee zeichnete sich eine deutliche Reifenspur ab, die hinter einem Birkenhain nach rechts führte. Emilia warf einen raschen Blick auf den Beifahrersitz, wo Tatjana Golinska geistesabwesend aus dem Seitenfenster starrte. Sie benötigte ärztliche Hilfe, aber im Moment schienen weder sie noch ihr Kind sich in unmittelbarer Gefahr zu befinden.

Emilia traf eine Entscheidung und nahm die Abfahrt. Bereits nach wenigen hundert Metern entdeckte sie die abgestellten Autos der Pelztierfarm.

»Warten Sie hier, ich bin gleich wieder zurück«, sagte sie.

Tatjana Golinska reagierte nicht.

Emilia seufzte. Im Moment konnte sie nichts für die junge Frau tun, aber sie musste Avram davon abhalten, Owalischenko umzubringen, sonst würden sie wohl niemals erfahren, was mit den entführten Kindern geschehen war.

Mit gezogener Pistole stieg sie die Böschung hinab und folgte der Blutspur. Wegen des zunehmenden Schneetreibens erkannte sie die beiden Gestalten erst, als sie den Steg betrat.

Jemand schrie.

Avram.

Er lag gefesselt auf den Holzplanken. Neben ihm hockte Kyril Owalischenko, in der Faust ein Messer, das er gerade wieder aus Avrams Bein zog.

»Schluss damit!«, brüllte Emilia über das Rauschen des Wassers hinweg. »Hören Sie sofort damit auf!«

Träge drehte Owalischenko den Kopf zu ihr. Die Mündung ihrer Waffe zielte auf seine Brust.

Ich darf ihn nicht töten, sonst nimmt er sein Geheimnis mit ins Grab.

Mit einer Miene, die irgendwo zwischen Irrsinn und Fatalismus lag, stach er noch einmal zu.

Wieder schrie Avram auf, so heiser, dass Emilias Magen sich beinahe umdrehte.

»Sie sollen damit aufhören!«

Tatsächlich legte Owalischenko jetzt das Messer weg. Auf allen vieren kroch er von Avram weg. Für Emilia sah es so aus, als wolle er sich ergeben, in Wahrheit brachte er sich jedoch nur in Position. Viel zu spät begriff sie, dass der letzte Stich nur ein Test für ihre Entschlossenheit gewesen war. Owalischenko musste instinktiv begriffen haben, dass sie ihn lebend brauchte. Seine Fratze verzog sich zu einem diabolischen Grinsen. Den Rücken gegen einen Holzpfeiler gelehnt, stemmte er seine Beine gegen Avram und schob ihn über den Steg. Emilia hörte, wie der Oberkörper ins Wasser klatschte, nur die Schuhe waren noch von ihm zu sehen. Festgeknotet an dem Pfosten, zuckten und zappelten sie hin und her.

Wenn ich ihn retten will, darf ich keine Zeit mehr verlieren!

Sie trat einen Schritt näher.

»Bleiben Sie, wo Sie sind!«

Kyril Owalischenko rappelte sich auf. In seiner blutverschmierten Hand erkannte Emilia eine Pistole.

»Weg mit der Waffe!«, rief sie, während Avrams Schuhe unkontrolliert weiterzuckten.

Owalischenko rührte sich nicht. »Ich werde mich der Polizei stellen und keinen Widerstand leisten«, sagte er matt. »Aber erst, wenn dieses Schwein tot ist!«

Trotz rasender Dringlichkeit war es für Emilia eine bittere Entscheidung: Wollte sie Avram retten, würde sie nie etwas über den Verbleib der entführten Kinder erfahren. Aber sie konnte nicht zulassen, dass dieser Psychopath den Mann tötete, der in Griechenland das Leben ihrer Tochter gerettet hatte.

Beherzt setzte sie ihren Weg fort.

Als Owalischenko die Waffe hob, schoss sie, ohne zu zögern. Die Wucht des Treffers riss ihn von den Füßen, so dass er neben dem angeleinten Motorboot rücklings ins Wasser stürzte.

Mit mächtigen Schritten eilte Emilia zu Avram. Das Messer, das Owalischenko benutzt hatte, um Avram zu foltern, lag noch im Schnee. Emilia griff danach und zerschnitt mit einem kräftigen Ruck das Seil um Avrams Füße. Der schwere Körper rutschte senkrecht ins Wasser, aber aus irgendeinem Grund tauchte der Kopf nicht auf.

Weil er gefesselt und verletzt ist!

Kurzentschlossen sprang Emilia hinterher. Das Wasser war so eisig, dass sie beinahe die Besinnung verlor. Dennoch gelang es ihr, Avram am Mantel zu packen und ihn zur Oberfläche zu ziehen. Japsend und keuchend schnappte er nach Luft.

Mit ein paar kräftigen Beinschlägen schaffte Emilia es, ihn in seichteres Wasser zu ziehen. Ein Gefühl tiefempfundener Dankbarkeit durchflutete sie, als sie endlich festen Boden unter den Sohlen spürte. Wild entschlossen, ihn zu retten, zerrte sie ihn ans Ufer. Dort blieben sie völlig erschöpft nebeneinander liegen, während Kyril Owalischenkos Leiche langsam aufs offene Meer hinaustrieb.

125

Avrams Lungen brannten, gleichzeitig hatte er das Gefühl, sein Körper gehöre gar nicht mehr zu ihm. Er hustete, spuckte Wasser und schlotterte am ganzen Leib. Wo vorher Schmerzen gewesen waren, herrschte jetzt nur noch ein beängstigendes Gefühl der Taubheit.

Wie Emilia es fertigbrachte, ihn auf die Beine zu zerren, widersprach jeglicher Wahrscheinlichkeit, aber sie kämpfte wie ein Löwin um ihn. Als er endlich aufrecht stand, legte sie seinen Arm um ihre Schultern, stützte ihn und half ihm, das Gleichgewicht zu halten, während sie Schritt für Schritt zu den Autos zurücktaumelten. Irgendwie kamen sie sogar die Uferböschung hinauf. Avram machte innerlich zehn Kreuze, als er endlich auf der Rückbank lag und Emilia den Motor startete.

Nach ein paar hundert Metern Holperstrecke bogen sie auf die Schnellstraße ein. Der Schneefall war inzwischen so dicht geworden, dass man trotz Scheibenwischer kaum noch den Himmel erkennen konnte.

Ein Schlagloch ließ ihn aufstöhnen. Mit zusammengebissenen Zähnen sog er die Luft ein. Sein Blick fiel auf die Hand, mit der er sich die verwundete Seite hielt. Sie war über und über mit Blut bedeckt.

»Wie geht es Ihnen?«

Es dauerte einen Moment, bis Avram begriff, dass Emilia mit ihm sprach.

»Ich hatte schon bessere Tage.«

»Halten Sie noch ein paar Minuten durch?«

Ein paar Minuten – das klang wie eine Ewigkeit. »Bleibt mir etwas anderes übrig?«, ächzte er.

»Ich fürchte nein.«

Seine Lider wurden plötzlich unendlich schwer. Verzweifelt kämpfte er gegen die Müdigkeit an, die der Blutverlust auslöste.

Wie wird es nun weitergehen?

Noch während er versuchte, sich auf diese Frage zu konzentrieren, ergriff eine tiefe, innere Ruhe von ihm Besitz. Mit einem Mal schien nichts mehr auf der Welt wichtig zu sein – nur noch eines.

»Owalischenko ist tot, nicht wahr?«

Emilia nickte.

»Dann haben wir es also wieder einmal geschafft ...«

Wie aus weiter Ferne hörte er sie sagen: »Ja, das haben wir.«

Es klang, als würde sie weinen.